新世纪江西文学精品选（2000—2019）

# 短篇小说卷

江西省作家协会 编

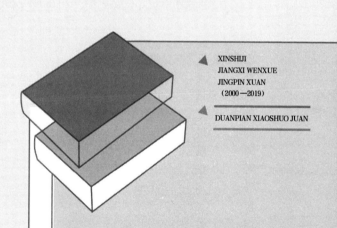

XINSHIJI
JIANGXI WENXUE
JINGPIN XUAN
（2000—2019）

DUANPIAN XIAOSHUO JUAN

江西高校出版社
JIANGXI UNIVERSITIES AND COLLEGES PRESS

**图书在版编目(CIP)数据**

新世纪江西文学精品选:2000—2019.短篇小说卷 / 江西省作家协会编. —南昌:江西高校出版社,2020.12

ISBN 978-7-5762-0471-1

Ⅰ.①新… Ⅱ.①江… Ⅲ.①文学—作品综合集—江西—当代②短篇小说—小说集—江西—当代 Ⅳ.①I218.56

中国版本图书馆 CIP 数据核字(2020)第 219825 号

| | |
|---|---|
| 出 版 发 行 | 江西高校出版社 |
| 社 址 | 江西省南昌市洪都北大道 96 号 |
| 总编室电话 | (0791)88504319 |
| 销 售 电 话 | (0791)88517295 |
| 网 址 | www.juacp.com |
| 印 刷 | 江西千叶彩印有限公司 |
| 经 销 | 全国新华书店 |
| 开 本 | 700 mm × 1000 mm 1/16 |
| 印 张 | 21.5 |
| 字 数 | 293 千字 |
| 版 次 | 2020 年 12 月第 1 版 |
| 印 次 | 2020 年 12 月第 1 次印刷 |
| 书 号 | ISBN 978-7-5762-0471-1 |
| 定 价 | 58.00 元 |

赣版权登字-07-2020-1190

## 编委会名单

# 前　言

改革开放以来,当代中国文学的变迁呈现出纷繁复杂、巨大深渺的气象。人们在感受到文学的内涵和影响的同时,也惊叹于一潮又一潮的文学浪流在时代的洪流中被裹挟而去。江西省作家协会为此相继编选了"谷雨文学创作丛书""江西青年文学创作丛书""江西新时期十年文学作品选""九十年代江西文学作品选""江西作家精品丛书"等,旨在梳理、总结江西各时期文学成果。

转眼间,新世纪走完二十年的历程,文学在时间之流中继续着它的衍变。回望这二十年,文学的环境和自身也在不经意间发生着巨大的变化。一方面,互联网和数字经济纵深发展,市场和读者作用于文学的力量越来越强大,作家在文学中进行表达的同时,也在考虑如何打动读者和占领市场;另一方面,作家在如何处理现实、呈现生活复杂经验上,也存在着相应的难度和考验。

具体到江西文学,其不可避免地在一个大的文学语境中,在文学外部的压力和内部生长的活力之间,生成新的裂变。文学队伍的结构、文学表达的焦点、文学描述的语言,也随着社会的转型和网络的兴盛而产生惊人的变化。作家必须更加用心地谛听窗外时代列车的呼啸,更加用心地感受城乡在现代文明进程中的脉动,更加用心地辨析互联网和数字经济时代呈现的世道人心。

新世纪二十年来的江西文学创作,依然保持着足够的冷静和澄澈。广大作家依然保持了把握时代脉搏、反映社会现象和现实矛盾、完善人的道德追求、捍卫人的精神价值的热情和勇气。他们依然真诚地拥抱时代却不浮躁,自觉地投入社会生活却不趋势谄媚。他们理智地思考、敏锐地发现,他们的创作不是对庸常经验的不断复制,不是对低俗欲望的无尽宣泄,不是对奇技淫巧的无谓追逐,而是在保持文学的艺术性、严肃性,远离创作的功利性、实用性、媚俗性等方面,形成大的共识。新世纪二十年来的江西文学创作,总是力图以思想的映照来渗透文本,以冷静的思辨来叩问现实,以文化的自觉担当来回应历史。江西文学延续了二十世纪八十年代以来"稳健"的面貌特征,但是,在形成一支思想更成熟、创作更活跃、成果更显著的作家队伍方面,还有很大的发展空间。

　　一个省的文学,除了是对时代的观察、记录、反映外,也必然和该地域人的生活、性格以及他们生存耕种的土地发生密切的联系。我省地处长江下游南岸,境内东、南、西三面环山,中部是丘陵和盆地。这就使得江西文化包含着古越族文化、中原文化、楚文化、吴文化等多种成分,呈现出兼收并蓄、交汇融合的特征。晋唐以后道教、禅宗的进入,以及宋明理学的兴盛,丰富了江西的文化色彩。反映在文学上,便是带有鲜明的"南方"特征:从容、散淡、轻逸。虽然进入新世纪以后,文学的市场行为和消费主义倾向日益明显,但是江西作家依然保持着文本上的优雅质感,他们以轻逸的话语姿势,通过一种"以轻击重"的方式表现社会变迁带来的人的内心的焦灼和冲突,以清新、质朴的文字来覆盖生活的复杂和不易。这样一种文学特征,给读者留下了"追求的不是力量,而是和谐"的印象。这种文学面貌,传承了江西文化传统中那种"中和"精神和灵性智慧的优长。我们与其说,这是江西作家一种不自觉的表达方式,毋宁说是一种寄寓了作家主观意识的叙述哲学。

　　生活不断,生命不息,文学探索与表达的步伐永不会停止。时代和人民始终要求作家用博大的情怀、深邃的目光、丰沛的想象,去探究、体悟和展示我们这个时代的生活面貌、人们在存在境域中的欢欣和伤痛;要求作家不断思考:文学如何回到被日常生活所遮蔽的精神地带,如何对我们的时代精神本质做出更为深远的探索与表达,如何对人类文明进程中所呈现出来的新思想给予积极而敏锐的发现和回应。所以,努力去发现并艺术化地激活那些被忽略、被遮蔽的精神品性,创作出真正意义上内涵丰饶而思想独到的文学作品,依然是江西作家的重要职责。

# 目录

# 湮　灭

◎熊正良

　　小说里的我被人劫持了，且大腿上被割了十刀。从此以后，我总是清晰地看见刀片在灰暗中闪光，听见切割皮肉的细腻声响，所以我总是不寒而栗，生活在恐慌之中。但是有一天，我发现那些伤全都莫名其妙地消失了，一点被割的痕迹都没有了。怎么回事？难道我从来就没有被割过？那么，那些生命中的痛，是从哪里来的？

　　我在大街上闲逛的时候被人劫持了。劫持者戴着那年夏季流行的宽边墨镜，和我一样站在一棵倒槐树下。倒槐树是一种介于灌木和乔木之间的植物，它的枝干和树叶一样泛着一种水汪汪的翠绿，弯垂的枝桠上缀满了小而圆的叶片。这种树在我们这座小城的历史上最多只有五年，在此之前街边都长着洋枫和法梧，人们把那些高大的乔木连根拔掉之后，取而代之的就是这种柔美而优雅的倒槐树。

　　因为这棵树的缘故，我没有看清劫持者的嘴脸。当时是夜晚，大约在九点半到十点半之间，我走在芝麻路左侧街檐下。芝麻路是一条比较繁华的商业街道，街名几经更换，由人民街、东风路之类而变成现在的芝麻路。看过电影《阿里巴巴和四十大盗》的人都知道那句著名的咒语，由此可见市政当局有关街名的考虑总能跟上时代潮流。但是不管这条街叫什么，它实在是太老了,两边的建筑大部分都经历了起码半个世纪以上的风雨飘摇,尽管不断地在门脸上粉饰和翻新,但内在的衰朽总在不断加剧。尤其是更名为芝麻路以来,两边店铺经常失火。失火的主要原因之一是电线短路(电线老化;另外那种砖木结构的老房子里一般都生活着许多肥硕的老鼠,它们喜欢用发达的门齿去啃啮硬物,其中包括电线)。很不巧的是,当时我正经过一家两天前被烧毁的电器商店,它的尚未倒塌的门脸一片烟黑,而来自右侧的灯光(五颜六色,闪烁不定)被那棵倒槐树挡住了,我和劫持者都站在一团灰蒙蒙的暗影之中。

现在是又一个夏季,距我被劫持的那个夜晚已有些遥远,其间横亘着近两千个日日夜夜。我在回忆那件事情的时候,对那件事情本身的疑惑总是不断地加深着,它真的发生过了吗?它发生的情形太像当下某些影视故事中的情形了。日复一日,疑惑重重叠叠有如烟瘴,但那件事情就像一棵站立在烟雾里的枯树,颜色深黑,形态毕露。我们之间的关系颇似一幅现代派绘画:孤零零的人与物的相互守望。

夜晚的芝麻路比白天更为热闹,那个晚上也是一样。在被漆成米黄色的铁栅栏内,我夹杂在稠密的行人之中,就像森林中的一棵树或一棵草,没有丝毫引人注目之处,然而劫持者却悄悄地靠近了我并且用一件硬物(我觉得很硬)顶在我的腰眼上。我一点也没想到会被劫持,我以为硌着我的是一只手提袋或一只胳膊肘。我企图用手把它拨开,结果我摸到了一把刀。我觉得那是一把比我们通常用来削水果的刀要小一些的刀。

我就这样被劫持了。最初我想看看劫持者是谁,我想很可能是哪个狗日的在玩我。我把脸扭过去,但是一只竖立着的巴掌把我的脸挡住了。我只瞥见了一副宽边墨镜(镜片在树影里泛着灰光)。那只巴掌将我的脸缓缓地推回到原来的位置,我听见我的颈脖子发出了一种像转轴般的吱呀声。

"别乱看,刚才看哪儿还看哪儿。"劫持者说。他的语气很轻松。刚才我在看两条腿,那两条美丽的腿裸露在一条白色的短裙下面,现在它们不见了,被一些其他的腿遮去了。我对劫持者说:"我失去了目标。"劫持者说:"那你就随便看,只是别回头。"

芝麻路并不很长,我被一把小刀顶着由北向南走去,然后又向西,这时候已是另一条路了,我在这条路上对劫持者说:"如果是绑票的话,你肯定搞错了对象,我是一个穷老蛋,没有什么油水的。"劫持者说:"走吧。"我说:"可能我和你要找的那个人长得很相像,你把我当成他了,找错了人你可就白忙一场。"劫持者说:"你怎么知道我找错了呢?"我说:"你没有理由这样对待我,我听说人家绑票都是找那些有钱人家的小孩,哪有找我这种人的?我只是一个可怜兮兮的小职员。"劫持者居然笑了起来,他说:"小职员真啰唆,走吧你。"我说:"我这不是在走吗?我只是想知道我为什么要跟你走。"劫持者说:"这不是很简单的事情吗?我的刀子顶住了你,你这个地方有肝脏,往中间挪一点是你的肾,再往上移是你的后心窝,这都是一些性命攸关的器官。"他接着问我:"你肯定听说过一句话。"我说:"是不是好汉不吃眼前亏?"他说:"看来你算得上一条好汉。"

我被他说得啼笑皆非。

其实我一直在考虑要不要喊叫或者逃脱。若要这么做不是太难,周围都是人,难道真没有几个见义勇为的好市民?运气好的话兴许还能碰上一两个便衣。但是我最终没有喊叫也没有逃脱,我表现得很合作。我怕我挨不起那一刀。这家伙看起来是个老手,他一定会非常及时地给我一刀,而这一刀绝对非同小可。我不想出现这样的情景:我的后心窝里或肝部插着一把刀,跌跌跄跄歪歪斜斜地奔跑,像一头受了致命伤的鹿一般颓然扑倒,让人们尖叫着围过来看我怎样抽搐、怎样流血。

后来我一个人坐在一座断塌的旧桥头上。劫持者都走了。他们一共是四个人。我坐在那里流血。我的两条大腿上被他们分别割了好几刀。他们好像只为了要割我的大腿,一个人用刀把我顶到这儿,其余三人在这儿等着。他们掏出一团白布让我咬住，然后就很从容很仔细地割我。他们一律戴着宽边墨镜，从前面那座霓虹般飘在河上空的新大桥上照射过来的光亮像月光一样暧昧，他们的脸依旧模糊不清。他们在我每条腿上割出了五条蜿蜒的口子，我的血弥散着一股热乎乎的腥味，泻在地面上的晕光现在变得潮湿细润。他们割完了就走了。我开始感到有冷风流过。从桥栏下面浮上来了青蒿和水的气息。残存的桥头像一颗巨大的兽头伸仰在河沿。我不知道人们为什么不把拆毁旧桥的工作进行到底。我看着我的血在坑洼不平的桥面上漫漶开来，用冰凉的手指扯掉嘴里的白布，紧接着我的空荡荡的嘴里就发出一声呼喊。

"救命——"

大约午夜时分，我的朋友李东把我送进了市立医院。李东说："呼我的那个人是谁？"我说："一个陌生人，我请他帮我呼你。"那天晚上李东在玩麻将，呼机响起来的时候他刚摸到一手好牌，他和了那把牌之后才看呼机，然后匆匆赶来。他说："这种事应该找人民警察，找人民教师干什么？"我流了很多血。我的身体像一块正在融化的棉花糖。我软绵绵地说："李东，你幸灾乐祸！我操你。"

事后李东说，他说那些话是想知道我到底是不是还活着。他说，一看见我他就直发抖，我坐在那里真像一个死人，脸又灰又白恰似一张蜡光纸。

其实李东说这些话的时候，我的脸仍然像一张蜡光纸。我仰卧在病床上，下午的阳光透过一层沾满灰尘的窗纱斜进病房，越过输液架和我的脸，像米汤一样浸泡着我的腿。那些刀口经过缝合之后如蜈蚣一般难看。一位给我缝合的大夫对他的几位年轻助手说："你们看怪不怪，割他的刀子居然准确地绕过了他的筋脉。"他们的脸都被大口罩蒙着，他们的声音像雾气一样迷蒙。我昏昏沉沉，脑子里一塌糊涂，直到现在我还是这样。我望着李东，神色茫然。

李东说："那些人是谁？为什么割你？你知道吗？"我摇摇头。李东说：

"你是不是利用工作之便进行过敲诈？"我说："一个在机关里抄抄写写的人能敲诈谁呢？"李东又说："你是不是坏过别人的事？比如扮演一个一身正气的角色？"我说我扮演不了那类角色。李东点点头，说："那就是你挖过别人的墙脚，像横刀夺爱什么的。"我反问李东："现在还有人肯为这种事动刀子吗？"李东笑道："难说。"

这个下午李东给我举了好几个这方面的例子。比如某男因为某女移情别恋而将某女连砍七刀；又比如只为一坨溅落在鞋上的烟灰，某男被一拳打瞎了一只眼睛，事后追究起来原来是他撬了别人的女友；等等。李东说："你别以为这是些旧闻，跟我们在孩童时代听到的一样，这可是我近来在报上读到的。你要知道，只要有男人和女人，这种事就会层出不穷甚至花样翻新。你听说过花钱买凶吗？只要花点钱，割你这么几刀是很容易的事。"

我被李东说得毛骨悚然。当时旁边有一位叫小孙的年轻医生，李东说："你不信可以问这位医生，他们肯定知道这种事。"小孙医生笑了笑说："我们还没出校门呢。"

小孙是一位实习生，他曾经帮助李东把我弄进急救室。他吃力地抱着我的两条腿，我的血弄脏了他的白大褂。后来我和他以及他的几位同学都成了朋友。在我住院期间，小孙对我很好。他有一个女友，毕业后分在市立医院，那时候小孙很着急，也想留在市立医院，便请我帮忙。我给他找了几位科长和两位副处长，我只能找到这么些人，没想到小孙居然办成了，他背着一个鼓鼓囊囊的包分别串了几回门便如愿以偿。事情办成了之后他有些得意，他对我说要打倒这些人真是太容易了。他虽然留在了市立医院，但仅仅几个月以后就和女友分道扬镳。有一段时间，他天天晚上到红月亮酒吧去听一位业余女歌手唱歌。

我住院期间有一些人来看望我，他们分别是我们科里的科长、我的女友、几个朋友和一名警察。科长是领导，领导来看望一个受伤者无非体现了一种漫无边际的关怀,并无多少实质性的意义;女友的到来则使我感到了一些较为具体的安慰。我的女友略胖(我不喜欢太瘦的姑娘),她一来就说:"哪个王八蛋暗算你?"她喜欢把人说成蛋,比如浑蛋、傻蛋之类,有时候干脆就是一个蛋。我很欣赏她这么说话,士为知己者死,女为悦己者容,所以她撇开原来的男友投奔了我。原来的男友又高又瘦,以前常跟我和李东在一起玩,自从胖妞(此称谓只限于我们两人相处时使用)冷淡了他之后,他便视我为仇敌。那个下午李东费了那么多口舌来开导我,其实就是要我怀疑胖妞的前男友——那个又高又瘦的王八蛋。

　　警察到来的时候胖妞正在为我削一个梨。这位警察看起来是个很直接的人,他一坐下来就要求我讲述事情的经过。我讲得断断续续。胖妞削梨的声音使我深感不安,这种湿润且有些生脆的沙沙声很像刀子割我时的声音,我的裹在白纱布里的大腿感到一阵锐利的疼痛。这种疼痛像水漫沙滩一样漫过两股、肛门、腰椎,然后到达心脏所在的部位。我无计可施。我对胖妞说:"别削啦。"可是胖妞削好了一个又开始削另一个。她觉得出于礼节应该给警察也削一个。我只能忍受。我像一个被尿憋急了的女人一样用力夹紧双腿。我就以一种这样的姿势向警察讲述那些家伙怎样割我……他们拿着小刀,割了一刀又一刀,沙沙沙,沙沙沙……在很长一段时间里,我都害怕听到这种沙沙的声音。当然现在不怕了,现在我可以若无其事地削一个梨或者苹果(我自己都不知道现在我怎么会对那种声音毫无感受,我实在说不清楚这到底是一种怎样的心理过程),但那时候我被这种声音逼入了绝境。我的样子一定狰狞可怖。我歇斯底里地大叫了一声。

　　"别削——"

　　胖妞浑身一抖。她对我的骤然喊叫没有任何防备。水果刀从她的左手大拇指滑向手掌。只削了一半的梨掉落在地上。她一只手拿着水果刀,另一只手在流血,愣愣地看着我,然后把刀扔在床头柜上,说:"浑蛋。"她转身离去的动作非常夸张,以此来表示她的愤怒,但她没想到她的腰臀和腿在扭动之间所显露的曲线过于性感,以至使她的愤怒显得美妙动人。

警察也不明白我为什么发火,他有些惊愕地问我:"你怎么啦?"然后又问闻声赶来的小孙:"他怎么啦?"我怔怔地看着对面一个窗口。那里阳光灿烂。我说:"没怎么。我不愿意她老削梨。"警察笑道:"为一个梨没必要发这么大的火,再说我也不大喜欢吃梨。"他的意思似乎是我舍不得让他吃一个梨,这真要命,我无法向他解释。我指着胖妞削好的一个梨对他说:"吃吧。"他坐着没动,我又说:"吃吧,没关系的。"

警察一直没有动这个梨。这个削了皮的梨在明亮的光线中呈现着一种水汪汪的玉白,然而尽管如此,它已经不是一个梨了,它由一个甜润的梨而变成了一件冰凉坚硬的事物,横陈在我与警察之间。在接下来的谈话中,警察本来就很直接的风格变得更为直接,他简明扼要地向我提了一些问题,要我逐一据实回答。在这方面他比人民教师李东要高出一筹,这表现在他所提问题的数量上,除了李东曾经向我提过的问题,他多出了这么几条:

1. 是否参与过赌博;

2. 是否与某犯罪团伙(比如贩毒团伙或走私团伙之类)有瓜葛;

3. 是否与有夫之妇私通;

4. 是否知道太多的秘密;

…………

我回答了所有的问题,只是对第四条有些犹豫,它太含混,并且有一种卷宗的气息。我问警察:"谁的秘密?"警察的措辞很谨慎,小心翼翼,"某个人的,也许,跟权力有关。"我想我明白了他的意思,我摇摇头。警察在我这里的唯一收获是那个又高又瘦的家伙,我犹豫再三还是说出了他的名字,胖妞的愤然离去无疑给我提供了某种方便。

放在床头柜上的梨正在失去水分,白玉般的梨肉正在皱缩干涩,到警察离去的时候,它的表层部分已经被大面积的锈色所覆盖。黄昏时分的晦暗开始侵入病室, 一些陪床的家属纷纷买来了饭菜, 只有我显得孤单无助。我拿过长满锈色的梨来啃着。我把它还原成一个梨。我扔梨核的时候小孙给我端来了一盒饭,我很感动,我说:"小孙你真是一个好兄弟。"

前不久我因公出差,在一个山区小县城里与小孙不期而遇。天空中正飘着灰色的蒙蒙细雨,小街两边那些高大的常绿乔木肃然而立,从它们的针叶上坠落的水滴沉甸甸地落在我们的脑袋和双肩上。我们几乎同时发问:"你怎么在这儿?"小孙把我拉进了就近的一家酒楼, 一边喝酒一边聊天,他说他早就不当什么鸟医生了,而是在办公司,这里有他一家分公司。我说:"你都有分公司啦?"他谦虚地笑笑说:"也就是让一个女人在这里照看一个小门面而已。"

在小县城里的这一顿饭给我留下了很深的印象。其中的几个菜非常特别,令我至今难忘。我从来不知道木槿花可以吃,更没想到红烧山鼠的味道这么好。我喝得眼皮发沉的时候,小孙忽然提起我当年被割的事,他说:"你不会想到是我们干的吧?"我摇摇头,我说:"什么事?我都把它忘了。"他说:"我也快忘了,只是看见你又想起来了,你怎么就一点也不怀疑我们呢?"我说:"没有理由怀疑。"小孙满脸酡红地笑着:"要什么理由?许多事情都是不需要理由的,我们讨厌当医生,对此我们甚至有些恐惧。我们能治得了谁救得了谁呢?那时候我们特别想找一个人来割一割,结果找了你这个倒霉蛋。"我眯着像兔子一样的红眼睛看着小孙:"小孙,你是不是醉啦?"小孙点燃一支烟歪着脑袋抽着,说:"谁醉啦?你说我醉啦?要不我们叫两个小姐上来试试,谁不行谁他妈醉了。"

我没跟小孙争下去。我想他是醉了。醉话是不可信的。我不大相信酒后吐真言之说,一个被酒精麻醉了、思维和记忆都紊乱了的人能有什么真言?有酒壮胆,吹吹牛倒是可能的。

那是一件不了了之的事情。我提供给警察的疑犯(那个又高又瘦的家伙)没有任何可疑之处。警察在稍做调查之后又一次来到病房里。这位警察显得高大笨重,他以一种略微前倾的姿势坐在我面前(这使我有一种压抑感)。他问我上次说的是不是事实,是否还有别的遗漏。我先点头后摇头。我想表示我的不满但又不知如何表示才算恰当。警察最后说他不相信谁会毫无理由地对人下刀子。我说我也不信,可是我被人割了十刀。

警察用力抿紧嘴巴,仰起脸来朝着天花板眨眼睛。我躺在床上只能看见他的不断地翻转的眼白。他的眼白不大清爽,有些微黄浊的淤物。这时候我在想那个梨,虽然已被我吃掉了,但我拿不准它是否依然作为一件事物存在于我们之间。

我的伤口愈合了。疮痂掉落了——它们先是像树皮一样皲裂,然后琐碎地、成片地掉落,它们落在床上、地上、卫生间里……鲜嫩绯红的疤痕裸露着……疮痂掉落了也就掉落了,委然于地,被尘封起来了,接着我就渐渐地适应了各种各样的沙沙声,这种声音不再使我害怕。我可以一边从容不迫地削梨一边跟女友(已不是胖妞了,医院病房里的那个梨使我们之间陷入了无可挽回的境地)说俏皮话。我甚至还陪女友逛芝麻街,街边的倒槐树一片翠色。我站在倒槐树下看着又一家被焚毁的焦黑店面,偶尔回望一下几年前的那个夜晚,一股如陈灰般的气息使我疑惑不已。

初冬时节我和女友在阳光大酒家吃牛油火锅,强烈的味觉刺激使我唏嘘不已,由此我想到了和小孙在山区小县城吃过的那些颇具特色的菜肴,同时想起了小孙的酒话。我把这些话说给女友听。女友很困惑,她说:"什么什么?你被人割过十刀?"接着她鬼鬼地笑着说:"你骗我。"我说:"骗你干吗?"我就说那件事,然而我越说她越笑,而且笑得很色情,令人无法忍受。"回去吧。"她说。我知道她想回去干什么,果然一回到居所她就叫我脱衣服。"脱,都脱掉。"跟以往不同的是她两手叉在胸前看着我脱。我说:"你呢?"她还是那样笑着,说:"你脱完了再说。"我脱得一丝不挂的时候,她笑着朝我点头:"你说说那十刀都割在你的什么地方?"我指着我的两条大腿说:"每条大腿五刀。"她说:"你还骗我,那两条光溜溜的大腿像挨过刀的样子吗?"

我低头看着自己的大腿,着实吃了一惊。我的腿上居然没有一道疤痕。它们到哪里去了呢?我从来没有注意过它们,我以为它们会一直在那儿,就像我们身上的胎记一样。但是它们消失了,褪却了红色,平复了凹凸,长出了柔软卷曲的汗毛。它们消失得如此彻底,而我却毫无觉察。我没有别的欲念了,只是愣愣地看着自己的两条大腿。我清晰地看见了刀片在灰暗中的闪光,听见了切割皮肉的细腻声响。我不寒而栗。这些疤痕怎么莫名其妙地消失了呢?我的肉身难道如此缺乏记忆如此不值得信赖吗?需要食物,我给你食物;需要水分,我给你水分;需要性交,我给你寻求配偶。可是你就是如此不负责任吗?你甚至不能为我守住一道疤痕。

女友一直以为我在玩笑之中。她用一种做作的大度说:"算了吧,没什么可说的了吧?"我想到了李东。我说我找一个人来跟你说话。我当即拨通了李东家里的电话,然而李东已不能为我作证,他的妹妹在电话里哭兮兮地告诉我,李东在一个月以前就躺在医院里了,一辆摩托把他撞成了植物人。我愕然许久,忽然想哭。

我赤条条地站立在卧室地板上,被油漆得锃亮的地板光可鉴人,我的身体的每一个部位都被反映出来,它们显得又光滑又丑陋。女友说:"不是要找个人来跟我说话吗?人呢?"我垂首而立,看着地板上的自己,说:"我骗你,我骗了你行吗?"女友说:"骗我就骗我吧,你咬牙切齿干什么呢?"我不再理她。我开始穿衣服。

▶ 发表于《北京文学》(精彩阅读)2002 年第 1 期

# 突　厥

◎杨剑敏

　　突厥人趁夜闯入村庄。他们焚烧屋舍,抢劫牲畜,强奸妇女,屠杀毫无准备的男人们。他们骑着骏马像风一样来去驰骋,挥舞着雪亮的弯刀哈哈狂笑,嘴里喷着烈酒的气息。他们神出鬼没,行动迅速,通常在官军到来之前就呼哨而去。但在这个村庄里,他们逗留的时间比想象的长。他们似乎在寻找什么东西。天快亮的时候,他们从一处燃烧的破屋子里搜出了一个不省人事的中年男人。他们提着他的衣领,将他拖到村子中心的空地上,像扔一个破口袋那样扔在尘土中。他的双腿在泥地上带出两道浅痕。他仍然没有醒来。突厥人狂笑着,他们说:"凭着草原上的红色烈马起誓,从没见过像他这样醉得比我们还厉害的人!"他们不轻不重地踢他,在他脸上喷水,想让他醒过来。他们起誓说,倘若不是他们及时找到他,这个人就要被继续燃烧的火焰给吞没了。他们没有想到,这火恰恰是他们放的。不久,他们放弃了努力,他们说,这个人也许根本就不想醒过来。他们将这个如一摊烂泥般的人搭在马背上,然后纷纷上马,像来的时候一样,闪电般地绝尘而去。

　　他们骑了很久。接近中午的时候,他们在一些巨大的石窟前停住。那里许多十余人高的佛像正庄严慈悲地望着他们。有更多的突厥人在那儿等候着。中年男人迷迷糊糊听见有人在说他的名字："韩延寿已经带到了。"他睁开眼，同时疲惫地从马上掉落。两个突厥士兵将他架起，拖到一位显然是首领的人面前。这时韩延寿才勉强能够虚弱地站立起来。他环顾四周，惊恐地发现这些满面浓须、手持弯刀的人，正是他日夜担心的突厥人。"为了一点小钱，送掉了自己的性命。"他想。他头痛欲裂，依稀只记得自己昨夜在一个寡妇的怀抱中灌下了太多的烈酒。他没有想到塞外的酒有这么厉害。他从中原来到这里，想凭着他的技艺赚一点钱回乡养老。他擅长画佛像，以及与佛有关的一切。他是一位画师。而在塞外，人们狂热地信佛，他们需要尽可能多的佛像。他知道这儿常有突厥人前来袭击，但他说服了自己不要待太长的时间，他不相信恰恰在他逗留的一两个月里会遇上突厥人。现在，什么也不用说了。人为财死，鸟为食亡，现在他等待的只是在他脖子上掠过的一刀，像风一样，凉飕飕的，还有血喷出来时失落的感觉。他斜睨着突厥人的首领，忽然间他不再害怕了。

"我不是韩延寿。"他说。

首领的手上玩弄着一柄小小的刀子，这更像是一柄割肉的刀子，而不是一把凶器。但他给人的感觉就像是随时会把这柄刀子插进韩延寿的咽喉。他开始哈哈大笑，仿佛韩延寿说了什么笑话似的。他笑得那么厉害，他不断地弯下腰又仰起来，笑得眼泪都要掉出来了。但他周围的突厥人全都沉默着，仿佛他们从未听说过什么笑话。这样一个怪异的场面让韩延寿不知所措。他左右看看，最终也只好咧开嘴干笑了两声，以消除尴尬的状态。

"听说你会……"首领结束了他的笑声，"怎么说来着？……画龙点睛？"

"你弄错了。"韩延寿慌张地说。他似乎有点明白了什么。

"凭着阿尔泰山脚下的白狼起誓，"首领根本不需要听韩延寿的话，他只顾自己说话，"我一点也不相信什么画龙点睛之类的屁话，就像不相信鱼能够在陆地上行走一样。听着，我们把你弄来，是让你给我们的石窟增加一些佛像。你知道,我们突厥人都是佛的虔诚信徒。要多画一些佛像。当然,还要多画些佛祖讲经、天女散花什么的。总之,你是行家,你在这一带很有名。你看着画吧。"忽然间他再次狂笑,又笑得前仰后合。他连连喘着气说:"听说你要价很高?在这一带你赚了不少钱吧?啊哈,不过这一回你什么也要不到了,我们一个子儿也不会给你的!如果偷懒,我们还要请你吃皮鞭!"

首领越过韩延寿时拍了拍他的肩膀。然后他们跳上马,在一阵灰尘中离开了这个地方,只留下他和两名士兵。显然这两人是用来看守他的。他们的神情让韩延寿明白:逃跑是不可能的。他们在那儿静静地站了一会儿,目送着大队突厥人渐渐远去。然后两名士兵推着他走进石窟里。他发现这里面有巨大的火把在照耀着,被迫在这里干活的不止他一个,实际上,已经有许多人正在紧张地工作着。他们有的研磨颜料,有的绘制壁画,更多的人则在高高的架子上攀爬着,他们在一点一点地雕刻那些大佛头上的鬈发。这让韩延寿觉得好受了一些,至少还有和他一样倒霉的人呢。他在这些人中间穿行着,所有的人都冷漠地望着他,他则抱以不自然的微笑,仿佛在表示:"这不能怪我。"两名士兵和更多的看守者会合了,而他则和那些画匠会合。这儿的有些人他曾经见过,特别是那些曾和他争夺顾客的人,他甚至能叫出他们的名字。现在,他们全都被迫免费在这里为突厥人干活,这让他们的心里多少平衡了些。他们互相点点头:今后,他们将被迫成为朋友。

韩延寿有他赚钱的秘诀,这使他总是比别人得到更多的收益:他画的人像,无论是佛祖、菩萨,还是罗汉,或者天女,甚至包括动物的像,都是没有眼睛的。他总是画出眼睛的轮廓,就停下手中的笔,向雇主们索要他该得的那一份钱物,然后扬长而去。因此,在他游历所经之处,留下了许多没有眼珠子的壁画人物。他从来不会像有些可怜的画师那样,辛辛苦苦完成了巨大的壁画,却拿不到报酬,反而被赶打出来。他从没有这些烦恼。只要有人不给钱，他就轻松地在他所画的人物眼睛上点一点，给他们加上眼珠，这些画中的人便立即活动起来，舒舒筋骨，伸展腿脚，过一会儿他们就跳下画来，一溜烟跑得不知去向。他拿不到报酬，而对方得不到画，他们两清了。这只是一个传说，谁也没亲眼见过画中人逃跑的场面，因为没有人想试试赖他的账。据说他还有比让画中人逃跑更恶劣的办法，比如说他会让菩萨座下的白色老虎行动起来，在寺院里，或在人家的天井里可怕地转着圈，低沉地嗥叫着。据说，他会声称，一旦这些人和动物变活了，他们就拥有了自己的生命，他拿他们也没办法了。或许下一场雨能使这些虚幻的人和动物安静下来，因为他们毕竟是墨迹变成的嘛。可谁都知道，在这些被称作西域的地方，有时候整年都不下一滴雨，人们连吃的水都必须尽量节省，又拿什么去扑灭一头墨迹变的老虎呢？这就是他来到西域的原因，这儿不像江南，没有雨水可以阻碍他赚钱。

从韩延寿被掳到石窟中的这一天开始，他就没日没夜地绘制大型的壁画。他画佛像、菩萨、罗汉，还有金刚。他画这些都很得心应手。不过他更喜欢画的是天女散花。他把这些女人画得满墙都是，看上去仿佛空中到处都是她们在飞翔。她们都很丰腴，但又很轻盈。她们穿着紧身的衣裙，臂上有长长的飘带缠绕着。有的天女被处理成上身赤裸的。这没有引起卫兵们的异议，相反，这些粗蛮的汉子饶有兴致地仰头看着，像孩子一样咧开大嘴嬉笑着。韩延寿发现这些突厥人实际上并不真正地信佛，尽管他们自己如此声称。他们屠杀、饮酒、污辱女人、鞭笞奴隶，佛的慈悲从未在他们心中留下什么痕迹。他们也不懂得怎么处理他们的信仰。他们既不懂得佛，也不懂得绘画。因此，韩延寿实际上很自由。尽管赤裸的女人出现在佛教画面里是有根源的，但这么多的性感女人在壁上毫不着耻地飞来飞去，终究不是一件体面的事，住在中土的佛肯定会脸红的。在中原的寺庙里，韩延寿从没画过一个女人，除了观音菩萨外（实际上她应该是一个男人，但人们固执地将她变成了女人），那里也不可能出现诸多女人画像。而在这里，在囚禁中，没有人指责他。一些高鼻深目、头发金黄的来自西边的画匠则发誓，在更西边的地方，画里面的女人还要暴露，她们基本上是不穿衣服的。于是他心安理得地按自己的想法绘制这些天女。有时候，他的笔下会出现自己日思夜想的情人的面容；有时候，则可能是一位他只远远见过一次并且念念不忘的女人。夜里，他梦见天女们围绕在他身旁，她们手里的花瓣满天飞舞，充满天竺风情的音乐在空中若有若无地缭绕。他醒来时惆怅不已。第二天他通常会更加卖命地工作。他画这些女人是如此投入，以至于人们认为他快要疯了。他是这些在石窟中苟且偷生的人当中唯一不需要用皮鞭和马靴催促的人：他第一个起床，最后一个睡下。他迷上了这项工作。他自言自语地嘀咕着，他总是说，有这么多的石窟需要他去画满它们，他一辈子也干不完这件事。过去他为钱而画，总是很有节制，而现在，他不再需要节制自己了，他可以痛快地画，尽情地画。有时候，他甚至感谢起突厥人来，是他们那并不虔诚的信仰给了他机会。

当然，依照惯例，这些人同样没有画上眼珠的。她们只有两只眼睛的轮廓，这使她们看上去有些奇怪，而她们的美貌也打了折扣。

在石窟中，韩延寿度过了许多个月。起初他还记录日子，在石壁上刻下每一天的痕迹。很快他就不再想时间的事。他不愿离开了。他对那些千方百计想逃出去却又被捉回来遭受酷刑的人嗤之以鼻。他说："我想不出还有什么比作无穷的画更值得一做的事。"在那儿，寒冷的冬季来了，人们的手脚皲裂，一动就流出鲜血。他仍然继续画着。此外，事故不断发生：有的人从高高的架子上摔下来，脑浆迸流；有的人被倒下的巨石压折了手脚，卫兵们不得不用弯刀斩断他们的肢体才能将他们弄出来。这一切都没有让韩延寿不安。他甚至蘸着死者的血来给天女们红润的脸庞上颜色，并惊叹它比任何颜料的色泽都更好。他的长发和胡须乱蓬蓬的，由于长时间不能洗澡而卷曲着，这使他看上去也和突厥人有几分相似。他甚至和突厥人有说有笑，互相拍着肩膀。有时候他也可以走得离石窟稍稍远一些，而不会被突厥人呼喝鞭笞。现在，谁都知道，对他最大的惩罚是不让他画那些画。

许多时候，突厥人聚在一起谈论画以外的事情。现在，韩延寿也能听懂一些突厥语了。他们谈论战争，听上去好像他们在中土军队的攻击下形势越来越不妙了。他们的地盘失而复得，得而复失，已经很多次了。他们谈论部族之间的钩心斗角，争权夺利。部族的首领一直在更换。许多人掉了脑袋。不过，他们欣慰地说，托这石窟中的佛像保佑，他们的首领——也就是韩延寿见过的那人——正在突厥人中取得越来越大的权力。他们端来烈酒，让韩延寿也干上一碗，为他们的首领祝福。更多的时候他们忧心忡忡：他们的好日子正在消失，一位天纵英武的中国皇帝，他们称之为"天可汗"的人，率领他强大的军队正在向西方挺进。突厥人遇上了对手，这可是从没有过的事。他们甚至认为，这个地方也快要保不住了。那些被役使的画匠暗地里都很兴奋，他们加紧筹划逃走的事。而韩延寿则一如既往地画着他的天女。他已经想清楚了，即使突厥人离开这里，他还是会留下来，完成他看上去一生也完不成的工作。

一天，突厥人的首领忽然又来到了这里。他满身的征尘，衣袍上还有血迹。他身边簇拥的士兵们也都狼狈不堪。很显然他们是在败退中经过这里的。但首领却声称他们已经击败了所谓的"天可汗"，下一步他们将打到长安去，掠夺那里数不尽的财帛子女。他近乎歇斯底里地喊完这些话后，就疲惫地在一张巨大的躺椅上睡着了。他的鼾声震天动地。突厥人就那样沉默地站着，等着他醒来。画匠们也赢得了片刻的休息。

首领的醒来就像他睡去那么突兀。他一跃而起，罔然四顾。他吼道："不像话，这岂是睡觉的地方？"仿佛睡着的是别人而不是他自己。然后他心血来潮地提出，既然到了这里，那就看看壁画吧，看看这些该死的工匠这么长时间里都干了些什么。"韩延寿呢？"首领喊着，"他在哪里？他还活着吧？"此刻，韩延寿仍在石窟里仰头画着，他是唯一不想趁机休息的人。

首领大踏步走进石窟。士兵们点起了更多的火把,窟里被照得一片光明。他点着头,左右巡视着,口里嗯嗯有声,似乎他对此十分在行。有时他蹙起眉头,他会指着一个他不喜欢的画像问:"这是谁画的?砍了他的头。"于是不久,一个血淋淋的画匠的头颅便用托盘呈到他的面前。或者他会说:"抽这人一百鞭子。"随即连续不断的惨叫声便从窟外传来。他微笑着继续观看。忽然间他不再微笑了。画匠们的心再度悬了起来:不知又有谁将要倒霉了。首领指着在石壁高处像蜘蛛一样攀附着的一个人问:"这个人是谁?他怎么敢不来迎接我,而且还在墙上画了这么多的女人?"

当韩延寿被拖到首领面前时,他还在拼命地挣扎,口里喊着:"这个画像还差几根线条,你们为什么不让我画完?"

首领仰着头缓缓地欣赏着众多的天女。他几乎忘了身边的人们,他张着大嘴,流露出与身份不相称的傻乎乎的神情。他甚至伸出手去抚摸一个画在低处的天女的乳房,就好像她是一个真的女人一样。他用指尖碰碰天女那浅红色的乳头,但石壁的冰凉让他想起了什么。他猛然间吸了一口气,也许还包括许多口水。他回过头,揪着韩延寿的衣领,把脸贴近到后者的脸上,他的胡须戳得韩延寿的脸痒痒的。他的大眼睛瞪着韩延寿的眼睛。他这样做是为了吓唬可怜的画师,好让他不敢撒谎。他说:"你真的能让画里的人活起来吗?这是真的吗?你以戈壁滩上的毒蝎子起誓,你真的有这本事吗?"

随即他来到窟外。他下令架起一个临时的帐篷,里面铺上厚厚的毯子。他说:"为了和该死的天可汗打仗,每个人都知道,我已经很多天没有和女人亲近了。"他勒令韩延寿给他的天女们点上眼珠子,让她们活过来。"她们必须飞出来,如果她们真的能飞的话,"他猥亵地笑着,"她们必须陪草原上的英雄,突厥人最伟大的勇士,也就是我,她们得陪我睡觉。老天知道我已经有多久没碰过女人了。"

韩延寿呆呆地站在那里。他仿佛没能听明白首领的话似的。他望着首领,脖子因长时间地仰头作画而僵硬地歪着。"你还愣着干什么？"首领怒吼着,用弯刀架在他的脖子上,"今天你要是不能让她们活着出来见我,我就用这把刀砍断你这个歪脖子！"

"这里是佛的地方,"韩延寿胆怯地低声说,他的声音因恐惧而变了形,"天女是纯洁的女人。你不怕遭到报应吗？"

首领因暴怒而像无头苍蝇一样没目标地走来走去。他以他弯刀柄上的钻石起誓,他从没害怕过什么。他也不怕什么报应。"就让天上的闪电来撕碎我吧,让天可汗的箭把我射成刺猬吧,"他忽然很忧伤地说,"反正我们在这片上天恩赐的土地上也待不了多久了。就让我在佛祖的谴责下化为齑粉吧,在死之前,我必须和天女睡觉,我已经决定了。"

韩延寿在两名士兵的推搡下回到窟里。他艰难地再次爬上高高的架子。他用画笔在墨上蘸一蘸,然后小心翼翼地在一位天女的眼睛上点了两下。所有人都屏住气息等待着这一刻。实际上,不光是首领,在场的每个人,包括士兵和画匠们,都想看看天女是怎样飞出来的,想看看这些丰腴美妙的少女怎样翩翩起舞,怎样在音乐声中抛撒她们篮子里的花瓣。他们甚至不无愧疚地想知道,一个虚幻的女子是怎样被如狼似虎的首领所玷污的。好奇心促使他们和首领一样焦急地等待着。但什么也没发生。韩延寿的点睛之笔并没有起作用,天女依然以飘飞的姿势凝在壁上。人们开始面面相觑。他们暗自议论:这只是一个谣传罢了,竟然会有这么多人相信他。在叽叽喳喳的议论声中,首领不动声色地坐在毯上,他抽出像秋水一样的弯刀,用手捋着胡髭,冷冷地望着洞里。现在他冷静下来了。在窟中,韩延寿为了证明自己的无辜,正在给越来越多的天女点上眼睛。他一变最初的谨慎,手里的笔越来越快,直到运笔如飞。他的脸色也不再阴沉,反而露出了一丝笑意。当然这一切下面的人是发觉不了的。他没什么可担心的了。没有一个被点过睛的天女活过来,她们全都原封不动地待在壁上。她们纹丝不动,这一点连他自己也感到纳闷。他想:"我不知道这是怎么一回事。在佛的面前,任何奇迹都是微不足道的,或者,在佛的面前,根本就没有奇迹。现在,我只能这样解释这件事了。"逐渐地,这件事正在变成一个笑话:窟里的人在不断地给天女加上眼睛,而窟外的人在等待她们飞出来。大家都松了一口气,议论正在变成嘲讽。连首领本人似乎也露出了一丝笑意,他的狂怒已经过去,他不再想杀人了。他擦拭着弯刀,但这柄弯刀短时间内不会再向人劈去了。忽然间他厌烦了这一切,他吼道:"让我们离开这儿吧! 我不喜欢这个地方,把它留给天可汗好了!"他们在一眨眼的工夫里就上马奔去,快得就像一场梦似的。

画匠们开始收拾行装。他们不需要再干了。但他们将被士兵们押着向西迁徙。突厥人不会放过每一个被他们掳掠来的人。多少年来,他们靠着掳掠为生。掳来的男人成为奴隶,女人则按战功分给勇敢的士兵们。画匠们应该算是幸运的,他们只需要作画,而不需要干那些非人的重活。他们沉默地收拾着不多的行李。黎明时分,他们跟随着士兵们起程。这里的草棚和石炉都被遗弃了。一些剩余的灰烬和青烟表明这里曾有许多人待过。他们顶着风沙向西走去。士兵们沿途打听首领们已经到了什么地方。一些奇怪的地名从他们嘴里流畅地吐出来,那些名字一听就显得那么遥远,那么荒凉。他们神情黯淡,为各自的命运沉思着。

韩延寿觉得自己已经是一具行尸走肉了。他每走几步就回头看看石窟的方向,直到走出去几天的路程仍是如此。他的手神经质地在空中描画着,仿佛还在壁上作画。他总是走得很慢,常常落在最后。有时他忽然转身往反方向走, 然后在士兵们的大声喝叱中又被拖回来。他的心空空荡荡的,脑子根本不能想事。他会问:"我们去那儿干什么?"回答他的是一记皮鞭或靴子。每到一处,他不像别人那样立即躺下,而是坐在一旁看着太阳落山。到夜里,他的眼睛仍在黑暗中熠熠闪光。有时候,人们天亮后发现,他们所宿的残垣断壁间会画上一些简陋的画,这无疑是韩延寿干的。他的画笔和颜料被士兵们收缴了。但韩延寿用锅底的黑灰或一些褐色的石头继续作画。每到一处，画像总是会出现的。士兵们也不愿意再去干涉他了，反正他也不耽误行程。他们继续西行。这些人暗自惊讶，天地竟是如此广阔。士兵们放心多了，天可汗不可能追到这么远的地方来。除了天可汗，没有人是他们的敌手。他们将会很安全的。

他们和首领的人马会合了。这已经是一支残剩无几的部落。草原上的帐篷稀稀落落的。首领的声音也变得喑哑了。他正在迅速地苍老下去。他注视着这支由画匠组成的队伍。这里没有石窟，只有一望无际的草原。这里也没有房屋，只有帐篷。"这里不需要画匠。"首领想，"何况他们戏弄了我。他们用一个虚假的传说弄得我像个傻瓜一样等着和天女睡觉。"他吩咐将这些画匠分派到各位将军的帐下充当奴隶，和他们一样去打造武器，挖掘堑壕，或到远处的山上去砍伐树木，构筑营栅。他们将和奴隶一样在重活中累死，然后像死去的野兽一样被扔在草丛里喂狼。他们那孱弱的持画笔的手将会被巨斧或粗绳，以及各种笨重的工具折磨得不像样子。他们的手今后将会控制不住地颤抖，再也拿不住那轻巧的画笔。他们会变成废物，然后在突厥人的鄙夷中死去。一想到可以这样摧残他们，首领就忍不住内心的快乐。

韩延寿也不例外。为了污辱他，他被编入到由死囚和极北的野人族组成的奴隶队伍里。这些是突厥人眼中最低贱的人。死囚们总是瞪着绝望的眼睛，因为他们早已被判决，必死无疑；而野人族基本上等同于动物，他们皮肤白皙，头发金黄，高大英俊，但他们没有语言，只能用噢噢的呼喊来表示他们的意思。传说他们生活在天寒地冻的极北之地，在没有食物的时候，他们就吃人。在这些人不怀好意的目光中，韩延寿开始沉默地和他们一起服苦役。

突厥人需要更多的木头，他们出发到远处的山上去伐木。他们砍倒那些巨大的杉木，把它们拖上马车，运送回来。路上他们还要防备一些小股的游牧民族的袭击。在山上，不时有人被倒下的巨木压成肉酱。在砍伐树木的间隙,韩延寿剥下树皮,用木炭在雪白的树干上作画。他已经很长时间没和人说过一句话了。他在树上画画,然后看着它被野蛮人丢上车,那些画在碰撞中会被擦得不成样子。他面无表情。他在别的树上继续画新的画。野蛮人起初只是冷冷地望着他作画。后来,有一个人总是站在他背后看他,似乎有着浓厚的兴趣。不久,当他画画时,许多人都围拢来观看。有一天,他发现在伐木间隙,休息的时候,野蛮人已经给他剥好了树皮,并且给他准备好了细长的木炭条。他们将这些东西指给他看,一面噢噢地比划着。然后他们蹲下来,在他周围安静地看他作画。韩延寿第一次回头仔细地看着这些穿着兽皮,系着草绳的人。他们蓝色的眼睛在深陷的眼窝里有一种天真的表情,而他们微抿的嘴唇透露出内心的宁静和渴望。韩延寿转过头来,他的眼泪悄然滴落在树干上,他想:"这些野蛮人将来一定会成为一个热爱艺术的民族的。"很快,连死囚们也成了他的观众。在这些人中间,韩延寿得到了尽可能多的照顾,野蛮人将兽皮匀出来给他御寒,而死囚则省下食物偷偷地塞给他,他们还将他扛不动的木头接过肩去,为他的鞭伤或擦伤寻找草药。他们不让他在风雪和苦役中死去。两个月过去了,他们有了足够的木头,并且回到了突厥人的营地,尽管他们已经被折磨得不成人样了。

突厥人准备向更西的地方迁徙。他们泪眼婆娑,长时间地注视着脚下的土地。"在远方,"他们说,"在靠近一条狭长的海峡的地方,大片的草原在延伸。那里将是我们最后的家园。"他们将东西捆扎好,将车子的轮轴换成新的,马的脚掌钉得更加结实。这将是一次长时间的跋涉,比他们刚刚经历过的那一次要长得多。他们将要离开这片土地,不再回来。

逃跑的人在增多。没人愿意到那么远的地方去。连突厥人自己也在逃亡。于是严厉的惩罚措施被制定出来了。一旦被抓住,逃跑者将被斩去脚趾;有的在脚板底植上坚硬的鬃毛,让他们无法用整个脚掌落地。跟不上队伍也是很可怕的事,你会被狼或野狗吃掉,或者在风雪中迷路,冻饿而死,或者干脆被其他的游牧民族杀死。在突厥人走后,可以想象,这个地区将会有新的主人,如回鹘人、党项人什么的。他们对异族人的凶残并不比突厥人逊色。

"我必须离开这里,"韩延寿想,"我要回到石窟去。在这里,我什么也不是,我只是一个奴隶;到了更西的地方,也是如此。而在石窟,我是天女的创造者。我必须回到石窟,我的余生应该在那儿度过。"

在观看了一次当众斩去逃跑者的脚趾的仪式后,韩延寿开始考虑自己的逃跑计划。他默默无言地想了很多天。突厥人向西走得越远,他就越加恐慌。他嗅着那些陌生的草原的气息,对自己的计划忧心忡忡。他没有把握。一天,他望着前方快要没入地平线的血红的太阳,心里焦急如焚。他喃喃自语:"不能再等了,否则就走得太远了。"夜里,他在羊皮上画了一个人像。他没有画笔,突厥人对此已经有所防范。他偷偷地把头发编成一束,用地下的黑土混合着水做成墨。黑暗中他凭着经验在羊皮上摸索着画下了这个人像。他在人像的眼睛里点上了眼珠,在黑暗中他不知道自己点的位置是否准确,不过现在他只能这样了。他把羊皮放在自己睡觉的位置,然后爬到帐篷的边上,从帐篷底下钻出去,很快没入草丛中不见了。他确信自己没有被突厥人看见,他不担心帐篷里同住的野蛮人,那些人自己还想要逃走呢。他要提防的是突厥人的巡哨士兵。但在黑暗中,在半人高的草丛里,谁也看不见他。他要做的只是别弄错了方向。在爬出几百尺后,他知道暂时不再有危险了,便站起身来,向东面狂奔起来。

黎明,大家纷纷起身准备上路。在韩延寿躺的位置,一个人还在酣睡着。突厥士兵咒骂着上来踢他。他们踢到的只是虚空,那儿什么也没有,一些黑色的线条在空中骤然断裂,碎成一小段一小段,满地都是。那只是一个画中的人。他们发现帐篷的一角已经撕开了。他们叫道:"又有人逃跑了!"

五名突厥士兵被派出去追赶韩延寿。他的逃跑事关重大,一旦他逃跑成功,那些汉人恐怕全都得学样。他们必须把他抓回来,把他吊死在绞刑架上,这样才能震住那些胆怯的汉人。他们向东驰去,凭着他们快如闪电的骏马,他们相信用不了多久就会追上这个可恶的画师的。

从黑夜到白昼,韩延寿一直在奔跑着。有时候,他倒在草丛里沉沉睡去,他巨大的鼾声令野兽都不敢接近;或者,他在睡梦中奔跑,他的眼睛闭着,而双脚飞快地交替前进。他弄不清自己是否醒着。他知道一个人是不可能跑这么长时间的,按常理他早就筋疲力尽了,但他也知道自己还在跑着。在高可没人的草原上,他孤独的踩踏声沙沙作响。看上去似乎无穷的草莽在极力地牵绊他,他跌倒,又爬起来。他不是没有休息过。事实上,他觉得自己休息的次数太多了。他不断催促自己:"快起来,突厥人很快就要追上你了。"许多次他相信自己已经听到了追赶者的马蹄声。他趴下身子,在草丛中躲藏起来,结果是虚惊一场。在草原上,他并不十分担心,处处都是可以躲藏的地方。甚至食物也不缺乏。他跟野蛮人学会的在地洞口捕捉野兔的本领这时派上了用场;他在砍伐树木时练就的坚硬的手爪使他撕扯这些小东西的肉并不费力,同时长期的饥饿使他的牙齿像狼一样锐利。他咬着那些肉,嘴角滴下腥热的血滴。他不敢在草原上生火烤炙,在旷野上一支孤独的烟将给突厥人指明追赶的方向。实际上他也没有可以生火的东西。有时候他还遇见过秃鹫尚未发现的动物尸体,这也是可以吃的。他曾经涉过一些小河流,在那儿他喝饱水。由于逃跑得匆忙,他什么必需品也没带,比如说盛水的皮囊。他把衣服脱下来,在河流中浸透。在没有水源的地方,他就挤出衣服上的水来湿润嘴唇。他跑了很长时间。可以肯定突厥人没有发现他的行踪。

走出草地,石窟就不远了。而眼前的草正在变得越来越稀薄,沙砾越来越多地裸露出地面。奔跑了好几天之后,他到达了沙漠的边缘。在高一点的沙丘上,他能望见石窟所在的山崖。但他已经疲惫不堪。他时而会糊涂,他想不起自己一直在为了什么而奔跑。他怀疑这是一个不容易醒来的梦,只有在梦里,人才会这样长时间地没命地奔跑。他愿意相信这是一个梦。不过头顶上极其明亮的阳光证明他是错误的:没有一个梦会这么明亮。他继续前进,一面想着这些事。现在他跑不动了,他拖着双脚在行走。他的湿衣服已经完全干了,很长时间他没有进过一滴水,也不再有食物了。在沙漠上,要找到一个会移动的生命都很难。有几次他看见了一两株小得可怜的绿色植物,一瞬间,它们就进了他的嘴。他好几次登上沙丘,他看见石窟就在不远处,但好像他怎么也走不到那儿似的。他滚下沙丘,这样可以节省体力。但事后他必须花费更多的力气站起来。一次,他发现一条蛇呈之字形地迅速挪动。他想:倘若我能没有脚就可以流动,那该多好啊。他躺在地上,这样想着。他想闭上眼睛,睡上一觉。他知道在太阳暴晒下睡着了意味着什么,但他真想这样做。这时幻想中的突厥人的马蹄声令他再度站起来往前走。天黑之后,沙漠上寒冷彻骨。他躲进旅人们遗留下的沙洞,在里面瑟瑟发抖。他拾到一截生锈的断刀子,他将刀子尽可能深地插入地底,一个时辰后抽出来,然后舔食那上面凝结的露水。天亮后,他发现自己还没有冻死。他几乎已经厌倦了自己的生命,不过他又开始行走了。

阳光升得很高时,他看见了一座废圮的石屋子。风沙正在日渐掩埋它。他走进去,坐在地上,靠着墙休息。这时,马蹄声的的确确传来了,在他的后方。他不明白为什么这么长时间了,骑马的人竟然还落在他的后面。他在石屋中躲起来。不过他知道突厥人也会进石屋休息的。事实上,他相信这些突厥人并不真的想要追上他,作为士兵,他们对一两个微不足道的逃跑者并不介意,或许他们还在抱怨首领的多此一举。在突厥人的地盘外,他们变得胆怯起来。韩延寿将自己完全埋进沙堆里,只留下两个鼻孔出气。他盼望着这样能躲过突厥人。他太累了,他在沙堆中再度睡去。睡了多久,他不知道,他只知道在梦里,极度的焦渴始终伴随着他。他梦见自己是一个四处开裂但没有血液流出的人,因为他已经完全地被沙尘吸干了。他梦见自己被挂在旗杆上随风摇荡：一具干得连鸟雀都不愿意光顾的尸体。他怀疑自己已经被抓住了，被送回了突厥人的营地。不过，正在被吸入鼻孔内的沙粒让他想起了石屋子。突厥人一定已经离去了。他对自己说："我肯定醒着。"可他的身体完全不能动弹，甚至连手指也不能稍稍地弯一下。他觉得很舒服，这种彻底的瘫软是他一直想得到的幸福状态，就像童年时代的清晨赖在床上不愿起来一样。忽然间他惊恐地想道："我正在死去。我已经被自己埋葬了。"他挣扎着扒开身上的沙堆，像一具木乃伊一样摇摇晃晃走出石屋子。

外面的阳光极度刺眼。他看着地上自己细长的影子，还有那双连着影子的饱受摧残的脚。那双脚正在跌跌撞撞地行走，不过他丝毫也不认为那是自己的脚。"我是一个没有脚的人，"他想，"是灵魂在行走。"他向石窟方向走去。太阳在头顶上暴晒着，但他没有汗，因为他已经很久没有喝过水了。他连尿都没有。这次他确信自己正在死去。一个正在死去的人能走多远呢？他的好奇心也像太阳下蒸腾的热气那样若即若离。他看见了山，看见了石壁，他不断地撞在那些坚硬的突出的石棱上，但他一点也不觉得疼。他听见了远远的马蹄声。是突厥人。这次他们真正地发现了他。他们正向他靠过来。他们并不急于一下子就捉住他：他们追了他这么久，跑了这么远，得好好地消遣一下他。他们轻松地骑在马上，不远不近地跟着他，大声地笑着，喊着他的名字。他们间或向韩延寿射一两支箭，自然，他们不会射中他，箭会撞在他身边的石壁上，溅着火星落下来。他们噘嘴作啸，发出刺耳的难听的声音。韩延寿头也不回地走着。他无所畏惧，一个正在死去的人是无所畏惧的。他已经看到了石窟，看到了他们遗弃的草棚和石炉。他向那儿走去。"我将死在石窟里。"他对自己说，虽然他的嘴并没有发出声音，"我将死在我的天女们的注视下，那样我会得到安宁。"

这里并不是只有他一个人。一些乞丐在突厥人迁徙之后就占据了这些巨大的石窟。他们惊恐地逃散了，但他们逃得不远，他们发现没有什么危险,便躲在一旁看着这一幕。他们知道突厥人只是跟着那个像梦游一样在行走的人。

韩延寿扶着凹凸不平的墙壁进了石窟。他靠着巨大的壁画坐下来,极度虚弱地喘着气。在他的上方,巨大的佛像正慈悲地俯视着他。他钟爱的那些天女,丰腴圆润,面带微笑,似乎在迎接他的到来。他向她们伸出手去,仿佛想要抚摸她们。"我再也看不见她们了。"他想。他觉得自己正在哭泣,不过脸上并没有眼泪。干渴再一次袭来。他看见了洞里有乞丐们来不及带走的水罐,他爬过去。他已经端不动那些水罐了,只能在身边摸一块石头将其中的一个砸开,然后趴在碎裂的陶片上贪婪地吸食正在四散流淌的清水。陶片在他脸上割出了一道道口子,他并不在乎。现在,有了水,他觉得灵魂又回到了身体内。

窟外传来突厥人下马的声音。他们怪笑着,他们在推举进洞捉拿他的人。他们把这当成一件很有趣的事,他们要有滋有味地完成它。

韩延寿坐起来。他发现地上还丢着几支遗弃的画笔。石砚里还有干涸的墨迹。他把陶片上剩余的水倒进石砚里,然后用画笔蘸了蘸墨。他站不起来,环顾四周,在他身边的石壁上,只画着一些胡人乐师:他们穿着西域的奇异服装,头戴色彩斑斓的小帽,手里抱着各种叫不上名字的乐器。由于他们在佛的画像中只占据极不重要的地位,因此被画在最靠近地面的地方。韩延寿说:"现在,让我在作画的时候死去吧。"他伸出手,笔尖颤动着,他在他能够得着的所有胡人乐师的眼睛里,都点上了两点。然后他丢掉笔,倒在地上昏迷过去。

渐渐地,韩延寿听见一阵奇异的音乐。他睁开眼,惊奇地发现自己有了力气。他站起身,循着音乐走出窟外:他看见那些他点过睛的胡人乐师,正坐在窟外的沙地上弹奏他们的乐器。从窟内的石壁上,一个接一个的天女正翩翩飞出,然后在空中盘旋。他明白了,没有音乐,天女们是不会活过来的。在空中,似乎还有喃喃的讲经声,不过他想这也许是他的幻觉。突厥人先是在马上惊愕地看着这一切,后来他们纷纷滚下马,拜倒在尘土中,双手合十,俯伏在地上,不敢抬头。那些乞丐也张着大嘴跪在地上。此刻,空中佛乐悠扬,天女们在众人头顶抛撒花瓣。花雨纷纷,长带飘飘。韩延寿也跪倒在地,心中暗自祝祷。他感觉到天女们的香气,听到天女们的窃窃私语,连续不断的花瓣落在他的头上肩上,很快他就像是披上了一袭花朵的袍子。他听见越来越美妙的音乐,还有他幻想中的讲经声。他看见整个窟外的沙地上铺上了一层薄薄的花毯;众多的天女在巨大的石佛群像头上盘旋,一点也不显得拥挤。她们丰腴的身体在空中轻盈自如,她们修长的手臂抛撒花瓣时如同优雅的舞蹈。不久,音乐声渐渐小下去了,乐师们身上彩色的线条正在变得越来越淡,终于归于空无。天女们也向远处飞去,她们越飞越高,身影越来越小,直到蓝天将她们完全隐没。一切都消失了,只剩下目瞪口呆的人们仍长时间地跪在花尘中不愿起来。

▶ 发表于《钟山》2002 年第 4 期

# 长　门　赋

◎阿袁

我怎么会这么无聊呢？和沈安僵持到第九天的时候，小米想。

不过是沈安接了一个女人的电话。要说小米也没有真吃醋，吃什么醋呢？那个女人是沈安的弟媳阿媚，惹小米生气的其实不是沈安，是阿媚，有事没事便要打电话问好，虽说这不是男女授受不亲的年代了，可一个做弟媳的用得着常常向大哥问好吗？真想问好的话，想必也应该问大嫂吧？按小米的家教，至多她只应该捎带着问候一声大哥，才合礼节。可阿媚却不，电话哪怕是小米接的，她也会说：是大嫂呀，大哥在家吗？这时候小米常常二话不说，把电话摔给沈安，心里恶狠狠地骂一句：什么东西！不管小米什么脸色，沈安对电话那头的阿媚依旧会保持当大哥的温和。看着满面春光的丈夫，小米猜想，丈夫或许真的很受用吧。

哥哥最近还好吗？哥哥什么时候回家呀？无论如何，这是来自妻子以外的女人的关怀。逾越礼节的寒暄不再是寒暄，小米想，关怀只是表面，骨子里是一个轻佻的年轻女人对自己丈夫明目张胆的挑逗。

碰到这种事情小米就迁怒于沈安，苍蝇不叮无缝的蛋，癞狗不钻扎实的篱，总是你沈安有意无意地流露了些什么。这么一想的话，小米就生气了。生气中的小米不发一言，安静地做饭、洗衣服，心平气和地检查女儿桃子的作业,表现得和平日截然不同。平时的小米是很多话的,也喜欢"沈安,沈安"地叫,沈安——把衣服拿到阳台上去晾,沈安——替桃子拿双袜子来,可一生起气来,眼角也不扫沈安一下,到了晚上就抱个枕头到沙发上去睡。沈安呢,虽然是寡言的书生,可哄老婆的习惯也是由年轻时就保留下来的,所以小米一生气,后半夜沈安就会到沙发边去哄。本来也就是小事,不十分顶真的,而且小米又是个拐弯快的女人,当时是因为情绪来了,过后一想,也知道自己是无理取闹,所以一有台阶就下了。于是,每次都像游戏似的,结婚十年了,两人一直都是这样生气,可这一次,情况却有些变了。

　　问题出在沈安身上,都第九天了,沈安也不去把沙发上的小米抱到床上来,这在他们的婚姻史上是空前的。夜里卧室和客厅之间的门是开的,沈安总是这样,从来不做一件过头的事情。沈安的作息依然和平常一样,在电脑前坐到十二点左右,上床后再看半小时的书。在沈安的鼾声没有传出来之前,沙发上的小米屏声静气,虽然全身酸痛也不愿意辗转一下,小米不想让沈安觉察到她还没有睡着,失眠就意味着示弱。这时的小米非常的后悔,为什么自己跑出来睡呢? 倘若真生气的话,不会让沈安睡沙发吗? 身边的女友好像都是那样做的,吕小易还把丈夫赶到过门外呢。原来大家说笑的时候,小米不以为然,觉得还是自己的做法比较有女人味,既表达了态度,又不会伤了男人的自尊。可现在才知道自己蠢,这种方法原来是有致命缺陷的——它太被动了,如果沈安一年都不缴械呢,你小米岂不要睡一年的沙发? 看沈安这次的架势,似乎是真不想理小米了。

　　小米一时悲从中来。天蝎星座的人本来就喜欢上纲上线,现象暗示本质,小米想,沈安是不爱我了,为了一个女人的电话竟让我睡九天的沙发,以前什么时候他舍得这样呢? 记得恋爱的时候,有一次沈安和一个漂亮的女生多说了几句话,小米就小题大做地要和沈安分手,虽说是赌气,但如果沈安不低声下气地挽留的话,那时的小米也是能说到做到的。爱情是什么时候走的呢? 蛛丝马迹似乎也有,比如原来小米去买菜,沈安喜欢跟着去;小米动不动回娘家呢,沈安也喜欢跟着;结婚好多年了小米的指甲还是沈安剪的。可后来呢,沈安就总是说忙,忙什么呢?忙着上课,忙着写论文,忙着做课题,即使是假期也得忙着看书。小米和沈安虽然一样都是师大的老师,但小米是没有什么想法的,得过且过地教教书。可三十多岁的沈安,扛着个博士的学历,在教研组是有很大压力的,这些小米原是理解的,正因为理解,小米就忽略了一些细节背后所隐藏的变化。小米想,我真是个粗心的女人,竟然不知道那些都是借口,不知道这个男人对自己的爱情早就没有了。爱情没有了,那还怎么活?小米是个爱情至上的女人,黑暗中躺在沙发上不禁泪下如雨,万念俱灰。

这时的小米便真的恨起沈安来了。咬人的狗不叫,看来是真的,自己吃了暗亏,却说不出理来,小米和沈安的关系总是这样。小米是花拳绣腿,又在明处,是连沈安的毫发都伤不到的,而沈安的功夫呢却是绵里藏针,一出手招招着人要害的。表面看来是小米兴风作浪,可实质呢,却是由沈安在幕后操控,收收放放,长长短短,都是沈安说了算的,其中的微妙外人不知,可沈安和小米却是心照不宣的。但小米表面也不是能咽下气的人,兵来将挡,刀来剑去,你用阿媚来伤我,难道我就只能哑子吃黄连吗?要不珍惜大家就都不珍惜,小米恨恨地想。那时,小米也有一件事瞒着沈安,有个叫杨杲的广西学生,爱上了小米。年轻的时候碰到这类事,小米都是会对沈安如实以告的,不都是因为磊落,也是带有自我夸耀的意思,想让沈安好好珍惜她。谁谁谁的语言不检点啦,谁谁总爱来串门啦,尤其是沈安在外地读博的时候。别以为自己是博士就了不起,小米说,假如你敢在外面拈花惹草,我一样红杏出墙。小米喜欢在电话里和沈安做这样调侃似的要挟,沈安表现出来的真真假假的不安,让小米觉得很甜蜜。可杨杲这个人,小米一直没对沈安说过,也不是有意的,只是不知如何说起。小米是中文系的老师,在系里主讲唐宋文学,虽然个子小,上课的时候却充满激情,每次讲到李商隐之类的大家时,差不多都是手舞足蹈的,学生都喜欢听她的课。小米呢，心态又年轻，又不喜欢端架子，所以课间课后总有些学生会来找她聊天。一开始，也不过就是借借书。杨呆是个很爱读书的学生，也读了不少书，只要是时下畅销的小说，杨呆都会来向小米借，像阿来的《尘埃落定》、王安忆的《长恨歌》。杨呆要借的书，小米每每都有，小米是个爱看小说的人。小米如果没有，杨呆就去买，看完后又借给老师，两人常常会就小说里的人物争论开来，比如《长恨歌》里的王琦瑶，小米觉得自古都是红颜命薄，在劫难逃的，可杨呆却说这是她性格决定的人生悲剧，小米觉得杨呆是更像朋友不像学生的。

　　有一次，课后两人一起走，师大新建的教工楼都在西门外，杨呆说要到校门口吃冷面，每周三杨呆都有理由陪小米走到西门口，一路上两人闲谈着。杨呆问：老师有《洛丽塔》吗？小米说：我没有这本书，不过我在网上看过，也看过根据这本书改编的电影，中文译名挺诗意的，叫《一树梨花压海棠》。杨呆是个高个儿，走在身边的小米必须侧仰着头，才能和他交谈，小米的感觉便和平时在讲台上有些不一样，仿佛自己不是杨呆的老师而只是朋友。这样一来，小米的语言就有些兴之所至。小米一向口才很好，遇到谈得来的对手和话题，那简直是妙语如珠，无所不言的。当年的沈安就是被小米神采飞扬的清谈所吸引和俘获的。两人走到校门口的时候，杨呆问：老师觉得爱情和年龄地位有关吗？这仍是《洛丽塔》的话题，与现实无关的，所以小米想也没想冲口就说：理论上来说，真正的爱情是超越一切的。也超越婚姻吗？杨呆追问时的语气和眼神，让小米吓了一跳，异常严肃和专注。小米猛然从语言的快感中回过神来，想：天哪！这小子该不是爱上我了吧？小米原是个敏感的女人，因为敏感，还常常犯下捕风捉影的毛病，有时寂寞的时候，也会有一些和沈安无关的风花雪月的幻想，小米多少是有些文艺气质的。这样的念头一生起，小米的脸噌的一下就红了。这时正好走到了师大的教工宿舍小区，小米便说声再见逃似的离开了杨呆。

　　小米再浪漫也知道一个三十二岁的女老师和一个二十岁的男学生之

间距离有多远。下周上课的时候,小米便刻意不看杨呆,也不叫他回答问题。小米想,或许是自己太随便了,不经意间的语言或举止引起了他的误解,青春期的男孩容易想入非非,这很正常,没什么可大惊小怪的,自己当学生的时候不也暗恋过体育老师,只是以后对他冷淡些就是了,他自然会知难而退的。但小米低估了杨呆的勇气,那天一下课,杨呆就送上了他新买的村上春树的《挪威的森林》,随书送上的还有一封长达十几页的情书。我爱你,小米,不是一个学生爱上了老师,而是一个男人爱上了一个女人,请不要以我的年龄来判断我的感情成熟与否,也请看在爱情的分上,原谅我的胆大妄为。情书里除了这种炽热的表白外,还叙述了他如何被小米打动的过程、他日夜的思念、他对克制这种感情所做的努力以及最终的不能自已。小米是躲在洗手间看完这封信的,一时间小米恍恍惚惚、心醉神迷,有多久了,没有看过情书?有多久了,沈安没有用过这么深情的语言?如酒的爱情早已远去,寻常的日子纷至沓来,寡淡得像白开水,以至小米都忘了那种微醺的感觉,杨呆的情书让时光倒流,小米又回到了十多年前。想着年轻的男孩在夜深人静的时候对自己的思念,看着镜子里自己渐老的容颜,小米百感交集。

感动归感动,迷惑也只是瞬间的事情,出了洗手间,小米便又是十分清醒了。女儿桃子是小学二年级的学生了,出落得如花似玉,站在个子不高的小米身边,已有些像个小女人的样子,小米如何能够还去接受一个学生的恋情?杨呆或许以为自己的老师是个脱俗的人,小米平日的我行我素给许多人留下印象,但这只是错觉,小米骨子里却是随世俯仰的,何况,师大的气候小米也是知道的,看似开放其实是保守,校园里不是没有师生恋,比比皆是,但那都是男老师和女学生。美术系的秦教授,六十岁了,还恋着一个外号叫小白的女生,弄得教授夫人颜面丢尽,可女老师呢,全校也就只有一个虞绢了。

虞绢的事件曾经在师大传得沸沸扬扬。虞绢是外文系的老师,以前就住在小米对面的那幢楼里，她丈夫在银行工作，进进出出的时候，小米也见过——是个很英俊也很冷漠的男人，虞绢的儿子似乎比桃子还要大一些。出事之前，这个家庭和校园其他家庭一样，表面上风平浪静——也是很美满的样子。谁也没想到虞绢会有那么大的胆做出那种惊世骇俗的事——挺温柔的一个女人，一张白皙的脸，头发一丝不乱，平日里给人的印象是不言不语、弱不禁风的，结果却和学生在自己的床上一丝不挂让丈夫撞见。丈夫工作的银行在市里，离师大很远，中午本来都不回家的，儿子的午饭也在学校吃，大学老师又不坐班，漫长的白天都是虞绢独自在家的，可那天虞绢的丈夫偏偏中途就杀回了家，愤怒中的丈夫没有考虑事情的后果——或许根本就是有意，想借刀杀人，男人的心思谁知道呢？当下就把这事捅到了外文系的领导那儿，要求系里开除那位色胆包天的学生。学生的父母来了，都是厉害的角色，无论如何也不答应校方的处理，把责任都推到了虞绢的身上——说是虞绢引诱了他们的儿子，时间、地点，连细节都是有的，还公开了虞绢写给那个学生的信。为求自保，他们简直不顾体面了，肮脏难听的话铺天盖地，句句都能让虞绢羞愧而死。那位英俊的丈夫带着儿子搬回了他父母家，离婚是一定的，郎心似铁，没有斡旋的余地，唯有这样才能洗刷一个丈夫蒙受的耻辱。虞绢就这样被毁了，在世俗的流言里，根本没有爱情，有的只是男女之间赤裸裸的情欲。况且这还不是一般的桃色事件，其中蕴含的色情意味远比《花花公子》或者克林顿的绯闻让人兴奋，因为这是身边人的故事，所有的想象都是有根有据、活色生香的。没有人理会虞绢的想法，也没有人想知道事情的本来面目，师大的老师个个健谈，每个人的谈话都是从同情虞老师开始，但没有一个人真的会同情虞绢，感叹只是故事的叙述与倾听的开始。从头到尾，虞绢没有为自己辩解一声，课是不能再去上了，哪怕系里没有停虞绢的课，虞绢也没有脸去面对全校的师生，闭门不出一个月后，虞绢选择去了南方。

　　辞职手续是陈青替她办的，陈青是虞绢的同事，也是那一个月陪虞绢走过来的人。小米后来从陈青那儿知道,若不是陈青日日夜夜地守着,虞绢或许就轻生了,遇上这样的事情,哪个女人能想得开?陈青说,没看出来,虞绢的丈夫会那么阴毒,自己有了外遇却不说离婚的事——怕丢了儿子,只是冷着虞绢。虞绢呢,隐约也知道丈夫外面有人了,哪个妻子在这件事上会真的迷糊呢?却不愿挑明了吵,怕双方破了脸,以后的日子过不下去。从一开始,虞绢就没想要离婚的,不说儿子,单想起两人以前的恩爱,就不忍心,可变了心的男人却是想恩断义绝的,出手的时候,半点也没有心软。虞绢就这样被毁了,毁在了自己丈夫的手里,像一个用久了的旧茶杯,丈夫摔碎它的时候毫不怜惜。

穿破三件花棉袄,不知丈夫好不好。因为日日被人家捧在手里,就以为自己永远会是夜光杯,却不知人家早就心生厌弃,没有了珍爱,丢或是留本是一样,女人的命哪,原来不过是旧茶杯的命。陈青和小米一聊起虞绢,就有一种兔死狐悲的伤感,惺惺相惜是难免的,女人之间没有什么不能理解。爱情没有了,为谁守身如玉?有没有事实上的外遇能说明什么?做与没做罢了,相似的境遇女人都有过,朝秦暮楚是男人的本色,能打动丈夫的,永远是妻子以外的女人。被丈夫冷落是难言之隐,女人引以为羞,可哪个妻子没有遭遇过这种难堪呢?

陈青是小米的朋友,就住小米的楼下,她爱人欧阳皓和沈安是同一教研室的,有时周末没事,两家会在一起打打拖拉机。拖拉机是风靡师大的一种扑克游戏,人人都会的。除了下围棋,沈安最喜欢的也就是这个游戏了。小米总要和陈青搭对,不为别的,就是想赢沈安,结果却总是输。每次开局前小米和陈青都摩拳擦掌发誓一雪前耻的,可最后不但前耻雪不成又添新耻。这种时候陈青一定要抱怨小米的,因为小米会泄露牌情,一有好牌就眉飞色舞的,可对家呢,却能声色不动,出其不意地置人于死地,尤其是沈安,牌桌上简直是冷面杀手,小米常常恨得咬牙切齿。之后两人便感叹,说到底都是男人厉害,女人永远不是他们的对手,小米和陈青是臭味相投、无话不谈的，两人一清谈起来，从没有时间概念的，书本、服饰、各自的心情、别人的是非，但聊得最多的还是各自的丈夫和孩子。陈青年轻的时候也是有十分姿色的，可生了儿子后，却胖得没了形，欧阳老师是个爱开玩笑的人，便常常嚷着要休妻。陈青对小米说：旁人都以为那是玩笑，是有口无心——他自己也这么认为，所以常常挂在嘴边，可天知道他是真是假呢？你瞧他在别的女人面前那色眯眯的样子。陈青喜欢在小米面前这样形容自己的老公，置之死地而后生，这是陈青的过人之处，丈夫那些花花草草的事儿，陈青是从不在女友面前遮遮掩掩的，迟早都是别人的闲言，不如自己说出来。揶揄的口气虽说难免会带有一点无奈的意味，但因为有意保持的局外者的姿态，所以能伤的只是皮肉，不关筋骨的。再说，这也不是陈青想遮掩就能遮掩的，欧阳老师对美人确实心向往之，这一点周围的人都是见识过的。有一次小米带一个朋友去陈青家借几本外文书，朋友是漂亮的女孩子，那天，欧阳老师正好也在家，那个热情——又是饮料，又是水果，过分殷勤的样子连小米的颜面都挂不住。但陈青呢却一直谈笑风生，脸上连薄愠都没有。陈青说，我不像你，我早就修炼到家啦，现在是刀枪不入的。小米常常吃醋的事情，陈青是知道的，包括阿媚这个人物，两人围绕她有过许多议论。小米说：女人格调的堕落完全是男人低级的品味造成的，男人不管到了什么年龄什么境界，喜欢的永远是年轻漂亮、轻浮低俗的女人，至于思想，那是无关紧要的。阿媚一有电话来，小米就会跑到陈青家发表类似的言论。这一次小米已睡了九天沙发的事，陈青从一开始就知道。两人深谈起来的时候，那是什么话都说的。天下乌鸦一般黑，你也别指望你们家沈安是一只白乌鸦，陈青说。陈青从不说"沈安不是这样的男人"之类的安抚话，但交往多年之后，小米已能领略陈青话里藏话的体贴，既然天下的男人都是这样，你小米又有什么好难过的？

陈青也知道杨呆的事。为了撇清自己，小米在叙述这事的过程当中不自觉地用了戏谑的语气，因为两人平时也会就这个话题开开玩笑，都是从年轻过来的，都有过被自己的学生暗恋的经历。不同的是，年轻的时候喜欢的是持重的年纪大的男人，男人的经验，男人的沧桑，男人的智慧，男人由岁月累积的一切在女孩眼里都光芒四射，于是年轻的女孩就像一只只趋光的蛾，谁还知道年轻本身的魅力呢？自己就是花骨朵。可华年一过，却对岁月恐慌起来，开始心折于青春本身，丈夫日趋中年的身体和心态让人绝望，也唤起女人对年轻的向往和爱恋。两人无聊的时候也会谈起某部外国片里的年轻男影星，就对男人的品味而言，两人都有些崇洋媚外的。小米问陈青：假如你在一个完全陌生的地方被莱昂纳多诱惑，老实说，你还能守身如玉吗？陈青说：别色啦！你以为莱昂纳多疯了？类似的玩笑总能让两人开怀大笑，小米正是在这种玩笑的前提下向陈青说起杨呆的情书。尽管小米知道这样的氛围这样的语气有些对不起杨呆，但也迫不得已，对小米而言，倾诉这件事是一定的，因为小米是藏不住心事的人，可如何倾诉却非常微妙。小米看上去心无城府，可心里也是能分清轻重的。陈青说：这不正好吗？你就把情书放到沈安的书桌上，威胁威胁他，让他看看——虽然米娘已是半老，可风韵还是犹存的。

但小米还是犹豫了很久，不是对杨呆这份感情还存了什么念头，小米既然把这件事说出来，就没打算开始什么，怎么会有开始呢？即使单纯的生活使小米没有经历真的世事沧桑，但小说是读多了的，包法利夫人的命运如何，安娜的命运又如何，外遇对女人而言注定是悲剧的结局，也注定是短命的，在世人眼里，它是女人的堕落和沉沦，是水性杨花不守妇道，绝对是不容于世的，小米不是虞绢，小米骨子里是既清醒又世故的，再说，虞绢或许要的也不是爱情，或许当时她只是要一把利剑或者一根稻草，绝望中的女人的心思谁知道呢？但知道自己心意后的小米却对杨呆生出一种类似温情的东西。小米想，我真是无耻，竟然把这种事告诉别人，竟然还用那样轻佻的语气谈论杨呆，倘若杨呆知道了，他一定会瞧不起我。虽然小米不会爱上杨呆，也真的没有可能和杨呆有什么感情纠葛，但心里深处也还是有几分被打动了的,被人爱上总是美好的事,一个三十岁的女人除了吃醋,还有多少机会体验如此火热的爱情表白?就凭这一点,小米也不想让沈安看到杨呆的情书。

可杨呆的信却接二连三地来,都放在中文系小米的信箱里,小米没有给杨呆任何答复,回信是绝对不行的,因为有虞绢的前车之鉴;小米也不想把这些信交给杨呆的班主任,那会把杨呆毁了,小米太知道那些班主任是如何对待这些学生的,再说,这也不是小米为人处世的风格。小米想,还是低调处理吧,无为而待,二十岁的激情能持续多久呢?自己当年暗恋体育老师不也就是一个学期的事?时间会让一切事如春梦,了无痕迹。但小米忘记了男孩和女孩的差别,也不知道男孩子面临自以为是的爱情的时候有多胆大妄为,因为没有接到小米的回信,也因为小米突然间变得冷冰冰的态度,失魂落魄的杨呆有一天在西门外的拐角处堵住了正要去买菜的小米,杨呆说:老师难道真是冷漠的人吗?看着杨呆热烈而又伤心的眼神,小米一时心慌意乱,但慌乱之后,小米有些恼羞成怒:好歹你杨呆还是个学生,怎么敢对老师如此无礼呢?难道是我有什么不检点的举止纵容的?这样一想,小米吓出一身冷汗,便冷着脸说:本来以为你是聪明人,有些重话老师不想说,既然你不明白我的心意,那还是说说清楚吧。

如此的交谈总不能站在路边进行。师大西门外有许多咖啡馆和茶屋,但小米不想和一个正爱恋自己的学生坐在那样具有情调的地方,那会让杨呆产生错觉的,小米对自己说。但小米真实的心思其实是怕被别人看见,西门外是师大师生云集的地方,保不准会碰到小米的朋友,和一个学生待在咖啡馆那样的地方,总是不太好说清楚,再说有些事情原本又是不能解释的,当事人只要一开口,味道就会变了,本来是清清楚楚的紫菜汤,别人却能喝出五味俱全;就是给杨呆的朋友看见也不好,学生的嘴更没有轻重,流言总长了色彩斑斓的翅膀,小米深谙世道人心。所以,为避嫌疑小米选择了王太太绿豆汤小店和杨呆谈话。店是露天的,且就在菜市场边上，周围都是喧嚣的市声，小米知道大隐隐于市的道理，也想用这种选择来打击一下杨呆的自作多情，小米是喜欢在细节上用心思的女人。小店的太阳伞下摆着铺着格子桌布的小方桌，小米和杨呆相对而坐，小米要了一碗莲子银耳羹，替杨呆也要了一碗。这样一来，两人很像是偶遇的样子，绝对的光明磊落。小米一找到感觉，居高临下的状态就出来了，谈话自始至终，小米都是直视杨呆的。作为一个老师，小米知道如何保持心理上的优势。我不能输在一个学生手里，难道多出来的十年的光阴是白过的吗？小米想。暗恋也就罢了，还敢写信？写信也就罢了，还敢在路上截住老师？这真是一个胆大包天的学生，假如不及时阻止他的话，接下来不定会做出什么事来。因为心软而听之任之，在别人看来，或许那是欲擒故纵，到时真是跳进黄河也洗不清了，别人不知道，小米可知道沈安在这事上是如何小气的一个人。这样一想，小米是真的生杨呆的气了，生气中小米的语言势如破竹，都是劈面而来，无从躲闪的，声音不高，但语气却是冷若冰霜，又句句伤到杨呆的短处痛处，既凌厉又无情，简直刀刀见血！杨呆哪见过这种阵势，在杨呆的印象里，小米老师是有些小女孩气的，又会脸红，书读得多，话也有趣，所以才会心生爱慕之心，没想到，却也是一个又世俗又冷酷的女人，真是知人知面不知心哪！杨呆的爱情刹那间跑得无影无踪，昨天还以为坚如磐石生生世世的爱，结果只是在小米铺天盖地的语言面前，就土崩瓦解脆弱得不堪一击，世上有多少能坚持始终的东西？杨呆怀着无限伤感的心情落荒而逃。

但伤感的何止是杨呆，小米的情绪也糟糕到无以复加的地步。时近中午，太阳热热地斜照到小米的脸上，小米甚至能感觉到自己额上鼻上细密汗珠的动静，仿佛刚刚发过内功一样，小米四肢无力，一动也不想动。王太太进进出出地招呼着前来喝绿豆汤的客人，时不时瞅一眼小米一动没动的莲子银耳羹。客人多了，王太太想小米早点空出位子来，可这时的小米哪有心情去察言观色，身边是人来人往，有谁知道桌边年轻的女人刚刚经历了什么？无情哪里是自己真实的面目，可为了避免流言蜚语，却依然在学生面前扮演了如此的角色，男人的风流韵事满天飞舞，追究起来，都是逢场作戏，可有几个女人胆敢在这事上逢场作戏呢？再厉害的女人其实不过都是装腔作势——像小米一样，纸老虎一个，要么就得像虞绢，拼他个鱼死网破，玉石俱焚，小米此时真有些佩服起虞绢来，怎么说，也给了那个男人一顶绿帽子，出了一口恶气，不然白白地被欺负了，小米现在很能体会虞绢的心情。睡了十多天的沙发了，沈安那边却若无其事，丝毫不为所动，吃定了小米似的。尽管也把沈安恨得咬牙切齿——恨他明知她会不高兴依然不管不顾地接受阿媚的挑逗，简直是成心和外人联手来气自己；恨他对身边年轻女人的温柔关注，尽管多数时候是稍纵即逝，可身边的小米还是能够捕捉到；恨他得理不饶人，明知她在等什么，却装聋作哑，可小米终归只是小米，恨归恨，到底做不出什么出格的事来。

账留到以后慢慢清算，日子还长，不愁找不到报复的机会，小米想。只是眼前如何才能找到一个台阶？小米绞尽脑汁，也想不出一个头绪，如此不死不活的状态小米实在受不了。小米不是一个沉得住气的人，也知道在定力方面，她是远远不能和沈安比的。万般无奈，小米还是想法把杨杲的信给沈安看了，自然不是像陈青说的那样——把信直接扔在沈安的书桌上，那简直不像下战书而像举白旗了，怎么说，小米也是一个聪明而又喜欢花心思的女人。小米家的书桌有三层抽屉，第一第二层各属于沈安和小米，下面一层是两人公用的，放些明信片工作证装订机之类的杂物，两人平时不见了什么东西都会到那个抽屉去翻找的。杨杲的情书原来是放在第二个抽屉的底层，但因为存心想让沈安看见，就被小米转移到了第三层抽屉，很零乱地和其他什物混在一起，仿佛是漫不经心的，可实际上小米却为此费尽心机在信里都做了记号，每封信纸中间都藏了一根小米又细又软又短的头发，只要沈安一展开信，头发就会掉下来，为此，小米甚至还做了几次试验，小米知道沈安一定会看这些信，正如小米也会偷看沈安的信一样。

　　小米没有等多久，沈安第二天就看了抽屉里的信。那天一上午小米都有课，中午回家的时候就觉得沈安的脸色有些和往日不一样，阴阴的，一副山雨欲来的样子。沈安近些年很少这样，脸上总是风和日丽，但年轻的时候，沈安一吃醋，就会摆这种脸。小米还记得，有一次不过因为小米看一个男同学信的样子有些激动，沈安就摆了几天阴脸。小米喜欢沈安不高兴的样子，冷战十多天了，沈安一直心平气和，仿佛没事人一般，实在伤足了小米的心，也让小米上火，小米的唇都急起了血泡。今非昔比呀，若在早年，小米哪会沦落到这种境地，一言不合，立马就拂袖而去，连开口理论都懒得，可如今，别说拂袖而去，就是短暂消失几天都不可能，工作上的牵绊不说，光女儿桃子，就是小米千丝万丝筑就的茧。就算小米把万般都放下，要走也无处容身，"八十岁的婆婆无家乡"，女人活到三十岁，才能体会这句话的真实和悲凉，丈夫是女人的家，孩子是女人的家，女人如寄的命千年不变，读尽万卷诗书也是枉然，容颜绝世倾国倾城也是枉然。赵明诚死了，李清照流寓江南，身如飞蓬；项羽亡命垓下，虞姬血溅鱼肠，"大王意气尽，贱妾何聊生"，这是女人的千古绝唱。杨杲的情书，在大学老师小米这里，说到底也不过是司马相如为陈阿娇写的一曲《长门赋》，女人如水水如愁，千般迂回，万般曲折，不过都是无奈，几时真由得女人自己？

　　沈安呀，沈安，既然你不给我台阶，那我这次就给你好了，小米想。当晚便表现得比平日贤良十分，所有的家事都安顿好了，女儿桃子做完作业不到九点就睡了，小米躺在沙发上捧卷而读，心思却全不在书上，只是一心感觉着卧室里沈安的动静。养马三年知马性，和沈安结婚十年了，小米多少也知道沈安的一些行事风格，十点之前，沈安是不会到沙发边来的，怕女儿没有睡深，但十点后呢？小米忐忑不安，夫妻吵架不过夜，脚儿勾勾又说话，生气和质问都是引子，只要开口，不管过程是如何刀光剑影，不过就是欲迎还拒、欲就还推的幌子，到头来都是抱头而眠，婚姻中的爱情只有在硝烟弥漫的时候才能感觉到一些热度，小米极迷恋这种大病初愈般的感觉，就像过去一个得了美人痨的人迷恋大烟一样，多少次了，小米欲罢不能。但沈安却不知小米的心意——或许故意装作不知，二十天了，整整二十天，沙发上的小米焦躁得就像热锅里被翻炒的一颗栗子，积蓄的怨气也已能翻江倒海。冤有头，债有主，你就等着吧，沈安，这次不把你的肩膀咬得伤痕累累决不罢休，小米似乎都能听见自己牙齿嘎嘎作响的声音。十点，十一点，十二点，一点……等待的过程天长地久，每一分每一秒都像一根能随意拉长的皮筋，小米的神经简直要崩溃了。其间沈安出来两次，一次上客厅倒开水，一次上厕所，沈安有意放轻的脚步声，差点让小米的心停止了跳动。除了初恋的日子，小米再也没有如此惊心动魄地等待过了，但脚步声到底没有停在沙发边上。笙歌远去、柔肠寸断，深夜的等待再次成空。没有表面声色俱厉的质问，没有亦退亦进亦真亦假的生气，哪怕只是形式上的屈膝，他沈安都不为了，杨呆的情书甚至掀不起一场游戏般的战争，他沈安真像拥有三宫六院的汉武帝，不声不响之间就把小米打入了冷宫。绝望中的小米几乎想要冲进卧室掀掉沈安的被子找沈安理论：我小米知书达理、我小米守身如玉、我小米安贫体恤，凭什么受你沈安如此冷落？但黑暗中的小米什么也没有做——也做不了，山已裂，海已干，六月飞雪，鸟兽灭绝，天地已经坍塌，曾经的爱意灰飞烟灭，心碎的小米全身冰凉、气若游丝。

一夜无眠，小米花容失色。所有的锋芒所有的光彩所有的自信顷刻间消失殆尽，此时的小米，像一只褪光了艳丽羽毛的病鸟，恹恹地栖在陈青家宽大的沙发上。从初恋到新婚，又从新婚到初恋，小米断断续续又反反复复地诉说她曾经的爱情。陈青不言，只是低头喝着她的菊花茶，一朵朵干枯的菊花像张张老女人的脸，经水之后，仿佛妆后重生，可有谁能珍惜它们这种对美的苦苦眷恋之心？往事不堪回首，要说从前，陈青黛眉朱唇，身轻如燕，宿舍那是五楼哇，可年轻的欧阳不在乎，夜里出去或者回来，总喜欢将陈青背上背下，哪怕累得满头大汗、气喘吁吁；哪怕在楼道碰到邻居，他也不让陈青下来，他说，他要一辈子就这样背着陈青，他要让全世界的人都知道他背上的美丽女人是他欧阳皓的女人，男人的诺言是女人永远的翅膀，女人一下子脱胎换骨、得道成仙，从此步下生云、鞋不沾尘、衣袂飘飘、翩若惊鸿。可结果呢，不过是飞入了月宫，做了虽长生不老却夜夜独守空房的嫦娥——空欢喜的。婚姻是杯雄黄酒，没喝之前，女人是如花似玉的白娘子，喝下之后，绫罗帐里一条蛇而已，青峰脚下修炼千年，也没有破了男人的法眼，雷峰塔也好，天上的月亮也好，不过都是汉武帝用来囚禁陈阿娇的长门宫。

可陈青体贴，不说从前，也三言两语将沈安绕开了去，只闲闲地和小米聊起姜绯玉的事。

在师大，哲学系的姜绯玉是个传奇人物，无人不知的，当年那个绰约妩媚呀——真是一笑倾人城，再笑倾人国，眼儿一转，波光潋滟，男人的心即风生水起，欲静不能，那时师大的单身汉，怕有一半都是姜绯玉的裙下之臣，嫁谁呢？姜绯玉挑挑拣拣，拣拣挑挑——宁不知倾城与倾国，佳人再难得——怎么挑，算过分呢？就这样花了眼，一挑就挑到了四十岁。大学里四十岁的男人是黄金、是钻石，只要愿意，找个十八岁的学生结婚都可以；四十岁的女人呢，是残花、是败草，想嫁也不能了——不是嫁不出去，只是再没有相当的男人嫁，年纪合适又事业有成的，都是别人的丈夫，哪怕人家未婚，谁又想娶一个人老珠黄像件旧绣衣一样的女人？可再饥不择食，也不能嫁给一个一无所有的年轻男人，就算那个男人愿意吃软饭，姜绯玉也愿意养他，依然不行，自己好歹也是个教授，身份和颜面还是要的。已许久没有人要为绯玉做媒了——总是不成的，何必白操心？可前些日子，总务处的蒋科长又旧话重提，替绯玉介绍了一个男人，是个丧妻不久的鳏夫。蒋科长说，条件是相当的，人家是检察院的检察长，五十来岁，长得高高大大的，可姜绯玉一口就回绝了，如锦似缎的人生还没开始（其实也无法开始),却要陪一个死了妻子有儿有女的糟老头子,哪里会甘心? 绯玉不嫁,可总有人想嫁,不过半年,那个检察长又再婚了,娶的也是个漂亮女人,三十出头,刚和下岗不久的丈夫离婚。蒋科长见人就说:多可惜呀,那个男的本来我是要介绍给姜绯玉的。

小米比陈青更清楚姜绯玉的事情,哲学系和中文系都属人文学院,两个系的办公室就在同一幢大楼里,周二开会的时候,偶尔会在大门口或过道上遇见姜绯玉,昔日的美人如今依然是浓妆艳抹、锦衣华服,擦肩而过的时刻,暗香袭人,因为早就知道了姜绯玉其人其事,所以每次这样的相遇都让小米忍不住黯然神伤。什么胭脂能挽留逝去的岁月能遮掩憔悴的容颜? 什么香水涂在一个四十岁的女人身上能勾住男人的魂让男人想入非非? 香者自然香,去者不能留,四十岁的女人哪,早该洞悉一切,铅华去尽、素面朝天,怎还能长袖翩翩、强颜欢笑? 艳妆出行的半老女人呀,是最寂寞最凄凉最无依无靠的女人,是人群里的孤魂野鬼。

男人三十是烟花三月,是春风得意马蹄疾,是一日看尽长安花,可女人三十却是背面秋风下,这是陈青借姜绯玉的故事要表达的,小米懂得好友的心意。陈青说,知道为什么故事都要大团圆结局吗? 不是女人都守贞节,都要从一而终,而是因为女人无处可去。去哪儿呀? 在古代回娘家,可娘家有哥嫂,不容小姑的,《孔雀东南飞》里焦仲卿妻被逼得上了吊,《倾城之恋》里的白流苏带了一大笔钱回娘家,也还是待不住,所以用尽心思要嫁范柳原,还得谢一场旷世的战争,成就了她的姻缘。可今天的女人到哪儿去遇这种倾城之恋呢? 自然可以独居,反正有自己的薪水,不用丈夫养的,可一个人住着,形单影只,不是太孤寒吗?

是在半夜时分,小米轻手轻脚地回到了床上。沈安或许没睡安神,或许本来就是醒着的,转身就抱住了小米。两人都无言,只是静静地相拥着。沈安的手掌一遍又一遍地摩挲着小米脑后又细又软的头发,只是二十天,却像隔了一生一世。妥协后的小米有些伤感,但沈安的怀抱依然温暖,男人的爱情原来是女人的鸦片,一旦染上,想戒掉也难,所以千次万次回头的都是女人。钱锺书说,婚姻是座围城,外面的人想进去,里面的人想出来。可钱先生不知道,那些想出来的其实都是男人,女人却是守城者——守住里面的男人,也守住外面的女人。

男人哪里知道女人的心思。

不想从前,不想那桃花四月天,当男人的爱更行更远,女人却醍醐灌顶,从此冰雪聪明。

▶ 发表于《上海文学》2002 年第 6 期

# 力顿的晚餐

◎朱传辉

　　力顿在一家装卸厂打了两个月工，赚了一千块钱。力顿将七百块寄回家去，剩下三百。力顿算了一笔账，这三百块要留一部分当下个月的伙食费：力顿的一日三餐在附近一家快餐店解决，早上四个馒头一块钱，中午和晚上各吃一个最便宜的盒饭，每顿两块共四块，这样每天的伙食费至少要五块钱，一个月三十天共一百五十块。还剩一百五，力顿刚进城时，找不到工作，带的钱又花完了，向老乡借了五十。现在得还上。再有，力顿没一件像样的衣服，力顿准备去城东的洪城大市场买一件夹克，那里的衣服很便宜，至多五十块可以买一件。这样力顿就剩五十块钱了，这五十块就是零用钱了，可惜力顿不抽烟，喝酒也可以，可惜力顿也不喝酒。这么多的零花钱，力顿想想就觉得兴奋。究竟做什么好呢？力顿把两百五十块钱藏好，那是绝对不能动的；将另外五十块揣在裤袋里，还用手在外面拍了拍，五十块钞票的沙沙声真是好听。力顿就揣着他的五十块钱，出了工棚，上了街。

　　天色已经暗下来了，明明灭灭的霓虹灯将街道映照得梦一般不真实，力顿从一家家橱窗前走过，里面琳琅满目的东西令力顿眼花缭乱。力顿知道那些东西对他来说，华而不实，他钱再多也不会去买。力顿的需求比这

短篇小说卷

实惠得多,比如一双温暖舒适的鞋,一顿丰盛可口的饭菜。力顿的肚子咕咕叫起来,力顿这才记起自己还没吃晚饭呢。力顿脑子一闪,主意上来了,他每天从一家烤禽店门口走过,烤禽的香味每次都令他口水直流,他听说那家烤禽店的鸭子在全国都有名,何不买一只尝尝?力顿对快餐店便宜粗糙的饭菜已经腻歪透了:在锅里过了无数遍的肥肉片没有一丁点肉味,白菜里面永远夹杂着黄叶子;每次打饭还要遭人白眼,服务生总是粗声大气。力顿想,我真是受够了,今天晚上就奢侈一顿吧。力顿一想到烤鸭的香味,他的口水又出来了。

力顿用二十八块钱买了一只烤鸭。二十八块钱一顿饭!力顿想想就觉得心疼。力顿想起老婆孩子在家一个月也才砍回肉吃,每回至多不过一斤,一斤最贵的肉也才七块钱。而他力顿一顿饭就吃了四斤最贵的肉,他还是人吗?力顿真是有点后悔。不过已经买了,退不回去了。再说他不就只吃这一回吗?以后努力做事,多赚钱回家,让老婆孩子顿顿吃肉。

力顿一边想,一边提着他的鸭子横过斑马线。鸭子被装在一个烤禽店专用的塑料袋里,力顿现在要走回他的工棚去。工棚里床挨床,他的床在工棚一个昏暗的角落里,力顿准备坐在那个昏暗角落里他那张床上,美美地享用他的晚餐。从前力顿总埋怨他的床位光线暗淡,不过像今晚这么美妙的事情,还真怕光一照就不见了。

力顿越想越激动,肚子里已经叽叽咕咕叫成一片,力顿脚下也就越走越快。他过了斑马线,拐了一个弯,走了一段人行道,又上了斑马线。突然一辆车飞快地驰来,直朝力顿撞了过去。司机踩了刹车,但已经来不及了,眼看要撞上力顿,幸亏常年干体力活的力顿身手敏捷,伸手在车身上按了一下,将身子侧到一边去了,但手一松,袋子落在地上,车轮从袋子上碾过去,车子也就停了。

力顿吓出一身的汗,好一会儿才看清那是一辆叫不出名来的私家豪华小轿车,里面坐着衣衫光鲜的一男一女。要是往日,力顿看见坐小轿车的,总是灰溜溜的不敢正视,可是今天力顿觉得理在自己一边。自己好好地在斑马线上走,车子见了斑马线却没有减速。最可气的是,二十八块钱的一只鸭子,味还没尝到,就被碾到车轮子底下去了。力顿心里一恨,胆气就上来了,就一步冲上去,站在小轿车前头,对着轿车里开车的男人道:"你出来! "

男人却不出来。男人本来也吓了一跳,以为撞了人,可是现在看来并没有撞到人,虽然人家似乎有点生气,可是男人一眼看出来了,这个人不过是乡下来的打工仔。这就好办了。男人就不出来了,只是用矜持的目光看着力顿。力顿见惯了这样的目光:冷冷的,令人无比屈辱可是你又拿它没有办法。它不是那种真刀真枪的挑衅,也不是那种势均力敌的比拼,完全不是力顿所熟悉和擅长的任何一种实打实的对抗;它虽然不打在你的身上,可是却像刀扎在肉里一样令人难受。力顿简直不知道拿男人这种冷静怎么办好,力顿只是觉得手啊脚啊全被架空了,有力无处使,而心中的屈辱在一点点增加。力顿想,你凭什么拿这样的眼光看我? 我跑到人家店里,人家拿这样的眼光看我,是因为我的鞋子把人家的地弄脏了,我那身寒酸的衣服把人家的店弄得不美气了;我搬卸货物的时候人家拿这种眼光看我,是因为我连货物上斗大的字都不认识,没把货物按人家的规矩放好。可是你凭什么拿这样的眼光看我? 我只是在大街上本本分分走我的路。力顿又想到他的鸭子,一想到鸭子力顿就心如刀绞。力顿就又对男人叫了一声:"你出来! "

男人看出这个乡下人并没有被他的气势镇住,他实在不想这个时候在这种地方浪费时间,这种对峙完全不在一个层面。这个乡下人不是没有被撞吗? 可是他站在车前不走,还真不好办。男人想了想,还是决定下车去看看。

走下车后,男人并没有看力顿一眼,他走到车前,仔细检查了一下车子,还好,车子没有刮伤也没有撞伤。男人说:"你讲讲看,你要怎样? "

男人的语气很轻松,很随便。要怎样? 力顿这才想起自己还没考虑好这个问题。要怎样? 男人轻而易举就将问题推给了他。他能把男人怎样呢? 力顿觉得自己实在是犯了一个错误,似乎自己气势汹汹把男人叫出来,只是为了暴露自己此刻的懦弱和毫无主意。力顿本来以为,既然理在自己一边,他就可以力争一种公平的交涉,现在力顿发现自己力不从心。力顿山穷水尽的时候想起他的鸭子了。力顿抓住这根救命稻草, 力顿说:"你看看,我的鸭子!"

鸭子? 男人笑了,顺着力顿手指的方向看了看。男人完全放心了,一只鸭子? 就为了一只鸭子? 男人又笑了一下。男人的笑是真笑,并不是冷笑。男人现在觉得一切都可以在自己的掌控下进行。他摸清楚了,对手的实力实在微不足道,这种悬殊令男人产生一种成就感、一种志得意满的好心情,于是男人笑了。

但男人很快不笑了,男人笑是自己笑,并不是笑给力顿看的,对于力顿,他完全没有笑的必要。他以冷漠而有神的目光打量力顿,这是他长年以来形成的习惯,这样才能以静制动,以不变应万变,才能让对方摸不清自己的深浅,才能四两拨千斤,才能从容不迫。男人问力顿:"那么要多少钱,我才能赔你的鸭子呢?"

这时坐在轿车里的女人从车窗里探出头来,冲男人说:"快走快走,不要跟他讲,这种人,多给他几个钱就是!"

女人用的是这个城市的方言,力顿听得不是很清楚,可是加上女人的神情腔调,力顿也猜了个八九不离十了。不知为什么,力顿在突然之间改变了自己的初衷。力顿觉得自己终于找到一种战斗的方法了,力顿很激动,这种激动使力顿像导了电似的瞬间充满了力量,他觉得手啊脚啊,鼓鼓的全是力气,可是这力气张紧了,只是为了更好地从嘴巴里发出去。力顿说:"鸭子? 谁还真的在乎一只鸭子! 你难道连一声对不起也不会讲吗?"

男人突然发现自己原先的估计似乎有点偏差,好像事情并不在掌握之中了，变得有点出乎意料。男人当然习惯于彬彬有礼地对人说"谢谢""对不起""你好""再见"，诸如此类，完全是他的日常用语，但他只有在对某些至少与他对等的人使用它们时，才会觉得自然。他当然也对他的下属说，对酒店的侍应生说，对舞厅里的舞小姐说，但他只当是对他们的某种赏赐，就像发红包、给小费一样，而他们并不敢这样要求，只要他愿意，他可以说"谢谢""请""对不起"，也可以不说。但现在不同了，是这个灰头土脸的乡下人要求他这样做，这就完全不一样了。

男人现在有点后悔，他不该从车上下来，站在大街上，像个粗人似的和人交涉，他对充当这种角色没有信心。这个乡下人，什么也不要，只要一句对不起？这个突发事件让他的方寸稍稍有点乱。不过男人毕竟是经历过场面的人，男人于是冷笑了一声，这次的笑，是冲着力顿来的，男人说："我看还是赔你的鸭子吧。你讲吧，多少钱？唔，我还可以给你一点惊吓补偿金，两百块够不够？不够你说个数，我也不跟你争，三百？四百？五百？你讲吧，你讲个数。"男人的声音变得柔和，那是充满磁性的男中音，显得理智而威严，像孩子眼中放在大人手心的一块糖一样充满诱惑。

但力顿似乎已经搞不清楚五百块钱是个什么概念了，力顿没办法控制自己体内鼓鼓的力气，也就没办法控制自己的嘴。力顿说："钱？谁要你的钱！你这个人看起来体体面面，怎么撞了人，连对不起也不会说吗？"这时围了好些人旁观。力顿说："大家评评理，我走得好好的，没有偷，也没有抢，什么事也没做，只是回家去吃饭，他一下子开车撞过来，我躲得快，人还好，鸭子没了。我也不要他赔鸭子，只要他说对不起。大家评评理，他又不是哑巴……"

力顿亢奋不已，形势正发生逆转，力顿现在像挥舞着一把度身定制的剑一样得心应手。力顿一剑一剑地刺着男人，刺着男人的脑袋、脸、眼睛、鼻子、嘴巴、手和脚，还有心啊肺啊，肠啊胃啊，力顿想到哪里就刺向哪里。力顿恍若回到了他们村的打谷场上，也是有人围观，有人争吵，也是暮色朦胧。力顿说得痛快淋漓,说得唾沫横飞,似乎在骂男人,又似乎在说着自己这两个月里头的一桩桩窝心事,可是力顿并不伤心,只是觉得痛快。

也不知过了多久,力顿隐隐约约听见男人以一种很低沉的声音说:"行了行了,算我对不起你!"力顿从男人的声音里听出了胆怯、无奈、愤恨,还有不甘。但力顿不去计较这些了,力顿完全沉浸在自己的情绪中,力顿大手一挥说:"你走吧,以后要好好开车,不要乱撞人,走吧走吧!"

说着力顿也朝着回去的路走,力顿嘴停下来了,可是力顿的心里还在滔滔不绝地说。力顿说:谁他妈不想混个人模狗样,谁他妈不是人生父母养,谁他妈……现在力顿就说得没有章法了,但力顿还是按着自己的思路说了许久。力顿就这么一路回了工棚,到了工棚门口,才发现自己还没吃晚饭呢。

这个晚上的后来一些时候,当力顿在快餐店坐下来,吃他两块钱一份的饭菜时,他觉得自己刚从一个梦里醒来似的,眼前的一切又渐渐变得清晰起来:没有半点肉味的肥肉片,夹杂着黄叶子的白菜,粗声大气的服务生……

这时力顿又想起他的鸭子,一想起鸭子,力顿心如刀绞。

▶ 发表于《雨花》2002 年第 7 期

# 午 夜 的 门

◎陈离

在这个炎热的夏天,我和我的朋友苏东站在一座桥上说话。乌黑的河水在我们的脚下缓缓地流动着。没有风。幸亏没有风,否则我们的鼻子里一定充满了肮脏的河水所发出来的臭气。我真不知道他为什么约我在这样一个地方见面。在这样炎热的夏天的夜晚,约朋友出来见面应该选择在装有空调的地方,比如茶馆咖啡馆什么的。谁会约人在这样一个地方见面啊?可是我真不忍心说他。苏东的头发非常浓密,可是差不多已经全白了。但你要知道他就连三十岁也还不到啊!

我们认识有十多年的时间了。那时候他是一个风华正茂的少年(当然我也是)。那时候他的头发当然一点也没有白。连我自己也不清楚我们为什么能够成为朋友。我们的性格并不相同。后来所从事的职业也完全不同。苏东是一名银行职员,而我——按照我和苏东的共同的朋友张生的说法——是靠卖嘴巴皮子混饭吃的(也就是说,我是一名中学教师)。我们唯一的共同点是我们都喜欢书。也许最初我结交他就是冲他满屋子的书而去的。我喜欢看书,但不喜欢买(也没有钱买)。苏东喜欢买书,也喜欢看。

我不知道苏东这一次约我出来有什么事。我们已经在桥上站了将近半个小时了,也没有听他说几句话。但是我能够感觉他脸上的焦虑之色。

我的这个朋友是个喜欢焦虑的人。他经常为一些不知道是什么的事焦虑。——苏东，你应该找个老婆了！早在好几年以前，张生就这样对苏东说。仿佛苏东的焦虑全是没有找老婆而引起的。苏东的五官长得很周正，身高一米七二，月收入在两千以上。我想像他这样的男人，应该是许多女人心目中理想的对象。

快点找个老婆！像你这样的条件，再不赶紧找个老婆，会有人怀疑你在那方面有毛病了。早有人这样对苏东说。

这个夜晚苏东真是找我来谈这一方面的事的。

"沈梅……"我等了许久，终于等到他开口说。"沈梅"两个字从他的嘴里说出来很艰难。说话艰难是苏东一贯的风格。——不，我并不是说他说话结巴。认识苏东的人都知道他并不是一个结巴。但听他说话确实让人感觉到累。他总是说半截话，后半截常常被他吞进自己的肚子里，让人担心有一天他的肚子会被那么多没有说出的半截话撑破。

苏东又提到了沈梅，那个娇小而又丰满的女孩。那确实是个非常可爱的小女子。如果不是我已经结了婚，如果不是我老婆对我管得比较紧，说不定我会去追求她呢！坦率地说，曾经有好几次我都梦见过她呢。那真是个娇小而又丰满的女子。她的腰那么细，皮肤那么白，乳房又是那么挺拔，说话又是那么细声细气！

可是这家伙不是去年春天就向我们发誓再也不在我们面前提到沈梅了么！

在好几年以前苏东就和我提到过沈梅。大约是三年前吧，他带沈梅来见过我。那时候沈梅还在我们这个省城的一所中专学校里上学。苏东能够和她认识，是因为他的一位大学同学的妹妹和沈梅是同学。看得出来，那时候苏东就已经爱上那个小女子了。当着我的面他也并不掩饰他的爱意，不知不觉间还流露出生怕让我给抢走的意思。这是我的人，你小子可千万不要动什么坏心思。那天苏东的眼光时时在这样警告我。但是她最终还是投入了别人的怀抱。一个来自浙江的小男生，嘴上刚刚长出绒毛的愣头青。我既为苏东感到可惜，也为他感到一些耻辱。无论怎么说也不能败在这样一个毛头小子的手上！可是苏东对我说，跑了就跑了吧，有什么好的！你没有看见她笑起来有多么鬼么？这是典型的吃不到葡萄就说葡萄酸的心理。不过那个小女子笑起来看上去确实非常鬼。

她毕业后离开了省城，被分到一个县级小市的银行里工作。和那个浙江小男生当然是分道扬镳了。我知道苏东在心里还是对她念念不忘。他动不动就在我面前提到她。她和苏东是老乡（苏东也是从那个县级小市考到省城里来的，他幸运地留在了省城——所以并不是所有的时候他的运气都不好），又在同一个系统工作，偶尔有见面的机会。他每一次见过沈梅之后都会跑来告诉我。他忘了曾经对我的警惕了（也许是他发现了我老婆在这方面对我管得比较紧）。不过更大的可能是他极想找一个人倾诉。他只是想找一个人倾诉。而我几乎是他唯一可能的倾诉对象。我知道除了我和张生，他就几乎没有别的朋友。但是张生这家伙是个好色之徒！这是苏东对他的评价。三十多岁的人了还不结婚，但是身边的女孩子不断！而且总是越找越年轻！这真有点让人愤愤不平。

我可以肯定到现在为止苏东还是一个处男。我甚至怀疑他连女人的身体都还没有接触过——你当然明白我在这里所说的接触是什么意思。

去年春天单位上派沈梅来省城学习电脑。那天苏东激动不已地跑来找我。沈梅给他打电话了。春天。爱情。美丽。忧伤。那天苏东滔滔不绝地向我说了许多。是的，滔滔不绝。难得见到苏东的这一面。那天他再也没有说沈梅的脸上有诡秘之色。他说他在沈梅的脸上发现了忧伤。而忧伤的沈梅是多么动人啦！

千载难逢的机会来啦！这是好色之徒张生的说法。春天，万物生长，欣欣向荣，蠢蠢欲动。不过沈梅肯定是在利用你。利用你干什么？天底下怎么会有像你这么愚蠢的人！利用你调到省城吧！不过管他呢，你先把她干掉再说!

如果苏东所说属实,那段时间确实是沈梅积极主动地找他。我当然相信苏东说的是实话。如果我连苏东的话都不相信,那么在这个世界上我还能相信谁的话呢?

你说她是不是对我有意思?苏东红光满面地问我。

也许吧……不过她更有可能是对省城感兴趣。我也像苏东一样,把后半截话吞到肚子里去了。我们毕竟是朋友。苏东对我又是这样信任。对于一个如此缺乏自信的人,我怎么忍心打击他的信心呢?

我像一个情场老手似的给他出谋划策。他说他几乎天天晚上和沈梅在一起(他为什么不带她来见我?)。我想象着沈梅的身体,一定是比两年前变得更加丰满了吧?苏东不断地提起她脸上的忧伤。忧伤的女人也渴望男人身体的拥抱。苏东在这方面可真的是一张白纸呵。

那段日子大概是苏东一生当中所度过的最为激动的时光了。他把和沈梅之间一点一滴的进展都如数向我汇报了。今天他和沈梅一起逛街了。今天他和沈梅一起去咖啡馆了。今天他和沈梅一起去公园了。今天他和沈梅一起去看电影了!在电影院的黑暗中他和沈梅的手碰到一起了。他全身有一种触电的感觉。沈梅当然也有。他相信她有。否则走出电影院的时候她为什么一直不好意思抬头看他呢?在街头的路灯底下他明显地看到了沈梅脸上的羞涩。

还是去逛街。还是去咖啡馆。还是去公园。我真是有些为他着急。苏东,你现在要做的是把那个小女子带到你的房间里。你不是有一套三室一厅的房子么?虽然在七楼,爬起来有些累。你不会在爬了七层楼之后连脱一个小女子的衣服的力气都没有了吧?

沈梅终于去了苏东的三室一厅(有多少人在省城混了一辈子也没能住上这么大的房子呢!)。苏东告诉我这件事的时候像一个偷情得手的男人那样兴奋。除了他的母亲和妹妹,沈梅可能是第一个出现在苏东房间里的异性。苏东说住在他对门的他单位的司机肯定也看见沈梅了,因为这段时间那个胖子一直在以一种怪异的眼光打量他。

苏东走路的时候胸脯挺得比过去高多了。

春天真是一个美好的季节啊!我和我老婆亲密的次数也比以往增加了许多。你可真是激情澎湃,这是她一次事后对我的评价。我老婆是一个喜欢看言情小说的人,她的身上有一些文艺气质,每次事后都喜欢用一句成语对我的表现进行评价。

可不是激情澎湃么!

那天沈梅穿着一件白色的薄毛衣,脖子上围着一条浅紫色的纱巾。她走进了苏东的卧室,称赞苏东选的窗帘很漂亮,然后站在窗前看着外面。苏东的窗外有一块草地,草地上有一棵树,树叶在三月的月光下发出沙沙的响声。她双手交叠着放在胸前,留给苏东的是她的背影。她的背影看上去真是很美丽,真是一个渴望着男人的拥抱的背影。

苏东走过去从背后抱住了她。他的脑海里刚刚产生这样的念头,身体就像窗外的树叶一样沙沙地抖动。他紧紧地抱住她,似乎只有这样他才能够克服自己身体的抖动。但是他的身体一接触到她的身体,却不由自主地抖动得更加厉害了。他这时候已经别无选择了,他只有紧紧地抱住她,然后把她的脸扳过来。他的颤抖的嘴贴到了她的嘴上……床就在离他们几步远的地方。他把她抱到了床上……

当然,这一切都是出于我的想象。

她的背影看上去真的很……优雅。

一个看上去很优雅的背影。这就是那天晚上苏东所得到的最大收获。但是我知道他的身体在强烈地想念着她的身体。他的举动像是一个刚刚处于恋爱阶段的少年。他喋喋不休,唠里唠叨,一刻也不肯安静下来。沈梅。沈梅。沈梅。沈梅。沈梅。隔不了三分钟时间他的嘴里就会冒出一个沈梅。我真的有些后悔呵。我为什么不……苏东脸上的表情有些让人不忍心看。他并没有和沈梅上床，没有和沈梅做那件事。他也没有抚摸沈梅的身体，他没有拥抱沈梅，甚至他连沈梅的手也没有拉一下。

你害怕什么呢？

我害怕什么！我什么都不害怕！苏东说他什么都不害怕。但我分明在他脸上看见了焦虑之色。作为多年的朋友，我实在不忍心说他。可是女人哪，你以为你这样做就能赢得她们的尊重么？你这样"洁身自好"，还不知道她们在心里怎么想你呢。在这方面我可是过来人，我和我老婆无数次地在床上交换过这方面的感受。如果当初不是我先下手为强，那现在成为她丈夫的人也就不会是我了。

我很有些后悔我对苏东说了这番话。因为听了我的这番话后苏东的脸色变得更加凝重了。但是他说：

我并不害怕什么。我有什么好害怕的呢？我只是觉得，在我自己的房子里，和她做那种事有些不道德！

我真是哭笑不得。在自己的房子里做这种事不道德，那么在别人的房子里做这种事就道德么？

苏东说我当然不是这个意思。但她毕竟还没有和我结婚啦。

我真的为有一个这样的朋友感到可怜。苏东，如果你要这样想，那就一辈子也别打算结婚吧。

苏东的好处就是他从来也不固执。他听从了我的建议，在沈梅的电脑培训结束之后约她去杭州游玩。沈梅接受了她的邀请。出发的前一天苏东来找我商讨计策。我对他说，如果这一次机会你再不抓住，你就真的要后悔一辈子了。苏东说好，你就看我的吧。他这样说的时候脸上是一副孤注一掷的表情。这样的表情在他的脸上是很少见的。

我告诉他在旅馆住宿时就以夫妻的名义登记一个房间，不会有人找你要结婚证看的。现在有谁管这样的事？至于沈梅，她既然答应和你一起出去玩，也就不会在这样的问题上较真。你喜欢她，她想调到省城工作，这是两相情愿的事。愿天下有情人终成眷属吧。你要是这次再不大功告成，就真的再也没有机会了。

那次杭州之行的一切费用当然都是由苏东来出。诸如买票、问路、寻找住宿之处这一应事宜也都完全落到了苏东身上。沈梅所扮演的角色是一个什么都不用管的幸福的游客。不过她的这种做法也给了苏东一个便利，他在旅馆登记住宿时顺利地以夫妻的名义为两个人要了同一个房间。

那家三星级的旅馆在西湖边上。虽然一个晚上的住宿费花去了苏东近半个月的工资，他也丝毫没有痛惜的意思。那天晚上他的脑子完全被沈梅的身体占住了，晚餐吃得完全是食不知味。沈梅却是吃得津津有味。他们在著名的楼外楼餐厅要了一个露天的座位，一边吃饭一边可以看暮色降临时西湖的美丽景色。那顿饭两个人吃了三百多块钱（实际上差不多是沈梅一个人吃，结果当然是剩了不少）。

吃完饭后两个人又在西湖边散了一会儿步，然后回到了宾馆房间。是沈梅先洗的澡（苏东当然没有勇气提出两个人共同沐浴的请求。不，他绝不会是那样的人），然后苏东接着洗。沈梅先洗澡时留下的女性特有的气息令苏东激动不已。后来他告诉我他那个澡洗的时间实在太长（他一边洗澡一边想着洗完澡之后的事，这样的想象当然更加令他激动）。因为等她洗完澡出来时沈梅已经躺在床上睡着了。

这不可能。我说。

怎么不可能？苏东说。她真的睡着了。洗完澡出来我叫了她，她没有反应。我一连叫了她好几声，她都一点反应也没有。

这就完了？

……我还推了推她的身体，她也一点反应也没有。

这就完了？

……我站在她的床边，看了她很久……她睡觉的姿势真是好看，一只手举到头上，就像个孩子。那时候我真的好想抱住她……我真的好想……你想象不出她睡在那里的样子有多么好看。我真的是好喜欢好喜欢她……

那你为什么不……

……她离我那么近，我闻到了她身上的气息……一种非常好闻的气息。她是从来不搽香水的，但她身上的气息比任何香水都好闻……有一阵子我差点支持不住了……我差一点就做了坏事……真的，我好想扑到她身上……你知道她离我是那么近……我好想和她在一起……我多么想和她在一起啊！

…………

可是她睡着了……如果她没有睡着，那我就肯定已经和她在一起了……可是她睡着了。你真的想象不出她睡觉的姿势有多么好看！

那天晚上苏东当然是一夜未眠。他说他的脑子里转着无数下流的念头。第二天早上等沈梅起来他都不知道怎么面对她。

在经历了这样的一个夜晚之后，我知道苏东和沈梅之间已经彻底没戏了。不过这对于苏东，未尝不是一件好事。苏东这个家伙绝不会是那个小女子的对手的。虽然苏东一米七二，而沈梅只有一米五六。

之后苏东再在我的面前提起沈梅，我明显地表现出不耐烦。可是苏东似乎一点也没有看出来（他这个人就是这样，有时候太注意别人的脸色，有时候却又对别人的脸色毫无察觉）。那次杭州之行之后，沈梅就回单位上班去了。苏东说她真是奇怪，回去了就再也不与他联系。信也不写，电话也不打。他都不知道她在单位上怎么样。你说她这是什么意思？他问我。脸上的神色很是焦虑。

那段时间苏东几乎是天天来找我，我真的是有些烦了。他拿了沈梅的照片给我看。她站在一条船上，风把她的头发吹起来，她双手背到脑后，两只乳房骄傲地挺拔着。她不会对我没有意思的，她对我没意思为什么送照片给我？苏东凝视照片的目光让我不由得有些害怕。他像一个女人似的喋喋不休着，满怀深情地回忆着杭州之夜。

这样下去真的要出事。我赶紧让我老婆想办法给苏东介绍对象,他却一个都不见。张生则拉着他去桑拿(张生对苏东说:苏东你必须学会有时候以一种玩弄的态度对待女人,只有这样你才能成为一个真正的男子汉),他去了。事情还没有进行到一半,苏东就冲出房间大口大口地呕吐起来。张生付账的时候小姐问他:你的那位朋友怎么回事? 他是不是有什么病?

桥下的水有些臭,桥上的人很少,事实上只有苏东和我两个人,车辆也很少。我不知道苏东怎么发现了这样一个偏僻的地方。沿河有人搭了几座棚子,那里可能是城市拾荒者的家,这说明河水的臭气还是让人可以忍受。况且,我有责任忍受这河水的臭气,以及这八月的夜晚天气的炎热。虽然我刚到桥上的时候有些对苏东感到恼火(这家伙也太木头木脑了,找朋友谈事竟然选择这样一个地方!),但我和苏东毕竟是多年的朋友。如果他出了什么事,我毕竟会难过上一阵子(还有一点也并非不重要,每当苏东向我倾诉他的不幸,我都能加倍感觉到自己生活的幸福。所以,如果隔一段时间我没有听到苏东的倾诉,我就会强烈地想念他)。

在那个炎热的夏天的夜晚,我看见我的朋友苏东流泪了。他流泪的样子看上去很可怜,但也有些愚蠢。如果你看见一个快三十岁的大男人当着你的面流泪,你的心中会是一种什么感受? 开始的时候我也感到非常难受,但我想到了自己的责任。我的责任是安慰他,而不是陪他一起流泪。当想到这一点的时候,我的心情就变得开朗起来了,我变得像一个父兄似的有耐心起来。我知道他的流泪肯定又是与沈梅有关。作为一个父亲或是兄长,我虽然有些为他的不争气的表现感到生气,但我还是耐心地鼓励他将心中的痛苦和压抑倾诉出来。我愿意倾听他的诉说。我知道他的诉说是有利于他的身心健康的。而且,对于我的身心健康也是有一定的好处的。

下面就是我的朋友苏东的诉说:

我在心里发过誓再也不去找沈梅。是的,我也向你发过誓。但我实在忍不住。那是一个月以前的事,我的堂兄给我打来电话,说我父亲病得很重,叫我一定回去一趟,说要是回去晚了就再也见不到父亲了。你知道,我的父亲一直一个人住在乡下,我是他唯一的儿子。我曾经叫他搬到省城来和我一起住,他不愿意,我也没办法。自从我上中学后,他就一个人过了,也许他是这样一个人过惯了。父亲生了重病,我当然要回去看他。这时候我都不回去看他,我还是他的儿子么? 所以我是一定要回去看他的。

你知道我回家很不方便。先要坐火车到九江,然后再坐船到县城。到了县城之后,还要坐轮渡。那天也是不巧,起了很大的风。我下午一点多就到了县城,但是一直等到天黑了也没有轮渡。渡口上的人说这么大的风,是没人敢开船的。到了下午四点以后,渡口边上差不多就只有我一个人在等船了。工作人员都叫我不要等了,他们说等也是没有用的。风这么大,谁敢开船? 毕竟人都是怕死的。可是我不甘心,我倒不是在心里惦记着我父亲,不是的。既然我已经到了县城,我就必须尽快地赶回家,我可不愿意在县城里住旅社。我在县城里倒是有不少的同学,各个部门都有,但是我不愿意去找他们。你知道我这个人在这方面的能力比较差,也许是我从小性格内向的缘故吧,我不愿意和人交往,我在这方面有心理障碍。我在和人打交道时总是感到害怕,害怕什么我不知道,但我就是感到害怕。我知道这样对我很不利,这种性格已经让我错过了许多机会,但没有办法,我就是感到害怕。你说我能有什么办法呢? 再说,同学那么多年不见了,再见面能有什么话说呢? 平时从来不联系,有了事就去找他们,他们会怎么看我? ——他们一定会说,哦,你是回不了家,没地方可去了才来找我们,所以还不如不去找他们。我总觉得人与人之间是要有缘分的, 比如我们之间,就特别有缘分。

就是在这样的情况下,我才想到去找沈梅。那是我第一次到她住的地方。但县城就只有这么大,我知道她上班的单位,要找到她的住处并不难。——在这方面我并不笨。我并不是一个特别笨的人,你说是不是? 当然,我在下定决心去找沈梅之前犹豫了很久,其实我心里也是很害怕的。我们已经有差不多一年的时间没有联系了,我这样突然去找她,我怎么知道她会以什么脸色对待我?在这方面我真的一点把握也没有。再说我也得为她想想。你知道县城是个很小的地方,一有点什么事情就很快传开了。一个男人出现在一个没有结婚的女孩子的房间里,她又年轻,长得漂亮,而那个男的又不是她的未婚夫,你知道别人会怎么想? 这种事情肯定会在第二天一早就传遍整个县城。但是那天晚上我是一定要去找她的。这件事不做,我那天晚上就根本过不去。那天晚上不知道我怎么就有了勇气。事后想起来,我都不知道自己的勇气是从哪里来的。你知道我一贯是一个胆小的人,特别是在和女孩子打交道的时候,我的胆子尤其小。

那天晚上我去找沈梅,主要是想弄清两件事(我想见她当然也有另外一个非常重要的原因。至于没地方可去,那是不存在的。我完全可以在县城里找个旅馆住下来)。一是她当初为什么拒绝我而找了她的那个浙江同学。你知道那个浙江小子个子不到一米六五,长得也不怎么样,也没有听说家里有什么势力。他除了一张嘴比我会说,什么地方可以和我相比! 我怎么说也是大学毕业,在省城里有一份许多人都羡慕的工作,又体面,工资又高(他这样说的时候用眼睛不好意思地瞥了瞥我)。我真的不明白沈梅会不选择我而选择他。我知道她和那个浙江小子在一起是绝对没有什么好结果的。——可不是么,还没有等毕业两个人就各奔东西了! 另外,就是为什么她从杭州回来后突然就不再理我。我写信她也不回,打电话她也不接。我威胁说如果再没有她的消息就要上她单位去找她了,她才给我回了一封信。她在那封信里什么也没说,只说两个人不合适。这不是等于什么也没有说吗? 可是我再给她写信就得不到什么回音了,我就再没有给她去过信。——再继续给她写信不就等于是纠缠么? 我再怎么样也不会去纠缠一个女孩子。但是我不明白,如果她认为我们两个人在一起不合适,她为什么要答应和我一起去杭州玩……而且是两个人住在宾馆里的同一个房间里。如果她不喜欢我,如果她对我没有意思,她会做出这样的举动么?我真的不明白。我一直想弄清楚这件事,可是没有人能够给我一个答案。——我不是也和你探讨过这件事么,你也不能给我一个答案,是不是?你说的理由在我看来是根本不成立的。你说现在这样的女孩多了,我不相信。至少我不相信沈梅是这样的女孩,根本不喜欢一个人却可以和他一起出去玩,而且晚上可以和他同居在一个房间……还有就是那天晚上在杭州她怎么一个人就先睡着了?你说她装睡是不可能的。我不想和你争——那天晚上她是一定先睡着了的。不过这件事后来我想想也觉得蹊跷……难道她就对我的人品那么放心?如果我是一个坏人呢?如果我起了歹心怎么办?如果我把她……那样了,怎么办?你不是说她只是想利用我么?你不是说她并不怎么喜欢我么?那她怎么能在我的身边安然入睡?这件事是我怎么想也弄不明白的。

我的突然到来肯定让沈梅感到大吃一惊,这是我从她的眼睛里看出来的。如果不是怕你笑话,我会说我在她的眼睛里看到了惊喜。不管你信不信吧,反正我认为沈梅对我是有感情的。有一件事很清楚地证明了这一点,那就是我们见面之后,我问起她最近一年来的情况。她没有回答我,而是转过身去,背对着我。过了很久我才发现她是在背对着我流泪。一个会当着男人的面流泪的女人,会对那个男人一点感情也没有么?这一点你就是打死我我也不会相信的。

看得出来,她这一年来过得一点也不好。虽然她在单位上分到了一套两室一厅的房子,可是在县城里一套两室一厅的房子算得了什么呢?我问她这一年来的情况,她却一个字也不肯说。我问她从杭州回来后怎么就突然变卦了,突然就不理我了,她也一个字都不说。她问我吃饭没有,我说没有吃。她就给我下面条吃,里面放了西红柿,放了鸡蛋,还放了火腿肠。我随口说了一句我吃面条时喜欢就榨菜,她就专门跑到楼下的小店里买了一包来,给我吃。我叫她不要去,可是她偏要去。

吃完了面条,我们就看电视。她也不问我这一年来的情况,只是漫无目的地看着电视,一直看到很晚。我也不说走,我实在是不想走。如果能够就这样两个人看着电视过一辈子,我一定非常愿意。我真的是喜欢她啊,能时时刻刻都和你最喜爱的人在一起,不就是世界上最大的幸福么?世界上还有什么样的幸福能胜过它呢?你能告诉我么?那天晚上我是豁出去了,我就不提出来走,如果她先提出来要我走,那就到时候再说吧,反正我是不会先提出来了,我赖皮也就赖这一回了。我为什么就不能赖一回皮呢?你不是说我这个人太好了么,那我就赖这么一回皮吧。

　　我和她坐在同一张沙发上看电视。她的房间里也只有这一张双人沙发。——不过她也是可以让我坐在椅子上的,或者是她自己坐在椅子上。但没有。我们两个人就坐在那唯一的一张双人沙发上。当然,我们之间保持着那么一些距离,非常小的一点距离,象征性的。她的手离我的手很近,我一不小心就会碰到她的手。——我不知道她是不是有意的,她的手开始放在腿上,后来就放到了沙发上。我们坐得那么近,我怎么能一不小心就触到她的手?我的手只好僵在那儿不动,我的身体也僵在那儿。我的手只要伸过去那么一点点,就可以捉住她的手。我的脑海里被这个念头占住了,电视演的什么当然一点也不知道……我多想将我的手伸过去,将她的手握住……我真想啊!有好几次我的手就差一点伸过去了。可是我不敢,我拼命地在心里鼓起自己的勇气,我一遍又一遍地在心里喊着:

　　　　一,二,三!
　　　　一,二,三!
　　　　一,二,三!
　　　　一,二,三!
　　　　一,二,三!
　　　　…………

可是不行，我的手就是无法越过那么小小的一点距离，那时候我真是恨自己啊！我恨自己是个胆小鬼，我真是个胆小鬼，我可不是个胆小鬼么？我又要再一次地错过这么好的机会么？

这样的时刻不知道过了多久（我自己觉得有好几个世纪那么长，又仿佛只是短短的那么一瞬间），我终于听到她说：

已经很晚了……

那一刻我的脸一下涨得通红，我以为她这是在下逐客令，或许话里还有一些责备之意，怪我为什么这样晚了还待在一个女孩子的房间里不主动提出离开。其实她并没有这样的意思。令我吃惊的是，她说，已经这么晚了，你就住在我这里吧。我待了一会儿，才说，那也好，这么晚了，说不定外面的旅馆都已经关门了。当我这样说的时候我的心狂跳不已。这真是出乎我的意料。我又要和沈梅在同一间屋子里度过一个夜晚了。这一次和杭州的那个晚上不同，那一次是我要了一个阴谋诡计，这一次却是她主动留我。情况不一样，你说是不是？

我说过了她住的是刚分到的两室一厅。她自己住在朝南的那个房间，那个朝北的房间大概是作客房用的。里面有一张单人床、一张桌子和一张椅子。她说她家里偶尔来人，就住在这间客房里。她给我新换了一张床单，连枕巾也新换的。当她为我做着这一切的时候，有一股暖暖的东西从我的心头流过……你不要笑我。我有时候是有些喜欢激动，就像个孩子。但是她绝不是像你所想象的那种人——你说她和我交往只是想利用我，这是打死我也不会相信的。我有什么可利用的地方？我既没有当什么官，我家里也无权无势，我有什么可利用的呢？

我已经不记得了，我是在什么时候发现她安排我住的房间，以及那间她自己住的房间都是没有门的。我刚进来的时候肯定没有发现。可能是在她为我整理床铺的时候发现的——这种可能性最大了。现在的城里人都喜欢在房子的装修上花钱。沈梅的房子却是一点也没有装修的。这也好理解，一个单身女子怎么会花钱装修自己住的房子呢？总得等结婚以后两个人商量着怎样装修房子。再说，沈梅也没有打算就这样在县城里待一辈子。我知道她是不会就这样在县城里待一辈子的，总有一天她要离开这个地方。县城毕竟太小了，怎么会容得下她这样一个人呢？

一定是我在卫生间里洗漱的时候她换上了那套碎花的睡衣的。沈梅穿着那套碎花的睡衣真好看。她的个子不高，皮肤又好，特别适合穿这种碎花的衣服……我躺在床上，满脑子里都是她穿着那身碎花睡衣的样子……我还想象着她的在碎花睡衣里面的身体……谁说我老实？我这个人有时候也很坏呢。真的，我经常感到自己是一个很坏的人。我的脑子里经常转动着一些无法告人的念头。如果我把这样的念头全说出来，肯定会吓人一大跳。当然，我永远也不会说……

当初我来找沈梅的目的这时候早就被我忘到九霄云外去了。……呵，还有，就是我的父亲。你看我说了这么久都没有提到我的父亲，而我的堂兄告诉我，我父亲在乡下病得很重……那天晚上我一直想着沈梅，而很少想到我的父亲。你说我这个人是不是很自私呢？真的，我经常感到我是一个很自私的人……我就这样躺在床上一遍又一遍地想着沈梅，想着她的包裹在碎花的睡衣里的美丽的身体……是的，我从未见过她的身体……但我知道她的身体一定是无比美丽的……我躺在床上翻来覆去的睡不着……这样的春天的夜晚啊，你说我怎么睡得着……我翻身的时候故意把床弄得很响，目的很明确，就是希望沈梅听到，希望她知道我躺在床上睡不着。但是无论我把床弄出怎样的响声，那边都一点动静也没有……她这么早就睡着了么？如果她这么早就睡着了，那表明了什么？真的像你说的一样，沈梅对我根本就没有那方面的意思，她最多也就是把我当作一个一般的朋友么？

那天晚上我第一次被这样的念头吓了一跳。这样的念头也令我无比痛苦。你知道，我这个人，一直是……自卑心理比较重，特别是在和异性交往方面。我激动地从床上爬起来,激动地在房间里走来走去。我为那个念头苦恼着。我这个人真的是这样对于女性毫无魅力可言么?她们即使和我交往,也从来没有把我看作一个男人,她们只是觉得我这个人好,才愿意和我交往?……难道事情真的是这样,一个女人对于一个男人越是放心,就越不可能对他产生爱情?那天晚上我是第一次深入地思考了这方面的问题。我想得越多,心里便越感到痛苦。我想起了在杭州我和沈梅在一起度过的那个夜晚。是的,她怎么就能够在一个男人身边安然入睡呢?……我痛苦地在房间里走来走去,真的有点像是里尔克诗歌里的那头豹子。我有意将脚步声踩得很响,丝毫不顾忌这样可能会引起住在楼下的人家的抗议,也丝毫想不到这会给沈梅带来什么不好的影响。我只是想让沈梅听到我的脚步声。在这个春天的寂静的夜晚,我的脚步声是够响的了。可是沈梅那边却一点动静也没有。

难道她真的这么早就睡着了么?

沈梅的房间里越是一点动静没有,我的心中便越是烦躁不安。这也许是我长到这么大以来所度过的最为激动不安的一个夜晚。痛苦和欲望混合在一起,简直要将我逼疯。不行,我一定要将沈梅叫起来,问问她这一切到底是怎么回事。我走出了自己的房间,走到了沈梅房间的门口。

我没有将客厅里的灯打开,但借着窗外的月光,我还是看得清楚屋子里的一切。在我和沈梅之间,隔着一道门帘。门帘是米黄色的,上面有一些抽象派风格的图案。而我睡的那个房间的门帘则是浅蓝色的,上面任何图案也没有。我很奇怪这时候我还有心思注意到这些(而我刚到沈梅这里的时候似乎对这一切都全无察觉)。

我似乎在沈梅房间的门口站了很久,才开始叫她:

沈梅。沈梅。沈梅。沈梅!沈梅!

但是沈梅那边就是一点动静也没有。我的声音一声高过一声,我想大声叫喊。但这毕竟是在深夜(借着月光我看到客厅里的挂钟已经指向午夜一点),我怕吓着沈梅。所以我的声音是压抑着的,但是我的情绪却变得更加焦躁起来。这种感觉第一次攫住了我:我被人欺骗了……不是被某一个人欺骗了,而是被全世界的人欺骗了。在那天晚上,我感到全世界的人都在欺骗我,我还有一种被抛弃的感觉。不是被某个人抛弃,而是被所有的人抛弃(这种被人抛弃的感觉我从小就有,你知道当我开始有了记忆,我母亲就离我父亲而去了。所以在我的记忆里我是没有母亲的。我从很小的时候起就体验到一个孤儿似的被抛弃感。但被抛弃的感觉从来没有那天晚上那么强烈)。当我在沈梅的客厅里焦躁不安地走来走去的时候,我的内心深处真是一片荒凉。你知道什么叫作绝望吗?我也不知道什么叫作绝望。但我在那天晚上真的体验到了一种绝望的感觉。你知道在绝望中的人是什么都做得出来的。当一个人处于绝望中的时候,你说他还有什么做不出来的?狗急了还会跳墙呢。何况是一个处于绝望中的人。他已经没有什么可顾忌的了。我要使劲地敲门,敲不开我就砸,砸不开或许我会到厨房里拿起菜刀来砍……反正不能你们都在睡觉而把我抛弃在这孤零零的客厅里。我举起手去敲门,却敲向了一个虚空。我的手被米黄色的窗帘裹住了……我这才想起沈梅的房间没有门。隔在我和她之间的只是那幅米黄色的门帘……

　　我内心开始感到了恐惧。我是谁?我这是在哪里?我这是在做梦么?我很快就肯定这不是在做梦。虽然窗外有月光。月光很好。我肯定这不是做梦。那么我为什么深夜里在一个女孩子的房间里走来走去?沈梅是谁?我真的爱她么?我真的很了解她么?——我想起我们两个人之间的交往,我发现我谈不上很了解她。我对她连了解都谈不上,那还说什么我爱她?那我为什么会深夜里在一个我既不爱也不了解的女孩子房间里走来走去?……我这不是神经有些不正常么?我真的是神经不正常么?……我想得越多,内心便越感到恐惧。不行,我不能这样一个人孤零零地待在这客厅里。我必须把沈梅叫起来,我必须和她说话。但是她的房间里却是一点动静也没有。我想大声叫喊,但是我的喉咙却发不出声音。我非常恐惧地发现在深夜里我的喉咙已经发不出任何声音了。有一刻我甚至怀疑自己是不是一个幽灵……我是一个幽灵么?那我这样冲进沈梅的房间里肯定会把她吓坏。这时候我又想起了那套碎花的睡衣。那套碎花的睡衣穿在她的身上真是好看。不行,我不能这样闯进她的房间里去。我这样闯进去是一定会把她吓着的。当我这样想着的时候我意识到在心里我还是爱着她的。不管她对我怎么样,我都爱着她。……其实,也不能说我爱她……我爱她实际上就是爱我自己……我这样说你一定不懂……你不要以这样的眼神看着我。我没有病,这一点我很清楚。我真的没有病。……其实都怪那道门帘……沈梅的房间为什么就没有装门呢?如果她的房间装了门,我一定会拼命把她的门敲开,敲不开我也会把它砸开……可是只有一道门帘……我不能就这样闯进去。这样闯进去一定会吓着她的。而且,这样也辜负了她对我的信任……

　　我扑到了客厅的地上。地是水泥的,人的身体贴在上面感觉到很凉。但是这种凉意却给了我一种充实感。这种凉意是我在那个时候感受到的唯一的实实在在的东西。它让我感受到了与这个世界的联系。我贴着水泥地,听到了楼下的人家有人在走动(大概是夜里起来上卫生间吧)。这让我感到了一丝温暖。楼下那个人走动的声音当然不可能听得很清晰,但是我能肯定那是一个人在走动的声音。后来声音消失了,我想那一定是她(我把她想象成一个女性)上完了卫生间回到床上睡觉去了。我想象着一个女人在床上睡觉的样子,心情慢慢地变得好起来。我不再感到自己被抛弃,绝望的感觉也慢慢地离我而去。我在地上躺了一会儿,就回到房间里睡觉去了。

　　…………

　　"后来呢?"

　　"……后来,我就收到了沈梅的一封信。她在信里对我说,其实她在那天晚上并没有睡着。她说我在客厅里走来走去的声音她都听见了。她还说其实在杭州的那个夜晚她也没有睡着。她说她一共给了我三次机会。一次在我的宿舍里,一次在杭州,还有一次就是在她那里。她已经给了我三次机会,但我都错过了,所以她再也不能给我机会了。她说这并不是她一个人的看法,她征求了她的几个好朋友的意见,这也是她们一致的看法……"

"她们说什么?"

"……沈梅说她的朋友这样告诉她:这样的男人你千万不要嫁。她们说这样毫无血性的男人,一旦生活中出现了什么事,你怎么能指望他来保护你?"

"……"

"……还有一件事,我一直没有告诉你:当我第二天赶回家的时候,我的父亲已经去世了。我的堂兄告诉我父亲就是在我赶回家的头一天晚上十二点左右去世的。堂兄说如果我早一天赶回家,我就能给我的父亲送终了……"

苏东以前也曾经和我说起过他的父亲。他说他父亲这个人太老实了,是个人人都说好的老好人。但是也正因为这样,自己的老婆都跟别人跑掉了。苏东说他一辈子最不愿意的就是成为父亲那样的人。

2003 年 4 月 23 日于上海

▶ 发表于《十月》2004 年第 3 期

# 雁 过 留 痕

◎赫东军（满）

　　一九八一年八月底的一天,大概是中午十一点到十一点三十分左右,叶和姐姐抬着一只装了些换洗衣服和几本高考复习资料的小木箱,灰溜溜地登上了路过天河镇前往昭萍的火车。这是叶第一次坐火车去这么远的地方。不过叶没有一点新奇的感觉,自然也不会知道有很多与自己有关的事情都将命中注定地在这一天里发生。应该说明的是,这一天看上去很平常,和南方炎炎夏日里的某天没有太大的区别。在南方的酷暑季节,这天天气自然很闷热,太阳白晃晃的,钉在半空中一动也不动,在这样的阳光下人们都是半眯着眼睛走路。路边有一些树,但叶没有看到一丝风儿在走动。在这样的天气里,就是待在太阳照不到的地方,人们都感觉不到一点阴凉。叶的家里离天河镇火车站有差不多三十分钟的路程,由于出门时叶临时想到要带一本高考复习资料,而稍微晚了一点,加上姐姐由于有些担心赶不上火车,在临出门时又忽然忘记带上一顶早已准备好了的草帽。这个失误让本来就皮肤有点黑的姐姐又有了点沮丧,虽然参加了工作,但年龄只比叶大两岁的姐姐由于担心这么毒的阳光会把她的皮肤晒得更黑,便在嘴巴里嘟噜了很久。由于得顶着刀一样的太阳赶路,叶和姐姐自然是有些大汗淋漓。到了火车站后,虽然已经过了火车到站的时间,却仍然没见到火车的踪影。这天的晚点让在路上一直担心赶不上火车的姐姐脸上有了些笑容。不过姐姐脸上的笑容没有保持多久,火车就要进站了。叶和姐姐便早早地抬起了小木箱,和一些站在自己身边的人进行了上火车的头一轮较量。大家开始人挨着人地排队,排在后面的自然有些不甘心,总想往前面挤,看到火车以后更是有了些动作,于是排在前面的人由于担心被挤下站台就开始叫唤,胆小的只好暗暗地和来自后面的力量较劲,强壮的甚至有些蛮横的便开始回头指责后面的人。火车停稳以后,大家自然是一拥而上争先恐后地挤成一团,本来五分钟就可以上车的却由于拥挤变成了十分钟。上了火车以后,还好人不是很多,但叶和姐姐还是和好多人一样急急忙忙地找座位,只有找到了座位后才能安下心来。烈日下的车厢和一个蒸笼没有两样,待在里面好像比在烈日下还要难受。叶和姐姐便抬头来回地找风扇。车厢里虽然有风扇,却只看见两个在转动。叶头顶上的风扇恰好坏了,布满灰尘的风扇叶片就像叶挂着的脸,显得神情黯淡。叶想站到好的风扇下面去,却被姐姐的眼神拦住了。因为风扇下面已经站了好多人,扒手就喜欢站在人多的地方,身上带了钱而又毫无生活经验的叶是很容易被扒手盯上的。有些胆小的姐姐不敢当着这么多人的面和叶明说,担心会惹怒别人。于是姐姐告诉叶,从天河镇到昭萍有三个小时的路程,站这么久会很累;又很有经验地对叶说,心静自然凉,心里别烦躁,得想着凉快,慢慢地就不会感到热了。叶看了一脸汗的姐姐没有说话。姐姐又安慰叶道,开车就有风了。也许是出门在外吧,平时经常和姐姐吵架的叶感觉到了来自姐姐心里的一些温暖,不过叶仍然没有说什么,心里却盼望着火车快点开。火车虽然只停八分钟,叶却觉得远远不止,最少都有十八分钟。姐姐本来还想嘱咐叶在昭萍要好好学习,要把心思都放在学习上,不要和那些疯疯癫癫的女孩子去玩,考上大学以后肯定会有更好的女孩子喜欢叶的。姐姐还想说家里对叶是抱有很大希望的,因为叶的成绩一向都好,所以不要气馁。但姐姐看到叶这个样子就把已经到了嘴边的话又咽了下去。姐姐有些担心越来越讨女孩子喜欢的叶不会把心思全都放在学习上，叶的一家人都认为一向成绩优异的叶这次没考上大学都是因为和女同学早恋。为了这个事情，叶和家里已经闹得不可开交，只要一提起叶几个女同学的名字，一说到叶没有考上大学，敏感的叶就会和家人大吵大闹。姐姐自以为知道叶的心思，却不知道还不到十八岁的叶根本没有大人想得那样复杂。这时车厢里来了一个斜背着冰箱，身子有些往前倾的女子，这女子边走边叫卖冰棒。姐姐买了一只香蕉冰棒递给叶。叶笑了一下，接过冰棒放进嘴里舔一舔，又用力吸了一口，冰凉的冰水便从嘴里流进了心里。姐姐看到叶这个样子，嘴巴不由得动了动。叶把冰棒递给姐姐，想让姐姐也吃一口，但姐姐拒绝了，说她在单位吃多了，现在不喜欢吃了。姐姐的工作是往火车上装水渣，对于身体单薄的姐姐来说这是个很辛苦的工作，每到夏天单位上就会发些冰棒汽水来防暑降温。因为感觉到了生活的压力，以前也太爱学习的姐姐一直在自学英语，即使十二点下了晚班回到家里也会坚持用上海产的红灯牌的收音机收听"美国之音"，梦想通过自学英语来改变自己的命运，所以姐姐为叶在这么好的条件下都不好好学习而感到十分恼怒。不过姐姐还是很喜欢叶的，考虑到叶是第一次出远门，姐姐还特地向单位上请了两天假与叶同行，见天这么热还特地买了一只冰棒给叶。八分钟过去了，火车开始慢慢启动，叶通过窗户往外看，只看见车站在慢慢地往后移动。叶知道爸爸妈妈是不可能来送行的，因为出门的时候，爸爸妈妈都还没有下班回家。不过叶也想如果自己这次是去读大学，爸爸妈妈肯定会和姐姐一样特地请假的，不说把自己送到大学吧，送到火车站是百分之百的。可是自己只是去补习，而这并不是件值得夸耀的事情，只会让他们脸上无光。当然这怪不得谁，只能怪自己不努力，这样一想，好像前途更加渺茫了。叶看着窗外慢慢向后移动的景物，眼睛里毫无道理地涌出了一些伤感的泪水。叶好像怕姐姐看见，就一直看着窗外没有回头，假装在阵阵凉风的吹拂之下，很惬意地欣赏窗外迷离的景色。

叶乘坐的火车进站后不久，婉乘坐的火车便从天河镇火车站缓缓驶出。婉乘坐的是一列路过天河镇开往广州的火车。如果叶乘坐的火车正点的话，应该是婉乘坐的火车后进站，叶乘坐的火车先驶出。现在却正好反了过来。两列火车停靠的站台不一样，方向也相反，所以虽然两列火车就停在彼此的旁边，却还是造成了叶和婉的擦身而过。婉这次出门是考上了广州一所大学。婉接到通知书后就和叶说好了，让叶来车站送她上火车，为此婉还和爸爸妈妈说了几次她一个人可以平安到达广州。但人算不如天算，婉的爸爸一开始担心花费过多，却又始终不放心女儿一人出门去这么远的地方，便去和叶的爸爸商量，叶的爸爸是他的领导也是他的好朋友。叶的爸爸表示应该去送，并当即给他找了一个去广州的差事，让他能够公私兼顾。上车的时候人很多，自然也就很乱，好在婉的爸爸在高炉当了几十年炉前工，早就练就了一身力气，他一个人肩扛着一只皮箱，还腾出一只手来牵着婉，并成功地使父女俩第一个登上了火车。不过车厢里早已人满为患，行李架上则堆满了乱七八糟的行李。许多人都是汗淅淅臭烘烘的。婉的爸爸很快就在一张长凳下找到了放皮箱的地方，在相邻的另一张长凳下又为自己找到了一个睡觉的地方。他已经上了一个晚班，目前最需要的是好好睡上一觉。天河镇离广州有二十多个小时的路程，不好好睡上一觉，他将没有精力应付到广州后可能会出现的情况。他也没有太管婉，穷人的孩子早当家，作为家里七个孩子的老大，婉早已练成了当家做主的能力。婉不想和那些臭烘烘的男人待在一起，更不可能和爸爸一样钻到凳子下面去休息，便靠在一个厕所旁边。婉看见离自己两三米远的地方有一对情意绵绵的恋人，女孩靠在车厢的墙壁上，对面的男孩则将两只手分别撑在女孩腋下，像是给女孩支起了一把保护伞。女孩很开心的样子，不时地笑着，叽叽喳喳地说着话，两个人丝毫没有被这混乱的世界所打扰。婉忽然没来由地想起了叶，于是便有一种淡淡的幸福的感觉，涌上了婉的心房。婉一点也没去想叶目前是怎样苟且偷生，正在袅娜开放的婉还没有成长到能够设身处地为叶着想的年龄。绯红着脸的婉只是想如果叶这时候也在自己身边就好了，叶肯定也会像那个男孩一样把手插进自己的腋下保护自己，自己也会像那个女孩一样叽叽喳喳地说着话，也会是一脸幸福的。婉以前在读高中的时候似乎从来没有这样想过叶，偶尔想到叶都会吓一跳。婉不知道也没去想自己这是怎么了，怎么会这样想叶？婉就是这样把叶想了一路，一直想到了广州。婉后来觉得自己是大学生了，可以谈恋爱了，可以想叶了。进了大学，安顿好自己之后，婉就给叶写了一封信，婉想叶一定能在自己的鼓励下考上大学的。信是寄到婉以前就读的学校。叶曾经告诉过婉他会在那继续补习，直到考上大学为止。婉自然没有收到叶的回信，婉便有些生气。婉以为叶在和别的女同学好，婉知道一个跳喜儿的女同学也在那补习，而谁都能看出来这个女同学是喜欢叶的。后来婉听死党说叶现在昭萍中学补习，便要死党想办法去找到叶的地址。这个死党为了朋友真的两肋插刀，竟然胆子大到跑去问叶的姐姐，结果自然是自寻死路。婉不知道叶的姐姐是担心叶小小年纪谈恋爱影响学习，反而以为是自己家里穷，配不上他们这样的干部家庭，就决定不再理叶。婉放寒暑假都会回来，也会找叶一块玩，不过婉从不敢去叶家里，尤其不敢见叶的姐姐。直到婉毕业那年，婉才把自己在火车上的想法，用一种玩笑的口气告诉了叶。那天婉正好和叶一起从舞厅里出来，也许是和叶一起疯狂过的原因，婉说完之后感到自己有些口干，浑身上下有些汗意。叶问婉是不是想做他的女朋友，叶本来是开玩笑，没想到婉却真的点了点头。叶的头当时就嗡了一下。叶虽然也喜欢婉，却从来没去想要婉做自己的女朋友，因为婉是一个大学生。由于同样的原因，叶也只是把一个叫甄的女孩隐藏到了内心深处，一个谁也不知道的地方。婉见叶半天没有说话，又想到叶刚才和自己说话时嬉皮笑脸的，就知道叶是在和自己开玩笑，便有些想哭了。叶见状就搂住了婉的肩膀，问婉是不是真的愿意。婉有些委屈地告诉叶她想了很久，在读高中的时候就想过，只是叶把心思放到那个跳喜儿的女同学身上罢了。叶自然高兴，一把紧紧地把婉搂在怀里，还原地转了两个圈，把婉的头和心都转晕了。那天晚上叶吻了婉的嘴唇，感觉婉的嘴唇干干的，把舌头伸进婉的嘴里却分明又挺湿润。婉呼出来的温热的气息把叶都弄晕了。婉把叶的手拉进了自己的内衣里面，叶便解开了婉的胸罩，握住了婉的乳房。婉的乳房不大不小，叶的手刚好全部握住。女孩子对于叶来说充满了秘密和诱惑，不过叶最想知道的第一个秘密就是女孩子的乳房。叶好像永远解不开女孩子的乳房里面隐藏着什么秘密，不知为什么会高高耸立起来。叶初次握住婉的乳房时还吓了一跳，叶不知道婉的乳房怎么会是这样柔软，细细地体会后，感觉似乎又不仅仅是软，好像还有点硬硬的，却又分明和平时抓到的硬东西不一样。更让叶感到不可思议的是，从伸进婉的内衣时起，自己就感觉到口干舌燥，下半身的小弟弟也站起来凑热闹。叶和婉都是初次，都有些笨手笨脚，但这并没有妨碍叶闯进婉的身体里面去捣乱。不过对于叶和婉的恋爱家里人都不看好，姐姐更是反对，担心从小娇生惯养的叶会受到伤害。但叶表示自己是一个成年人，即使和婉分手不能与婉成为夫妻自己也承受得起，自己并不看重与婉最后的结果。叶说这些的时候当然是说的气话，没料想最后却被自己说中。以往叶和婉做爱后都是睡在婉身上边休息边说些亲热话，婉也总是喜欢叽叽喳喳地说个不停。有次婉却忽然说到她有次在半夜里发高烧，室友又上晚班去了，身边没有一个人，住的地方到公司医院又有近十里路程，婉平时从来不敢在晚上单独一人走那段路，所以她先是坚持，但后来实在坚持不住了，知道再不去医院可能会死，就只好麻着胆子，边哭边高一脚低一脚地往医院走去。婉说当时我多想你呀，你怎么不在我身边呢？婉说着说着又哭了。那时候人不像现在流动方便，叶想了很久后觉得还是放弃。其实这样的结局，在火车开动的时候，在两列火车擦身而过的时候就已经命中注定，只是叶和婉两个人都不知道而已。

　　火车开动的时候，叶一直看着窗外，一点也没有看到就在他刚才想去的风扇下面,有一个年纪虽然不大,却满脸横肉的人正时不时地朝他这边张望。姐姐正是由于看到这个人,感觉到这个人有些可怕,才充满警觉地把叶拉到她的身边来的。这个人叫钢,这都是由于他和叶一样在天河钢铁厂生活的缘故。在天河镇凡是叫铁叫钢的人一般都与钢铁厂有关。这是由于他们的父母没有多少文化,或者为了省事,有很多在钢铁厂工作的工人都会给自己的男孩取名叫什么铁或什么钢。虽然钢和叶都在钢铁厂里长大,但由于钢要比叶高几届,钢在社会上出道的时候,叶还在学校里埋头苦读,更主要的是钢和叶不是同一类人,所以两个人并不认识。按道理说,钢这会儿应该看的是叶的姐姐,因为钢早就到了喜欢看女人的年龄,却不知道为什么钢时不时看的总是连头也很少转过来的叶,而对坐在叶身边长得如花似玉的姐姐熟视无睹。其实钢在天河镇是个很讲义气也很有名气的小混混。这次钢虽然和叶同路,也是在昭萍下车,但与叶灰溜溜地去补习不同的是,钢是气昂昂地去帮朋友的忙。钢的朋友在昭萍因为被人欺负丢了脸。在道上混的人都知道,你可以砍他几刀,甚至把他砍死,但你不能让他丢了脸。钢的朋友在昭萍丢了脸,就应该在那儿把脸重新捡起来。这个道理和古人说的在哪儿跌倒就在哪儿爬起来是一样的。于是钢和很多朋友就应邀到了昭萍,和欺负朋友的对头痛痛快快地打了一架,由于只求一时痛快,动手时没掌握好分寸,结果钢把自己打进了监狱。几年后出来,没过两年又因为打架进了监狱。这些坐牢的经历,身上五处刀伤,加上钢与生俱来的讲义气够朋友,使钢成了在天河镇大名鼎鼎的人,在黑道上提起钢没有谁不认识。很多人都以和钢是朋友为荣,其中还包括一些公安和法院的人。当然那时候的钢不再打架了,即使有什么事也不用自己出头,只要他点一下头自然就会有人帮他招呼。钢也好像是懂事了一样,从此远离江湖恩怨,做起了实业,成立了一家公司,专门买卖天河钢铁公司的线材和棒材。和大多数民营企业都有原罪一样,钢的第一桶金是他露出腰间插着的长刀,从天河钢铁公司总经理那里讨来的。那时候线材没理由地突然猛涨,最高的时候涨到了四千多元钱一吨,让从来没有赢过利的天河钢铁公司也扬眉吐气了一段时间。那时候到天河钢铁公司拖线材的汽车络绎不绝,许多货主提着大把大把的现金到天河钢铁公司来却买不到货,光是一吨线材的票就能换来一百元大钞,于是在天河钢铁公司有不少领导和有门路的员工那个时候靠倒票就赚钱赚得合不拢嘴,从口中喷出来的口水都带着油光。当时钢来到总经理办公室后,把刀放在了总经理的办公桌上,然后和总经理讲起了道理,因为票开给谁都不影响公司的效益,而且他不需要总经理任何照顾。总经理和钢一样都是威震一方的角色,不同的是总经理是人大代表,而钢那时候连政协委员都不是。总经理当然不是一个会被吓倒的人,只是见惯了小人的总经理却忽然被钢的义气所折服,当即就给钢开了五十吨的线材票,钢一转手就赚了五千元钱,回头钢给了总经理二千元钱回扣。如此一来二去,在钢也开始西装革履的时候,总经理和钢成了知心朋友。钢和叶再见面的时候,钢已经是天河钢铁公司的一个大客户,而叶却还只是天河钢铁公司的原料主管。钢感觉叶好面熟,对叶有一种说不出来的亲近感,先是和叶握了几次手,又托人出面来请叶吃饭,然后是去桑拿泡脚按摩,到歌厅抱着女孩子跳舞唱歌。别看叶只是一个原料主管,但天河钢铁公司一个月八千吨铁矿粉得从叶手里过,叶和许多矿粉供应商都建立了良好关系,钢请叶做的事这些供应商都请叶做过,所以一开始叶并没有太把钢当回事。直到发生了一件事让叶看到了钢的为人。有一个供应商由于铁矿粉质量问题受到了处罚,叶为了以绝后患决定不再和他做生意,恼羞成怒的供应商当即和叶发生了扭打,把叶的一件衬衫撕烂了,还扬言要去纪委举报叶。这事不知怎么让钢知道了,尽管叶没有要求,钢还是在当天晚上就亲自带了几个兄弟到了这个供应商家里,结局是这个供应商不但没有再找叶的麻烦,还专门买了一件高级衬衣送给叶算是赔礼道歉。叶由此觉得自己做这样的工作需要有钢这样两肋插刀的朋友。尽管叶跟着钢经常出没天河镇的高级餐馆、娱乐场所,吃过很多没有吃过的东西,玩过许多新鲜玩意,不过当钢建议叶在他公司里找一个漂亮女孩做情人时,叶还是拒绝了。不是叶不需要钱,不喜欢女人,叶在钢面前始终坚持两个原则,一是什么都可以来往但不产生金钱往来,二是什么都可以玩但是不当着钢的面玩女人。叶虽然把钢当朋友,但叶并不想有把柄留在钢的手里。叶知道钢这样的人虽然是朋友,但钢更是一颗炸弹,叶不想自己在钢爆炸的时候也被炸伤。

令人感到惊奇的是,就在叶离开天河镇的时候,叶未来的妻子娅开始长大成人。叶自然不会知道自己不可言说的远走他乡,对于娅的长大成人是不是一个不祥之兆。这天的娅还是天河镇一所乡村学校的小学生。也许是因为乡村贫穷的生活,也许是穿着过分朴素,这时的娅还是一个毫不起眼、满脸菜色的黄毛丫头。如果这天叶有幸看见娅,肯定无法把这天的娅和几年后出落得亭亭玉立、含苞待放的娅联系起来。叶第一次见到娅是在路边,当时叶正好在路边等一个朋友。娅骑着自行车从叶身边走过。虽然娅只是穿着工作服,但姣好的面容还是像一个无声的子弹一样打中了叶的心。叶好像从来没有见过这么漂亮的女孩。然而就在叶开始留心起娅的时候,娅却再也没有在叶的面前出现过,仿佛娅从来就不曾在这个世界上出现过一样。叶和娅再一次见面是在一年多以后,当时叶在人事部负责考核,有一次到轧钢厂去检查工作,忽然看到娅正在轧机值班室里上班,便喜出望外地借故在娅旁边多待了好一会儿。陪同检查的轧钢厂领导看出点苗头,就主动在叶和娅之间牵了一根红线。娅当时从技校毕业参加工作不久,年龄不大,平时上班话不多,下了班也很少和同事出去玩,可以说除了同事外与外界没有多少接触,就像一个刚刚长大却又有些青涩的苹果。现在忽然有领导给自己介绍男朋友倒是吓了一跳,因为太出乎娅的意料了。听了领导关于叶的情况介绍,更是连叶的面都不敢去见,觉得自己个人条件太差,家庭条件更差,根本配不上叶这样的干部子弟,更担心今后被叶欺负。娅只想过和同学一样找一个跟她一样的工人,然后平平静静地生活。可叶这是头一回认认真真地追女孩子,就经常到娅上班的地方来,见娅的工作环境很艰苦,就出面找轧钢厂的领导把娅调到车间里做了办事员。娅觉得叶有点能耐,回去和父母一说,见多识广的父母知道改变女儿命运的时刻到了,当即就表示只要娅喜欢他们做父母的不会反对,还要娅把叶带家里来看看。娅第一次把叶带回家时,住在一起的叔叔伯伯们都来看了叶,姆姆婶婶们都觉得平时不太出众的娅真是要时来运转了,平时那些不太瞧得起娅的叔伯姐妹也开始对娅另眼相看,当然也有风言风语,说叶只是玩玩娅,娅以后肯定会不幸福,因为两个人相差太远,不是很般配。这一切让本来觉得自己配不上叶的娅决定把心放到了叶的身上。娅那时虽然才十九岁,但乡下女孩结婚都早,娅的同学有不少都生了孩子呢。从女伴那里娅也多少知道了一些夫妻间的事,也知道要留住叶的心就得让叶的身心都满意,于是在不久的时间里就让叶吻开了自己的嘴唇,解开了自己的衣服,骑到了自己的身上。娅一点也没有感觉到自己是在刻意为之,因为叶在她身上做的一切都让她感觉到快乐无比。因此只要不上班娅就会来找叶,每逢星期天娅还会跑到叶家里来玩,见叶换了衣服就会二话不说把衣服洗了,还会帮着叶的妈妈弄饭洗碗。娅的懂事把叶的父母哄得开开心心。和叶真正认识不到十个月,娅就成功地把叶弄进了新房,因为娅怀孕了。当叶看着一脸幸福的娅,怎么也没弄明白怎么这么快就做了娅的新郎。娅躺在叶的怀里,听着叶连绵不绝的呼吸声,也觉得自己好像是在做梦一样。其实叶和娅成为夫妻是命中注定的,只是两人不知道而已。早在多年以前,就是叶离开天河镇去昭萍的那天上午,还是小学生的娅出人意料地有些魂不守舍。即将成人的娅没有任何经验,只是感觉不舒服,却又说不出来,就请假回了家。正欲去做午饭的妈妈看见娅,以为娅逃了学,就忍不住骂了娅几句。娅有些委屈,便顶了妈妈几句,然后跑进卧室,往床上一躺。娅感到有些疲倦,下腹部像灌了铅一样有点隐隐作痛。妈妈要娅不要偷懒,快去扯猪草,栏里的猪都饿得嗷嗷叫了。娅平时就是一个懂事的孩子，只得爬起来，走到猪栏里拿了一只有娅半个人高的大筐，用左手勾住，身体自然地往前倾着，顶着烈日向离家不远的田埂走去。娅要扯上满满一筐青草，以保证自家猪栏里那三头猪不挨饿。临出门时，正在地上爬得满脸灰尘的小弟弟，以为娅要出去玩，便伸出脏乎乎的小手，要跟着娅去。娅就朝正在门外和几个小女孩跳橡皮筋的妹妹没有好气地喊道，不要只顾自己玩。然后摸了一下弟弟的光头，笑了一下说，等姐姐扯完猪草就回来抱你。就在火车启动，叶开始噙着泪水无助地望着窗外的时候，蹲在地上正扯着猪草的娅，忽然感觉到有一股温暖的液体从身体里流了出来，浸湿了那条印着暗色小花的短裤。娅以为是尿湿了裤子，便有些不好意思，抬头看了看四周，见没有人，就悄悄拉下裤子。当看见是血时，娅忽然觉得要死了，急忙拉上裤子，尖叫着往家里跑去。跑了几步，娅忽然意识到自己忘记提上大筐了，便又急忙返回来，提上大筐。这只筐可是爸爸昨天用竹篾编了一天才编成的。以前的筐子在三天前娅在天河钢铁厂捡没有烧干净的废焦炭时，让一个满脸络腮胡子的男人踩了个稀巴烂。以为自己快要死了的娅却提着大筐边跑边想，千万不能再丢了，不然肯定要挨打的。

　　坐在向前不断飞驰的火车上，叶好像什么也没有想，却又不知道为什么一直忧心忡忡。叶不知道将会有一个怎样的世界出现在自己面前，当然更没有想到，就在下车的时候，将会遇上一个温暖自己一生的女孩甄。甄当然不是来迎接叶的。甄来车站是来接好久没有见过面的表哥。也许正是历史的这个小小错位，将叶和甄一辈子的命运彻底改变，使得叶和甄最终没能成为夫妻。以后甄多次到车站来接过特地从天河镇赶过来看甄的叶，都无法将已经改变了的时间再彻底改正过来。本来叶和甄的初次见面是在学校的操场上，因为甄是体校的学生，因为体校人数少，设施不全，体校的学生便在昭萍中学借读。甄天天都会在昭萍中学的操场上训练，而叶也喜欢在操场上跑跑步，锻炼锻炼身体。甄就像以一种温暖的梦慢慢地跑进了叶正日益枯萎的心。甄本来就对表哥印象不是很好，加上火车又晚到了一个多小时，让甄本来就不是很好的心情变得越来越糟糕。自然不能期待两个初懂人事，又心情不好的人在一个人员杂乱人声鼎沸，又破乱不堪的车站相遇会有什么浪漫故事出现。不过当叶从车厢里出现时，还是第一个走进了正翘首以盼的甄的眼睛。当两个人擦身而过的时候，叶和甄竟鬼使神差似的都回头看了一眼。叶和甄的第二次见面就是在学校的操场上。当时天刚蒙蒙亮，一线红色的阳光正欲从东边的云层里出来，正在跑道边活动身体的叶忽然看到甄在跑道上慢慢地跑步，叶没来由地立刻跟了上去。不过叶自然不敢贸然和甄打招呼。就在叶在心里合计是不是要超过甄时，甄却忽然回头看了叶一眼。过一会儿甄好像没看清楚似的，又回头看了叶一眼。两个人的嘴角边不约而同地有了一些微笑。后来甄告诉叶第一眼她觉得好像很熟悉，却又想不起在哪里见过，第二眼就想起来了，原来是在火车站。在昭萍中学一年，正值青春年华，却又懵懵懂懂的叶和甄并不像那些做父母的所担心的那样，他们只是在一起开开心心地说说话，有时也会在老师和同学没注意到他们的时候，忽然怀着某种秘密似的相互偷偷地笑笑，就像两只可爱的小猫在若有若无，又若无其事地往前迈着细小的猫步。在学校的时候，叶和甄几乎天天都可以在晨练的时候看见彼此的身影。叶和甄都没有想到终有一天这一切将不复存在，只会隐藏在记忆里一个用手摸不到却又温暖的地方。甄考上了上海体育学院，毕业后分在了上海，后来又在上海结了婚成了家。本来还经常通信互相问候的两人从此天各一方。叶有时候会断断续续地从同学那里听到一点甄的消息，只要听到甄过得好，心里就会感觉到愉快；如果听到甄一些不是太好的消息，心里就会莫名地伤感。叶没有和任何同学说起甄，说起和甄在学校的故事，没有同学知道甄就隐藏在叶的心里。同学在一块玩时曾经猜测叶和这个那个女同学好过，叶有时也会或真或假地说起自己喜欢哪个女同学，在同学的喝彩声中叶还和某个女同学喝过交杯酒。同学自然不会在叶面前故意谈到甄，叶就只能用好多好多年的时间，把同学偶尔谈到的关于甄的情况，一点一滴地收集起来，然后又一点一滴地沾到甄身上去，使心里的甄随着时间的推移也慢慢地成长和丰满起来。叶知道甄结婚后才开始考虑自己结婚的问题，有时候叶会想自己应该生个男孩，而要甄生个女孩，既然自己和甄不能成为夫妻就让自己的孩子娶甄的女儿做妻子吧，可当叶的女儿出生后，叶就只好让她俩做姐妹了。叶出差去上海或是从上海路过，都会想到在上海这样一个对叶来说十分陌生的城市里有甄在生活。叶没去想甄实际上也是一个普普通通的女人，凡人的一切，包括幸福、痛苦和烦恼，都会在甄的生活中出现。叶真的只想甄天天生活在笑容之中，天下所有的幸福都理所应当地像鲜花一样簇拥在甄的周围。叶没想到自己和甄再见面的时候，已是二十五年后的一天中午，和他们第一次见面一样也是一个充满阳光的日子。但由于还有同学在场，两个人只是笑着握了一下手。虽然两个人都已经青春不再，但叶还是从甄的眼睛里看到了自己熟悉的笑容。叶回家的时候是第二天的早上，只有甄来送叶上汽车。身边没有了其他同学的陪伴，两个人便都有了珍惜这独处的机会。由于都没吃饭，叶和甄便在汽车站旁的小餐馆里吃了一餐简单的早餐。吃的是昭萍最有名的炒粉。两个人边吃边聊起两人分别后的生活，很随意也很幸福。叶看到甄不时地把炒粉里的辣椒夹出来，就知道甄已经不像过去那样爱吃辣椒了。此后甄在每年的寒暑假都会回来，叶也就会到昭萍来看甄。两个人会一起和同学去卡拉 OK 厅唱歌跳舞，也会悄悄地一起去喝咖啡，给两个人找一些独处的时间。在一个夜深人静的夜晚，叶和甄躺在两个相隔不远的吊床上。两个吊床不时地往相反的方向摆动，当吊床快停下来的时候，叶便会紧紧地拉着甄伸过来的手，努力让两人尽量地靠近，然后在笑声中松开，任吊床再来回摆动。甄说也许这样挺好，分开了我们就天天在心里想念，当心里再也装不下想念的时候，我们就找机会找时间见面，如果我们结婚了，说不定会天天吵架，或者即使生活在一起也会越来越陌生,说一句话也仅仅是出于礼貌。叶没有说话。对于叶来说,甄是叶从少年就开始的一个梦,只要甄还在心里叶就会感觉到幸福。再说时光早已不再,这个时候再说什么都不会是当时的人、当时的想法和当时的心境。如果甄问叶这一辈子什么是让叶最心疼不已的事,叶会告诉甄那就是在甄正袅娜开放的时候,没有向她表示自己爱她想吻她想拥抱她想把她放在床上和她做爱。

在这一天,还发生了一件轰动整个天河镇的事情,那就是疯了近五年的村主任不知什么时候掉进了天河镇那条已被污水侵蚀的天河里。叶和姐姐抬着小木箱出门的时候,人们在天河里发现了村主任的尸体。一开始即使是那些非常熟悉村主任的人都无法肯定在天河里漂浮的女尸就是村主任,因为村主任的尸体由于在水里浸泡了很久而有些变形,肚子胀得像个临产的孕妇,远远地看去不太像那个斗志昂扬意气风发的村主任。村主任的尸体和被铁矿石污染的红色的水,以及浮在天河水面上那层色彩斑斓的焦油混在一起,在村主任的尸体旁边还漂浮着几堆臭气熏天的屎。这些屎不知道是住在天河旁边的人清晨打扫卫生时倒在里面的,还是有人故意丢在了村主任的身边。在村主任的死逐渐轰动天河镇的时候,许多心花怒放的人纷纷跑到天河两岸、卧龙桥上来观看,但没有一个人下去把村主任打捞上来。那些和村主任一起像云一样笼罩天河镇的人在五年前就已经消失得无影无踪。不过村主任的故事却并没有随着村主任的死而彻底从天河镇里消失,即使过了很多年在天河镇都仍有她的故事流传。比方说这个在天河镇能呼风唤雨,经常出席省里会议被领导接见的村主任,特别喜欢在别人吃饭的时候躲到别人的窗户下面,或是突然推门走进别人家里,看这家人是否吃了肉,以致天河镇的人在村主任死后很长的时间内,都还保持着先把肉放进碗里再在肉上面盛饭的习惯。一个曾在村主任手下小心翼翼、流血流汗改造了近十年的知识分子,站在天河边上,鼓起老花眼,死死地盯着村主任的尸体看了半天,又在旁边人几次告诉他确实是村主任时,才确定村主任真的死了。于是他想起了某年某月的清晨,天蒙蒙亮的时候,他去买肉,以便给生病的妻子增加一点营养,被正在夜间巡逻的村主任夫妇碰上。村主任十分愤怒,认为他想逃往台湾,就一把紧紧地揪着他的衣领,夫妻二人前拉后推地把他拖了回来。就在这知识分子唾沫飞扬地和别人讲这些故事的时候,叶和姐姐抬着小木箱,正好经过卧龙桥往火车站走去。众多人兴高采烈地围观,并没有引起姐弟俩的好奇心。姐姐是由于火车进站的时间快到了,担心赶不上火车,叶则是由于前途渺茫而对什么事情都不感兴趣。村主任的死离叶的心灵很远。叶只是觉得村主任是一个矮个子。有些熟悉叶知道叶是个爱学习的好孩子的大人都以为叶是去读大学,便纷纷向叶恭喜,使叶面对着落花般乱坠的语言难堪得要命,只好低着头急急忙忙地赶路。叶没去多想还在天河里漂浮的村主任。叶年纪还小,真的一点也不知道村主任之死标志着天河镇一个时代的彻底终结。叶还以为村主任是死是活都和自己没关系。其实村主任和叶有过一次故事,只不过叶已经完全忘了。后来叶听爸爸妈妈说起来时,简直就像是在听天方夜谭。那还是叶四五岁的时候,村上女厕所里出现了一条反动标语,村主任不知是出于什么理由,竟怀疑这反动标语是出自叶那双还不曾握过笔的小手,弄得爸爸妈妈在叶还不知道害怕的朗朗笑声里惶惶不可终日。

# 一 罐 鸡 汤

◎樊专砚

这时是夜晚八点多了,张氏老太一双小脚,在高墙下蹒跚走走,来来回回十多次,已经疲惫不堪了,噙过的老泪,也已经风干了。她到过五家看守所,但罪恶感还十分重,遥望着传达室的门,迟疑着,不敢进去。

这个传达室侧向开着一扇小门,两个工作人员在值班。

她终于被工作人员吼着放进去询问孙子的下落。

终于找到了:孙子在这里。

传达室的在册簿上赫然有"罗大样"三个字——这是她临行前,特意找老先生教了两天才认识的三个字。

她说她是罗大样的奶奶,一个亲人也没有了,只有这孙子了。她说她本没脸来,但不来心不安,她只是想给他喝一口鸡汤。说完她还把抱着的鸡给了他们看,并转过身子让他们看看背着的罐子。那是土砂罐,她村里的土窑烧制的。

鸡是一只老母鸡,与张氏老太生活了九年。被她抱着,它很安适,但敞开了,见了生人就咯咯地挣扎了几下,还拉出了鸡屎。一路千多里,干食早吃完了,被喂的多是水,屎就很稀拉,落在打磨得很光滑、擦洗得很干净的地面上。

"去去去,给死刑犯送吃的,不是好玩的,没那么容易,明天上午八点来听消息。"

苦寻终于有了结果,张氏老太的心踏实了。里面的人的态度比预想的要好,她很感激地退了出来,再打量的时候,却不禁打了个寒战。这里的气象令她不敢相信刚才进去的是自己。正门口的石狮子比那五处的凶猛很多,门框也格外高大威严,铁栅门内还站有一排拿枪的兵,四个,高高大大的,像一堵人墙。

张氏老太的罪恶感顿时加重了许多。她毫不迟疑地快速走开了,弓着背,趋着蹒跚的老步。

走远一些了,她又贴着墙根蹭。

时令是初秋,气温还很高,城市又高于她的山区家里,张氏老太没有住旅社。这些夜里都是走到哪里算哪里,瞌睡了就找个可以躺的地方躺下。街上椅子很多,只是路灯不熄睡不习惯。这次她也信步由缰地走着走着,猛地,她才发觉自己原来始终贴着围墙在走。围墙延伸到越来越荒凉的地方,已经完全没有了城市风貌,杂草丛生,古树横伸。张氏老太越走越没有了睡意,这里有了自己家里的气息。但她的孙子就在里面,只隔五寸厚的墙。

"罗大样——"

她想这样喊几声,但喉咙鲠了铁针一样。她的鸡在她胸前睡着了。没有了路灯,到处是尚未凋零的绿叶,感觉气温低了很多。她感觉鸡在传给她热量。孙子怎么会杀人呢? 她想不明白。说是玩游戏吸白粉了,谁未成人时不嬉戏? 白粉怎么叫人杀人呢? 白粉是什么? 谁给他的? 这个才二十岁的人!

她还是想喊:

"罗大样——"

喉咙里的唾液都滚开了,但声音还是没有出来。她习惯喊他毛狗,多年来心里梦里一直在喊着，但喊毛狗他肯定不知道是喊他了。

"毛狗——"

这两个字二十年没再喊出了，也还像弹簧弹出来的一样，有力而亲和。但天地间寂寂的，没有一点回应。

但张氏老太轻松多了，思维也活跃了很多。毛狗是她的毛狗，虽然只在她家养了一年。现在是杀人犯了，也还是她的毛狗。即使死了，也是她家的毛狗。多少人劝她别来送鸡汤，她还是忍不住要来。

——张氏老太唯一的儿子，深山里的老光棍，娶妻呢，带着孩子的风尘女人，也求之不得。无法知道亲生父亲的、未满一岁的毛狗就成了她的孙子。不幸，没半年儿子却砍柴摔死了。

——毛狗很快被他娘带往外地，一下不见了踪影。只听说他娘跟过很多男人，他姓过很多姓。近十多年一直没有消息。

不久前，回村的一个外出打工者告诉张氏老太，毛狗最近几年姓罗了，但他把姓罗的杀了。他娘要叫喊，也被他杀了。他被判了，在南方的一个看守所里，死刑，听说快要执行了。

此时，到了羁押毛狗的监牢围墙外，张氏老太还相信孙子本性是善的——一岁时多安静听话啊！

"这个世道太坏！"

老人起了愤怒的情绪，终于喊出了。

"罗大样——"

"不要乱叫，知道这是什么地方吗？"

黑暗中发出一个骇人的声音，张氏老太跑得比第一次快多了，也不再贴着围墙走了。

已经是深夜。因为怕迷路，怕误了约定的时辰，她没有跑多远。在一个有檐挡着露水的街角躺下了。鸡就放在她身边，不必担心它跑掉，脚被绑了，翅膀被绑了。罐子土灰色，质地粗糙，捡垃圾的都不会要。

竟然睡了个好觉，关毛狗的地方找到了，心里少了块石头，老人十几天来第一次感到了踏实。

第二天，张氏老太一早就在那里等。

"哪个是罗大样的奶奶？哪个是罗大样的奶奶呀？怎么冒出个奶奶了？不是调查清楚了，他所有的亲人全被他杀光了吗？娘家亲戚决然不管了吗？"

一个矮矮胖胖的穿制服的中年人从里面边进传达室边嘟囔。张氏老太对"罗大样"三字还没反应过来，但传达室里只有她一个外人。

"你就是罗大样的奶奶，真的吗？证件呢？"

"……他的胯下有一个铜钱大小的胎记，就在他的男根根部。小时候我抱了他半年，不错的。"

穿制服的愣了一下——他似乎看过罗大样的男根。他整了整他的制服，因为他的肚子太圆，制服总是掩不全那里，隔不了几秒钟就要扯一下，仿佛肚子是他的一个羞处。然后，他很平静地说：

"就送碗鸡汤吧！下午六点钟来。照理死刑犯不能吃外面的东西，怕……念你太老，让你送来，下午六点。"

穿制服的立即转身走了。

张氏老太也急了。老母鸡得用细而又细的文火炖它几个小时，才能炖出真味。这母鸡老了，肉是没味道的，精华全在汤上。

在附近的一家小饭馆，老人把原计划用于住旅店的钱全掏出，终于达成了杀鸡炖鸡的协议。杀鸡的时候，她躲到了墙角落，竟然哭了。在老家，她与老母鸡相依为命，八年前老头子去世时，家里有气息的，只有她和这只老母鸡了。后来鸡养了一批又一批，无不是这只老母鸡的儿儿孙孙。老人无意中把自己和老母鸡连为一体了。一次次发鸡瘟，独它不死。现在孙子要死了，孙子又从没喝过她的鸡汤。

"鸡啊，不是我不愿意进罐子，要是我的汤能喝，我就自己进去了，不会有劳你的。"老人这样安慰着她的鸡。

鸡很快就在罐子里面了。

她老泪纵横的脸在火炉的温暖下,终于干涸了,又恢复了松树皮那样的干裂。待水开了,她只能用文火慢慢炖。老人就坐在炉前,用手拿柴,有时手还伸进炉里。她的动作十分缓慢,但火并不燎她。几个小时,老人的坐姿没有换,脸上也没有任何表情。罐里的香气慢慢地一丝一丝地出来了,很快就成群结队出来了,像鸡的魂灵们出来嬉戏,在店里弥漫着;很快又溢出旅店的门窗,散发到街上,散发得更远,整个城市都弥漫了。这是吃山珍野味,喝山泉露水,九年成精的一只老土鸡。

香味惹得店老板都后悔了,他怕以后再也没人来用餐了。那些平时吃着饲料鱼肉的顾客都放下筷子,离开了。

时间差不多的时候,老人突然微微地笑了。

"终于好了!"

她迅速地用纸包好罐子,再用塑料布包好,于是,那香气全储在里面了。

穿制服的在等她了。

"你还有别的要求没有?"

"没有。"

"告诉你这个情况的人是干什么的?"

"邻家的,在外建房砌墙的,摔了腿,干不了了,就回家来了。"

"你真的没别的要求?"

"没有。就送一罐鸡汤。我这鸡汤放哪里?"

"死刑犯的食物得检测,懂吗?"

"……"

"你来这里真的没有别的要求,就送鸡汤?"

"来送鸡汤都没脸啊!哪还有要求呢——"

所幸她的方言与普通话接近,否则,交流都无法进行。

"你真的孤身一人,连家庭条件好些的亲戚也没有吗?"

"好的亲戚却有一个。"

"什么人?什么官?怎么不邀来一起关心罗大样的事?"

"我姨表弟,隔壁村里的村小组的组长。他还劝我别来呢,怎么能不来!做过我半年孙子哩。"

"哦哦,原来这样。果真这样。这就好办了。一执行,就让老婆子领回去,一了百了。对了,明天八点钟来听消息吧。鸡汤嘛,明天再说。"

穿制服的急匆匆进去了,要是那罐鸡汤的香气能出来,准能拉他多站一会儿。张氏老太跟了几步。两个持枪的就上前一步拦住了她。她还是感到了了有些不正常又特意翻了翻那在册簿,见"罗大样"三个字还在,心里就踏实了些许。

突然,她看见几辆印有红十字的车子进去了。老人想,是不是毛狗不听话了,没喝一口她的鸡汤就撞了墙。毛狗性子急,小时候就这样,她不禁恐慌起来。老人的手脚变得异常迟钝,久久在传达室里打转。但进进出出的车子很快。有大车有小车,有印红十字的,有响着警笛的,只听得"检查完毕,请放行",白烟一冒就跑了。除了几个站岗的、两个传达室的和那个穿制服的,在这里她见不到任何人了。但她愿意等下去,若不是被驱赶,她会一直待在那里,直到天黑又天亮。但最后门一关,她就在外面了。

第二天七点时,她又来那个小饭馆里热鸡汤。店老板热情地接待了她。这天的顾客比哪一天都多,说想吃前一天的那种鸡汤,有的说吃不到闻闻也舒服。张氏老太又架起了火,这次的香气还十分浓郁。有人拿出了一千元,要买她的鸡汤,但老人只来回摇了一次头,那人就知难而退了。她抱着罐子离开时,拥挤的人群自动为她让出了一条道。

见面时,穿制服的神情异常兴奋和喜悦,仿佛一夜之间发了个百万大财。

"你这个老人真是身体好，九十多岁了吧。人老得快不快，关键看心脏好不好。要是罗大样的心脏移植到你的体内，你都能再活二十年。可惜，没你的原装心脏有良心。罗大样太坏，死都不悔，也不愿为社会做贡献。哦，别说闲话了……"

这段自言自语性质的话，老人根本没听明白。老人想要求重说，但一张纸铺在了眼前。

"你，你马上可以见罗大样了。只要你签个名，就可以领回去了。"

一个"见"字就让老人激动不已，她一连说了三个"签"字。写完一个字，她停了一下：

"他能和我一起回家吗？我保证教育好他。我的毛狗，小时候很乖的——"

老人热泪盈眶，没待回答就签下了姓名。穿制服的又从兜里摸出印泥，让她按手印。老人的手很粗糙，皱皮又多，指纹是粗粗的几条。手印就像一枚小小的霜红的乌桕叶。

"你回家的旅费我们给你出。看你这么大年纪，我们是同情的，我们的要求只有一个：你回家安安分分做人。要知道，讲良心的心脏是无价的。你马上可以领，马上可以见。我们一弄好就让你抱着，让你带回老家去，按照你们的方式处理吧。明天早上上班的时候准给你。"

穿制服的迫不及待地转身走了。老人立即翻到在册簿的那一页，"罗大样"三个字，叉了，像两把剑插在那里。

持枪站岗的见老女人的身子晃了晃，扑在地上不动了，立即上前一步，以防不测。突然，他们看见了老女人身体下的罐子，以为是什么危险品，以迅雷不及掩耳之势架起了她，夺走了她的罐子。轻轻打开，一股浓郁的鸡香冲天而起。他们在这样的岗位上，对悲切的情景司空见惯，无动于衷，但这时一个个鼻孔张开，口水充胀，面部鲜活多了，好像都起了笑容。开罐的人立即盖上了，放还到张氏老太的身边，仿佛这是一个定时炸弹。

张氏老太知道孙儿已经没了。

张氏老太知道她的鸡汤就要变臭了。

张氏老太知道悲伤没有什么用。

经历太多悲惨的人,总有让其坚强起来的办法。她很快平静了,又回到了饭馆来热鸡汤——已经毫无意义的鸡汤还是要热一热的。她想热了它,抱着它沿着那围墙走一圈。火烧得很大,一下子汤就开了。但是,已经没有了香气溢出,寡然无味。老人开了罐,用手往鼻孔扇一扇,还是没有气味。

那只鸡真的死了。

这一天,老人就抱着那一罐寡味的鸡汤游荡在围墙脚下。她没有喊一句,喊了又有什么给他呢?做了半年自己的孙子,没有得到自己好好的教育,鸡汤都没喝一口。老人觉得孙子没了,鸡没了,自己也没了。

她不打算回家了。

明天还要见面,她在饭馆里住了下来。这天晚餐她十分奢侈,吃了这里最好的菜,睡了最好的房。说来也奇怪,她的心是十分平静的,也睡得很安稳。

老人一早就热了鸡汤,火很小很小,罐子封得很严。店主还没起来,顾客也一个都没有来,她的鸡汤就热好了。她知道鸡汤已经臭了,但她不知道为什么还要热,为什么还舍不得丢。她抱着罐子来到传达室的时候,才六点多。她就专心致志地抱着一罐子鸡汤,生怕它凉了,用体温护着。八点的时候,穿制服的抱着个小木匣子出来了。老人目不转睛地看着,平时沉浊的眼睛一下子清亮了,但是她仍只能看到一个人。

"难道是个玩笑?难道这穿制服的就是罗大样,就是她的毛狗?他抱着一盒月饼来认自己了。快中秋节了。"

老人禁不住这么想。她把罐子放在桌上,空出手来迎接她想象中的一切。孙儿团团的、红扑扑的脸,调皮的嘴唇,逗人的睫毛……全都一闪一闪的在眼前了。

"给，这就是罗大样。"

她还没缓过神来，就伸手接过盒子。她颤巍巍地打开了：

一撮灰。

她又一次面对了现实。她关上盒子，抱着站了好久。突然转身，她把盒子放在桌子上，轻轻地，如当年把周岁的孙儿放在桌上，让他去抓周，但没有一双小手抓向鸡汤罐子。

然后，她伸出自己的枯枝手，举起罐子，使尽全力，摔往地上。嘭的一声，臭了的鸡汤热气腾腾。

穿制服的拔腿就进去了。

传达室的两个人和四个站岗的，也顾不得了威严的形象，都掩鼻俯身呕吐起来了。

那股臭气很快弥漫了整个天地，如浓雾一般笼罩了世界。

▶ 发表于《星火》2010 年第 1 期

# 良　宵

◎刘伟林

## 一

昨晚，苏良没怎么睡，早起站在门前的村道上，眼睛涩胀。

天气寒冷，隔夜的雪厚厚一层铺在枯草上，净得发亮，天高地肃。大地上污浊处黯然一片，鲜亮处闪动一股奇异的光芒。两股光芒对比强烈，荡漾在天地之间。

站在寒风里，苏良的眼睛四下睃着，村道上不见一个人影。

这岁，苏良两天前才赶回家中。今夕，年三十晚上，将与父母吃团圆饭过年。这中间，整整四年，苏良又回来了。说起来，村里的变化不大，又很大，多了一些陌生的人。前日，看见她回来的人，都打招呼，她居然想不起是谁，即刻面红耳赤，羞愧不已。村道上，隔得老远，她就望见了父亲，心顿时惴惴的，忙颤着声音喊。父亲也喉头发紧，身体抖动，双眼湿润，泪水淌了下来。然后是母亲，母亲的手亦在眼上擦，却不说话。苏良的嘴张了张，又合上。她想到了这样的场景，也做好了这样的心理准备，没承想事到临头，还是不一样。

双亲年迈。父亲早年教书，一生恬淡，度的是白粥微盐的日子；母亲整日忙于稼穑，毕生劳碌。

环顾四周,满目是投入的静好,餍足独享的气象。地上的雪真的厚,白得晃眼。回头望,身后院地上逶迤着两行脚印,直通村道,是自己的。有麻雀在雪地觅食,腾起又落下,如一团烟雾。琳琅般的树丫上覆着厚雪,连树梢的尖细处也沾着雪,几只麻雀栖在上头,歪着脑袋,寒风吹来,麻雀扑棱着翅膀飞走,树丫随即发出金属薄片般颤动的碎音。天寒地冻,早起的人寥寥,似有人踩着雪嘎吱嘎吱走来。苏良有些愣神,侧目望了望,还是没看到什么人。她知道自己起得早,父母都还没起来呢。大地上,雪铺得均匀,把棱角都抹了,分不清哪里是沟,哪里是路,哪里是地。

天空阴着,又分明在雪的映照下,浮着凛冽的光芒,不仔细看,分辨不出。光芒实实在在,披着雪的外衣,透到雪地又折向空中。苏良的鼻子有些堵,不是干燥,也不是湿润,被什么牵引着,她闻到了一股气息。

这气息从身后弥漫开来,她知道是父亲起来了,正在里面抽烟。烟草辛辣的气味萦绕在风中,被雪味裹着,阵阵吹来,同样寒冷。父亲没走出院落,不想过多打扰她,只是随她多走走,多看看。

不多时,家中的屋脊就有炊烟冒出,扭着往上跑。显然母亲也起来了,正在灶间忙碌,做早餐。今日,早餐随便吃的,填个肚子就行,真正的吃要到晚上。苏良对过年不上心,没想到父母还是老传统。又不多时,村里热闹了,有了生气,嘈杂的声音此起彼伏地响着,屋脊的炊烟就混在了一起。

站长了时间,苏良有点累,却不想回屋内。

早晨过得快,直到父亲喊她,苏良才悻悻地往回走。屋里已生起一盆炭火,暖暖地燃着。父亲说:"外头够冷的,都站了很长时间,烤烤就暖和了。"父亲的话低沉,保持着一如既往的声调,不惊不喜,不急不躁。苏良倒不觉得冷,反而感到身上有股热气盘桓,上上下下,围着身体转动。

烤着火,苏良木讷,想与父亲说点什么,又开不了口。父亲也沉默,不时抽着烟。苏良知道父亲是要问的,趁妹妹还没来之前。果然,父亲就问了。四年前,苏良与一男子私奔,杳无音讯,整整隔了四个寒暑,今夕苏良归家，却孤身一人。父亲想知道那个谜底。而那岁月深处的怅惘与落寞，不是一句能说清的。隔着一扇门扉，母亲忙碌的身影晃来晃去。看得出，母亲的身体不太好，大不如从前，性情倒没变，家中的诸事都得经她的手，洗衣、做饭、洒扫，终日不得闲，母亲的行事一如既往地认真，事事归整得干净利落，费时又费神，人瘦削后亦显出了老态。母亲行事稳妥，只说苏良归家了就好，从不提敏感之事，处处小心地看她的脸色。晚上，母亲的睡眠差，半夜起来，爬上二楼，站在苏良的房门前，低声问："夜里睡不着，可要捂在床上，别冷着坐在那里，衣服多穿点没有？"母亲的声音在沉寂的夜里很是温暖。苏良听着，心缩成一团，想就着光亮让母亲进来，却忍住了。第二夜，苏良暗中熄了灯，枯坐床头，还能听见母亲半夜摸索在门前轻微的声响。夜间，苏良特意备了一杯水，等母亲离去后，冷冷地灌进肚里。

面对父亲的疑惑，苏良不得不说自己的故事，恍若隔夜的茶，味道尽变。父亲问："这些年怎么过来的？"

苏良的鼻孔一酸，顺势掩饰了一下，说："就这样过来的。"苏良对自己的回答很不满意，似是回答了，又似什么也没说。

好在父亲不计较她似是而非的回答，又问："一个人回来的？"

"一个人。"苏良答。

"还是没过到一起？"父亲问得直接。

当初，父亲是反对的。苏良犹记得，她曾带男子回过一趟家，父亲只看了一眼，就明确提出不妥。苏良仍一意孤行，私许终身，回家的次数逐渐少了，终于发展到自己做了一次主。离家四年，苏良又每每梦见家里的小院，三月里，院中的一树桃花灼灼，然，仅一夜时间，花瓣就萎于地面，微绽苞实；院地油绿的草茎钻出地表，沾着薄明的露水；水井边苔痕处处，绿茵茵的草丛里有蚯蚓夜里出没的痕迹。

"两年前就分手了，我一个人过，在一家公司做文员。"苏良说。

"回来了就好。"父亲叹了口气。

"让你们操心了，都怪我当初没听你们的话。"苏良很自责，面对父亲，有些话还是要说出的，不能憋着。

父亲还是说："回来了就好，我们是没少操心。"

"我不争气，给你们跌了脸面。"

"都过去了，还提它干吗？今晚一家人一起开心过年。"父亲说着，兀自摇了摇头。

看到父亲摇头，苏良清楚父亲还没原谅她。父亲不再说，起身去了灶间，与母亲一起忙着。苏良想与父亲多说说，父亲却不允，顿觉索然无趣。正如当初与父亲处在如斯境地。苏良聪明伶俐，甚是多情，回过头，不知自己看中了男人的哪一点。男子温和体贴，却比她更多情，喜新厌旧，瞒着她和别的女人上床。苏良得知后，不解、悔恨、悲伤，但还是活了过来。

父母不知道这些，也不能说。但父亲因为她的离家，孤清地过了四个年。对此，苏良难以释怀。

吃早餐时，苏良吃得忐忑，不时抬眼看双亲。妹妹要到上午才过来，妹妹是前年出嫁的，嫁得不远，是邻近的花地村，顺着一条大道，拐过一片水田，再沿曲折的水岸就到了。回来后，苏良还没去妹妹家里看过，倒是妹妹与妹夫来过一趟。妹妹婚后很快生了一女儿，孩子近两岁，苏良还没见着，妹妹说今日带过来，一起过一个团圆年。在这两夜，苏良想象着妹妹小孩的模样，心情柔软，仿佛满空铺着的星子全落在了胸口。她准备了一件小小的礼物，一个玉石的生肖图案，要亲手挂到小孩的脖子上。她一直把玉石捂在身上，捂久了，玉石就温润剔透，微散着她身体的气息。这两日，母亲一直让她歇着，不许插手家务，说是回来了，就好好歇歇。苏良知道父母对她是上心的，嘴里却不说。妹妹都出嫁了，她还孤清一人。乡下都是等姐姐出嫁后，才轮到操办妹妹的婚事。想来，双亲没理由不上心。

早餐是传统的偏食，为乡下特产。这种食物，冬月就已做好，切成块，浸在水中，什么时候吃就取出一块。每年冬月，母亲都要做一回，取一饭甑,把大米蒸熟,再每日清晨与夜晚滤水。甑面覆一层白纱布,滤水后,把甑盖封好。母亲做得极为讲究,每日过水的时间也掐得准,一丝不苟,从不许她动,说是动了,味道就不对。苏良曾讶然,但见母亲坚决,不能拂了她的意愿,只好作罢。母亲的意思是,妙不在法,而在于人。方法是墨守成规的,而人是活络的。妙在于心,心随意到,意随心动。细而不碎,柔而不弱,仿佛功力深厚的高人。听母亲传授那道道,晕乎乎的,感觉真是境界。那曲里拐弯的细节,像他人的故事,可消永夜。吃时,用水清煮,里面放腊肉,味道就溢满了口腔,真是好吃。

不时有鞭炮在村里炸响,多半是顽皮的孩子在放着。声音清脆,传得远,让雪掩出一种回声,似天地清明无限。此刻,天上也在过年,太阳竟出来了,懒洋洋地在雪地上拖出鲜亮的光芒。

早餐吃得沉默,也吃得快。吃毕,双亲又忙开了,苏良坐着,又不敢再坐,有种怪怪的感觉,觉得自己生分了。她不像是回到了家里,而成了远来的客人,手足顿时无措起来。想起那四个除夕,她睡不着,睁着眼睛,想家想得哭泣。记得从前,除夕夜,她与父亲放鞭炮,守岁,守天光如何亮起。然后,天还没亮,摸黑与父亲到外面,放鞭炮,看天色如何亮透。这时,家家户户的鞭炮就全响了。按乡下风俗,叫出"天方","天方"一出,大吉大利。今岁,不知父亲是否还带她放鞭炮。乡下的礼数也多,每年腊月二十四送灶神,二十七杀鸡杀鸭,二十九扫帚要歇着,三十祭祖。祭祖女孩子不能去,每年都是父亲去。年三十晚上,母亲都要用甑蒸饭,满满一甑,吃不了,剩着,说是年年有余。蒸饭的米汤,母亲留着,等过了半夜,去查看,是否冷冻成了块状。若是看见上面有裂痕,母亲就说,明年准是旱年。

苏良痴痴地坐着,心里别有滋味,知道自己这两日还没回过神,就像那静立在夜色的枝条,沉得深,内心尽是怅然。

屋檐开始传来滴答声,阳光把雪融成水,顺着瓦楞淌下。再侧耳,听到了孩子稚嫩的哭声,便知是妹妹与妹夫到了。

# 二

家里有了孩子就显热闹。苏良心里软软的,看到孩子的长相与她的想象如出一辙,模样像妹妹,圆圆的脸,尖细的下巴,清澈的眼睛,笑时亮灿灿的。妹夫在院里的井边打水,一桶桶地往上扯,然后提进厨房,倒进水缸,要扯上满满的一缸。苏良与妹妹坐在火盆旁烤火,妹妹手中拿着孩子湿湿的尿布片,晾摊在膝盖上,靠着火烘,蒸腾得一屋子的尿臊气。苏良感到十分好闻。这梦中的情景,在她眼里,在她寂寞的长夜里,该是世间最美的图画,抽象而真实。她凝视着躺在摇床里的孩子,心里盛满暖意,如石子入水后波纹层层散开,又了无痕迹。

妹妹虽然变得温和平静了,却性情依然,身上散出成熟少妇的味道,低着声音与苏良说话。苏良不同,性情随了父亲,不像妹妹随了母亲。也许及至她憔悴老妪鬓有丝,人也不似旧时,还会孩子般糊涂憨为。妹妹问:"姐,过完年你还走么?"妹妹这样问是有道理的,其实也是双亲最为关心的事情。

苏良不知如何回答,从做出决定回家过年的那一刻,她都没想好。回来的两天里,她还在想,仍没想好,答案像是隐藏在什么地方,怎么也找不到。多次,她扪心自问,留下还是离开?问得自己越来越迷茫,心里亦越来越不安。苏良望了望外面,镇定了一下,说:"还没想好,过完年再说吧。"

妹妹说:"怎么过完年再说?姐,不是我说你,在个人的事上你从来是自作主张。过完年,就不要走了,在家好好待着,你年纪大了,赶紧在家找找,看看是否有合适的,至少能让父母心里踏实。只有你成家了,父母的心里才会踏实。我都有了小孩子,你还要等到什么时候?别耽误了自己的光阴。"

"你放心,我总是要嫁出去的。"苏良笑着说。

"我能放心,但你问问父母能放下心么?"妹妹也笑了。

"好了，好了，我自己的事心里有数，也不用总提起吧。先前，我就自作主张了一回，这次又说不定呢？"

　　妹妹紧张了起来，急着问："姐，你还想做什么样的主张？"

　　"看你想哪儿去了，我的意思是说不定什么时候就给你带回一个姐夫。"

　　"姐，你这样说就对了。"妹妹说着，把烘干的尿布片放到一边，重新烘烤另一片。

　　妹妹有个家，日子安稳，过的是相夫教子的生活，说的是居家的日常话。在苏良的记忆中，妹妹从不曾这样现实过，看来婚姻可以改变一个人。也许在妹妹看来，她很寂寞，其实不是这样，她回到了亲人身边，正享受着融融的亲情。苏良很羡慕父亲，几十年，度着杜园瓜菜的日子，她也许同样可以，等过完年，与父亲说说吧。

　　突然，孩子醒了过来，眼睛转动，长长的睫毛如布帘，这可爱的神情，原来是从娘胎里带来的。听妹妹说，孩子早产，七个月头上生下来，本以为难以养活，未料到竟养得如此滋润。孩子在一岁半才学会走路，蹒跚着一点一点就走好了。妹妹说起这些，沉浸在做母亲的喜悦里。

　　当着苏良的面，妹妹解开胸前的纽扣，掀起上衣，两只胀胀的乳跳了出来，把一只塞进正哭着的孩子嘴里。苏良的脸一红，自觉避了一下，心突突地跳着，想起了从前那个男子，总喜欢把头拱在她胸口，贴着她的乳，说着令她脸红心跳的话。

　　不一会儿，从厨房里传来母亲的喊声。母亲说热水烧好了，滚烫滚烫的，叫苏良赶紧洗澡。母亲又说，好好洗，等会去给她搓背。

　　按乡下风俗，腊月三十，每个人都要洗澡，洗去旧年的污垢，洗去旧年的面容，以崭新的面貌迎接新年的到来。在苏良的记忆中，这一规矩沿袭至今。为什么今年是她第一个洗澡？从前是妹妹第一个洗，然后才轮到她。村里家家如此，首先得是年纪最小的洗，再一个个按年龄排。苏良不好问母亲,起身去找木盆。木盆又不用找,早被母亲放在灶脚边。多少年了,木盆还是那只木盆,上了一层桐油,发出暗黄的光泽。

母亲把热水一瓢一瓢地舀进桶里,又一瓢一瓢舀冷水掺,不时用手试着水温。满满一大桶水,散着袅袅的热气。母亲提起水桶,让她拿着木盆,朝楼上走。苏良几次要提热水,说又不是小孩子,用不着这样。母亲不允许,说在母亲眼里她永远都是孩子。母亲的话说得随意,苏良却听得差点掉泪。

房门紧闭,玻璃窗上弥漫着一层水汽,迷蒙一团。苏良过去打开一扇窗户,冷风呼地钻进,扰动着房间。苏良探眼望窗外,雪地上有孩子在蹦跳、跺脚,不时朝手掌哈着热气,不安分地玩着,小脸红红的,像灯笼。阳光越来越明亮,院里光秃的树梢镀上一层箔片样的光。从屋檐滴落的雪水发出纷乱的响声,一下一下地从她的心头滑落。苏良痴痴地站在窗前,竟忘了洗澡,等回过神,才见底下有个孩子忽闪着眼睛,仰头朝她看。

关好窗户,苏良开始脱衣服,一件件地脱,然后赤条条地站在澡盆中。房间的高脚柜上立着一面镜子,蒙着一层水汽。苏良看见自己模糊的身影,凹凸之处,如寂寂而旖旎的回廊,曲径通幽。心顿时扑通扑通地跳着,她大口地喘着气,恍惚中,似看见镜侧立着一年轻男子,嘴角上扬,浑身充盈着浓浓的书卷气,眉眼、唇角含有近春和煦的气息。苏良心有不甘,但她风尘仆仆的归途,如一截寒烟轻笼的堤岸,呈现了该有的清冷与疏离。那锥心刺骨的过往,再回想,已成了他人的故事。与父亲相比,她还谈不上久经世事,也没旷达通透,可心底仍然有热爱,有坦然与坚定的重生。想起归家的心情,仿佛四合的薄暮里如水洇了般一抹黛青的山影,在昏黄的日光里,敞开的门扉溢出饭菜的香气……阳光透过窗玻璃,慢慢照进。苏良静静地躺在水中,感觉温热的水正抚摸着她的肌肤,又转过脑袋看窗口移动的阳光,阳光穿过窗户,穿过地面,穿过澡盆,汹涌地灌进她的身体,为她清除着一年的风尘。苏良的心头涌动着一股热流,泪水就滑过脸颊,纷纷跌进澡盆。

苏良好长时间没这样洗过澡，把身体都洗透明了。不知什么时候，母亲站在门外，敲着门，说是要进来给她擦后背。

苏良说："已经洗好了。"

"那就赶紧穿衣服，别冷着身子。"母亲说着，重重地叹了口气。

苏良听出了母亲的不开心，母亲像在找与她说话的理由，可她拒绝了。

然后，是母亲远去的脚步声。

苏良并没从澡盆中起身，而是重新浸在水中。一直到水凉得与外面的温度一样，才抹干身子，从水里出来。没半点的冷，全身轻松了，清爽了许多。

阳光灿烂，雪后的晴空深邃，院里已露出了一块干净的地面。妹妹把孩子的摇床搬到院里，就着太阳晒。院墙的竹竿上，晒着几床被褥。天气难得晴朗，一冬的衣物都要拿出来晒，晒透了，才暖和。晚上，躺在蓬松的被褥里，能闻到阳光的气息，有点烘身，又有点挠鼻。

妹妹正拿着父亲剪的"福"字贴在门楣上。每年过年，父亲都要剪很多，一部分送给村里人。早年，父亲教苏良剪纸，把她揽在胸前，一边说一边剪刀闪动，瞬间，一幅图画呈现了出来。苏良喜欢父亲剪出的各种动物，惟妙惟肖，生动活泼，像真的一样。苏良学得笨，常常下不了剪刀，愣在那里。父亲教了几次，见苏良没悟性，只好放弃了。其实，苏良是聪慧的，只是对此没用心。

站在院地，苏良让妹妹赶紧去洗澡，剩下的活她来干。

妹妹笑了笑说："姐，我今天是要回去洗的。"

苏良不明白，问："为什么？"

妹妹说："今天腊月三十，晚上过年。我是出嫁之女，不能在这天回娘家洗澡，这里面可有讲究了，名堂多着呢，以后你会知道的。"

苏良喃喃道："原来是这样。"

妹妹说，等晚上一起吃了团圆饭，还得回花地村。两头都是父母，哪一头也不能冷落,再说过年图的就是团团圆圆,吉祥如意,那头还等着他们回去放睡觉的鞭炮呢。

苏良没想到妹妹晚上还要回夫家,只是因为她回来了,所以过来陪亲人团圆。想起双亲过的四个除夕,苏良心里不是滋味。乡下人的观念封建,没个儿子养老,心里不踏实,母亲偏偏就生了两个女儿,但父亲看得开,说一家养女百家求。于是,苏良从小便承担起了许多男孩子的重任。比如,今晚要燃放许多的鞭炮,祠堂祭祖要放,吃饭要放,睡觉要放,祭灶神要放,起床要放,出"天方"要放,不能乱了次序。在村里,这大多是男孩子的事情,从前都是父亲安排她来做……

苏良怔怔地出神,思绪被一根线牵着,扯到了别处,顿时想起昨晚的一个梦。在梦中,她与从前的男子站在院里的桃树下,二月里,桃花艳艳地红,绮绮绣错,枝头微颤着明媚,俏皮而率然。男子扶着她的肩,她就像桃花软软地依着,听那密实的话。谁知一抬头,男子不见了,桃花也落了一地。她实在爱得天真,而爱的辛苦已寂无声迹,却依然拖着待续的尾巴,迷惑她的心智。苏良摇了摇头,心头滑过一道热流,顿觉有了释然与轻松。

近来,苏良觉得自己总是走神,也走得莫名其妙,得尽快从中扭转过来,不能让这样的情形再维持下去。

见她愣着,妹妹问她在想什么。

苏良说:"没想什么。"

妹妹说:"姐,别想太多,越是想得多,就越是把事情搞得复杂。"

苏良点了点头。

妹妹又说:"姐,我怎么觉着你一点也不开心? 今晚过年,大家应开开心心过年才对么。"

苏良笑着,说:"你还是喜欢乱操心,我是开心的,真的很开心。"

# 三

忙了一整天,双亲做了一桌丰盛的菜肴。父母、苏良、妹妹与妹夫团团围桌而坐。坐下后,苏良才发现妹夫寡言,只低眉顺眼地笑着。一整天,妹夫都在忙碌,打水、劈柴、净扫,把体力活全做了,半天见不到一个人影。苏良觉得妹妹有福气,跟这样的人过生活是滋润的。父亲正在那里热米酒,炭炉里的火很旺,壶盖很快冒出热气。父亲把热好的酒斟满酒杯,示意苏良去放鞭炮。黄昏的时候,地面就开始结冰,气温降得厉害。打开屋门,一股冷风吹进。

苏良拿着拆封的鞭炮,站在院里,抬头望了眼夜空,夜空漆黑,星子亮得晃眼,如镶嵌在黑绒布上的宝石,又如燃放的焰火全跑了上去,一片耀眼的璀璨。看上去,明天又是一个晴天。苏良点燃鞭炮,噼噼啪啪的鞭炮声炸了开来。

回到屋内,举杯共饮。苏良站起身,一祝双亲四季平安,二愿双亲身体健康。双亲举起酒杯,彼此笑着,无话,静静地喝干。然后,妹妹与妹夫也说着祝愿的话。一家人暖融融的,推杯换盏间,苏良喝不少的酒,叠加的祝福,让她有种微醺的感觉。

酒下了肚,身体就热了起来。苏良走到摇床前,亲手给女孩的脖上挂生肖玉佩,手触在小孩的肌肤上,柔柔的,水般地润滑。小孩子入了梦乡,睡得安稳,即便是鞭炮声也惊不醒,小脸蛋上的酒靥分外好看,鼻翼微吁的气息,似世间唯有的天籁。屋外,鞭炮与焰火欢腾,映得屋内欢乐祥和,呈现在窗玻璃上,如一幅图画,煞是美丽。一年一度,此刻天上年味正浓。苏良闻到瑟缩的空气中弥漫着鞭炮的气味,丝丝钻进鼻孔。

这个除夕过得简单,但不单调、沉闷。父亲饮酒颇多,舌头不甚利索,还是把该说的都说了,不该说的也说了。母亲一直笑着,从脸皱褶里绽出,如一朵雏菊。苏良理解双亲,听在心里,酡红的脸愈益分明。双亲年岁大了,不知今夕能否与自己一起守岁。无论如何,苏良决定守住这一度的岁夕,去静听一夜的鞭炮声。

酒喝得差不多的时候,妹妹与妹夫说要回去,那头还等着呢!双亲不强留,说是该回去了,手心手背都是肉,哪一块肉都重要。苏良执意要去送妹妹与妹夫,妹妹说:"姐,不远的,一会儿就到了,用不着送。"苏良坚持着,手里已拿好手电筒。

妹妹解开衣服,紧紧地把女儿捂在胸口,暖和着。然后,妹夫在前面走,苏良打着手电筒,在后面照着。一行人出了院门,朝邻村走。地面冻得梆硬,踩在脚下,发出吱吱的声响。远远地,不时有焰火从周围的村子升了上来,铺满广阔的夜空。

路不是很好走,积雪还没化尽,电筒照在上面,亮得刺目。苏良跟着妹妹与妹夫,一步不落。哪地方是沟坎,哪地方是土坡,哪地方是油菜地,哪地方是稻田,妹夫不时提醒着,对地上的一切早已熟识,知根知底,哪里该拐弯,哪里有树桩,哪里是路面,一清二楚。雪紧盖着地,坦荡无垠。夜间行走,脚像是落不到一个实处,虚虚的,须得处处小心。夜间的路显得长,哪怕是白天同一条路,也有许多的不同,甚是微妙。一种奇怪的感觉从苏良的心里油然而生,夜空似低了,星子似在头顶,触手可及。走着的时候,夜空与星子离得近;停下的时候,夜空与星子又远了。在雪清冽的气味中,苏良的眼前划过一道虚拟的弧线,像焰火划过夜幕的刹那。

路边的树光秃秃的,风掠过,发出琳琅之音,弹到雪地上,竟有空谷回声的余韵。树丫间挂满冰凌,密实晶亮,在电筒的光亮里,闪烁不止。地面上背阴处,积雪依然厚,臃肿地膨着;白天见着阳光的地面上,雪只剩薄薄的一层,甚至泥土也露出了脑袋。寒风凛凛,沿着地皮往上吹,苏良却走得暖烘烘的。大地上,树木、枯草、水塘都了无生气,那些平日易见的小生灵隐藏起来了,要么在洞穴里享受着冬天贮藏的食物,要么蛰伏在某个地方。走着,苏良的眼前突然出现一只灰色的野兔,傻愣愣地立在路中央,两只兔眼一眨不眨地瞪着电筒的光。转瞬,野兔像是受到了惊吓,慌慌地撒腿斜窜了过去,钻进路边的一块菜地里。菜地种的是冬季的菜,葱茏一片,颜色简净、鲜碧,好得无法说出。苏良望着这段画筒般的景致,心里溢满欣喜。

离妹妹的村子不远处,一口水塘呈现而出,冷冽冽地泛着水光。妹妹让苏良不要再送,说是快到了。妹夫本想邀苏良去吃杯酒,被妹妹阻拦了,说年三十晚上,只有出嫁之女才可以回娘家过年。苏良听出了妹妹的意思,第一她还待闺未嫁;第二她不是回娘家,所以不可造次,随便进入妹夫的家门。苏良一点也不责怪妹妹,反心生感激,觉得妹妹化解了她的难堪。当然,妹夫也可能只是随口说说,对乡下的一些规矩还是懂的。

苏良说:"要把你们送到家门口,黑灯瞎火的,地面又滑,稍有不慎,会摔一个跟头。"苏良说得有道理,妹妹就闭了嘴,不再说,由了她。妹妹住在村子南端,相隔几十步就有一片宽阔的水域,是一条流经村头的大河,不过,这时节是枯水期,河面狭窄,高处都露出了河床,河床上覆着厚雪,如漂在水面的蘑菇。

沿着河岸走,水域似宽了许多,于黢黑的夜色里,像一块硕大的闪闪发光的玻璃。手电筒的光亮倾泻在河面,又在微微的冷中折射,加上雪光一起照彻了路面。

等到了妹夫家门口,苏良停在那里,说:"你们进去吧,我这就回去。"

"姐,你路上小心点,怕不怕?"妹妹说。

"我的胆子大着呢,又不是什么小孩子,你别担这个多余的心。"

"姐,要不我送送你吧。"妹妹还是不放心。

"这样送来送去的,要送到什么时候?"

"说的也是。"

"那我回去了。"

"路上小心点。"妹妹叮嘱了一句。

年三十晚上,到处都热闹,从夜空的四个方向不时绽出绚丽的焰火,点缀着这人间的锦绣,接连不断的鞭炮声扰乱了这季节的清冷、寂寞。

往回走时,苏良熄灭了手电筒,感觉身边清冷的水面笼上一层寒烟,就像从大地深处透出的另类迷香。雪地上重叠的脚印被冻得凹凸不平,苏良情愿这样走着,脚步踉跄。曲曲折折的水岸悠长,去了一眼望不到头的地方,只有那白白的光在视野中延伸。

苏良的心怦怦地跳着,她过往的岁月,那些在车厢一角沉沉睡去的欢乐与忧伤,注定了无法一一归还,如风而过。

此刻天上正应了人间,一岁一度,一岁一夕,皆是良宵。

▶ 发表于《天涯》2011 年第 2 期

# 一句该死的话

◎傅玉丽

怎么就说了那句话呢？肖像像暗暗责怪自己。一定就是那句话让面包以为自己在勾引他呢。

电梯在上升，指示灯诡秘地眨着眼睛，像看透了她的心思。肖像像低下了头，背上发紧。面包的手轻揽着她，她感觉一股浓浓的男人气息在环绕，不由得用脚指头在鞋里扣紧了地面。

没料到多年之后，面包仍在这趟车上干。对于这个人她可是有印象的。出去这么多年了，列车上换了几茬人，已没有认识的了，能见到一个真是令人高兴的事，肖像像觉得很意外，又觉得理所应当，还有点说不出的味儿。有点回避似的，她不想让别人知道更多的自己。

那时候刚毕业，肖像像坐火车就像坐着玩似的，一个月都要跑两趟，所有的钱全奉献给铁路了。还好，家里是铁路系统的，总能认识几个熟人。能逃票就逃票，能蹭车就蹭车，面包就是她跟小马蹭车时认识的。

"这是谁送的？"那次他看见她手里的花，故意问她。因为是塑料的，她有点难为情："你不都看见了。""你们是同学？""是啊。""你天天坐车就是到他那里去啊？怎么不叫他跟你走呢？"肖像像一下子没吭声。家里就她一个女孩子，父亲一直重男轻女，从小她就感觉到母亲的被动，父亲经常哀叹:"女孩子,哼,鞭炮一响,人财两空。"对父母的婚姻她有种说不出的别扭。进了大学,她就感觉自由了,自己选了男友,还不顾天各一方,天天想着法儿见面。

"一个女孩子跑那么远干什么?"她记得一次面包跟她在餐车上聊天时,突然问她。"我就想到外面去。"她的确这么想的,逃走,逃开,她不要一种被动的婚姻,要自己选择,想能浪迹天涯多好。

这个乘警笑了,脸上活泛开来。肖像像第一次发现他其实并不老,比自己大不了多少。只是皮肤粗糙,加上一身制服和严肃相让她以为他好老似的。他坐在那儿,放松了腰,伸直了一条腿,用手解下了皮带。"打过枪吗?"他把枪放在了小桌上。

"我爸就有气枪,我早就打过,军训都不用教。"肖像像有点自豪地说。小时候父亲用气枪打鸟时,就教会了她打枪,对枪她太熟悉了。父亲能教她打枪,她真是受宠若惊,院子里还没有哪个女孩子玩这个呢。她认为枪就是男性的,能玩这种男人玩的东西说明父亲把她当男孩看哪。

"你戴眼镜,还能打枪?"面包一副不信的样子,懒懒地说。"我打时不用戴眼镜,军训我打过十环,教官都吓了一跳。"她说的是实话,这事让班上同学也记住了她。

面包把枪推过来。肖像像伸手去拿,好重,比她想象的重。在电影里看到手枪感觉很小巧,很轻灵的。没料到拿在手里这么沉,真要去瞄准可得费力,用劲。"你拿不稳吧?"面包得意地说,"不好拿咧。哎,我这么多年还没打过一次。"

"那有什么意思。"肖像像冲口而出,想都没想似的。还两手一抱,胳膊伸出对着窗外做了个瞄准动作。"哎——"当时面包脸都白了,一下站起来,"别——"把枪拿了过来。"你胆子不小,谁说有枪就一定要打啊。"肖像像刚刚起来的兴奋情绪一下折了回来:"没劲儿,没打过有什么劲儿? 枪,就是要打的嘛。"她还有点失望,连瞄都不准瞄一下,就因为是真的?!"你要是假的,谁会瞄啊。"又说了一句,很不服气似的。

"哎,看看可以,别来真的。"面包怪气恼的。

肖像像横了他一眼,不碰就不碰呗。心想,那你给我看什么。

当然她还是感激他的,毕竟他没有查她的票,好像知道她没买似的。肖像像有时会想,那手枪打起来是什么样的,振动很大吧,一只手能瞄准吗? 可能不行,还是要两只手,开枪后会发热吗? 能连发几枪? 不知那次装了子弹没有,是不是装了子弹更重……胡思乱想了好一阵子。反正一看到面包就会想他的枪。

三年之后,她彻底离开父母,联系到工作,到了男友的城市,在为成功逃离了自己的家而兴奋之时,她开始步入自己的婚姻生活。在迎接新生活的时候,她以为是永远的逃离,不会回去了,压根没想到自己若干年后会再次坐上这趟火车,并一而再再而三地回家。

最不可思议的是还碰到当年认识的人, 好像十多年的岁月不存在似的。铁路没变,人变了,肖像像也无法解释,自己怎么没坐飞机,而是坐上了火车。也许火车慢一点更好,可以消磨更多的时间,可以什么都不用想任它带着自己前行。不用自己去思考,去徘徊。就交给火车吧。她真这么想的。自己这么多年在外的生活不也如同一列火车? 她感觉马上快停了,一时还没那么决绝,不知怎么办,情不自禁地一趟趟回家。

当初在学校里,老师问到同学们对自己未来的希望时,所有人,可能连肖像像自己也没料到,她一站起来开口就是:历经沧桑。那样的人生多好啊,多丰富,老了有可以回忆的地方。又看到面包,肖像像竟偷偷地照了好几下侧面的窗子。她突然就明白过来,历经沧桑好,可自己会不会变老呢? 那太可怕。

老天对待男人和女人从来没有公平的,你看,当初看面包那么黑、那么老,现在看还是那样,丝毫没有变的样子。而肖像像,她想,自己肯定已满脸沧桑了。一下子,她发现自己开始像个好女人,平时还真没有这个感觉。面对男人,女人就会在意这些,因为男人在意啊。

面包倒表现得没有肖像像想的那么复杂,相反,眼睛还亮了一下:"呀,你还是那个样子,有十多年了吧,怎么一点没变呢?"热情地与她握手,坐下来跟她聊天。

也许一切都是从那个眼神开始的。当时肖像像笑盈盈地讲述着自己的生活,面包低头听着,突然问了句:"你老公怎么老没见?"并没抬头,声音却是带点横的,像面对一个小孩子说谎似的横。肖像像一愣,脸上表情有些生硬。

"我们……两年没在一起了。"她不明白自己说话怎么还这么文雅,和平时一样。她本不想这么说的,可说出来就这样了,文绉绉的。

"嗯?"她看见面包的眉毛微微抬了一下,眼睛闪过了一道质疑、不解、遗憾还有压抑的光亮。就在那个时刻,正笑着的肖像像一下感觉有个石头滑向了嗓子。

"两年……"她接了句,又打住,但还是没打住,"他没有碰我。"这话一滑出来,眼泪也滑了下来。

接着一切都变了,肖像像想让自己变得硬一些,可不行,就是软软的,她像在说别人,比如不想生孩子、老回家、老坐到他的火车、怎么这么巧等等,只是说来说去,肖像像都觉得那些说不说都一样,面包可能根本没听进去。他转头用右手抓了一下左边脖子后面,点了支烟。"你看,这小偷真能,都偷到故宫里面去了。"好像对前面的大电视更感兴趣。开始电视也开着,现在也是,只是慢慢地肖像像就听不到电视的声音了,这一说她才又发现,电视还是在那儿,还在那儿开着呢。

她突然感觉有点难堪,还好面包倒没表现出什么,肖像像心里沉了一下,狠狠责怪自己,怎么就告诉了他呢?

"这样吧,到了,我请你吃饭。"面包站了起来,没容她回答就走了。接下来像顺理成章似的,肖像像到了家后不多久面包就来了电话。好像那句话说了后,两人间像有了某种更特殊的感觉,变成同谋似的。确实在同谋某件事,只是隐隐约约,在心里思量,不会挑明罢了。也不是没有异性请过自己,难道自己这次饥不择食?!她感觉到面包暗示深藏的眼神,知道自己吸引住了他,心里像有蝴蝶在飞,轻轻扇动翅膀,空气中似有粉末在飞舞。吃完了,她没动,面包主动买了单。肖像像这几年还是第一次不主动买单,以前她争着买,好平等独立的样子。她现在不想这样,假如面包不动,或者说等着让自己买,那就算了,就像打赌,她在心里对自己说。

"还想要点什么?"面包关切地问。"不要了。"她吃不下了。"服务员——"面包叫道,看着他买单想都没想似的,肖像像心里坦然了,知道自己有一部分接受了他。所以听到面包说上去休息一下时,她听见自己嘴里蚊子般嗯了一下。饭店上面是宾馆,面包说的是休息,别的没说,这个词他用得真好,还有点文气,没让她反感。

肖像像感觉那只蝴蝶在飞,飞到了电梯里。电梯里一股刚擦上去的机油的味道直冲鼻子,她一下清醒过来似的,感觉到好拥挤。电梯两边都是镜子,两人变成了六人,右上角有个黑乎乎的摄像头,这么多人,还有监控,她有点兴奋起来。她轻轻地靠着面包,面包的手在她腰上揽着,上下轻轻抚摸着,跟点了把火似的,让她腰肢酸软又舒服。

她不知道自己怎么就转了下身,面包的手在腰上用了点力,就像怕她跑掉似的。她感觉自己受了鼓励,安定了些。红色的楼层数字在跳动,吱吱……电梯上升的声音,微微的,却显得更安静了。她听到了自己和面包的呼吸,盼着赶快停下来。她的脑子里的蝴蝶变成了蜂鸟,嗡嗡直响。

要说自己并不缺少异性朋友,要跟谁到宾馆也不会是他啊。她想不到自己会跟面包到这儿来。好像自己是故意的,真像故意的,要不然干吗跟他说这些呢?那么多同性异性朋友自己都守口如瓶,凭什么就对他讲了呢?是不是本身就含有某种暗示?她听见蜂鸟叫得更勤了。电梯快飞,飞快点,要一直飞,一直飞,别停下来,她改变了想法。她脑子里像刮大风,只是还没想下去，只听叮的一声，数字停闪，电梯停住，门无声地开了。

面包嗖地闪了出去，一扫刚才的风平浪静。肖像像好像被一股风扯了那么一下被带出了电梯。她看见面包迅速向走廊两边张望了一下，确定着方向，一下回过神来，挺了挺胸，装得若无其事地跟着他向前走去。面包肩膀左右在晃，背后看上去就是个陌生人，这让肖像像感觉好一点。

铺了地毯的走廊悄无声息地吸走了他们的脚步声。面包侧身用右手拉住了她的左手，肖像像像个乖女孩紧紧靠着面包往前走去，如同走在云里，没有一个人，幽幽的，像没有尽头似的。肖像像突然发现自己心里有些娇柔、温存起来，女人还是要有个男人，她真不明白自己何时很女人的。也许从说那句话开始，也许……她止不住地想，就这样走下去多好。

"爱江山更爱美人……"面包哼出的歌声一下让她好倒胃口，她脚步沉了下来。看见面包不知是兴奋还是紧张，放开她的手，停下来，将左手紧捏着的房牌换至右手，走到一房门前，对准锁口插进去。插了一下，没插进去，又插了一下，还是没插进去，他扭了几下门把手，门纹丝不动。看到面包插反了，她有些气恼，还有点幸灾乐祸。笨蛋，就这样还出来，心里骂了一句。等面包快急出汗了，她向两边走廊看了一下，说了声："我来。"一下拿过他的门牌翻过来，插进锁口。

嘀的一声，门锁口上的绿灯闪了两下开了。她感觉到面包有点难为情，一步跨了进去，有点炫耀，又像要躲开后面什么似的。进门又是走廊，虽短却黑，他们有点愣神。"我来我来。"面包挤到前面，拿过她手里的门牌往边上取电处一插，打开了开关。瞬间点亮黑暗的光线如一把把小刀子，差点让眼睛睁不开。肖像像眯了下眼睛，任由面包搂住她的腰，轻推着她往里走。

咔，后面房门关上了，雪白的两张床映入眼帘，窗外的夜色显得更加黑暗了。面包突然转身将门闩哗啦一下拉上了，又去拉上窗帘。外红里白的双层窗帘，一层绒一层纱，一拉上变成了半面墙，房间变小了。这两种颜色、布料怎么配到了一起？真土。肖像像想，站在电视机那儿没动。

面包走到两床中间,啪啪啪,摁下了一排床头柜上的开关。台灯、地灯、顶灯……房间里灯光变化。最后他又关掉了地灯、台灯、顶灯,伸手将两边的一个圆形按钮转了几下,两个壁灯亮了。然后他什么也没说,走到肖像像面前,一下抱住了她,双手用力在她胸前摸动着。

从自己告诉他那句该死的话起,她好像就预感到有什么要发生——就是这件事。只是太快了,没有过渡似的,她扭动了两下,似要挣脱。面包又一下放开了她:"我去洗洗。"他几下脱掉衣服,穿着短裤进了卫生间。卫生间门虚掩着,听着传出的哗哗声,肖像像想开门出去,马上离开。

她感觉自己胸前有点痛,是被他刚才摸痛的,肖像像突然发现自己抬不动脚,或者说还没来得及抬脚,面包已出来了。"你洗吗?"他问。"不要。"她的声音很坚决。"怎么了?"面包又抱住了她,将她拉到了床上,"放松点嘛。"一下子,肖像像感觉自己被一种巨大的气息笼罩了,她情不自禁地抱住了他,任由面包解动着自己的衣服。

面包爬了上来:"哦——"她听见自己发出了轻微的喘息,浑身湿透了。身体已在舒展,她闭上了眼睛。面包的狂野和力量令她禁不住地吃惊。"真是资源浪费。"完了时,他狠狠亲了她的脸一下,嘴里吐出了一句。随后他起身进了卫生间。哗哗哗的声音,他没有关门。肖像像一下恶心起来,就像淋在她头上,她有点头皮发麻。她睁开眼睛,一片雪白,竟有些恍惚。自己刚才怎么回事儿?

面包出来了,拿起了水壶,进了卫生间,接水出来烧上了水,又坐下来,点了支烟,走过,靠着肖像像吸了起来。"资源浪费啊。"他一手在她胸前摸着。肖像像闻到了烟味儿,突然咳了两下,有些夸张。"我不抽了不抽了。"面包摁掉了烟。噗噗噗的声音传来,他跳起来去洗杯子,还拿出放在桌上的一小袋袋泡茶放了进去。做这些的时候他都是赤裸着身子,肖像像收回了目光,她赶紧起来,缩着身子,趁面包背对着自己,一下进了卫生间,关上门。

水冲下来时,她感觉自己的身体成为另一个存在。的确是另一个存在,要不然自己说到分居时怎么会流泪呢? 要不说,不流泪,会有现在吗?

出来,她就找衣服穿。"别急,让我看看。"面包过来拿掉了她手上的衣服,"你真性感。"他喉结滚动了一下,"喝水吧。"转身端茶过来。

她接过茶吹了一下,感觉一股霉霉的苦涩味扑出来,这种茶也能喝? 就放在床头柜上。一进房间,她心跳就加速,她感到是从房间,不,从电梯里就开始,也不是,是从自己说出那句话开始的——和面包到这一步都是那时候开始的。难道是自己让他这样直奔主题的?肖像像有点生气,对自己有点生气。她不知道自己的脸上滑过了一丝朦胧、游移而又恨恨的神情。

"你怎么了? "她奇怪的表情让面包感到很奇怪,伸手摸了摸她的头。她把头转到了一边。"喝点水就好了。"面包轻轻地说,端起那杯子送到她嘴边。"别想那么多,喝一点儿。"肖像像只好低头喝了一口。"再喝点儿。"肖像像无法拒绝似的,又喝了一口。"以后别那么傻了,有合适的别放过。"面包的声音变细了,充满了关切,不像开玩笑或平时的喋喋不休。肖像像一下回到了说出那句话的时刻,又想哭了。

"你问我爱你有多深……"她突然听到一个细细的声音,是手机。面包站起来了。"喂,还在车上,晚点了,好,知道了,再见。"面包的声音充满了体贴和热情,肖像像瞄了一眼,感觉他身体却有点僵硬。"我老婆。"丢下手机时,他说了句。这一说倒让她不舒服了,画蛇添足,蛇就变了,变得不是蛇了。本来她还真以为是他老婆,这一说她怎么着也觉得不像他老婆了。两口子怎么说话,她太知道 ,哪怕就是一样的话,语气也不会是这样。她感觉自己心里有什么梗了一下。

面包没事一样地过来又把她放倒了,压了下来,好像不给她思考、说话的机会似的。肖像像面前天花板直晃眼,就像在太阳光直射下一样。到处都是白的,连床上也一片雪白,是怕显不出干净?

"别想那么多。"面包声音含糊,在上面动作着。肖像像感觉比刚才好多了,自己柔韧了不少,没有吻过他的嘴,她也不想吻他。这种直奔主题的方式令她觉得意外,自始至终。也许情与爱本身就是分离的。

面包一点点地在她身上开掘着,没有了第一次的急切粗鲁。不觉中她慢慢融化了似的,竟睡着了,睡过去了。不知道睡了多久,过了多久,直到听到有人敲门,她才惊醒过来。还没起身,门从外面被推开了,老公走了进来——"你这个婊子!"他的脸像揉搓起来的布,线条生硬,四处喷火似的。

"啊!"肖像像一下坐了起来,意识到自己赤裸时又拉起了被子。

面包一下冲了上去,她吓得闭上了眼睛。打吧,打吧,不管谁打谁,都是应该的。老公偷腥,自己守活寡,还为他守节,这种人不该打吗? 面包刚才打电话,不知又在和谁说谎,就算是老婆,也该打,更该打。她为另一个和自己一样的女人感到不平。

可是,她的耳朵支棱了,也没有听到打架的声音。没有,一点也没有。只有一种暧昧的声音:"兄弟,干什么呀!"来自面包,"女人嘛——"他的声音变得客气和谐,怪怪的,有点像责怪。

"你……噢——"老公的声音转了个弯。火没灭,却像想起什么似的,打起了哈哈。

"你们……你们。"他像走错了房间似的退了出去。肖像像以为自己听错了,为什么他们不打一架? 为什么不打起来? 他们没有打起来,连骂都没有。她倒像一下子抽掉了筋似的,心里有什么东西流了出来,她起身穿衣要走。

"你干什么?"面包追赶上来。她瞪了他一眼,感觉自己恶狠狠的。面包感到意外地看着她:"你怎么回事儿? 不是你主动,我还不来呢。"脸上一丝不屑、鄙夷,还有种得意,"我还没什么,你倒上劲了。真是的。"

肖像像一下愣了,比刚才看见老公进来还惊愕。她头快炸了,抬手打过去,可手抬不起来,沉沉的,一使劲儿醒了过来。

都是那句话。自己怎么能跟他说那句话呢? 身体只属于自己,怎么能跟人说呢? 自己怎么就说了那句话呢? 不该那样说的。周围的女人都是说自己男人打牌赌博或这样那样的,从来不说这个。"会赌就不会嫖",一次深夜,丈夫的姑姑来电,叫她打姑父电话。说自己打了半天,他也不接。她就照着做了,可姑父还是没接。平日里这个姑姑几乎很矜持、富态的样子,有个听话乖巧的女儿,老公又当了处长,到哪儿止不住地要显示自己家庭的幸福美满。老公常把他们作榜样。要肖像像学着点,别什么事都管着他。现在肖像像却突然明白过来,不是这么回事儿。这些女人比自己会装,所以她们才幸福美满。

自己怎么了?为什么说这个?把自己的生活抖了出来。不,还不是生活,是……肖像像发现自己的右手被面包压住了,身上好热,一看面包躺在身边。睡着的脸上油光发亮,有颗粉刺,饱满得在右脸上溢了出来。

可是接着,肖像像却打了个寒战。吃饭时她就预感到什么,可就没预感到自己这么生气。滚,她心里说。抽出手,推了他一下。

呜——轰隆——轰隆——轰隆,远远地,好像从天上,一阵低缓的声音传达了过来,轻细、幽咽,就如石头般在夜空中滚动。这声音让肖像像惊了一下,火车的声音怎么会穿过这么高的楼层传了上来?她耳朵竖了起来,千真万确,是火车的声音。她眼前猛然开过了一列夜行的火车,从深深的黑暗中来,又驶向无边的黑暗中去。车窗内闪着微光,各种各样的人,疲惫、麻木、无奈,都被火车拖着,摇晃着,在驶向未知的前方。这不就是他们每个人的婚姻吗?!

面包什么时候起来的,她倒没注意。嗯哼——啊——啊——隔壁一种声音传了过来,显然面包也听到了,他拿着水壶准备去续水的手停住了。嗯哼——啊——啊——一个女人的喘息声音。肖像像和面包不由自主地看了看隔开他们房间的那面墙。这种标间床靠床,就隔一堵墙。墙好像也在颤动。

她刚想说什么,一下又意识到什么,止住了。她不知道这宾馆里有多少他们这样的人啊。她看见面包脸上滑过一丝笑意,不易察觉,还看了自己一眼。资源浪费,资源浪费,猛然她想起开头面包的话,凭什么要浪费呢? 真该死,她止不住想骂人。

面包继续将水壶的水续进茶杯,咕嘟咕嘟,好像杯子是空的,然后重重地放下了水壶,好像水壶一下变得沉了,端不住似的。

肖像像感觉肚子胀胀的,想上卫生间,刚站起来,没料到面包一下转过身,抱住了她。她的嘴被堵住了,一股湿湿的味道灌了进来,满满地塞着她,还吻什么? 开头都不吻,现在不是多余的? 她实在难受,用力推开了他。

接吻时,女人为什么要闭眼睛?

惨不忍睹。

想起当年与同学的玩笑,当时觉得好笑,今天看来是真的,不是什么急转弯。先洗澡,再喝点红酒,再调情,再上床……男人只在电影中会调情,生活中就像一段音乐少了过门,开门见山,粗糙粗鄙还粗鲁粗暴。想到自己后来几年跟老公都是各睡各的,床上的戏不再有了。她还有几分庆幸呢。

她望了眼窗帘,不再觉得什么配不配的,本来嘛,在乎的只是你的感觉,就如同一列火车在这个黑夜的呼啸、奔驰。她喜欢这种呼啸。看小说《呼啸山庄》就是被"呼啸"两字吸引住的,现在不就是呼啸吗?! 平时生活中脑子轰轰响,却不是真的轰响,那是太安静了,太无趣了,太平淡了,失去了活力的死寂。面包蛮横,却真实、具体,充满力量,还带了某种刺激,是紧张、兴奋,生活真需要这样的东西。

面包松开她,可能也觉得吻得没味儿,还是压住了她,用腿夹住了她。肖像像的身体松软而紧绷,充满弹性,她双手抱住了面包,脑子不再轰响,心里安怡宁静,身体在动,只希望身上再重一点,让一切来得更猛一点。

反正一次的买卖。

她听到一群鸽子的叫声,咕咕咕,咕咕咕,难道面包喉咙里养了一群鸽子? 朦朦胧胧,她看到一个男人的脸又大又模糊,布满了细小的汗珠,几滴汗水滴到自己嘴上,咸腥,浑浊。那句该死的话,她突然想大笑,好像被火车迎头撞了上来,她一下推开面包,不知自己哪儿来的那么大的劲儿。

也许意识到什么,面包拉住了她:"我不会影响你的生活。"声音有点像饥渴似的哀鸣,听起来像另一个人。"我记得你胆很大的,枪都敢玩。""枪?"肖像像好像没听清楚,但她确实是听清楚了。和他见面到现在就没见他的枪,肯定下班交上去了,而且他也没穿制服。这种陌生的熟人让她充满了想象。

她差点忘了枪的事,他也没有带枪,不说枪倒罢了,一提枪,她也来了气。影响我的生活,太不自量力了吧。她不知在生谁的气,身体抖动起来,可又有点忍不住呵呵地笑出声来,笑得好爽好痛快,就像听了天大的笑话,撒下了一串串银铃似的。

面包惊诧地看着她,随即也呵呵地笑了,然后起身跑进了卫生间。吱吱声响了起来,肖像像望着两个壁灯,感觉自己一下飞到了灯上,雪白的床也成了灯,灯光在她面前闪亮着,旋转起来。有一股味道在房间里盘旋,像刚才的袋泡茶,又像面包嘴里的味儿,房间四处都是这个味儿。说不清的味儿。

最后她的眼睛盯到了那杯茶上。刚才的梦里也涌了上来,想到他们根本不会打架,都是兄弟。她觉得太可恶了,比他不关厕所门还可恶,比跟自己上床还可恶。

那杯茶在源源不断地向四周散发着热气,肖像像身体舒展而劳累,人却一下子精神爽利。他妈的,她听见自己的声音响起,就像枪终于打响一样,觉得好痛快。"你在说什么呢?"面包走过来了。

那杯袋泡茶还摆在小圆桌上,茶袋上的那根线搭在杯沿上,怎么看也如一根钓鱼线。难道就是这东西把自己钓住了?!肖像像突然身体颤动,又呵呵呵地笑了出来,声音如打出的子弹好利落、干脆,还在空中抖动着。

同时,她还想吐。

▶ 发表于《山花》下半月刊 2012 年第 3 期

# 一　根　刺

◎陈然

吃午饭时,他不小心把一根鱼刺弄丢了。

这条鄱阳湖里的鱼,俗称翘嘴白。这种鱼肉质细嫩,味道鲜美,就是刺多了一些。报纸和电视里都说,吃鱼益智,他心想,幸亏自己小时候吃了不少的鱼,才不至于显得太笨,呵呵。不然,在这样的时代面前,人就要更加自卑了。鱼吃多了,就发现,鱼刺和鱼的味道之间似乎有某种隐秘的联系。比如刺多或刺少的鱼,味道都比较好。而刺不多不少的鱼,味道也平庸。头大或头小的鱼,味道也比身材过于匀称的鱼好吃。按照吃什么补什么的理论,有一种大头鱼在这个城市里很流行,莫非许多人都怀疑自己智力不够? 看到别人在抢着买大头鱼,他不由得暗暗发笑。这翘嘴白就属于脑袋小的一类,只是刺还多,而且嘴阔、鳍长、面相凶猛,有点像海鱼。湖里的鱼长得像海里的鱼,就是异类。没想到,鱼里面也有异类。这湖里还有一种鱼,样子跟翘嘴白类似,但皮肤华丽,更像海鱼,名气很大。他老家就盛产这种鱼。据说有一年,国家领导人路过小城,特意点了一尾该鱼,它也算是受到了召见。那天下午,他下班路过菜市场,看到门口有卖鱼的渔民,竟然惊喜地发现了翘嘴白,一下子动了思乡之情,就买了两条。

老婆把鱼烧好端上桌。他胃口大开,他跟她讲小时候吃鱼的事情。那时,他差点因为钓鱼没去读书,是祖父操一根瘦竹棍把他赶到学校去的。祖父是一个捕鱼也是吃鱼的好手。他吃过了的鱼,鱼刺被摆放在桌上,完整生动,只是被抽象了一下。一般的小鱼,祖父是从不吐刺的。祖父上半年去世了,他会经常想起祖父日常生活的一些细节。尤其在吃鱼时,他发现自己不知不觉也在摆鱼刺了,也在试着把整条小鱼连刺吞下去。但这翘嘴白的刺,是既无法摆成鱼形,也无法吞下去的。它们绵软、细密,绣花针似的,好像翘嘴白那如锦似缎的身子,就是它们一针针绣出来的。他只好把它们一根根地放到小碟子里去,真委屈它们了。有一根刺,轻若游丝,仿佛被风一吹,掉在桌子上。老婆正说着什么,转移了他的注意力,等他回过头想把那根鱼刺捡起来时,却怎么也找不到了。

他说,咦,明明在这里,怎么不见了?

老婆问,什么东西?

他说,一根刺。

他侧着脑袋,朝桌面打量。桌子很结实,很沉。当初买的时候,专卖店宣传的是实木材料,看上去那么扎实,也像。他们便买了这个牌子的全套:餐桌、座椅、沙发、茶几、床和柜。一万多块钱,一把椅子就花了三百多。有一天他们掀开床板放换季节的东西,闻到一股刺鼻的味道。后来床板受了潮,一只角竟然卷了起来,露出了它的本来面目,原来也是胶木板做的,并不是所吹嘘的原木。这使得他觉得屋子里的甲醛含量一下子高了起来。他赶忙去买了吊兰、仙人球和芦荟之类。有一段时间,他觉得咽喉和胸部也难受起来。的确,装修和家具污染的事情,电视和报纸上时有报道。那完全是看不见的杀手。即使是冬天,他也不敢把窗子全部关上。自从知道了这些家具是伪劣产品,他对它们就不愿那么爱惜了,恨不得快点把它们用坏,好重新去买。偏偏这胶木板似乎比木料还扎实,看来他要达到目的还须等很长一段时间。桌子中间是一块大玻璃,周围镶着金属,一不小心就会有食品残渣掉进去。老婆经常埋怨这个地方没设计好。他抽了根牙签,在那缝隙里掏,并没掏到那根刺,只掏出了半瓣瓜子壳,一点糊状物,还有一根短短的头发丝。他又检查自己的衣服和脚底,站起来把衣服抖了抖,把鞋子脱下来看,还是没找到它。

它到底哪里去了呢?他着急起来,蹲在地上继续寻找。虽然是一根鱼刺,虽然它看起来那么柔软,可万一要扎到身体的什么地方,后果是不堪设想的。小时候,他听母亲讲过,有个人不小心把鱼刺掉进了摇篮里,后来孩子不停地哭,想了种种办法也不能让他停下来。大人急得恨不得狠狠打他几巴掌或把他扔出去,后来才发现是一根鱼刺扎进小孩的肉里了。从此他对小而尖的东西都很小心。还有一次,母亲说,一个小孩在医生给他打针的时候又哭又闹,结果针头断在屁股里,吓得他以后让医生打针时一动不动,成年了亦是如此,而且还把这个故事传给了下一代。

鱼刺跟针当然不一样,但再怎么柔软,也是尖利的。或许,它的柔软会为它的入侵创造更多的机会。针扎了你一下,你马上有反应,也很容易把它找出来,即使它扎进了你的肌肉里。可鱼刺更有隐蔽性,更不知不觉,说不定,它进入了你身体,在里面移动或游荡而你毫不知情。什么时候游进你的致命部位(比如血管或心脏)完全由它说了算。想一想,这是多么可怕的事情。这跟小鸟飞进了机舱是一样的道理。鱼刺卡死人的事情不是没有过。市电视台的《都市现场》节目就播出过这样的新闻,一个人被鱼刺卡了,送到医院,已经大出血了。等医生开刀把鱼刺取出来,人也跟着断了气。听说有的人吞进了鱼刺,要到几天后才发现。那一般是比较柔韧的刺,像弓一样弯曲着,但也更危险。谁知道它什么时候一跃而起呢?大概是受了电视的影响,有时候老婆不小心被鱼刺卡了,便马上眼泪汪汪地望着他,眼神很复杂,他不禁也慌乱起来,虽然表面强装镇定。所以每次吃鱼时,他都告诫家人不要说话,万一被鱼刺卡了喉咙,便赶紧灌醋,灌醋。今天不知怎么的,还是说话了,结果一走神,鱼刺没卡喉咙,却从饭桌上不翼而飞了。本来,抓住它是多么轻而易举的事情。这比一个病毒木马什么的混进了电脑操作系统还麻烦。他无意中点了一下什么,鼠标马上失灵了,或屏幕马上漆黑一片。

当然,他的思想也有斗争。人就是这样,每个人体内至少有两个我。他们互相监督,暗暗较劲。如果一个人体内只有一个我,那这个人肯定是有问题的,要么刚愎自用,要么死心塌地。现在,他体内的另一个我就试图否认那根鱼刺会带来什么伤害,指责这一个我杞人忧天发神经。这一个我当然不肯服输,他到桌上的碟子里拿了一根鱼刺,往手上一扎,大概也没用多大力,指尖马上渗出了血珠,一缕麻辣的感觉顺着指尖往上爬。这一个我就对另一个我说,看到了吧;会出血的吧,如果它扎中的是要害部位,那真的要吃不了兜着走了。

看到指尖出了血,他才悚然惊醒。不过他并不认为自己做错了。看看,这刺对人是有威胁的。他已经用事实证明了这一点(不知道是否也可称为血淋淋的事实)。

他在手指上贴了个创可贴。他背着老婆,没让她看到。不然她又要唠叨,问他要不要去打破抗。因为她不唠叨,他就要唠叨。有一次,他不小心弄伤了手指,在为要不要打破抗这件事上纠结了好久。打还是不打,这是个问题。在医院里打还是小诊所打,也是个问题。他怕打针,更怕破伤风。可如果那个破抗本身就有问题呢?这样的事情现在越来越多,那他岂不是引狼入室? 直到第二天,眼看二十四小时快过了,他才冒着被什么击中的危险似的朝楼下的小诊所奔去(医院里程序太复杂,恐怕来不及了)。

地板有反光。他们在房间里装的是复合板,客厅里装的是瓷砖。装好了之后,他才知道无论什么样的地板对身体都没有好处。复合板如果质量不过关,甲醛很可能超标(质量过关不过关谁说得清楚? 还不知道那是个什么样的标准呢,如果那个标准本身就有问题呢? )。就是原木地板,那些胶水和油漆,也仍免不了污染。以前他认为瓷砖是最安全的,但一次无意中看到一篇文章,说瓷砖里含有氡,释放出来会被肺部吸附,造成严重后果。他屏住呼吸,侧着脑袋往地板上瞄,寻找那根刺的蛛丝马迹。桌脚、椅脚旁边都寻遍了,又把餐桌和椅子都挪动了一下,依然没找到。

他有些慌了。桌上和地上都没有,那就只有一个答案:它躲进了他的衣服里。它为什么要躲进他衣服里去呢?这太令人气愤了。他把外套脱下来,摊开在沙发上,想仔细翻找,但马上又把衣服提了起来。干吗放在沙发上呢?沙发是布面沙发,要是鱼刺从衣服上转移到沙发里,那不更麻烦了?沙发是他们经常坐的。有一次,他和老婆还在上面亲热了一番。若再这样时,鱼刺从里面伸出来,后果将不堪设想。好在为了便于清洗,老婆在沙发上铺了几条大毛巾。他是个有洁癖的人,每次在外面坐公交之类回来,都要先换上在家里穿的衣服。来了客人,他要暗暗注意客人的衣服是否很脏,等客人走了,便赶紧打扫卫生,并要老婆把沙发上的大毛巾扔进洗衣机去搅拌,自己则耐心地把桌凳椅子全抹一遍。

他仔细检查了一遍沙发,把大毛巾(其实是浴巾)抚平,没发现鱼刺。鱼刺有闪光,有如匕首。沙发虽是乳白色,但鱼刺掉在上面,还是看得到的。再说他还不相信它有那么狡猾,难道它比人的智商还高么?难道它不知道,只要他把沙发一拍,那弹性良好的海绵便要把它蹦得晕头转向,乃至无影无踪?且慢,若真的把它弄得无影无踪,那他永远也找不到确切的答案了,找不到答案,那它就永远寒光闪闪地躲在某处,威胁他们的生活。所以他必须把它找出来,不能马虎了事。他把外套套在椅背上,这样它就撇开两袖,任他搜身。这时他看着自己的衣服很陌生,仿佛它的确是一个包庇凶手的犯罪嫌疑人。他开始给它搜身了。他认真检查衣服的每一处皱褶,把皱褶拉开,露出里面的隐私(如果它有隐私的话)。可它仍然不肯把东西交出来。他不禁狠狠抽了它几巴掌。如果能刑讯逼供,如果它不是一件衣服而是一个人,说不定他早就这么干了。谁不会刑讯逼供呢?如果它是钉子户,他就要用推土机把它推平。如果它要上访,那就把它抓起来或送回原籍,即使跑掉了,跳了立交桥或卧了轨,那也是它自己的事。如果它是个顽固不化的学生，他就狠狠扇它耳光，要它写检讨书保证书，让它跪石子抽自己的耳光。他以前教过书，而且可能教得还挺好，但后来，教书教得好的都没教书了，改了行，跑到机关里去了，其中就包括他。这跟现在大学生毕业了就一窝蜂去考公务员是一样的道理。

可他凭什么断定，鱼刺就一定在这件衣服上面呢？说不定，它早已跳过外套，躲到里面的衣服里去了。那是一件毛线衣，地形复杂，有足够的空间让它游弋。对于它来说，毛线衣是一片广阔的天地，像当年的口号，可以大有作为。他也曾经被那个口号撺掇得跃跃欲试。幸运的是，毛衣是红色的，与鱼刺有色彩对比，就像褒义词和贬义词，这使他充满信心。那时候看过一部电影，敌人在追一个孩子，孩子躲进了芦苇丛，敌人气急败坏，下令放火。芦苇熊熊燃烧起来，眼看要吞没那个孩子，但他忽然急中生智，抽出腰间的柴刀，很快割倒一片芦苇，躲过了大火。他猜想那个导演肯定不知道火到底有多厉害，肯定不知道火中心的温度到底有多高。现在他要像敌人找到那个孩子一样找到那根刺——老天，他这不是敌我不分了么？不分就不分，"鱼刺"可是个中性词，不用那么危言耸听。他叫老婆帮忙来找。老婆说，不就是一根鱼刺吗，何必这么大惊小怪。他说，你这个人，就是个马大哈，一根刺，难道你还嫌不够吗？它已经够危险了！这不仅关系到我，也关系到你，关系到我们整个家庭。它会给我们整个家庭的命运，带来不可知的影响。说着说着，他很激动，几乎要生气了。老婆只好丢下手里正在织的毛线——又是毛线！他大喊一声，说你先把它拿远点。在他看来，现在什么都可能是那根鱼刺的窝藏者。

老婆忍受了他的神经质，但她也没能找到那根刺。由于着急，她反而显得笨手笨脚。他说，还是我自己来吧。看来关键时刻，还得靠自己。他把毛衣脱了下来。然而刚脱下来，他就后悔了。刚才，鱼刺顶多还是藏在前胸部位，现在，它趁机往下一溜，穿透了屏障，很可能藏到他腰间或者更深一层的地方。他这个人，总之还是太好说话了。无论在家里还是在单位，他都有点唯唯诺诺或逆来顺受。不,或许他很早的时候就这样了,只是他没意识到。对自己,他老是抱着无所谓或不作为的态度,习惯于听之任之。父亲又在电话里抱怨母亲只顾打牌,其他什么也不管。母亲倒没有抱怨父亲什么,只说自己头痛犯了,腰痛犯了,脚痛也犯了。按道理,他完全可以对母亲说,老是熬夜打牌,血液不能流畅地循环,不腰痛或脚痛才怪。但他只是好性子地劝慰她,吃好,休息好,有空散散步。有一次,他当面说过她打牌的事,结果父亲和母亲几乎是异口同声地说,没有啊,好久没打牌了。现在,他要是说了,无论父亲还是母亲,都仍然会那么说。在单位上,别人挤对他,暗中使手脚,他也懒得理。每次走进那栋阴森森的大楼,他总是像个小偷似的一阵小跑。的确,他就是一个小偷。因为他觉得自己的工作是毫无意义的。那天,主任给他一篇稿子,说是某个退下来的领导写的,要他赶快编好。他照办。虽然那稿子谈不上错字连篇,但语句不通的地方比比皆是。刊物出来后,主任叫他赶快拿几十本给那个领导送去。领导看了杂志,说文章后面的作者介绍,把她的级别写低了半级。她说,怎么搞的嘛。他挠挠头皮,说那怎么办呢?领导说,要不,重印一下吧。他回来如实汇报,主任赶快安排了重印。印好后,那个领导到北京去了,她在北京也是有房子的。主任叫他找那个领导在北京的地址。电话是秘书接的,秘书说,你是谁?找领导干什么?他结结巴巴解释了一通,好像在说明自己不是坏人。秘书说,那好,你就寄这个地址吧。他搂了一大堆杂志去邮局。主任说,一定要寄快件啊。他说,按印刷品挂号寄也不会丢的,何必寄快件?主任说,这样就显得我们对这件事很重视嘛。他刚从邮局回来,主任又说,你还要跑一趟。原来,领导的秘书打电话来,说领导刚才传真了一个要寄刊物的名单。望早点寄。那边说。他一看名单,有十几个人,都是该领导以前的老部下或朋友。他只好又跑邮局。挂号,挂号。每天,除了和同事们一起消耗大量的办公资源,重复一些毫无必要的劳动,他想不出,他的工作还有什么意义。像他们这样的单位,消失了,才是社会的进步。看着单位上的同事明争暗斗,他感到好笑。就像在一艘快要沉掉的木船上，船上的人还在打情骂俏或争风吃醋。他冷眼旁观，不想去掺和。可那一次，他跟另一个部门的同事一起出差，对方的话让他大吃一惊。同事说，你其实是个很怯懦的人。而他，居然还以为自己是一块硬骨头并为此沾沾自喜呢。仔细一想，可不是么？虽然他不掺和，可不也一直在配合着么？按时上下班，工作一丝不苟(虽然有人在背后捣鬼，挑他的种种毛病)。哪怕是一个标点符号，也要想妥当。还有烧开水，拖地板，跑邮局。加班也毫无怨言，开会鼓掌，投票按领导的暗示画圈或打钩。他也想过不举手或不投票，但那样，岂不显得他认为这是一件庄重认真的事情？他必须也鼓掌或投票(当然还要投同意票)才显出自己的满不在乎。鼓掌也鼓得没头没脑，热烈无比。他真的是完全配合了。大概正是因为许多人都像他这样完全配合，他们不愿意看到的事情才得以继续发生。而且从表面上看起来，他们是那么的支持，那么的没有异议，仰脸若渴。

是啊，不能让一些人得逞得那么容易，那么舒舒服服，要给他们一点难度，给他们一点阻力，要成为他们的刺。什么？难道他要做一根刺？不，或许，在一些人眼里，他早已是刺了。一根刺，在鱼的身体之内，人家不觉得是刺，而一旦脱离了鱼体，就成了刺。谁喜欢刺呢？就是他，不也容不下哪怕是一根小小的、绵软的鱼刺么？难道他现在，是要把自己给找出来？是要把自己给剔除掉？这简直是二律背反啊。

可是，他成不了鱼刺。他的确是个懦弱的人，他缺乏拒绝的力量(那得要多大的勇气)。比如，对于那些他很讨厌的人，他无数次地设想跟他们狭路相逢时昂首而过，好打击他们的气焰，可实际上，他还是笑容满面地跟他们打招呼，甚至还微微颔首哈腰，过后又对自己生闷气。他唯一可做的，就是把自己紧缩，不跟他们一起开那些无聊的玩笑，不跟他们下馆子觥筹交错，不跟他们沆瀣一气。可这对他们又有什么损害呢？一点损害也没有，说不定，正中他们下怀。

他干脆把衣服全脱了,开了热水,准备去洗个澡。他脱得一丝不挂,站在水莲蓬下,要是永远这样站着就好了,什么也不用管什么也不用担心了。人一脱了衣服,就是世外桃源。

他洗了老半天,老婆都在外面叫他的名字了。老婆的声音好像从另一个世界传来。有几次,老婆想跟他一起洗澡浪漫浪漫,他都拒绝了。如果洗澡时中毒怎么办呢?孩子们都在外地,那可没谁来救他们了。他们洗澡是一个个地洗。如果老婆洗了很长时间还没出来,他也会在外面叫她。哪怕,有一会儿没听到水响,他也会忽然推门进去看看。那样子,有点如临大敌。

他换上老婆递进来的干净衣服,把脱下的衣服都泡进塑料盆里,撒上洗衣粉。现在,那根刺无处可逃了吧。老婆要给他洗,他不肯。老婆说,太阳从西边出来了。他不作声。他要亲自把那根可恶的鱼刺清理掉。他哪是不会洗衣服呢?以前在学校后来在单身宿舍不都是自己洗衣服?而且他还洗得挺有章法。塑料盆挺大,他都可以坐在里面泡澡。他放满水,再小心地把衣服一件件漂净。他用了差不多一吨水,才歇手。他把卫生间的门关上,免得老婆心疼。平时,漂衣服的水,老婆都留在那里冲厕所。他把衣服拧干,拿到阳台上用力抖,抖了好几下,才把它们晾起来。

出门上班前,他叮嘱老婆,不要收他的衣服。

然而等他回来,却发现老婆忘记了他的话,把他的衣服也收了,不但收了,还叠好放进了柜子里。他很生气,说你怎么回事,我的话你总不上心。老婆也生气了,说,难道我收衣服就错了?他说,万一那根刺还在衣服里呢?本来,我想等它们晾干了,再找一找或抖一抖的。你倒好,把它们放进柜子里。现在,谁知道那根刺跑哪里去了?柜子里全是衣服,到哪里去找?

老婆说,你这不是发神经吗?一根鱼刺,犯得着这样吗?

他说,发神经怎么啦,告诉你,这个世界就是由神经病们掌控的,你又能怎么样?他在网上看到一本书,外国人写的,书名就叫《病夫治国》。那些伟人元勋,有的脑中风,有的染上梅毒,有的内分泌失调,有的严重便秘,甚至有的干脆就是神经病。可当时,谁敢说自己国家的元首是神经病呢?谁又能制约这个神经病呢?这比故事传说里那几只老鼠商量着怎么在猫脖子上挂一只铃铛还难。于是,元首一便秘,全国人民都吃不饱。元首一发神经,全国便大动荡。有几次,他坐在公交上,发现司机一会儿自言自语,一会儿又跟乘客东拉西扯,甚至干脆停下来把车门用力拉开又关上。过桥时,他真的很担心司机忽然心血来潮加大油门把车开到滚滚江水里去。

　　他头痛。这段时间,他老是头痛。他想,自己肯定是得了什么病。为此,他还偷偷到医院去检查了两次。他先是怀疑自己的头部,说不定里面长了个瘤子,那就麻烦了。他上网查资料。上面说呕吐,他就真的想呕吐。上面说发热,他就真的觉得自己发起烧来。不过他宽慰自己,可能是血压或血脂上升的缘故吧。单位统一体检时,医生说他这两项偏高,要他注意饮食,多喝水,少喝酒,少食肥甘之物。接着他又怀疑肺部。他一抽烟就咳嗽。别人每天抽一两包烟都不咳嗽,怎么他抽一两支就会咳嗽呢?他不敢怠慢,还真的去医院拍了片子。还好,医生把捂着自己鼻子的手拿开,说你肺部没问题,有点咽喉炎,可能是当老师时落下的职业病。粉笔灰哪是那么好吃的呢?这次医生叫他少抽烟,少吃辣。最近他又怀疑自己的胃出了问题。起因是毫无征兆的胃出血。读书时他就患过胃病(那时,学生得胃病的很多,更别说大人),后来治好了,怎么现在又出问题了呢?他上网一查,吓了一跳,怀疑自己得了不治之症。他买来一台电子秤,严密观察自己的体重变化。他最怕别人说他瘦了。谁要是说他变瘦了,他便十分惊慌,甚至恨上了那个人。他想,他真得找个时间,到医院去把那个不吉的可能排除掉。后来,他去了。医生让他去检查了大便,检查了胃,说没什么大问题,有点胃溃疡。现在,他除了不能抽烟喝酒吃辣大块吃肉,连茶也要少喝了。本来,他是很喜欢喝茶的,每天要喝三大杯。可这也不能那也不能,人活着还有什么意趣?看来,人生到了做减法的年龄了。那鱼刺,不刚好就是一个减号么?它象征性地跳到他身上,潜藏在某处,准备着随时再给他做几道减法。

他不把它找出来是不行的。

半夜，他忽然翻身坐起。他养成了新的睡眠习惯，上床时，要把自己脱个精光。仿佛不这样，等他睡着了，那减号就可趁机发挥作用了。脱光了衣服，那减号就没有了依附，无处藏身。老婆往他怀里钻，他下意识地用胳膊挡住。本来，他是喜欢抱着她睡的。但现在，他似乎怕老婆身上有刺，说不定，它早已狡猾地藏到她身上去了。在那里等着他扑上去呢。当它噗地扎进他的身体，它会冷笑着说，这只能怪你自己啊。老婆往他这边蹭了蹭，他把自己抱得更紧了。老婆问他怎么回事，他不肯说原因。老婆就生气了，把背对着他。他也懒得管了。他们像两个仇人一样睡在一起。

他做了许多噩梦。噩梦里又套着噩梦。他梦见母亲的手臂被雷劈开了，血淋淋的，但他却躲避着，怕雷也击倒他；又梦见自己浑身瘙痒，像小时候得荨麻疹，开始仅仅是一个小红包，但挠了几下，它马上扩散，增生，叠加，手臂、胸脯、大腿，乃至全身都是了。那时不知道吃什么药，母亲便按着土方子用热饭粒在他身上擦，擦得通红。饭粒很烫，但擦得他很舒坦。可现在热饭粒根本不起作用，反倒越擦越痒，越擦红包越大越多，像是身体上开了无数的小孔。每个红包里都有一根鱼刺，它们蠢蠢欲动。红包在溃烂、汇合，鱼刺无遮无挡，在他的体内生根，疯长。他看着自己的身体在迅速发酵变化，眼睛瞪得老大，他快要成一只刺猬了。

他和老婆之间，似乎开始了一场冷战。老婆认为他在外面有别的女人。不然，怎么解释他跟她这么刻意保持距离，井水不犯河水呢？她说，什么鱼刺，我看是我们之间有了刺，你不用找借口，有什么话你别憋着，直接说出来好了，我也不一定接受不了。老婆的话不软不硬，倒似乎是在为他着想。他以前真的有过别的女人，也为此跟她闹过。他一边跟她闹离婚一边却世界末日似的跟她疯狂做爱。后来，他觉得没意思，又不闹了。如果他真的有了别的女人，不会跟她冷战，恰恰相反，他会对她分外柔情。所以有时候，她会惊诧地望着他，说你为什么突然对我这么好，是不是……老婆一直没有正式的工作,内心总有一种不安全感,眼神也似乎有一丝卑怯。想到这里,他有些心酸,从后面搂住她。他不管那根刺了,要扎就扎吧,怕什么?他让老婆和他都激动起来,他要把那根刺赶得远远的。他才不在乎它,不就是一根刺么。他曾笑着说他是一只蜜蜂,老婆则笑他是一只蚊子。她说,你这只蚊子真大。来吧,来。老婆呼吸越来越急促。快到达顶点了。老婆快不认识人了。但突然,他一松弛,从老婆身上滚了下来。

老婆愕然,说,怎么回事?

他翻身爬起,想继续努力,然而使不上劲。

老婆温度在降低,说,别勉强,伤身体。

挣扎了几次,他停了下来,一动不动。

接下来几天,都是如此。他既像色情狂,又像性无能。

后来,不是他不让她靠近,而是她不让他靠近了。他把手伸出去,想绕进老婆颈下,抱住她。她把他的手拉了出来,或者,干脆离得更远一些。

看来,那根刺,还在那里,而且越来越大,像一道山梁,横亘在他们中间。

按他的估计,他们的冷战很可能继续下去,直至酝酿出更严重的后果,比如,离婚。他也还可以更神经兮兮,比如把家里翻个底朝天,或买一只放大镜回来,每天像只甲虫似的趴在那里把地面、沙发、衣服及其他所有东西都放大一遍,以期找出那根鱼刺。他一遍遍想象着这样的情景。事情不往往是这么么?鱼刺都成了他们生活中的象征性事物了,为了剔除鱼刺,结果还是为鱼刺所伤。想驱除它,它却逆向着越发长驱直入。实际上,现在,不管它是否真的还存在,他也不能彻底清除它了。他越是清除它,它往里钻得越深。记得那时,孩子们每次从寄宿学校回来,几乎都要拿着一本语文老师让他们看的杂志,里面的文章大多一事一议,结尾画龙点睛。据说多读这些文章对作文很有帮助。

但他们的生活并未朝着寓言的方向发展。这天,他下班回来,老婆主动打破了僵局,兴奋地说,她找到那根鱼刺了,原来,它在鞋底下。被鞋底严重地窝藏了,那是一双布鞋。真的,他怎么就没想到呢?虽然事发那天,他穿的并不是布鞋。但这一点也不妨碍它窝藏那根鱼刺。

一切似乎都合情合理。看来,喜剧仍然是生活的本来面目。他当然不知道这根刺其实不是他掉的那一根。但这一点也无损于生活的喜剧性。甚至,它本身就是喜剧性的一部分。

生活又回到了此前的正常轨道中。他每天早晨跑步去买早点。回来,老婆已经煮好了豆浆。吃了早餐,他坐公交去上班;中午吃快餐,然后在办公室的长沙发上睡一觉。如果有事情睡不成午觉(应酬啊、聊天啊、准备下午的检查或开会啊),他就忍受一下,回来时在公交上打个盹,也不管司机是否喝醉了酒或真的有神经病了。他有个本事,就是可以坐着睡觉,而且总能及时醒过来。只有极少数时候,他多坐了一两站。吃了晚饭他就陪老婆出去散步,有时候也去超市买点东西,回来就看看电视、上上网,时间很快就过去了,然后和老婆分次分批洗澡。他们的夫妻生活(这个词,有点故作正经或道貌岸然啊)也恢复了正常,每星期两到三次,像完成谁下达给他们的任务。有一天,他回来喜滋滋地告诉老婆,他又要加工资了。

老婆也很高兴。毕竟,这个月,开销比上个月大了许多,很多东西都涨了价。

但马上,老婆又忧心忡忡起来,说,工资不加还好些,一加,东西涨得更快了。

的确,每次不都是这样么,工资还没加到手,物价就已经闻风而动,涨起来了。晚上,他们躺在床上,商量着怎么给他们那点可怜的存款保值。再买一套房子?现在欠着银行的按揭都要到十多年后才能还清。再说已经有了限购令,他们也不能买房了。虽然限购并未使房价出现想象中的降低,反而使周边区县的房价也涨起来了。买股票?他们不懂。有人说自己炒股赚了很多钱,他都不太相信。他怀疑,那些人肯定是亏了本,想拉别人下水,就像他有个朋友,买了辆电动车,老是出问题,有一次把他掀翻在地差点让汽车轧死,但他一直在想办法说服自己那辆车的质量没有问题,而且还到处向别人推荐,说它怎么怎么好。

吃了晚饭,他们又去超市。见很多人在买食用油,有个人推了满满一购物车。别人看到了,也去抢,食用油很快被抢购一空。他们幸运地也抢得了一壶。

▶ 发表于《天涯》2012 年第 2 期

# 阁　楼

◎阿乙

　　十年来，朱丹接了母亲无数个无用的电话，唯一拒绝的，是一次可以避免自己死亡的报信。当时她走在回娘家的路上，午时的阳光使楼面清晰闪亮，没有风、燕子和蝉鸣，就像走进一座令人心慌的死城。她的母亲正疯疯癫癫地趿着拖板，迎面走来。猛然望见时，母亲已转进侧巷。她停住冲到嘴边的呼喊，何苦多此一句。

　　她碰见的第二人是社员饭店老板，他蹲在桥边剥鸡。饭店有十几年历史，入夜后，他常和老婆将泔水倒进护城河。这是个软弱又容易激动的胖子，看了眼朱丹，朱丹并不看他。但走过去几米，她还是骂："断子绝孙的。"

　　"什么？"

　　"断子绝孙。"

　　"又不是我一个人倒，都倒。"

　　"有种你就再倒。"

　　"倒就倒。"

　　老板端起大红塑料盆将混杂鸡毛的水泼向护城河，后又将烂菜根逐棵扔下去。而她早已走到家门口。十年来每次见面，她都诅咒，他也必有所还击，一直没有报应。按照他说的，自己是有垃圾往河里倒，没有垃圾也创造垃圾往里倒。

河内早已只剩一条凝滞的细流,河床的泥沼里长满草(草上长毛),飘出一股夹杂粪便、泔水、卫生巾、死动物甚至死婴的剧臭。有一任县委书记曾开大会,说这是城市的眼睛、母亲河,修复治理刻不容缓,朱丹当时很激动,但只需进入实地测算,工程便告破产。它牵扯到一点五个亿。

十年前,朱家在河边筑屋是因它占据八个乡镇农民进城的要道。将建成时,母亲与来自福建的建筑工发生争吵,因为通往阁楼的楼梯修得又窄又陡。"有什么用呢?"母亲说,"这部分钱我不可能付,你们觉得划不来,就拆了它。"包工头争辩不过,草草完工,一天后拿着砌刀说:"你要活得过今年我跟你姓。"当时站在面前的是朱丹的父亲,他一脸愕然。

父亲是个和善的人,和善使他主动给包工头的儿子取名,也使他无法阻止妻子不义的行为。除夕将近,好像是为了等女儿结过婚,也像是为了兑现自己身为一个男人对福建人的愧疚,他在郊外长河留下鱼篓、钓具和没抽完的香烟,消失于人间。

婚礼燃放鞭炮所留的火药味尚未散尽,新的鞭炮又点起来,客人们再度涌入,收拾、打理、吃饭、喝酒,像成群的企鹅挤来挤去。朱丹仰面朝天,放声大哭,几度要窒息过去,妇女们拿出手帕,不时擦拭她脸上汩汩而下的泪水。当她们散尽,她还在无休止地哭,就像哭是一张保护伞,或者是一件值得反复贪恋的事。

因为父亲过世,已为人妻的朱丹每天中午回娘家吃饭,以陪护母亲。也可以说是母亲让她履行这个义务。她和哥哥朱卫很小便受母亲控制,"休想逃出我的手掌心。"母亲总是说,当然还会补上:"我还不是为你们好。"

这种控制结出两种果实:

朱卫醉生梦死,而朱丹胆战心惊。

朱卫知道什么都不做也会受到母亲保护,索性让她全做了。高二他辍学,被揪着去交警大队当临时工,几年后转事业编。母亲买下婚房,让他和自己一直暗恋的电影院售票员结婚。他只负责长肉,年纪轻轻,便像面包一样发起来,回家后总是瘫在沙发上,说:"又说我,有什么好说的,要不你别管了。"而朱丹知道做什么都不会让母亲满意,生活中又总是充满这样那样的事情,大到是否入党,小到买青菜白菜,她都感到惶恐。有时不得不做出选择,她便捂着藏着,试图让自己相信母亲没有察觉。

"人总是要结婚的,我留意那小伙子半年了。"一天,母亲说。这是已决定的事,母亲却还是装着与她商量。果然,在她略表迟疑后,母亲大声呵斥:"你知道吗,替他说媒拉纤的一大堆,你算个什么东西?"后来母亲带她去城关派出所所长家,那里坐着一位皮肤白净的年轻人,在镇政府上班,父亲是县委政法委副书记。

大人们离开后,他一直低着头搓手。朱丹说:"我认得你。"

"怎么认得?"

"就是认得。"

出门后,朱丹听到派出所所长小声问对方:"怎么样?"

"我没有什么意见,就看人家怎么想。"

不久他们订婚,试穿婚纱时,朱丹少有地展露出那种女人对自己的喜爱,在镜前来回转圈。"怎么样?"母亲问。她忽然低头流泪。

"不满意?"

"不。"

"那为什么出眼泪?"

"可能是高兴得出了眼泪。"朱丹露出难看的笑。母亲后来侦测几次,确信女儿是满意的。但临办婚宴时风云突变,朱丹呆滞了,这就像一团阴影笼罩在两家人心上。婚后数月,亲家母忍受不下,杀上门来,说:"我知道你是强女人,但今天这事不能不说,丹丹有问题。"

"她能有什么问题?"

"不肯行房。"

母亲大声说不可能，心下却全然败了。"说是亲家去了，丹丹难过，我们理解，但也不能难过这么久；说是嫌弃我们家晓鹏，我们也不怕嫌弃。这事我不说出去，但总是这样，我看还是早些了断的好。"亲家母说。母亲想起自家两代女人的悲哀，怕是冷淡也会遗传——在嫁给好人朱庆模后，他们一年总共行不下三次房，都是又求又告的，最初一次她推来推去，差点将他阳根折断。

朱丹回来时，母亲说："女人都要做这事情的，这是女人的命。"朱丹低头扒饭，母亲便分外忧伤地说："都是要躺在那里让男人戳的，你听话。"

"我知道。"

"忍一忍就过去了。"

后来与亲家母说话，母亲知道女儿每次行房后都会呕吐，有一次还呕在床上。亲家母虽然没再说什么，母亲却是羞惭不堪。她又是吓又是劝，与女儿一起研究《新婚必读》，吃肉苁蓉、胎盘，效果并不明显。母亲走投无路，找了个信人求告，却不知这信人听时满脸焦灼，传闲话倒眉飞色舞。不一会儿，一座县城都知道此事。朱丹丈夫陈晓鹏受不住眼光，跟一个农校实习生好上，证据确凿，情节恶劣，朱丹和母亲却不敢闹，倒是那女孩子来到朱家门前叫阵。母亲走下去连抽她三耳光，被推倒在地。母亲便打电话叫派出所所长将女学生带走，关够二十四小时。

事实证明，母亲当初替朱丹选这个丈夫是对的。虽然从无一夜得到欢乐，也总是被教唆离婚，他终究还是像绅士一样护住婚姻。逢年过节，他一手提着很多礼物，一手拉着朱丹，来到朱家。他跟朱家去祭祖，很多事情办着也是向里的。在社会上，他和和气气，人们见多鼻孔朝天的人，见到他这样又有面子又不傲的，总是格外亲热。母亲第一眼看上他时就觉得儿子朱卫不争气，现在看着仍充满慈爱。母亲感恩于他顾大局。

朱丹产子后，母亲松下气来。一个身高一米五七、体重八十斤的人，几乎是刨空身体，为陈家生下一个六斤三两的儿子，怎么也说得过去吧？亲家母要的本来就是香火而不是做爱,现在得到了,家庭便从风雨飘摇进入平衡,甚至比本来就恩爱的家庭还要平衡。她们达成默契,只要陈晓鹏不带女人回家,怎么都好。她们可以围绕新生儿分配好角色和任务:

妈妈喂奶,外婆换尿布,奶奶带他睡觉。

可是,孩儿一过哺乳期,朱丹又呆滞起来。不但呆滞,还加了惊恐。有时坐着坐着,突然中蛊,捂着胸大口喘气,额头出许多汗。"丹丹你怎么了?"朱丹却是站起,抓过包要走。"你去干什么?"母亲问。

"回家。"

"这不是你家吗?"

她猛然站住。

"你这是怎么了?"

"我快要死了。"她焦躁地说,随即又说,"死不了的,你看,只是突然有点不舒服。"

这症状每隔几日来一次,有时一日来几次。母亲盘问不出来,失了眠,便幻听到楼上有男性脚步声,来回走几趟消失了。母亲自恃身正不怕影子斜,摸索上楼,在楼梯口摁亮开关,却是什么也没看见。角落摆放着她和朱庆模结婚时的家具,还有一张四脚床。

"老朱,老朱。"她叫唤数声没人应。

母亲再不敢睡,开大电视,吵了自己一夜,次日便让保姆陪住。当嘴角长胡子的保姆在客厅打起呼噜,她感到从未有过的踏实。以后她带着朱丹去坟前祭祖,庙里烧香,那声响便再未来过,女儿却仍心慌不止。

曾有一次,女儿像是下定决心,自言自语走进厨房。母亲问:"丹丹来做什么?"她又呆傻回去,拼命摇头。

"你来厨房做什么?"

"我不知道。"

"丹丹别怕,有什么事就跟妈妈说。"母亲口气软和起来,朱丹痛苦地看了一眼,落下眼神,"别怕孩子,你说,说什么我都不怪罪你。"朱丹却是回客厅了。母亲关掉煤气灶,走过去,罕见地捉住女儿的手,说:"你不说怎么能治病救人?我们有病治病,有身体病治身体,有心病治心病。我们妇女都有这样那样的病,又不止你一个。"

"没事,你看孩子都生了。"

"是啊,孩子都生了。这就说明你什么问题都没有。"

"都有下一代了。"

"是啊,那就别想了,越想越想不开。"

母亲也就如此了。后来她去找亲家母,亲家母找来陈晓鹏,说:"以后别出去花心了,成何体统!"母亲说,"也别说晓鹏。就是都是夫妻,夫妻应该有夫妻的照应。"

"晓得的。"

后来陈晓鹏至少在样子上过得去,接送朱丹下班,夜晚也搂她肩膀睡,可后者并无起色。即使是吃阿普唑仑、百忧解,也不见效。

终有一天,母亲带着朱丹去省城看心理医生。那医生说:"深呼吸。"朱丹做了几分钟深呼吸,果然头昏脑涨,立足不稳。

"是不是感觉就要死了?"

"是。"

"怕不怕死?"

"怕。"

"在死之前,你给我做一件事,背着双手,蹲下去,朝前跳一步。"

朱丹有些错愕,母亲说:"让你做你就做。"朱丹背着双手,蹲下去,像青蛙僵硬地朝前跳了一小步,引得医生哈哈大笑。他说:"你觉得一个快死的人还能跳远吗?你见过吗?"母亲跟着笑起来,朱丹看着母亲也笑起来。"什么事都没有。"医生说。

"是啊,一向都是疑神疑鬼的。麻烦医师再开点药。"母亲说。

"开个屁。我跟你说,你女儿的病就是自己暗示自己。身体一不舒服,比如呼吸急促,胸闷——这是多么正常的事啊——就觉得是死亡的征兆。因此惊恐。惊恐得越厉害,她又觉得,要不是快要死了,怎么会如此惊恐?死个屁,死人能跳远吗?"

后来母亲咂摸几天,看见朱丹便恶毒地说:"死个屁。"女儿便低下头。可这也只好了半个月,朱丹有时走着走着,瞧见没人便弓着身子跳一步,次数多了便成了强迫症。

此事久了,便由痛苦而厌烦,由厌烦而麻木,慢慢变成生活永恒的一部分。只是到退休那日,睹万物萧条,母亲才忽然意识到女儿比自己老得还要彻底。以前看女儿,觉得今日与昨日并无区别,这一天却像是多年后重访,诧异于一个三十多岁的女人,头发已像薄雪盖煤堆,灰白一团。

"你怎么不去染下?"

"染了前边是黑的,发根长出还是白的,更难看。"

你还要活很久。母亲想,开始跟踪女儿。女儿总是目不斜视,像鹅,撇着双手沉闷地走。母亲有些不齿。女儿自打第一次骑车摔倒后便不再骑,现在满街妇女都骑电瓶车,只她走路,搬什么都搬不了,像个文盲。女儿早上从夫家走到单位,中午从单位走到娘家,傍晚从单位走回夫家,既不理会人,也不被人理会。没人知道折磨她的人或事是什么。

由她去吧。有一天母亲意识到这样的跟踪早被察觉,便朝回走。她边走边抹泪,后来索性坐在路边水泥台阶上,看红尘滚滚。这些,那些,去的,来的,欢快的,悲伤的,一百年后都不在了。这样痴愣许久,她见着女儿坐出租车一驰而过。她迟疑片刻,像被什么弹了一下,趔趄着下到马路,拦停下一辆出租车。女儿若是出门办事,定会有公车接送。打电话至办公室,果然说是回娘家。方向却是反的。

那车辆出了城,驶过六七公里柏油路,转进村道,穿越一大片油菜花地、竹林和池塘,到达一座唤作二房刘的村庄。放眼望去,村舍鳞次栉比,贴着瓷砖，装铝合金窗，各有三四层，独女儿轻车熟路去的这家只有一层，仍是青砖旧瓦。女儿像是融进黑洞那样走入大门。大概也只五六分钟，她又出来，后边跟着一对老人。女老人矮小，笑着，真诚地看着她，男老人骨瘦如柴，只剩一张黄黑的大脸，眉毛、鼻孔、嘴角紧扣着，正将巨大的左手搭在女老人肩上，努力将右腿拖过门槛。

"爸，妈，不用送了，好好休息吧。"

那女老人便回头说："死老头，小朱跟你说再见呢。"女儿又走上前，捉住男老人瘫痪的右手，唤了一声爸，细声交代几句，他那原本像一块块废铁焊死的脸忽然开放，露出全身心的笑。"要得，要得。"他说。

中午，母亲坐在餐桌边，看见女儿上得楼来，像上演哑剧那样，换鞋，放包，上卫生间，洗手，择菜，淘米，收拾茶几。她既不问母亲为什么不做饭，也不想知道保姆去哪儿了。她说了多少年的谎，骗了我多久啊。母亲心下闪过一丝恐怖，阴着脸坐着一动不动。女儿后来终于流露出惶恐的眼色。

"把碗放下来。"母亲说。

女儿的身躯明显震动。接着她听到母亲说："给我。"她惶惑地望着，将茶几上的鸡毛掸子递过去。母亲指着她说："告诉我，这些年你都干了些什么？"

"没干什么。"

"没有？"

"没有。"

"那你怎么对那中风老头叫爸？"

"我没叫。"

母亲举起掸子劈下，被匆促躲开。"跪下。"女儿便扶着桌沿转圈，像是快要哭了。"跪下，死东西，我叫你跪下呢。"女儿不肯从命，母亲便举着掸子四处追打。此时朱卫恰好归来，说："打什么？你从小到大就知道打，打得还不够吗？还不嫌丢人吗？"母亲便说："你问她，问问清楚，她外边是不是有一个野老公？"

"没有。"

"还没有。"母亲又打将下去，女儿却是仰头挨了。母亲便不再打，只见女儿委屈地抽动鼻子，哭哭啼啼，取过包要走。母亲捉住，说："别走，今天说清楚，不说清楚，就是死也要死在这里。"女儿挣脱不开，便恼怒地说："还不是因为你。"

却是因此，母亲知道自己当年拆散了一对鸳鸯。当时她只当提个醒，却不料真的拆散了。她曾毫无来由地教训女儿："你喜欢一个人时一定要想清楚。你只有一生，就像只有十块钱，一冲动，就花出去了。你脑子就是容易发热，喜欢听花言巧语。记得，你不慎重对待人生，人生也绝不会慎重对待你。"后来朱丹的表姐妹带着男人来做客，个个穿着文雅，举止得体。"你看看他们，要么家赀万贯，要么父母当官，一起来，多有面子。"母亲说。

朱丹寻思母亲看出端倪来了。她背地里和同学谈了三年恋爱，那人退伍后到亲戚的电池厂当销售主任，叫起"刘主任，刘主任"来，颇是好听，却终究还是农业户口。"不过，无论如何，那都是我自己的选择，是我决定的，我不可能没有任何感情。"朱丹说，"现在想起来，我要是跟他过，苦是苦了点，也会比现在好。现在人不人鬼不鬼的。"

"那你当时怎么不说？"

"我敢说吗？"

"你就是处处寻思和娘作对。你想想，要是我死了，不存在，不干涉你了，你还会要他吗？你愿意和这样的人过一生？"

"那至少也比现在强。"

这时朱卫插了嘴："丹丹的想法我理解。有个道理是这么说的，执政党总是吃亏。可是一等在野党变成执政党，你就会明白，它们连以前的执政党还不如。政治不可靠，男人也一样。你跟那人过得下去，我不信。"

"不是这回事。"朱丹说。

他们却是因此又知道朱丹还曾经历一个恐怖的夜晚。那时距离她与陈晓鹏结婚只有半个月，母亲出差，父亲陪同前往旅游，而哥哥则在医院照应妻子，偌大新居只剩她一人看守。她像只兔子，一回家便将门锁死，试图让自己相信男友刘国华并不知情。但后者还是在酒局上听到了，"你的女人和别人拍婚纱照了"。

那众人的目光像是巨大的气体，推着刘国华朝险地走。"算了吧。"一个朋友说。

"算什么？"

他取过蒙古刀，走向朱家。据说他们炸开锅，除了一人思前想后报了警，剩余人都骑摩托车逃回了家。值班民警说："口头犯罪不算犯罪。"

"难道要等他把人杀了才能算？"

"理论上是这样的。"

那当过特种兵、身高一米八的刘国华凭着一股戾气走到护城河，像野狼一般嘶喊许久。那四周原本有灯火的便都熄了，朱家的那盏也在犹疑中熄了。此时，刘国华的真气已一而鼓再而衰三而竭，他用手拍打防盗门，啼哭起来："丹丹，你开门呀，我的心被割得痛死了。"

这一两小时，朱丹脑袋一直嗡嗡作响，只觉得无法解脱，人间所有的不快与折磨都涌上来，就像有无数条鞭子在抽打，就像自己躲在逃无可逃的角落，而猛虎不停用利爪拍打脆弱的栏杆。她想撞墙，想有一把手枪对准太阳穴，射进去子弹。她想要通透，一种光明的通透。"我快要疯了。"她对母亲说，"我没办法。"她打开门。刘国华滚进来，抱住她的脚。他除了哭只会不停地问："为什么？"

"我妈不同意。我跟她解释了几年，没用，她不同意。"

"那你还爱我吗？"

"不知道。"

"不知道，你不知道啊。"刘国华的眼泪汨汨而下，"分明是你自己不要我了,你嫌弃我了。"

"我没办法。"

随后她又说:"我想过办法的,对不起。"

"你嫌弃我。"

"我没嫌弃。"

"那你怎么还和别人结婚?"

"人总是要结婚的,我年纪大了。你别说,你听我说,我等过你,你总是说你会赚钱,你赚的钱去哪里了? 你造的房子在哪里? 你难道要让我嫁到二房刘去? "

这是分手的好时机,刘国华连口说"好,好",就飘到楼下去了。她未曾想如此轻松,出了一身汗,跟下来。他一出去就关门,这是她期盼的,但她强撑着倚在门边目送他,以示并不绝情。

"不行,我还是爱你。"刘国华从黑暗中走回来,"我根本没办法克制自己不去爱你,离开你我完全活不下去。"后来他像疯子一意孤行。他找到一个新的武器,那武器挥舞起来是如此自如,以至让他的软弱得到隐藏,同时也让他所有过分的要求得到尊重。

要么你死,要么我,要么一起死。

"你知道吗? 你让我感到害怕。"她摇头晃脑起来。

"我不管。"

起初他像是在表演,后来便彻底陷进去:"搞死我吧,只有这办法了,你看,我根本克制不了对你的爱情。"她去厨房给他倒水,出来时,看见他极其夸张地回到悲伤状态,便完全克制不住嫌恶。她说:"喝口水吧,别说那些傻话了。"他一饮而尽,以一种动物般无声而可怖的眼神看着她,说:"你到底爱不爱我? "

"你喝多了。"

"你到底爱不爱? 我问你呢。"

"不爱。"她突然进入到罕见的平静中,说,"我告诉你,我不爱你,永远不爱。这辈子不爱,下辈子也不。你就是将我杀了,我也会这么说。"

"你以为我不敢吗?"刘国华抽出刀子说。

"那就来吧。"

她闭上眼。在那分外寂静的等待中,她像烈士,被一种前所未有的自主感包围,她说:"来吧。"刘国华便绝望地嘶吼,他表达够对自己以及对方的眷恋,猛然一刀刺向自己手掌。

"你干什么?"

"滚开!"

那野兽往下便像个出色的行刑人,先后在自己肚皮、胳膊、膝盖以及额头画起线来,初时只觉那线突然变白了,接着便有一排鲜红的血珠窜头窜脑冒出来。"你要干什么?"

"滚开!"

在她错愕时,他又喊了一声:"滚开,你这婊子!"她便眼见着他将左手食指置于桌面,像切菜那样切下来。然后他说:"我就是要让自己记得。我将身上弄出这么多疤痕,就是要让自己记得。这样我就永远不会对你心软。我让这些疤痕替我记着,我和你有深仇大恨。从今天起,我们有深仇大恨。我保证,有一天我会回来清算你。我什么时候都可能回来,我可能搞坏你,也可能搞坏你父母、老公,还有孩子,可能搞死也可能搞残,可能搞一个也可能搞全部。搞一个还是搞全部,搞死还是搞残,全凭我的心意。我会等你长成一颗大桃子,再来摘你。我说到做到。到时就是你求我,我也不会原谅你。我以这根指头发誓,我永远不原谅你。"

然后他永远地消失了。

朱丹因此呆滞了。所有人都知道她在婚礼上惊恐不定,她不时张望门口,总是缩在父亲身后,一旦程序走完,便快速走回房间,锁上门。当时大家只当是羞怯。"我怕他来泼硫酸。"她对母亲说,在后者将她纳入怀中时,她号啕大哭，"孩子生下后，我怕他突然蹿出来，将他夺下来摔死。这些年，他就像一块钢板塞在我脑子里，让我不得安生。妈，我就像站在孤庙，雨地里到处是马蹄声。我转着圈儿，不知道危险会从哪里来。我怕。"

"别怕，我会救你的，我这就来救你。他来过么？"

"没。他消失了。我一度想，他当时只是虚张声势，时间会让他的愤怒消失。甚至我以为这威胁本身就是恶作剧，恶作剧就是目的，他依靠这个来惩罚我。这个国家毕竟还有王法。他吓吓我，吓得我过不下日子，他的目的便也达到了。但正当我这样想时，他托人从外地带来一只包裹，那里有一只塑料袋，袋沿滴着透明的黄油，袋内装着一只发霉的手指。那是他剁下来的食指。他就要回来了。"

尽管不太相信这说法，母亲还是在盛怒中召集本族在街上的人，杀气腾腾地去了二房刘村。"刘国华呢？刘国华在哪里？"他们在这青壮年都出外打工的村庄呼吼，找到那矮小的房屋。男老人照例用左手扒住女老人的肩膀，拖着残废的右腿出来。

"你们算什么东西？"母亲说。那老人嘴角瞬时流出一摊水，说："说些什么呢？"

"她说，国华害了她女儿。"女老人说，接着又对母亲说，"你们也要讲良心，我们世代都是农民，我也知道你们是城里人，他们俩没好上，我们从来没怪过姑娘。不是一个条件。"

"什么不怪？你儿子说要杀了我女儿。"

"不可能，我儿子那么老实。"

"怎么不可能？"母亲发了疯，嚷起来，只见那男老人眼中滚下一颗球大的泪水，强忍着说："你们走啊。"

"走什么走？我今天特为来告诉你们，我朱家就没怕过谁。"

"走啊。"

"我只是来告诉你们，我女儿这些年到你们家来，求你们，讨好你们，好让你们儿子回心转意，不要祸害她。她值得吗？你们配吗？你们哪一点配得上她讨好？"

那男老人怒得不行，颤抖着从随身包里抓出玻璃杯，掷过来，却是在距母亲还有一米时掉下。女老人马上大哭："都死了人啊，都没一个人出来做主啊。"母亲倒不怕什么村人，就怕人家又要中风了，犟上几句嘴，便镇定地钻进车里，一溜烟回到县城。她找到派出所所长，所长二话没说，将刘国华申报为追逃对象。

又过去两年，风平浪静。母亲吃了往日好用强的亏，在老年生活中落了单，被一个练功团队召去，每日傍晚大力鼓掌。一日用力过猛，顿悟，这世道原来是吃人世道，从此便难清醒。她又偏偏是无神论出身，因此能在表象上自控，一时使外人不能察觉。只是那疯癫像肥肉，时常勾引着她心甘情愿地走，一不朝前走，便如万蚁钻心。

那朱卫见情况如此，回家便少了。人们只道闺女是小棉袄，见着朱丹每日仍归来。母亲开始无休无止地折磨保姆，比如怀疑投毒。那保姆是嘴角长胡子、大字不识的一个村姑，哪里受得了这般侮辱，卷起铺盖要走，被朱丹拉住，加了两百工资。朱丹说："三姑，你好歹在这里服侍八年了，就当她是个小孩，作弄她吧。"那保姆一听，心软了，后来还能开玩笑："老怪，你说我下毒，我要下毒早就下了，轮不到今天。"

母亲说："哼，你先吃，你下毒先把你毒死最好不过了。"

保姆便大碗喝酒，大块吃肉。然后她们在宅子里旷日持久地玩游戏。母亲总是出其不意在角落放上画过奇怪图案的人民币，装作忘记了。保姆总是将它们收集起来，还她，她便蘸口水一张张地点，要是少了，便大叫："我早就知道你是个不诚实的东西，你就这样贪心，连主家这点钱都偷。"保姆便打电筒去找，不久便真找到五块钱。

却说一日，母亲灵感来了，怀疑保姆将农村的亲人接来住，便闲不住，四处搜寻。她从一楼翻至四楼，一无所获，便去了阁楼。通往那里的楼梯又窄又陡,她一手扶着脑袋一手扶着台阶,爬上去。她一打开锁,便见里边灰蒙蒙一片,一只壮硕的乌鸦扑棱棱飞出窗户。

两只用不干胶粘得严严实实,又被包装带捆死的木箱躺在那里,暗红色的油漆尚未剥落。看得出来,它时刻等待被搬走,却像是不幸的孩子被永久遗忘。母亲抹抹盖上的灰,心说:"我可是从来没整理这两箱东西。"

她下楼找保姆,没找着,便提着剪刀上来,撕裂不干胶,剪断包装带,将箱盖揭开。一股陈气几乎将她熏翻。接下来她所见的,让她痴愣。她先想到保姆父亲是宰牛的,接着判断这绝不是动物尸骨。她感到有意思了。这时,在她囫囵的脑海中,有两件事正相向而游,游到一块她就明白了。

尸骨……女儿。

但楼下此时正好传来保姆爽朗的笑声。三姑你还笑,你干的好事,你杀了人,还藏尸在此,坑害我朱家!她跌跌撞撞下楼,手翻笔记本,找儿子朱卫和女儿朱丹的电话号码。朱卫的手机一直没人接。朱丹的手机也一直没人接。第二次拨打时,朱丹已关机。母亲便在一阵强似一阵的恐惧中下楼去,走进光明的中午。她穿过护城河,走进知书巷,就快要撞着女儿了,却是侧身转进侧巷。兹事重大。她抄近路到城关派出所去了。而朱丹走完知书巷后,走过护城河,和社员饭店老板交锋几句,便走到家门口。慵懒的保姆提着毛线及时闪现出来,谄笑着说:"丹丹回来啦?"

"我妈今天怎样?"

"还不是老样子。"

"我看她跑出去了。"

"不怕,她会跑回来的,她怕我偷她的东西。"

果然不久,母亲高叫着"别跑别跑",带一伙警察跑来。这事有诸多蹊跷处——疯子报案从来没人理,即使那老所长是她一世情人。他们从初中好起,没牵过一次手,拥过一次抱,亲过一次嘴,却像世间最亲的兄妹,一向都由他来忍让、迁就她的骄横。这天她啼哭着猛然跪下,所长便老泪纵横："如果是儿戏，就当是陪你儿戏吧，反正我也早退居二线了。"他带着一名警察和两名实习生走进朱家大宅。上楼梯时，他们看见朱丹正汗如雨下地朝下走，便一起退到转角处，让她先下。

"丹丹你这是怎么了？"他问。

"没事。"

她凄苦地笑着，扶着栏杆软绵绵地走。大约十分钟后，那四名警察在查看现场时茅塞顿开，争先恐后朝下冲，其中一位还拔出枪。他们看见朱丹刚走到桥边。这十分钟啊，她只走了十米，她的脚就像粘着巨大的口香糖，她就像在噩梦里那样无望地逃跑。

"我们发现死者的西服里有刘国华的名片，他是不是你的初恋？"

"是。"

"他死了多少年了？"

"十年。"

据说在朱丹被铐起来时，母亲突然清醒了，她扑在女儿和警察之间，以极其正常的语言号叫："是我干的，是我干的。"

"是我。"朱丹说。

那老所长几乎像拎一只兔子那样将她拎开了，她便抱紧他裤腿，大叫："是我杀的，我一刀一刀地杀，一刀一刀地剁，我将他剁得稀巴烂。"

"是我。"朱丹说。

此后母亲便像扎进没有终点的深雾，再没正常过。她曾经去看守所门口守候，但并不知道守候的是自己的女儿，是保姆牵着她去的。当囚车驰过时，朱丹透过铁窗，看见母亲甚至在笑，这笑容冷淡而做作，像是笑一个血亲之外的人。这件事轰动了整个县城，甚至整个地区，每天都有许多人插着裤兜，来朱家门前，仰着头参观，有的人还掏出手机拍照。刘国华的亲属早就在这里贴满"血债血还"的标语，也拉上了横幅。母亲这时就像是他们中的一个，好奇地看着每一个细节，有时还用手抚摸白纸，用脑海里残存的对知识的记忆,念出一些字来。

案件在地区中院审理。出人意料的是,陈晓鹏忽然不顾母亲的指责,动用父亲及自己在政法系统的一切关系,替朱丹运作起来。他请来一位名贯三省的大律师,那律师在法庭上只一句话便使审理进入僵局:

"死者系服食大量安眠药自杀。我的当事人在死者昏睡后,探了他鼻息,才知他已断气。在慌乱中,我的当事人将他拖到床底,藏好。后来出于害怕,将他分尸,试图运走。如按照现在的刑法,她构成侮辱尸体罪,但在当时,法律并未规定这一罪名。"

"胡扯。"

那本来就已闹过事的刘家亲属,在旁听席上鼓噪起来。法官这时敲打木槌,用一种长辈人的慈悲问:"被告,是不是这种情况?"

朱丹转过脑袋,看见刘国华的母亲正揪着一团白手绢,捂着唇鼻哭泣。哭着哭着,她用右手拇指和食指捉住鼻尖,清脆地擤下鼻涕,然后继续歪头歪脑地哭。在她大腿上有一张缀着白花的死者遗像。在意识到朱丹看她后,她站起来,大声说:"可恨这女子,这些年来总是到我家来,不是骗我儿子在广东,就是骗我儿子在福建,说是我儿子一定要赚可以买下一个县的钱才肯回来。你骗了我们多久啊。你这个骗子。"

朱丹说:"对不起。"

接着她转过来,对法官说:"我现在呼吸平稳,神态放松,医生说得对,当我转身面对恐惧时,恐惧便也如此。"

此后,公诉人要求出示证物。那两箱子白骨便被抬来,其中一只下肢还套着皮鞋,多数骨头被剁裂,裂口像开放着的喇叭花。"可以想见当时用力之猛。"公诉人说。

"这并不意味什么。你并没有证据表明此案系他杀。"律师说。

"我们有被告总共八份供述。"

"我认为我们还是应该重证据而轻口供。"

"被告,你自己怎么看呢?"法官这时又慈悲地说,他的态度引得旁听席上一片震动,一伙由刘家邀来的亲友拍起桌子来,纷纷批评起这世道来。却是这时听到朱丹说:"我要说是我杀的,你们就会判定是我杀的;我要说不是我杀的,你们也就很难判定是我杀的。我如今要说,是我杀的。——你们可以知道,我家地板上有一块划痕,那是他皮鞋蹭的。你们可以看见他的鞋跟有蹭掉的痕迹。那是我勒死他时,他的脚在本能地往地上蹭。他喝了我泡过安眠药的茶水,睡过去了。我扯下电话线,缠住他颈部,勒死他了。当时他的脑袋靠着我这边肋骨,这块肋骨现在还痛。——人是我杀的。没什么好说的。你们刘家提出要赔偿,我这些年一直在积,积了有七万,算是对你们的补偿。"

她说完后,现场一片安静。那刘母举起遗像,想说却不知道说什么,便摇晃着它。"别让我看到他,恶心。"朱丹说。在处决她前,她写了一封简短的信,说:"晓鹏,你一定要相信我是爱你的,我一直就在爱你。我们的儿子属于你。"

她在牢里一直跪着,死命地闭着眼,就像枪决在即,但最终她是被注射处死的。

▶ 发表于《当代》2012年第3期

# 过 故 人 庄

◎范晓波

车子翻过枫树岭后,满野的金黄色扑面而来,火苗一样灼伤人的眼球。

老曲随口问小许:"是枫树坳吧。"

小许答:"看见枫树林就到枫树下村啦,枫树坳路口刚才过了,路口进去还有四里路。"

报社的司机,对乡下的路比机关的司机要熟悉些,不过精确到这个程度,还是让老曲松直的脑电波起了些微皱纹。

老曲是这个乡出来的,也常分不清枫树下和枫树坳的相对位置。

小许在后视镜里瞟到老曲脸上的恍惚,就顺着话头走:"以前跟社长进去过,张常委老家不是在里面嘛。"

小许语气平淡,老曲脑子里电光一闪,表情仍平静如水:"唉,世事难料啊!"轻轻的一个"唉"字叹得意蕴悠长。

"是啊,"小许也应声跟上,"听说张常委出来后基本就住在老家嘞。"

老曲今天心情不错,不用说机灵如猴的小许,怕是连屁股下的桑塔纳2000都感觉到。道路不算颠簸,老曲的身子一路上却一耸一耸的,安了弹簧一样。

上午陪省文联领导参观古戏台和祠堂时,那个研究民俗的主席当着省委宣传部部长对老曲的讲解大加赞赏,午餐时主动敬他的酒,让宣传部部长对老曲也多看了几眼,还主动碰了一下他盛着茶水的酒杯。

回城的路上老曲忍不住给小许泄了个密,他大学学的就是历史,本想考研究生当考古学家的,父亲病逝后家里还有几个妹妹需要帮衬,就主动要求分回县里工作。那时极少有名牌大学本科生愿回县里工作,县领导很重视,把他安排到宣传部。他平常写材料,周末就背着水壶和干粮到乡下的古村落里转悠,琢磨里面的古建筑和民俗,算是对理想的一点补偿。

有次他和宣传部部长陪地区领导到古村参观,领导问及相关的人文典故,一圈人都说不清来龙去脉,部长急得额头沁汗。他头脑一热站出来,不仅讲清了古村的前世今生,还罗列了本县古村和皖南古村相比所具备的三大特色。后来古村越来越出名,成为本县一张文化名片,来古村视察的领导级别也越来越高,他也有了更多机会给那些只在电视上见过的面孔讲解,级别最高的是全国政协副主席。

那年他才二十多岁,政协副主席听完讲解对县委书记说:"这个年轻人很有见识,要重点培养这种有文化的年轻干部。"

"后来就提拔了吧?"小许问。

老曲抿嘴笑着点点头,他当上县委宣传部副部长时,三十岁还不到,是当时全县最年轻的副科级干部。那时,张大头还在冷冻厂数冻猪头呢。

小许见老曲难得好心情,就想多挖几句:"听说你和张常委初中、高中都是同学,他进机关还是你推荐的。"

血管里的液体有点烫,太阳穴愉快地怦怦轻跳,像有蚯蚓在皮下乱拱。老曲淡然一笑:他中专毕业分到冷冻厂管冷库,三伏天都冻得流鼻涕,天天向我诉苦。我挂了一个电话,厂长就把他调到办公室编黑板报。时间长了他又嫌黑板舞台太小,从冷冻厂调宣传部,后来当上报道组长,再后来去公社当副职都是我推荐的。

小许做惊讶状道:"是哦,没有你张常委根本起不来。"侧脸瞄了老曲一眼继续说,"我听好多人谈起过,他有愧于你。起码,他当常委后就该想办法给你扶正,那样现在起码也是副县级待遇了。"

老曲仰头靠在椅背上笑笑:"无所谓无所谓,我现在的日子就是给副县级也不换。"

老曲当了一辈子副科级干部,两年前市里出台了二十年以上副科解决正科待遇的政策,才到报社任了总编的职,总算是解决了正科级待遇。那时老曲已过五十了,搞了正科待遇后本该退居二线了。不料社长以社委会的名义打报告给县委,请求延长老曲任期,因为报社是党性很强的业务单位,目前还离不开老曲这个既懂政策又讲原则的笔杆子。

老婆笑老曲:"社长对你的评价还是蛮客观的嘛,要论懂政策、讲原则,全县的科级干部没几个能和你比的。懂政策、讲原则又只会耍笔杆子,全县怕就只有你这根独苗啦,要不你也不会在副科级留一辈子。"

老曲就扶着眼镜腿晃着脖子笑,牛抖水似的,半是舒服,半是难受。

社长强力挽留老曲的意图老婆也分析得透彻:"报社是社长总负责,可总编和社长级别一样,都是正科级,权力就可大可小,因个人性情和后台大小而定。老曲除了审大样、督促编辑提高编校质量什么也不管,哪个总编能做到他这么讲原则呢?有他这个没任何威胁的僵尸占着位子,其他人就当不了总编成不了社长的对手。"

可以说,这两年是老曲近二十年来心情最舒展的好时光。

儿子硕士毕业已在西安一所大学当上了讲师。他原本报考了市政府公务员,认为公务员的饭碗比较牢靠。老曲闻讯,当即打电话阻止,又怕死灰复燃,第二天特意坐火车去西安泼了一整夜凉水。老曲深谙儿子的秉性,也了解基因改良的渺茫,不希望老曲的一生在小曲身上重演。

每天等报纸签字付印,老曲就赶回家陪老婆,什么饭局茶局也不参加。老婆早从小学退休了,时间多得像大海里的水,她每天守在海边,像个耐心的渔夫对老曲张网以待。

老婆遵照电视养生节目传授的知识，把两人每天的饮食和锻炼内容用表格安排好，然后，不折不扣地执行。早上喝牛奶吃燕麦粥，中午、晚上以鱼类和粗粮为主，每天必须消灭一千克蔬菜和水果，晚上再去内湖边快步走一个半小时，出身汗洗个澡，看看电视就睡觉。

半年下来，老曲的血脂和血压全正常了。

在单位心情也是很愉快的，同事们敬佩老曲的学识和私德，年轻姑娘们扬言找老公必须以曲总为模范，和他交往时言谈举止中也流露出真诚的仰慕；社长欣赏老曲的人品，大到印刷厂改制，小到组织职工异地采访，事事主动找他商量，老曲越不多嘴社长越爱找他商量，大会小会号召大家向曲总学习。

小许仿佛看清了老曲此时的心电图，献媚说："上次跟社长去四川考察县市报那十天，社长不止一次跟我们几个说，如果不是曲总编在家里坐镇，他真不敢出去跑那么久。"

"是吧？"老曲呵呵笑出声来，突然示意小许停车。

小许望着老曲的脸，一脸茫然。

张大头的笑容轰然凸显在老曲眼前的挡风玻璃上，像是有人在他们谈话时偷偷切换了频道。

大概半个月前吧，张大头的身影又在老曲的生活边缘晃了一下。

那天老曲是和老婆一起去花木市场买绿萝柱。

也是电视上说的，在屋子里多栽种点花草既可以净化空气，还可以锻炼身体，把那些栽种着植物的盆盆钵钵在阳台和客厅间搬来搬去，还是很消耗能量的。

仙人球和吊兰养得很好，绿萝柱却买一盆死一盆，不知是水浇多了还是水浇少了，或者阳光晒得太少，养着养着叶片就枯黄了，最后整个身子都委顿下来，像件硬质的破旧衣裳支在墙角。

他们进市场大门时，正遇上张大头和一个年轻人一同出来。张大头出事之前,老曲就很少和他交往,加上在里面的两年,怕是有近四年没怎么近距离打照面了。

老曲觉得张大头除了头还是那么大,其他似乎都有些变化。他的头做学生时就大,故获赠外号大头,脸变大是当干部之后的事,具体从哪年开始不记得,进去前脸阔得让那个叫作脸的位置都安不下,肉直往脑后翻,现在脸总算从后脑的地盘退了回来。

那天他穿着件灰不拉唧的旧布夹克,裹在肚子和腰身上的白衬衣也不像过去那么内容充实,有些松垮,瘦了一圈似的。不知是不是错觉,肩头和袖子上似乎沾了点尘土,整个人有点灰败之感。

老曲也见过其他从里面出来的人,都是这个样子,神情也多少有些木讷,断了几根神经似的,好几年都复不了原。尤其是年头长的,出来后基本就是废人一个。不过张大头向来是死要面子的人,尤其在老同学老朋友老曲面前。

那天老曲正犹豫着要不要打招呼,怎么打,张大头先喊老曲的小名了:"细宝!"

细宝是老曲小时候奶奶对他的昵称,老曲明明是老大,后面还有三个妹妹,奶奶最疼他,就"细宝,细宝"地叫着,直叫到老曲上初中后老人家去世。那时老曲的父亲在公社当会计,家境尚可,张大头到老曲家蹭过饭,故知道他的小名。

当年走得近点的同学都叫老曲细宝。老曲进机关后,就以此作为标准,凡坚持叫他细宝的,他就视对方为可以托付真心的兄弟。

吊诡的是,偏偏是这个让老曲心情复杂的张大头叫得最持久,其他同学称呼的多是职务或学名。

老曲还以为张大头是要用这种方式铭记什么。

有次同学聚会,张大头回首升迁之路,只字不提老曲的名字,甚至连冷冻厂的履历都刻意删除了,只讲他如何从公社杀回县政府办,如何从政府办副主任、组织部副部长、财政局局长、副县长一级级台阶登上常委的宝座。

当然，他只讲自己如何大刀阔斧，如何为了群众的利益担风险吃螃蟹，不讲如何设苦肉计追老县长有点神经官能症的老闺女，又如何利用老丈人和地区的领导挂上钩，再用掌握重金的手，敲开了某省领导的门。

张大头不愿提及的部分，老同学们个个清楚，不过没人不承认张大头有本事，能骗到县长的女儿，那也非常人所能，大家也或多或少从他的本事里分享了一点实惠。

"就算他是长跑健将，我起码还起过伯乐和领跑的作用吧。"老曲回家就对着地板发泄不满。

对于张大头的本事老曲也另有看法，觉得不过是无原则加无耻罢了。可这话他从来都只跟老婆说。在公共场所他还是很尊敬这位老同学的，他虽不会加入肉麻的群讴，也从不揭他的短说他半个"不"字。以他平素的清高，这已算是很徇私情了。

因此他很不理解张大头对他的态度。

张大头刚当上副县长时，在老婆的催逼下，老曲去他家里委婉地表露过转个正的想法。张大头当时也摩挲着大肚皮替他抱屈："你细宝的才干谁人不知哪个不晓啊，这个不说吧，就是排资论辈也轮到你了呀！什么世道嘛！"

那时老曲已由最年轻的副科变成资历最老的副科了。骂完世道，张大头又请老曲多理解他多忍耐几天。在老曲的问题上，他这个分管农业的副县长一点发言权都没有。老曲至今还记得张大头的手势，他先双手提了一下裤腰带——张大头一发胖就不系皮带改系软布绸带了，不知是为了捆绑时舒服还是松开时方便，反正这是个公开的秘密，然后做了个从口袋里摸东西的动作："那些正科级位子全在常委口袋里装着，开常委会就像打牌，你出一张我出一张，你憋不住尿出去上个厕所，回来说不定就丢了一个正科级。"

张大头话糙理不糙,老曲脖子硬面皮薄,做不来某些事看还是看得懂的。

他就等着老同学熬到常委再帮他打出那张牌。想不到张大头半年后就当常委了,坐直升机一样,快得老曲都看不清飞机运行的轨迹。

只是常委比副县长要忙好几倍,白天到处跑,夜里常常到了十二点还在常委会议室拼条子,老曲连委婉表达愿望的机会都没了。偶尔在一些同学和同乡的小饭局上见面,张大头仍是热情地"细宝,细宝"地叫着。

见张大头对老曲挺亲热,有些和彼此都相熟的人借着酒劲帮老曲叫苦,暗示张大头帮着解决一下。

张大头就熊抱着老曲的肩头顺势把大半个身子压上来,对着大家埋怨老曲:"我这个老同学,老朋友啊,唉,太清高了。当着老朋友们的面,我有责任批评你,你的问题就是起点太高起步太顺。国家领导人亲口表扬,二十八岁就当上副部长,这是什么起点?你那时估计都飘到半天云里了吧。还有啊,我们班的班花,我们全体男生日思夜想的罗美兰也被你抢走了,我们连她的小拇指都没摸过一下。人的一生怎么可以这样完美呢?一完美你就觉得自己真的很了不起,该求的人不求,该放下的面子不放下,最后耽误了自己。"

他的认真里带着调侃,批评里含着表扬和羡慕,老曲想辩解都拿捏不准口气,何况身上还压着近两百斤的肥肉,能把气喘匀都不错了。

老曲的老婆罗美兰当年确实是男生们的梦中情人,张大头半真半假的抱怨,既撩拨了老曲的虚荣心,又分流了话题与情绪。

一阵坏笑当中,老曲的希望和张大头的尴尬都烟消云散了,久而之,无人再提,老曲也不好意思起念。

真正导致两人疏离的,是老曲去县中的事。

老曲的老婆有个远亲在省里某权力不大的厅局当处长,巧的是,他党校一位同学从别处调到老曲所在的县当书记。老婆闻讯,自然不想错过这块送到口边的肥肉,请亲戚从中斡旋,让老曲拜访了一下书记。

那次拜访,耗费了老曲一年的工资,老曲又心疼又觉得掉价,老婆还怀疑他是否跟上了行情。

半年之后,讨论科级干部的人事安排时,县委书记提出,老曲资格很老,对文化教育也有兴趣和研究,建议放到中学当个校长。这个位子在教育界分量虽重,但和公检法、财税等一类单位相比也算不上兵家必争之地,书记出了牌其他人就不多置喙。后来反馈到老曲耳朵里,常委会上唯一的反对者竟是张大头。

老曲一开始不信张大头会这么过分,琢磨一下反对的理由,却只可能出自他口:老曲这个同志有一定学识,不过他是个思想的巨人,行动的矮子,做工作过于谨小慎微,当幕僚很优秀,担任大单位的一把手怕是服不了众,会出乱子。其他常委基本不了解老曲,张大头对老曲的这番评价,三十多年前就听同学转告过。当时老曲以全班第一的成绩考上省里的重点大学,同学们都觉得老曲前途无量,只有张大头不以为然,张大头对那些钦佩老曲的同学说,老曲缺乏杀气,顶多做个高级门客。

最后去县中当校长的是张大头的拜把子兄弟。张大头在县里有七个拜把子兄弟,加上他,江湖人称"八大金刚",都是科级以上干部,把持着公安、财政、税务、教育、城管、国土等单位,去县中的是年方三十五的老八。这也从侧面验证了常委会上的传言。

那之后,张大头仍亲密地唤老曲为细宝,老曲却不想给他表演的机会,觉得恶心。只要不是开会,有他的场合坚决不去,路上远远地望见就绕道躲开。张大头进去之后,老曲一次也没去探望。之前他们就基本没什么来往,他也就不怕大家误解他的人品。

那天在花木市场门口,张大头那声"细宝"叫得低调而深情,加上一副颓唐的老态,让老曲不禁有点难为情,赶紧上前双手握住张大头伸出的右掌。

张大头同老曲两口子打过招呼,笑道:"还是你们好,一对神仙眷侣,不像我。"

类似的话张大头很早就说过,老曲并不当回事。张大头当财政局局长后就坚决不跟老婆一起走路了。他睡过的女人比老曲认识的女人还多,整天莺歌燕舞的,怎么会羡慕一夫一妻的清欢呢?

如今世事变幻。正房受不了张大头的风流,他出事前就去省城带孙子了。他进去后,二房、三房、四房们树倒猢狲散。所以张大头这次表达艳羡,老曲相信他应该是真诚的,还下意识地甩开老婆搀扶着他的手臂,怕刺激了张大头似的。

"我听说了你现在的情况,好啊,又转了正,又可以发挥余热,还像神仙一样天不管地不管。唉,有空也去乡下呼吸新鲜空气啊,我现在在老家种点花草,打发残生。你过来走走吧,我们老哥俩来个'开轩面场圃,把酒问桑麻'。"张大头松开手说。

老曲嗯嗯嗯地答应着,张大头挥挥手先走了。

老曲原地站了几分钟,才像提线木偶一样被老婆牵走。

老曲对小许说:"掉头,我们去枫树坳。"

小许往左打死方向盘倒车,试探道:"去张常委家啊?"

"是啊,上次在县里遇上邀请我来玩,今天到了门口都不进去有点不大好吧。"老曲答。

"他邀请你过来玩?"小许复读机般重复着。

老曲目光里荡开怀旧的柔光:"他当常委时也多次邀请我,我一次都没来,懒得凑热闹。现在的情况,他不请我都可能来。"

小许嘴角下撇鼻孔一吸用力赞叹:"曲总,你是我见过的最有风度的领导干部。"

老曲尽量控制着表情肌:"我的为人你们又不是不知道,你在位时我可能躲得远远的,你落难了,没人愿接近了,我反而会转过身来笑脸相待。"

越往枫树坳走,夹道的枫树就越高越密,把照进车窗的阳光都染得黄澄澄的。老曲面颊上暖暖的痒痒的,他的视野有些迷离,浮现和这条山路有关的记忆。

读中学时,这条路还不是水泥路,又窄又陡,还有许多弯弯绕绕,一个人走还真有点胆怯,怕有野猪和豺狗什么的突然撞出来。

他跟着张大头到枫树坳玩过几次。那时张大头家可真穷啊,一家八口借住在生产队的旧仓库,墙是黄泥垒的,俗称干打垒,墙体倾斜,开裂处像个豁嘴一样黑洞洞地对着蓝天。屋顶的瓦片东缺一块西破一块,一下雨里面就淅淅沥沥。

如果不是村里人周济,张大头中学都读不完。周一返校时他总是交不齐米,就和总务主任玩躲猫猫的游戏,躲不过去了就到老曲和其他同学米袋里征点粮。家里带的腌菜干涩麻口,一点油腥也没有,张大头就常逃课回寝室偷同学腌菜里沤的猪油渣解馋。

当然,老曲的不用偷,老曲夹菜时,张大头筷子叉进来分一大口就是。老曲心里舍不得脸上又不好意思露出来,就红着脸憨憨地笑,似乎是他抢了张大头的一样。

这些心酸而甜蜜的回忆让老曲感动而困惑,出生在那么清寒的农家,张大头怎么会变成这样一个人呢?

老曲隐约记得,张大头十年前就在餐桌上披露过,他老婆不光脑神经不稳定,身体也有问题,患了一种很严重的妇科病,完全不能履行妻子的职责。他当时还挺同情,让老婆暗中帮着寻医问药,不料张大头颇不屑,他几次张口都没让他把话说完。不知是不信任他的能力,还是他老婆压根就没病,或者有病他也不想治。

后来的事实证明,他的确是自作多情了。张大头被审查时证实了一个传言,和他有染的女性多达三位数。

如果只想找替代品,有必要更换那么多个吗?

被审查期间，一些得过张大头好处也给过他好处的女性被找去谈话，这些人不少是张的下属和机关公务员，谈话内容从专案组传出来，十几个家庭一夜间悉数破裂。这些女性当然也是受害者，可她们不过是在为自己的堕落和无耻买单，老曲并不太同情她们。

老曲同样想不通的是，张大头要那么多钱做什么？别说花，他连数都数不过来。检察院的熟人说，张大头在县里、市里和省城共有七套房产，办案人员在他家里抄到的现金就有三百多万元，有的红包里装着五六万元钱，他居然连拆都没兴趣拆，原封不动丢在抽屉里，沾了办案人员一手灰。

按老曲的理解，张大头那样的出身，能混到衣食无忧、有面子、有尊严就该很感恩生活了，怎么就生出了一副鲸鱼的胃口呢？

小许不清楚老曲在想什么，又不好让两个人之间的气氛长时间寂寞，就主动挑起话题："有次在外面吃饭，桌上有人说这年头赚不到钱就不算有本事，报社的人只会耍笔杆，玩的都是虚的，我正要和他理论，有个高人透露，张常委在里面就是靠笔杆子给自己减的刑。帮监狱发表一篇报道计一分，五分减一年，张常委帮他们写了五十多篇，就减了十年刑提前出来了。真是这回事吗？"

张大头在里面只待了两年就出来，老曲倒不太感到意外，那些进去的官员，只要问题不太严重，有几个不是提前出来的呢？有的保外就医，有的想办法立功减刑。他认识的一个副县长，花钱买通狱方，自己点火烧被单，然后用事先准备的水桶浇灭了火，后被认定舍身保卫监狱财产获减刑三年。

靠写新闻报道减刑，老曲刚听说时也以为是假新闻，细想也能想通。像其他单位一样，监狱也有对外宣传发稿的任务，自身又缺这方面的人才，就利用有相关特长的犯人，各取所需互帮互助，也不是什么不可能的事。

老曲面无表情说可能吧。

小许见老曲这种专业人士都觉得消息靠谱，就一脸自豪状："看来报社的事业还是大有可为的，张常委幸亏当年在报道组锻炼了几下。"

小许贼机灵，文化素质毕竟有限，一激动就把尾巴露出来了。"张大头靠写报道减刑就证明报社事业大有可为？难道我们磨炼文笔就是为了等这一天吗？"

老曲脸色忍不住黯下来，又不想让小许太察觉，就故意转移话题："前面有个岔路口，往哪边走才对呢？"

小许从老曲的表情看出来了，自己可能有什么话跑偏了路，又摸不准老曲的黄线在哪里。

他陪社长给张常委的老爷子拜过好几次年，明明知道该往左走，就势装起糊涂来："我是来过一次，好多年前的事，要不我下去问问吧？"

老曲也正想下去小便一下，就同意了。

岔路边正好有个穿蓝布旧衣的白发老人坐在柴草垛上抽烟，小许假装问枫树坳怎么走。

老者二孔冒烟答道："前边两个村都是枫树坳，你是问上坳还是下坳？"

老曲懒得兜圈子，说："就是张常委那个村子。"

老者一听张常委，立马站起来，用扁担指着左边说："这边，这边。"又回过头来打量老曲，"你是他的朋友吧？"

老曲只能点头，问："他在家吧？"

老者拉住老曲的手："在在在，昨天还碰见他亲自驮锄头下地。张常委可是大好人啊。"

老者没来由的称颂让老曲有些好奇，呵呵一笑，接着问："怎么个好法？"

那就一言难尽啦，老者深咽口水，像演讲前的运气动作，接着说："以前你们进来哪有这么直的路啊，都是张常委拨钱来修的。村里的敬老院、戏台、健身场，都是张常委一手一脚搞的。我是下坳的，他不大认识我，上坳的人让我找他,他二话没说就把我崽安排到县里的防暴队去了,一根烟都没抽我的。"

老曲点着头,想赶紧上车,老人家拽住他的腕:"你也是干部吧,你不要信有些人的话,他是被人家陷害的,肯定是眼红他官当得大。说他贪污腐化,谁信喏,从来都是他给我们好处,我们送鸡蛋他都不肯接的。他出事后,我们上坳和下坳的人都给他烧过香呢。"

挣脱上车后,小许摇摇头长吁了一口气:"真是乡下人,没办法。"

小许是指老者见识短只看到问题的表面,还是嫌他太纠缠太啰唆呢?小许不挑明老曲也不问。

张大头的案子其实再简单不过,当事人口供和坊间传闻完全一致。财政局一位科长私刻公章挪用了六百万元扶贫资金,用于炒股和个人挥霍,被人发现后,送了一百多万元给财政局局长和分管财政局的张大头。张大头收钱后,默许财政局做假账遮掩过去。事情本来都摆平了,问题还是出在科长身上,他得意忘形,风声一过就换了个刚满十八岁的小蜜。不甘出局的旧人嫌分手费太少,加上醋劲大发,打举报电话告发了他。审讯中,科长把向局长和张大头行贿的事全供了出来,跟官场斗争一点不沾边,更不存在有人要害张大头。

老曲心情有点灰,没想到张大头在老家的口碑比他还好。

老曲的老家在这个乡的另一个村,老曲是那个村近五十年出的最大干部,却没为村里办什么实事。村长求老曲出面要钱修条出山的路,老曲没办法;老邻舍请老曲给大专毕业的儿子安排个工作,老曲表示为难;村里修谱出谱,要老曲回去当主持人撑下门面,他强调自己的身份有点敏感也没肯去,只是捐了两千块钱了事。

他唯一能帮的忙还得托老婆的面子,老婆的弟弟是县医院的办公室主任,老家人来县里看病订不到床位找不到合适的医生,他会出面请内弟帮着联系,手头宽裕时偶尔给病人一个小红包。

老家人对他怎么评价，老曲不清楚，至少，没人感恩地说他是大好人。是否会在背后说他无能或无情呢？老曲对此心里一点底都没有。

诚如老者所言，张大头村口有块篮球场大小的健身场，单杠、双杠、吊环、转环、脚踏板、平衡木，还有一些儿童游乐器材，五彩斑斓的，县城广场有的这个小山村样样都有。村民的房子也是一家比一家壮观。基本都是三层楼的小洋房，有的人家屋顶上还砌个小凉亭，虽然不伦不类，却显示着主人的财力和追求高雅的志趣。这些房子被一些百年老枫树环抱簇拥着。正是枫叶红得响亮的季节，远远望去，就像一幅俄罗斯写实主义油画，浓艳并蓬勃着生活的热情。

这景象同老曲记忆里那个村落有着天壤之别，与老曲的老家比，也至少有一二十年的代际差。

老曲环视着这个比新农村样板还新的山村，感到体内有泡沫在渐次破灭，噼噼啪啪在静默中发出脆响。

他有些后悔路上的一时冲动。

他想回头，又怕被小许嘲笑，就让小许在车上等着，自己到村口的小超市问路。那么多新房子，哪一幢是张大头的呢？

超市前围着一些闲人在打牌，脚边躺着两只眯眼晒太阳的土狗，还有几只土蜂在低空撞来撞去，经过身前时发出轻微的振翅声，像一架架20年代的木质小飞机。

一听说是找张常委的，老的少的都站起来热情指示，柜台后那个抱着孩子喂奶的漂亮少妇嫌大家七嘴八舌扰乱视听，从屋子里走出来爽快地说："我是他侄媳妇，我带你去。"

老曲忙摆手，说："我听明白了，第五排最东边第二家。"

少妇笑："不用算，东边那三家都是他的屋。"

老曲有点发蒙，见老曲吃惊，少妇大笑："三幢屋算什么，去下坳的路上又在做一幢大的。"

乡下的房产又炒不出高价，老曲不知张大头为何还要做房子。那三幢屋还不够他养老吗？

少妇看出了他的疑惑，解释道："他人大方，三幢屋都给表亲住了，他做新屋是要搞什么庄园，打算住到那边种草皮花木，卖给城里的楼盘。"

一个四十多岁的村干部模样的人补充道："听说种草皮比种粮食划算呢，村里就送了三十亩地给张常委。"

老曲又恍然想起那天在花木市场遇上张大头的情形。

村干部又问老曲："你们也是来贺寿的吧，刚进去了四五部车。"

老曲清楚地记得张大头的生日是 7 月 1 日，张大头一直以此为荣，逮到机会就大肆宣扬，就问："张常委好像不是秋天生的吧，多少岁生日？"

一圈人都哄笑起来，还是那个少妇说："原来你还不知道啊，张常委今天做的是周岁，他说他的第二个人生刚满周岁呢。"说完咯咯咯掩嘴笑起来。

老曲哦哦哦地敷衍着，退出人群疾步往车那边走。

小许愕然地看着他，不知发生了什么事。

老曲头嗡嗡地响，胸腔里那东西空悬着咚咚乱跳，坐上车闷声说回去吧。

小许不敢多问缘由，正要发动车子，一辆智跑越野车从后方窜上来，鸣笛催他们快走，老曲探头回望，居然是县中校长，张大头的小兄弟。

校长一看是老曲，赶紧跳下上前握手："想不到啊，曲总编也来了！"然后对着老曲直竖大拇指，"难怪我大哥总夸你人厚道，不势利，患难之时见真情啊。"

老曲嘴唇急速嚅动着，还没来得及发声回应，校长拉着老曲就上了新智跑："坐我的车，坐我的车。"

越野车座位又高又宽松，老曲反倒不习惯不停扭动着屁股，一道夕阳从前挡风玻璃刺杀进来，照在老曲眼镜的镜面上，一瞬间他什么也看不见了。

老曲脑子里一片空白,既没有尴尬也没有屈辱和懊恼,只是小心地用手去摸西装的内口袋。

平常出门买东西,都是老婆付钱,老曲自己又烟酒不沾,没任何消费,口袋里很少会超过一百块钱现金。他焦虑的是,待会见了少年老友张大头,他连一百块钱的寿礼都摸不出来,张大头和他的那帮兄弟会怎么看他曲总编呢?

2013 年 3 月 13 日

▶ 发表于《人民文学》2013 年第 10 期

# 刺 猬 心 脏

◎宋小词

那时候到底年轻,以为名牌大学毕业后就有一个远大前程,至少找个饭碗是不愁的。可没想到投了四十多份精装简历,过了两个月,连半个动静都没有。坐在出租屋的电脑前,想着老家刨土的父母,心里如压着块石碑。夜里睡不着觉时就一个人去天桥上晃晃,趴在天桥上,头尽量往下,我总想如果跳下去会是什么样,也许是天堂吧。

找工作四处碰壁,这让我不得不重新审视这个社会。这个社会饭碗太少,可张嘴要饭吃的人太多,要活命就不能把脸面看得很重。为了吃上一口饭,得使出浑身解数。人饿到了抢的地步,就饥不择食了,嘴跟碗就乱了套,想喝粥的,被挤到了咸菜缸里,想吃馒头的,到了棒子面碗的跟前,像我一个学会计的,硬是被挤到了卖医疗器械的里面来了。

这行里昏天黑地,成天钩心斗角,生怕谁挡了谁的财路,你盯着我的钱袋子,我盯着你的皮夹子,谁都不安分。因为这行利润大,一台医疗器械就是大几十万甚至几百万元,只要你肯钻营,肯动脑筋,不用担心这么高的价钱没人要。听说不少女同事为了能卖出一台高价的医疗器械,把身子也赔进去了,跟有钱的老板,或大医院的院长睡睡觉那是再平常不过的事了。所以很多知晓内幕的人说,做这行的女人跟"鸡"一个样。

我自认为我没有要发大财的贪欲，所以跟"鸡"还是有距离的。进了公司后才知道这里没有底薪，也没有最低生活保障金，你没本事将这些器械换成钱，你就得饿死，但你如果能将这些器械换成钱，那你的日子立刻脱胎换骨，可以食有鱼，出有车，几分钟就能在别人眼里镀上一层黄金，闪闪发亮。

女孩子都是爱慕虚荣的，我也不例外。谁不希望自己的日子过得体面呢！老家有句话叫"远重衣冠近重人"嘛。

干这行再怎么臭，可冲着那么高的薪水与外快，它也是个香饽饽，每个人都想吃它，而且还要吃饱。对于新进的人，那些老员工都虎视眈眈，在他们的眼里，你不是同事，你就是一条跟他们抢食的狗，于是挤对你，压制你，将你赶出去。我刚进来的时候，孤立无援，没有交际圈子，也没有客户，货也不好。那些好货都被老手们瓜分了。我犹如海洋世界里的一只小虾，剥削我、压制我的人太多了，我能面对的只有脚下这方泥土。没硝烟的战争往往是最残酷的。

那个时候，公司新进了一批医疗器械，销售经理召集我们开会，要我们八仙过海各显神通，把这些医疗器械推销出去，换成钞票，做季度奖金。他还暗示，表现好的，可以提为公司的中层干部。他说，这年月，日子过好了，可人的命却贱了，动不动就瘫痪，就癌症，但没哪个人想去阎王那儿，为了治病，人们是肯花钱的，所以只要你们努力工作，这些医疗器械是不成问题的。

我暗地算了一笔账，这些器械不说全卖出去，就是卖一台那也是一笔相当可观的收入。所以很多人都开始摩拳擦掌，热血沸腾了。会议刚结束，他们就跑到仓库看货去了。我从来不去，去了也白去，一个新来的小样儿，谁会把好货留给你？等着他们挑剩的，看不上眼的货，混口饭吃吧。从未发过横财，我也从不打横财的主意，靠着自己两条腿和一张嘴去一些私人门诊搞推销，把价压低点，把话讲甜一点，或跟人合伙到下面一些城市去推销,基本上也能生活,靠着勤奋过日子,倒也蛮清静。

当我领回我那些鸡肋一样的玩意儿,正准备与一些客户联系时,公司里一位女同事拉住了我。我回头一看是阿兰,她满脸盛开的菊花。我问,大姐,有事吗?

她呵呵一笑,两眼向四周扫了一番,用手遮住嘴,神神秘秘地说,妹子,我给你介绍一客户,这可是个大主,你只要说服他,让他买下我手里的那台超声波治疗仪,所得提成咱们二一添作五,一人一半,你还可以把你的货一起脱手,何必满大街地磨嘴皮子呢? 说实话,姐有时候看见你累得要死的样子,心里疼得不得了,姐也是过来人,你的苦,姐是尝过的。

阿兰刚生完孩子,乳房肥嘟嘟的。她跟我说话的时候,眼角跟嘴角都向上翘着,一脸慈祥。

有利可图的事,我当然不会客套,我也心急火燎地想置换行头,出来两三年了,房子、存款和车子总得有件东西为我那脸朝黄土背朝青天的父母做个交代。

阿兰将那人的电话告诉我后,我体内所有的激情都点燃了,火苗呼呼地往上蹿。我每天都跟那位财神爷打电话。这位爷姓马单名一个"耀"字,年龄五十多了。他的声音有些缺陷,吐字不清晰,仿佛嘴里含了一块烧萝卜。我跟他交流很费神,可我却要把这费神的事做得很开心很开心。假装是这个世上最痛苦的事,当然做惯了就好了,每一句话都发自肺腑那不把人累死? 我们这行见人得说人话,见鬼更得说人话,谁有胆敢得罪鬼哩。

起先我跟他说话很客套,我说我是阿兰的朋友,他似乎很高兴听到这个名字,他说阿兰很漂亮,是个很有魅力的女人,他那种语气仿佛沉浸在某种回味当中。后来我们一点点混熟了,就开始聊生活上的事。但我没跟他谈买卖。公司在给我们培训的时候说过,让人掏腰包的事儿不能表现得很直接,得哥啊姐啊亲啊多绕他几道圈子,得弄得他浑身舒坦喽才能下手,掏钱等于放血,这么大的手术能不先打麻药吗?

生意场上，我是个黄花闺女，又是大学生，自诩为斯文人，有些事确实很羞于开口，跟人谈单子就跟落难的小姐乞讨一样，觉得磨不开这张脸。阿兰隔三岔五问我工作进展得怎样了，我说还行还行。她就充满鼓励地笑笑，说她前几天又给马老板打了电话，马老板话说得很冠冕，要我再努努力。她的眼神意味深长，像一汪潭水，我忽地打了一个寒战。

办公室的那部银色电话我足足煲了一个月，才跟马老板的关系搞融洽。有时候他还主动打电话过来跟我聊，他说，你这丫头片子活活把我这耳朵给强奸了，现在听不到你的声音，它还痒痒呢！我高声地打着哈哈，这笑声很接近公司的那些干了多年的女同事了。

马老板有时候跟我说一些荤段子。据公司有经验的女同事说，到了说荤段子的这个阶段，就说明这事就有了些希望，处于文火慢炖的微妙处，得熬。这天马老板跟我说一光棍洞房花烛夜后，新娘艰难地扶着墙出来，骂道："骗子，他说他有三十年的积蓄，我还以为是钱呢！！"这个段子委实不好笑，但我还是笑得直打咯咯，像母鸡下了一串蛋似的。我们公司公关部工作做得很细，我们人手一部工作秘籍，上面笑话经典、历史人文、旅游交通、美容养生什么都有，荤段子更是多，碰到喜欢谈政治的老板我们就得找出这样的纲领来跟他聊天。我翻到荤段子那一页跟他说，一美女作家请一风流编辑审稿。编辑斜看着美女笑曰：上半部较丰满，有两点很突出，可惜下半部有些毛躁，并有一个漏洞，水分太大。美女着急地问：那怎么办？编辑答曰：日后再说！马老板在那头笑得如打机关枪，连连说，现在的小丫头片子真是不可小瞧啊。关系到了这份上，说话就比较随便了，我便开始把他往正题上带，我跟他说我手上有一台质量很好的设备，价格也厚道，让他考虑考虑，原以为他会打个哈哈，推三阻四的，没想到他答应得倒很爽快。他说，看你这丫头片子刚刚入道，做得挺辛苦的，看着心疼，你那台设备我要了。

我笑着说，那就谢谢马老板了，那我什么时候把货发过去呢？

马老板说,别急,我过几天亲自过来查货。

这是一个阶段性的胜利。挂了电话,我心里开始欢呼雀跃,即使装了几个月的傻×也值得。我将这一消息告诉了阿兰,阿兰瞪大两眼说,是吗?有本事啊!不过,她也很谨慎,叮嘱我说,革命尚未成功,同志仍须努力。

那位马老板果真靠得住,只过了三天,他便给我打电话,说已经上了飞机,下午三点到,他还说他已经在最好的酒店"迎春来去"给订了一间包房,并说来后要请我吃饭。

饭是在洪福楼吃的,我把阿兰也叫上了。阿兰那天精心打扮了一番,眼睛还粘了假睫毛,头发也烫了,身上的衣饰也很讲究,但再怎么拾掇也经不住因生育而走了形的身板。他们应该是老相识了,见面后一双手握得紧紧的,阿兰脸上一片绯红。

服务生把菜单递上来,那马老板顺手就给了我说,小丫头片子,你点吧,点你喜欢吃的。我接过菜单说,马老板,小丫头片子喜欢吃的多着呢。阿兰接过话说,你只管点,姐今天跟你享享口福。我笑了笑,翻开菜单,从头到尾全是山珍海味,那价钱也一个比一个高。说实话,那是我第一次开那么大的眼界,以前老听别人说什么一些达官贵人吃一顿就得花个万儿八千的,当时只觉得不可思议,现在我全信了。在阿兰的催促下,我点了传说中的鱼翅、燕窝、鲍鱼和龙虾。我偷偷瞄了一眼马老板,他脸上没有一丝挨宰的神情,看来这个老头的腰包是很有实力的。我稍稍放了些心。

酒过三巡后,阿兰有些坐不住了,她开始把话往医疗设备上引,她说,马老板,听说你这次过来是专门验货的?都老交情了,您还信不过?马老板擎着酒杯对我眨巴下眼睛,仿佛我跟他是一条船上的,他说,你看,她急了,她这个人啊,心里边只有钱。马老板这么说她,毫不忌讳,可见他们确实是打了很多年交道的,那么这笔生意也就是十拿九稳了。阿兰对马老板的话毫不介意,她端着酒杯斜着眼睛说,那当然了,活了这么些年,我才明白过来,这世上唯一对你忠诚、对你好的就只有钱了,你说我心里不装着它我装谁去？难不成装你？

阿兰的眼睛虚了起来，像是蒙上了一层东西，雾一样地让人看不清。在这番话的敲打下，马老板显得不自在了，他抽了根牙签，用手捂着剔牙，红光满面、笑容可掬地说，瞧你这话说的，可别装着我啊，你年纪轻轻的，我一糟老头子，呵呵。

阿兰摇头笑了笑。马老板立起身对我说，这样吧，你拿着合同去我宾馆签字，我还有话要跟你谈谈。阿兰吐了一口气，脸上显出几许失望的神色，鬓角的头发散了几缕，有点落寞，但她还是挺着笑，说，去吧，跟马老板签个字，早点回来。

在酒店三楼长长的甬道里，我忽然有些忐忑，心里很紧张，脑子里什么样的念头都有，一浪接着一浪地涌。马老板在前边，我跟在他的后面，因为铺了红地毯，我的黑色高跟鞋一点声音也没有。我听到的是呼吸声，我能预感到一样事情，但这又是逃不脱的，可耻的是我居然有些兴奋，有些隐隐地期盼，如果真要发生什么事了，倒是一种把柄，那台器械是不会有问题的，何况这样财大气粗的老板，愁什么呢？

马老板掏钥匙开门，对我说，到了，请进。

我谨慎地迈步进去，映入我眼帘的是一张阔大的床，一套粉色锦缎铺盖，暖暖地散发着一种暧昧的气息。那一瞬，我忽然又有些后悔了，我的双脚想缩回去，想扭头顺着那长长的甬道跑下去，跑到一个干净的世界里去。但是不知为什么，我的双腿像灌了铅一样，迈不开步。我虽然想开了，可是我觉得我还没有做好准备，事情沦为交易就让人有些气短了，可是天底下哪桩买卖不是交易呢？又有什么事不是交易呢？我这三个月来付出多少心血，我把我的脑神经活活折磨了三个月，说了那么多言不由衷的话，巴结讨好。我不能就这么一跑了之，我跑不起。这事成了之后，我所得到的报酬，那笔钱可以让我过上体面风光的生活。

马老板将门推上了，还上了一道暗锁。我的脚开始往前迈，人有很多事,是身不由己的。要想人前显贵,就得人后受罪。我在心里安慰着自己。

马老板邀我在墙角的沙发上坐,他开了一瓶红酒,他一杯,我一杯,透明的水晶玻璃让我打了一个寒战。马老板挨着我坐下,说,你很紧张?我不知如何回答,只勉强笑了笑,我突然觉得口渴,当我把酒杯递到口中准备大干一口时,马老板伸出一双手盖住了杯口,他一脸笑意,说,小丫头,红酒可不能这么喝,这可是好东西呀。我愣了一下,他轻轻地晃动酒杯,红色的酒液像夜上海舞女的裙摆一样飘荡,渐渐地,一股醇厚的酒香便在鼻子底下弥漫开来。马老板的手搭在我的肩上,他说,这就叫唤醒沉睡千年的美酒。他的气息淌入了我的颈脖子,热烘烘的,他说,女人跟酒一样也需要唤醒。这种挑逗,让我的身子变得无比僵硬,我没见过什么世面,不知道如何去应付。我想推开他,可我的双手却使不上什么力。

忽然马老板将我抱了起来,我的酒杯落了下来,红色的液体无声无息地渗进了地毯里。

抵抗是没有用的,只有顺从。这行业里的潜规则,不是我一人撬动得了的。那一晚,我用咸咸的泪水祭奠了我一去不复返的贞操。

第二天,我把签了字的合同交到了阿兰的手中。她拿到之后顿时满面笑容,在一边乐去了,她并没有留意我憔悴的容颜和落寞的眼神。背转身我才明白,原来自己失去的一切,在别人的眼里是一钱不值的。

既然失去了,那应该用点什么东西补偿吧,所以我有些在意我应得的报酬了,我得用它去买我爱吃的、爱穿的、爱用的,我得尽一切来讨好我的身体,从哪丢失的,就在哪补。

发奖金的日子到了,我等来等去却没等到我的份儿。我找到阿兰说,大姐,我的钱呢?阿兰说,嗯?你什么钱?我傻了,我说,当初说好的啊,二一添作五,咱们一人一半啊,你得了二十万,我应该分十万啊。阿兰的脸像打了霜似的,立马拉得长长的,她说,哎,我说你这个人怎么回事啊,小小年纪就学会讹人钱财了啊?什么说好的啊?你拿个凭证出来让我看看。

你！我的血一下子涌到了脑门上，我气得说不出一句话，我当时真想一巴掌拍死她。但是我在冲昏了头脑的状况下，心里还是很明白的，我是惹不起她的，她是地头蛇，我是外地的，她有根在这，而我却是浮萍，我所做的一切不过是为他人做了一件嫁衣裳。

委屈的泪水夺眶而出，我冲出了办公室，这个肮脏的地方，我再也不想待了，哪怕这里堆着金山银山。

在我哭着跑出去的时候我与一个男人撞了个满怀。那人提着一个公文包，满脸严肃，一副领导派头，他训斥我，干什么，风风火火的？他的训斥一下子激怒了我，管他是谁呢，反正我不在这干了，我不端这儿的碗，也就不服这儿管。我豁出去了，谁惹我算谁倒霉。我叫嚣道，我干什么，关你鸟事？

我的吵闹声引来了公司一些员工。管销售的部门经理气极了，他指着我的鼻子说，放肆！这是董事长！

我又蒙了，在这干了大半年，今天才认识到真佛，要不是因为今天起冲突，我还不知道我们的老板是这个样子。不过这位董事长还有些肚量，根本没把我的无礼放在心上。他大抵能从我的愤怒中觉察到我的委屈。

他说，现在的年轻人就喜欢犯冷热病，在哪做事，不受点委屈的？受了委屈就只想着当逃兵，这怎么能解决问题呢？

同事们一个个都使劲点头，仿佛这样的人生真谛是才领悟过来。我扭头说，董事长，我并不是一个不能受委屈的人，可那要看受的是什么委屈。有人从后面扯了扯我的衣角，我一把将那个自以为是的好心人的手掸开，我继续说，如果是在工作中，有人指出我的不对，哪怕她骂我，我也受得起，可有些人却是霸道地欺负你，要你，那又当如何理论？

董事长被问住了，他一脸愕然，回过神来后，他问我叫什么名字。我说我姓黑，他又一愣，还有这个姓？然后他说，这样吧，小黑，你来我办公室，把你的情况跟我说一下。

进了董事长的办公室后，我便把事情跟他说了一下，当然我省去了酒店一节。我说，阿兰说好此事成了之后，按提成给我分一半，可最后她一分也没给，反说我讹她，我为了谈这笔生意，花了我那么多的精力。马老板来后，我还请他在春来楼吃了顿饭，那顿饭都花了我所有的积蓄，可到头来，我什么也没得到，您说这事搁谁心里不难受啊？

是这么回事？董事长将手握成拳头搁在下巴那儿，踱了几步后在我面前收住了脚。他说，这样吧，我让阿兰给你三七开，她七你三，毕竟马老板是她的交情。

我沉疑了一下，这显然是不公平的，但多少还能得些钱，总比刚才那样两手空空跑出去的强，见好就收。如此一想，我也就伪装着开朗了起来，人家好歹是个董事长，不能太让人家为难了。我抬起头答应了一声"好"。这个一脸严肃的董事长居然还笑了，带着那么一点怜爱的意思。这种笑跟马老板的笑有点像，我心思活络起来，至高无上的董事长对我有了那么一点点意思，这算不算塞翁失马，因祸得福呢？只是他那副尊容比那位马老板更令人恶心，可是又怎么样，我想起我们村有一位得了心脏病的老人，听人说一偏方，活吃三个刺猬心脏可以治愈，他吃着带血的、冒热气的、跳动的、腥臭的心脏，边吞咽边作呕，可还是强忍着把它吞进去了，人为了活命什么腥臭不能忍受？

阿兰还算清醒，脑子里并没有灌水。她乖乖地往我卡上打了七万块钱，并且还向我赔了笑脸。钱一到手，我全身的神经都达到了高潮。我打的直奔商场，将紧身的性感衣服买了几套，又买了几个包包和手袋，在化妆品柜台前，我将同事们挂在嘴上的兰蔻买了一大堆，我还给自己买了几件金饰。当我的银行卡在刷卡机上畅通无阻地刷刷刷时，我的心情也跟着狂欢起来。我深深地体会到，这是一个物质大于精神的时代。在这种超快感的消费中，我早已忘了植根于我身体的疼痛，忘了我是以什么样的代价才换来这笔钱的。

当我从头到脚到肩膀，一身新装走进公司时，我看到了一大堆嫉妒的绿眼。这感觉真好，像打了胜仗般。一个男同事咂嘴说，黑妹，真是你呀，有本事，一秒钟变白富美啊。我耸耸肩，晃晃头，装呗，谁不会装？人靠衣装马靠鞍嘛。

哟！这不是昨天那个小黑吗？董事长在往办公室去的时候，扭了一下脖子，这一扭就刚好看到了我，难得董事长这么早来上班，董事长很少来公司的，因为他有很多生意要打理，所以我们很难见到他。今天看起来他的心情很不错，他走了过来说，不错呀，懂得挖掘自己身上的美也是一种能力啊。不错，赏心悦目啊！董事长的瞳仁里满是我明媚的色彩，他眼神里传递出来的讯息除了欣赏外，还有别的。男人就那副德性，我脑子里突然冒出我表姐在多年前跟我说的一句话，当时年近四十的表姐夫跟个十八岁的小姑娘打得火热，表姐说，天下的乌鸦一般黑。

我点了点头，算是对董事长的附和，同时也是在心里承认表姐的话有道理。

董事长对我另眼相看，令公司的同事特别是女同事不舒服，竟明目张胆地朝我翻白眼，那白眼里满是不屑和仇恨。本来我是很恶心董事长那混浊的眼神的，可是冲着女同事们集体的嫉妒，我又暗暗期盼董事长混浊的眼神在我身上多溜达溜达。在董事长的地盘里，董事长就是皇上，女同事们谁不想受宠？受了宠位子票子全有了。

董事长进了办公室后，阿兰含着笑跑到我的格子间来，拍着我的背说，妹子，姐刚远远地看你，你印堂发亮，是要交好运的征兆啊，以后顺风顺水了可别忘记姐。

我心里冷冷地笑。我这里对她还记着仇呢，她倒大度，一口一个"妹子"叫得好像我跟她真的是从一个子宫里爬出来似的，见我茶杯干了，拿起来就朝茶水间跑，守在饮水机前用开水给我冲泡了一杯红茶。阿兰说，妹子喝吧，红茶是温性的，姐知道你每次身上来都要用热水袋敷，喝红茶对你那个有好处。我一惊，不得不佩服这个女人的心眼，的确有两把刷子，怪不得她的医疗设备脱手得那么快，看来不是如同事们所说的全是这丰腴的肉身子的作用。

刚喝一口茶，部门经理就来了，说董事长有请。高高在上的董事长请一位入行不到半年的小销售，这在公司还是头一遭。这样的高抬与器重令我很是不安，我朝着那个四周挂着百叶窗帘的董事长办公室走去，步履沉沉，我心底有种隐隐的感觉，我觉得我如山里的兽，不知道自己哪一步就会踩在猎人的捕兽夹中，被钳制得动弹不得。董事长办公室里的冷气开得很足，推门进去犹如跌在冰窟窿里。合门的一瞬间我感觉门外有几十双眼睛在盯着我，那束光照得我后背发热。

董事长捡起遥控器按了一下，所有百叶窗就跟触碰的含羞草一样收得严丝合缝，又是一个孤男寡女的世界，对于如何跟一个男人同处一室仅靠一个马老板还不足以累积经验。我木呆呆地站在董事长宽大的大班桌前。董事长满脸堆笑，一笑一脸的褶子，那脖子上的皮肤如鸡皮一样，还松松垮垮，不是靠昂贵的衬衣和大牌的定型水把头发定住，眼前这个董事长估计跟我那手握犁头的老父亲一样，就是个枯老汉。董事长招呼我坐，我坐在靠墙的沙发上，他也坐了过来。看他职位的尊卑也不顾，对我献殷勤，我就知道他的心思了。男人嘛，都是下半身的事儿。我以为会有些铺垫，像我跟马老板那样水到渠成，可是董事长一坐下就握住了我的手。我知道我是躲不开的，如果还想在这个公司里做的话，我当然要在这个公司做了，处女膜都赔进去了，这会儿谈人格尊严，谈贞洁操守有点傻。我朝董事长笑了笑，把手挣脱了。董事长又摸了过来，还得寸进尺地摸到我脸上来了。他说，年轻真好。我要是能转回去三十年，我宁愿倾家荡产，钱最不是个东西，多了尽生事儿，睡不着觉，没味。还是年轻好。

我将脸别过去，我闻到了一股老人的气味，腐朽的、热臭的气味，难以忍受。董事长有些不高兴，他说，怎么了？嫌弃我？我满脸堆笑，说，哪敢哪敢，没有没有。董事长说，没有就好，小黑啊，马老板这个人以后你就不要再联系了,还是让阿兰跟他联系,他们本来就是老交情了。董事长又说,老马说你不错,说完嘿嘿地笑。我背上顿时生出汗来,曾听阿兰提起过马老板跟董事长关系很好,无话不谈。什么叫无话不谈?马老板该不会把床上的事也跟眼前这个老头谈了吧?冲他这句不错,冲他这意味深长的嘿嘿,我心底冒出一串一串的凉气来。原来这行里什么事都是穿的。那一瞬,我希望山崩地裂,希望世界末日到来,婊子接客逢人还可以假装说是第一次,我连假装的余地都没有了。

我像一条被拿住了七寸的蛇僵直在沙发上,任由老东西的手在我身上到处游荡。董事长说,小黑,跟了我,我不会亏待你的。

从董事长办公室出来,我已经不知道东南西北了。阿兰过来去洗手间,顺便拉着我一块进去了。关了门,阿兰问,怎么了?我看着镜子里自己那张脸,红得跟枣似的,有某种不洁的嫌疑,便洗了把脸。我说,没什么。董事长说我来了这么久只卖出一台大的医疗设备,这在公司是站不稳脚跟的,再不想办法只有被炒鱿鱼。阿兰看着我,嘴角动了动,终于扑哧一下笑出了声来,说,你就装吧。他会跟你谈这?哈哈,你呀,实话告诉你吧,公司里男的少女的多,女的个个漂亮,都来得比你早,老东西那点德性谁不知道啊。刚跟你用手谈的工作吧。哈哈。

我洗白的脸顿时又红了。我酝酿了一口痰恨不得朝阿兰脸上吐去。但是我还是暗暗吞下了。阿兰说,如果没猜错,下一步就是请你暂时辞掉工作住到他的大别墅里,在大别墅里你一定要好好把握住机会,反正你也不是黄花大闺女了,不要扭扭捏捏的。

我的脑袋嗡一下像炸裂了一般。我觉得我是一个赤身裸体的人,我没穿裤子就跑出来了。我眼睛睁得跟牛眼睛似的看着阿兰。阿兰重重把我拐了一下,说,别这么瞪着我,姐也是为你好,谁叫姐以前坑过你呢?这公司里住过大别墅的又不止你一个人,有的待上一月两月照样回来上班,有的待得时间长点,半年一年的,有的更长,董事长四个老婆都是我们公司的人,都在别墅里住过,那四个狐狸精样的,都修成了正果,现在他第四个老婆也被他送出了国,移民到了加拿大,你争取成为他第五个。他特别喜欢帮助你们这些从乡下来的女孩子,他把你们这样的乡下女孩打造成阔太太他就特别有满足感,他总说他是个大善人,帮助很多人脱贫致富,他说他这个先富起来的人要带动后富起来的人。所以你还是很有希望的。姐看好你。

阿兰说着还向我举了个拳头,说了声"加油"。我蓦地觉得好笑。我扭头重新对着镜子看我这张脸,这张脸受了高档护肤品的滋润,还是显出了嫩滑紧致的虚假质感,眼眸是明亮的,嘴唇很红润,脸颊上有几颗胆大的雀斑,流露出乡野的气息,跟公司的那些女同事比起来,我不算漂亮,但我最年轻。二十一岁,女人的一段大好春光啊。我内心里念叨着"先富带动后富",委实觉得可笑,笑着笑着忽然鼻子一阵发酸。我想起高考那天,我爸骑着摩托车送我去考场,路上被一辆轿车扫了一下,我爸忍着疼痛稳住摩托让我下车。我刚下车我爸就倒了,摩托车一下压在他身上,那开车的还下车恶狠狠地骂我们父女俩瞎了眼睛,大清早的赶着去投胎,瞧这穷酸样投胎也投不到好人家。我当时举着拳头想跟那人拼了,却被我爸拦着了。我爸起身扶起摩托车,让我上车,他一拐一拐地跨上车座,笨拙地发动引擎。我从后视镜中看到我爸的脸上全是灰尘,被汗一浸成了一道道黑泥水。他提前半个小时把我送到考场,他说,姑娘,好好考,爸妈这辈子就指望你了。什么是指望?就是要有出息。什么是出息?在乡下人眼里能挣钱就是大大的出息。钱啊!

阿兰真没猜错,第二天,董事长就带我去了别墅。那栋别墅位于乡郊,前面是一片湖,湖岸边是大片大片的红蓼花,密密匝匝的,带着湖水的湿润。正值开花时节,一簇一簇的小粉花开得奋不顾身,热火朝天,像是不甘心似的。

别墅的院子里也种着许多红蓼花,这种乡野的花,城里人谁稀罕?专门开辟出这么一片来种这种花只有乡下人才这么干。我想准是他的前任太太们干的，阿兰不是说他的前任太太们都是乡下女孩么？别墅里除了我，还有佣人徐嫂和一只白狗阿福。我们就像董事长的几件道具，被他安放在各自的地方。

夜终于来了，徐嫂将洗澡水放好后就带门出去了。董事长说，去洗吧，等会看你的表现。说完他仰头喝了一大口水，像是吞药丸的样子。浴室在卧房的一角，全是透明的玻璃，无遮无挡，我将衣服脱光了走进去，跌进温热的浴缸里，看着床上躺着的松散的老男人，我的眼角有一丝泪。我有出息了，我爸妈用大把大把的血汗钱把他们的指望送进大学，送进城市里，送到有钱人的床上，我爸妈供出了一个婊子。呵呵，这多么可笑。

擦洗身子的时候，我感到不自在，但想到公司那么多的女同事都住过这别墅，她们一定也像我这般擦洗过，这样一想我就不觉得难为情了。

快来快来，小黑。董事长热情地在床上为我腾地。他抱着我，像土狗啃骨头一样啃我。那股腐朽的气味从他的鼻子里、嘴巴里和汗毛孔里喷射出来。我的脑海里又浮现出老家那个患心脏病的老头活吃刺猬心脏的情景来，边呕吐边吞咽，我就这么看着他把三颗活蹦乱跳的刺猬心脏吞下了肚。

乡郊的夜如死了一般寂静。叽叽叽，我忽然听到一种叫声，像虫鸣也像鸟叫，仔细听了听，是刺猬，叽叽叽，这种短促但又清亮的叽叽声是刺猬独有的叫声。是的，是刺猬。月亮升起来了，我感到窗外那些红蓼花在月光下蓬勃地酿造香味，那浓郁的熏人的花香透过窗缝墙缝瓦缝钻进我的鼻子里。这花作妖作媚的有迷醉人的本领，老家人用它制作酒曲来酿米酒，吃上两三碗头就发晕。

董事长将我的双腿高高地架在他的脖子上。我扭过头看着窗外，我看见许多的刺猬，它们从不远的湖水里爬起来，从红蓼花丛里爬起来，从山上的树林里爬起来，它们从四面八方爬起来，这些褐色的像老鼠一样的家伙，它们一齐叫着，叽叽叽，叽叽叽，它们穿越马路，穿越院子，它们向别墅逼来,它们身上的针尖一根根张开,我嗅到一股血的味道。月光从云层里跳出来,我清晰地看到那些刺猬每一根刺上都插着一枚心脏,跳动的、冒着热气的、散发着腥臭味的心脏……

可是,我看到的是有几只刺猬钻出了花垄,它们伸着头,望着天上又红又大的月亮。这景色委实太美了。我痴痴地看着它们,看着红月亮下的它们,仿佛是一篇童话。

▶ 发表于《长江文艺》2014年第2期

# 周鱼的池塘

◎文非

那是一个阳光好得无法挑剔的早晨,我被父母的争吵声吵醒。

母亲坐在床沿黯然垂泪,父亲醒来不久,眼角凝结着一朵朵橘黄色的眼屎,浓密的络腮胡上还残留着点滴的呕吐物,脸膛上乌黑的煤印子并没有盖住他的不快。他用粗壮的双手反枕在脑后,眼睛一动不动盯着屋顶。

"喝不死你……等她们嫁出去后咱们就分开,我没法想象和一个酒鬼过完下半辈子是怎样一种折磨!"母亲泪水汹涌,口气决绝。

母亲这句话我听过无数遍,我相信父亲也听得耳朵起了茧,一定是不以为然了。一个人天天把一句话挂在嘴边唠叨,谁又会去当真呢?

"走吧,走得越远越好,老子还不稀罕!"父亲有点讥诮的味道。

我对他们日复一日毫无新意的争吵并无兴趣。我爬起来趴在窗户上,看见三姐周鱼扛着铁锹钉耙正要出门,白亮锋利的耙钉在阳光下一闪一闪,几乎刺痛了我的眼睛。我转身嚷了起来:

"看,她又去挖了。"

父亲用手肘撑在床上探起了身子望了望窗外,含混不清地咕哝了一声,随即又躺了下去。

"你应该去阻止她。……萨拉家给的钱越来越少,再不行人家就得雇别人啦。"

母亲说得没错,昨天萨拉家已经雇了一个黑鬼抓鱼,可这家伙的水性哪里比得上周鱼,腿短脖子粗,潜下去四五回才捞到一条巴掌大的鲇鱼。酷爱吃鲫鱼的萨拉家的老爷子气得拿拐杖笃笃地拄着地皮。

"随她去吧,反正她有的是力气。"父亲咕哝了一句,翻个身又闭眼睡去。

那个大坑已经挖了一段日子了,谁也不知道周鱼要干什么,倒是母亲给出了一个恶毒的解释:大坑是哑巴周鱼为父亲准备的,父亲随时会有喝趴下的可能。母亲每次这样说着的时候,父亲就笑,露出一口白牙。父亲根本没有把母亲的话放在心上,更没有去阻止周鱼,只要她出门捞鱼并给他换来每天的酒钱就足够了,其他的事情由她去吧——一个脑子有问题的哑巴,你还指望她能干些什么更有意义的事情呢?

隔壁屋里大姐和二姐正在为什么东西起了争执,声音一声比一声高。母亲擦干了眼泪,丢下我和父亲赶紧过去解围。

我拎着水壶找到周鱼的时候,她还在灰头土脸地挖,像一只勤快的土拨鼠,吃力地把挖出来的泥土一筐一筐运到很远的山脚下。我不明白周鱼为什么要这样做,难道她要挖一个巨大无比的坑?

"三姐,她们都说你在做一件蠢事。"我盯着周鱼的脸,语气充满了讨好和巴结,我想证实这个坑到底和父亲有没有关系。

周鱼并没有理会我,钉耙抡得老高,一阵金属吃土很深的钝响不断从坑底升起,这种声音在夏日的晌午显得异常沉闷,未及传远便被炽烈的太阳烤化了。……钉耙像是遇到了一点阻力,发出金属与坚石铿然碰撞的声音。周鱼停了下来,摊开满是血泡的手掌,舔了舔干裂的嘴。我为周鱼的轻慢有些生气——当然她对谁都这个样子,傲慢而冷漠——我眯缝起双眼,犹豫要不要把手中水壶给她的时候,周鱼却弓身爬上来拿过水壶咕了个精光。我的目光并没有从周鱼挂满浊汗的脸上移开,我在等待她告诉我答案。周鱼把水壶哐当丢在地上,张开细长的双手箍了一个圆,然后交替前伸做了一个划水的动作。

"池塘——"我惊叫了起来。

周鱼不置可否,放弃刚刚挖掘的地方,转身向另一个土质相对松软的方向开挖。

大姐和二姐也来围观了,听我说是挖池塘,她们看上去很是失望。

谁都知道,哑巴周鱼是个不受欢迎的人,除了依靠长臂徒手抓鱼,几乎没有什么出众的地方。令人嫌恶的是这个并不安静的哑巴给人们制造了不少麻烦和恶作剧,人们显然是无计可施。不过话又说回来,谁又会去和一个可恶的哑巴理论?那样非但讨不来正义,反而有失体面,所以在遭受麻烦的时候大多数人选择了容忍。现在,哑巴周鱼要为自己挖一个巨大的池塘,这听起来有点疯狂,但不失为一件好事,因为人们摊上的麻烦事似乎越来越少。

眼下,那个锅形的池塘已经比前些日子大了许多,由于池塘的一头正处于一片山脚下的低洼地,土质相对松软,且靠近河边,池塘里面很快就有水渗了出来。二姐正在为紫色裙子上溅上了一点泥水而大喊大叫。周鱼像是被吵烦了,摆脱了脚下泥水的纠缠,从沟渠边扯了一把草要来替她擦洗,二姐尖叫着跳开。大姐护着自己的碎花裙笑得前仰后合——几个小时前,她还在为没有得到那条紫裙子而心生懊恼。

你是知道的,大姐二姐花样翻新的裙子是那个神秘的布匹商送来的,每年夏秋两季,戴着礼帽的布匹商来得比较勤,最近一次来是一个月前的入夏。那天,布匹商和往常一样,嘚嘚地骑着马悠悠而来,丁零零的铃声洒满一路。他把马拴在房前的枫树上,隔着竹篱和母亲攀谈。母亲脸上始终微笑着,专心倾听客人唠叨他的伤心事。他说他在城里开了爿布料店,原来一直是孩子和妻子在打理,妻子去世了,他不得不放弃悠闲的生活帮助孩子照看生意,当然他也仅仅是骑着马给路远的老主顾送点布料……说完他卸下马背上的布料,像老朋友一样进了房间。二姐嘱咐我给马饮水,吩咐周鱼去割草,随后便和大姐迫不及待地进了屋。

那真是一匹好马,我敢打赌你从来没见过那么漂亮的马,通身白亮,体格健壮,那一双眼透出说不尽的温驯和悠远,最有意思的是脖子上的那一串闪着光泽的铜铃,不时发出细碎的响声,好听极了。我提着半桶水远远地站着,我担心它粗壮的蹄子把我的脑门踢开花。

"它早就把你当作朋友啦,勇敢点小伙子!"布匹商站在窗前双手抱胸微笑地看着我。我壮着胆子把水桶放在马跟前,趁它嗞嗞饮水的当儿,我摸了摸它的后臀,摸出一手的光滑。我有些得意地扭过头,布匹商却离开了窗前正和母亲聊天,大姐和二姐则在一旁挑选布料。布匹商嘎嘣嘎嘣地咬着红薯片,笑眯眯地盯着母亲的脸,那样子看上去并不像妻子死了不久的男人。母亲被看得有些不好意思,慌慌张张把一瓶羊奶打翻在地。

在父亲回来之前,母亲非常有礼貌地把布匹商送出了家门。

布匹商每次留下的布料,将大姐二姐点缀成了翩翩蝴蝶,来我们家提亲的人多得踏破了门槛,他们多是本地的伐木工、货车司机、小职员和煤矿的小老板,可母亲一个也没看上眼,她改变了主意,决意要把女儿们嫁到山外去,并将物色人选的事情托付给了布匹商。

"我不能保证你们的酒鬼父亲将来不给你们制造麻烦,这对你们来说不公平。"母亲说,"所以,你们走得越远越好,我们已经受够了。"

这话不知怎么就传到了父亲耳朵里,父亲却不以为然。他从来没想过自己的女人和儿女们会离开自己,这听起来有些荒诞滑稽。他关心的是眼前的事情——矿上那个可恶的工头搜出了他藏在井下的酒,他发誓连瓶盖都未曾拧开,可该死的工头不容分说还是将他撵了出来。丢了工作,酒馆又赊下了许多回酒钱,这实在让人懊恼,他不晓得怎样去和母亲说。当然,这对母亲来说是一件非常不幸的事情。

走投无路的父亲悄悄拿走了母亲藏在房梁吊篮里的钱,父亲这个不够理智的行为累及我们姐弟几个,也令他的隐情彻底败露。

争吵不可避免地爆发，说是争吵其实很勉强，自始至终都只有母亲一个人的责骂声。母亲的伤心是可想而知的，那些藏起来的钱，她是预留给某个不留情面的债主的，还有那个有意思的布匹商，说不定哪天就会不期而至，虽然说布料是送给我们的，可多少总得给一些钱，否则她真是有些过意不去。现在一切都成了泡影，父亲没了工作，生活将成为令人头疼的问题。

伤心欲绝的母亲带着我去找周鱼，她已经不能容忍哑巴这种不可理喻的行为，父亲丢了工作，必须有人来分担。

"这些没有良心的讨债鬼，就晓得张嘴要吃，不晓得老娘的艰难……这日子怎么过啊！"母亲边走边唠叨。她的怨言越来越多，终日愁云笼罩，总能看见她隔着篱笆泛着眼泪和那些长于嚼舌的女人诉说自己的不幸，回到家又厉声地叱责着她的牛羊。

"妈，你真的会离开我们么？"穿过阳光斑驳的竹林时，我站住了。

母亲并没有发现我没跟上，她边走边说："我不知道，你不要问我这些，我已经够难受的了。家里已经吃不上小面，就连萨拉家的几个小钱也得不到啦，债主却是越来越多，可你们的爸爸并不知道这一切。……我得尽快把你的姐姐嫁出去，否则真是生不如死。"

周鱼并不在，铁锹钉耙和土筐等散落在坑底。四周很静，烈日下隐约听见地里豆荚炸裂的声音，一声又一声。空气中飘荡着新翻上来的泥土的味儿。我估摸周鱼八成是在竹林里睡着了，那一块浓密的竹林是她歇息补充体力的好地方。

"周——鱼——"

我沙哑的声音像折翅的飞鸟，没飞出多远便前赴后继栽倒了下来，对面远处竹林没有半点动静。

母亲沉着脸从缓坡下到坑底，扛起铁锹钉耙拉着我往回走。在接近竹林时，我看见周鱼悄无声息一阵风似的向池塘边跑去，那不断摆动的双手,使她跑起来像极了长臂猿。

漫长的雨季提前来了,周鱼的池塘还未完工,繁重的家务让她顾此失彼。接连下了几天大雨,池塘蓄满了雨水,岸边还未修好的木船都漂到池塘中心去了,显然是没办法继续再挖了。周鱼只得作罢,她从萨拉家的鱼塘捞来一些鱼苗放入池塘,在岸边栽上塘藕、水葫芦和茭白。她甚至找来了许多木板和石块,在池塘边上搭起了一个小木屋,小木屋门口用篱笆扎起一条长长的甬道,直通竹林那边起伏而来的大路。

每个打池塘边路过的人,无不为哑巴"荒唐而不寻常的作品"而惊讶。有许多人不禁喜欢上了这个幽静的所在,可以想象,来年春天的时候会是怎样一番景象。

趁周鱼去为萨拉家捕鱼的空隙,母亲和父亲一同去看过那个池塘。他们站在黄昏的甬道上,打量着斜阳下金色的池塘,长时间没有说话。父亲提出要进小木屋看看,母亲返身走了,她嫌里面阴暗潮湿。

这一天,周鱼扛起了自己的铺盖和简单的衣物朝池塘方向走去,没有人知道她将要干什么,她总是做出一些令人瞠目结舌的事情。我跑去告诉母亲。母亲捅着腰眼从羊群中直起了腰身,看着周鱼瘦小的身子渐渐隐入池塘边的竹林:"让她去吧,少了一口最好,家里没有多余的粮。"

父亲和母亲爆发了一次最为激烈的争吵——父亲怀疑是母亲赶走了周鱼。母亲反过来指责父亲溺爱哑巴。父亲气咻咻地去了小木屋,没过多久依然是一个人回来,父亲说她"执拗得像一头小母牛"。

不幸的事情像眼下冰冷的秋雨没完没了,布匹商却在这样的鬼天气来到了我们家,他高声叫着母亲的名字,然后把马系在枫树上径直进了屋,连马背上的布料都未来得及卸下。突然来了尊贵的客人,母亲慌了手脚,吩咐我去把大姐二姐寻回来,我并不情愿,快快而去。待我转回来时,却在路上碰见神色慌张的母亲,她说门前的白马丢了。……这是一件很蹊跷的事情,我离开半个时辰不到,马就没了踪影,湿冷的地面上连蹄印子都没找到,布料却挂在树上。

布匹商只有自认倒霉而没有选择报警,这只会给自己带来更多的麻烦,他只是希望在父亲回来之前赶紧离开这个是非之地。他看上去并不是很沮丧,或许从母亲那得到了意外的东西,他轻松地和母亲告别。母亲一直在道歉,她甚至拿来她背着父亲藏了很久的一坛老酒给了客人,也许这样做她才会好受一些。

霉运似乎随着漫长的雨季而结束,这个阳光久违了的日子,母亲收到了两笔彩礼。中秋后不久,大姐和二姐就嫁往山外去了。布匹商介绍的两位外地人年纪虽然大了一点,但家境却是殷实。大姐二姐的婚事父亲一直是反对的,但女人们的坚持让他感到自己的处境似乎有些不妙。

你是知道的,大姐二姐出嫁前的那段日子是我们姐弟几个最快乐的时光,即将出阁的大姐二姐突然对家里人好了起来,她们给我买来了变形金刚和铁皮青蛙,给父母分别买了冬衣和烧酒,这是我们一直想要的东西。她们还破天荒地把之前穿过的裙子给了周鱼。可周鱼并不领情,我想周鱼拒绝得有道理,因为你没法想象,那色彩艳丽的裙子穿在瘦小的周鱼身上会是怎样一种滑稽的模样。

中秋的晚上,周鱼不肯过来和我们团聚,大姐建议去塘边赏月,母亲破例同意了这个看似有些浪漫的提议。明月升起来的时候,我们将果品移到船上,一桨一桨向池塘中心划去。大家的心情看起来都不错,母亲始终微笑着,大姐二姐谈论起相亲的趣事,高高低低的声音被晚风送出去很远,说到关键处,忍不住笑得微波荡漾。远处,一两声短促的泼剌,漂在水面上的月亮碎了又圆,圆了又碎。父亲则靠在船头独自呷酒,倒映在水面上的身影有些模糊潦草——自从丢了工作后,父亲变得颓废了许多,内心似乎藏着许多不为人知的苦闷。谁也没去留意父亲这些糟糕的变化,更懒得去多想。

············

在一个微雪的早晨，母亲带着我离开了家，除了一缸酒和一张字条，母亲没有再给父亲留下任何东西。……你说得对，那个出门习惯戴礼帽的布匹商成了我的继父，我和母亲从此过上了无忧的幸福生活，我的两个姐姐也离我们不远，她们时常过来和我们团聚，其乐融融的情景让人觉得一切都很圆满。我深知这种生活来之不易，不敢做半点忤逆母亲意愿的事情，虽然在大街上遇见某个蓄着络腮胡的醉鬼就会想起父亲的模样，但那稍纵即逝的闪念，并不影响我一天的好心情。

时间如水一般向前缓缓流淌，二十年过去了，我已为人父，一些内心的东西在悄悄地发生变化——我想回去看看，只是看看，内心谈不上有多想念。

并没有费多大周折我就到了，出人意料的是房屋已成蕤蕤的野草所覆盖的断壁残垣。我哑然了，心底有东西轰然坍塌。我忘了家乡几年前曾遭遇过一场地震，其时我还为父亲和周鱼真切担心过，可后来……后来接踵而来的麻烦事把心底的担心冲得一干二净。我满怀懊恼和羞愧，无颜向邻居打听这满眼荒芜背后曾经惊心动魄的一幕。

离开前，我决定去看看那个池塘。

完全不是原来的样子。婷婷的荷叶、摇曳的茭白以及四周深翠的树木将池塘托出一派生机盎然的景致，金色的水面，有鸭子在嬉戏。通往小木屋的甬道上苔藓点点，一种若有若无的酒味被风送了过来。……我的心怦怦怦剧烈地跳动起来，在甬道上几欲止步。

一个佝偻着身子脸庞消瘦的老人，正靠在窗户边的阳光下小口小口地呷着酒，老人哆嗦的手看起来不是很灵便，稀疏枯槁的胡须上悬着几滴闪着光芒的酒液，阳光中有微尘在轻舞。我颤声叫了一声"父亲"，父亲缓缓抬起头，并不感到意外，一句淡淡的"回来啦！"便没有再吭声，仿佛是刚刚出门的儿子回来了。

我在山中木屋住了七天，这七天和父亲并没有多少语言交流，晚上父亲挨上床板就鼾声骤起，我却在纷纷扬扬的蛙声中无法入睡。白天，父亲不断地给我准备丰盛的饭食。他用颤巍的手教我在池塘边用网兜捕鱼，用蚯蚓钓黄鳝，教我割茭白挖莲藕，最有趣的是晚上捉青蛙，那些潜伏在池塘边的青蛙，被手电筒照见了呆呆的束手就擒。这是一段短暂而美好的时光，我没料到在出走二十年之久后我和父亲还能找到这样一种简单的快乐。这些日子里我们都没有提到母亲，就像和母亲在一起我们都从未提及父亲。在享受池塘馈赠的那几天，我也断断续续从父亲口中了解了一些他们过去的生活。

其实我已隐约猜到了，父亲在我们走后也搬进了小木屋，为此他们在突如其来的地震中幸运地逃过了一劫，这似乎暗合了某种不可捉摸的命运。哑巴周鱼侍奉着孤苦的父亲，日子并没有人们担心的那样艰难——四季变换的池塘就像一个取之不竭的聚宝盆，足够他们维持生计。

变故发生在我们离家后的第十七年，习惯了被人照料的父亲看着临水梳头的周鱼，忽然觉得应该给她说一桩亲事。父亲想到这一点的时候，周鱼已近中年，两鬓已现白发。父亲为自己的自私和疏忽而愧疚，他说他"永远无法原谅自己"。周鱼并不配合，父亲拿她一点办法也没有。也许是父亲旷日持久的痛苦和内疚令她感到不安，周鱼最终还是答应见了几个男人。这些男人多是本地的鳏夫，他们无一例外被周鱼一脚一脚揣进池塘。望着呛水扑腾的男人，周鱼摇摇头扬长而去。

这种恶作剧式的相亲方式令人避之不及，也令父亲大为恼火。

在父亲准备物色新的人选之际，我的三姐周鱼莫名其妙地失踪了。周鱼的失踪几乎击垮了父亲，他形容枯槁，整日酗酒夜归，不止一次醉酒跌落池塘，奇怪的是每次都是有惊无险——父亲每件衣裤的内侧都早已被周鱼缝补了大块的漂浮泡沫物。

三姐周鱼去了哪里，至今还是未解开的谜。比较一致的说法是失足掉进了鱼塘，可这是一种毫无依据的猜测，并无目击者，再者周鱼水性那么好……除非是沉塘自杀——她是如此喜欢这个池塘。想到这种可能,我禁不住浑身战栗起来。

我希望有个结果,让三姐入土为安。父亲并不支持,他说他在等,在他看来周鱼只是和家人一样出了趟远门,或者根本没走远就藏匿在附近,说不准哪天就都会和我一样突然出现在他面前。

离开父亲返城前,我雇来了几个人和一台抽水机。天气再好不过,抽水机突突的马达声打破了池塘惯有的宁静,匍匐在草丛、睡莲上的青蛙纷纷钻入水中,模糊了水面上的天光云影。池塘边挤满了看热闹的人,人们表情轻松地历数水底下的亡人曾带给他们的种种麻烦,也有一些上了年纪的人叹息着起了怜悯之心,他们追根溯源,将这一切不幸归咎于酒鬼父亲:若不是醉了的父亲将刚出生的只有鲤鱼般大小的周鱼抱起来,若不是好动的周鱼从父亲怀中滑落,周鱼何至于会落得眼下这般境地。

我的父亲没有走出他的小木屋,我看见老人伛偻的身影不断地在窗前晃过。

塘底的水一圈一圈瘦下去。在一阵短促的惊叫声中,人们先是看到几根类似肋骨的骨头顶着零星的水草慢慢露出水面,我心里痛了一下,绝望地闭上眼——耳旁继而响起一阵轻慢的喧哗——我睁开眼,分明看见一具硕大的马骨骼,一半陷在淤泥里,一半向上裸露着,马头那黑洞洞的眼窟窿,填满了惊恐和绝望。

▶ 发表于《星火》2014年第3期

# 羽　毛

◎王芸

今天的治愈课是看电影——《悲伤电影》。电影是乔麦推荐的。按照乔麦的理论，看电影是一种基于移情的有效心理治疗途径，让人沉浸在别人的故事里流泪、欢笑、愤怒，泪是你的，笑是你的，怒是你的，但电影里的故事丝毫不会撼动你的生活。你是安全的，在故事之外。

"人的幸福感是在对比中产生的"，正是基于这一理论，乔麦推荐的电影都与生活贴肌贴肤，无外乎两类：悲剧或喜剧。前者让你感慨"我们比他们幸福"，后者让你感叹"有什么理由不多笑笑呢"。

电影不错，看到"分手代理"河锡站在辉灿妈妈病床前，说出小男孩辉灿的委托语："辉灿不想离开你，珠荣女士……"，在场的四个人哭得稀里哗啦。满屋子嘤嘤的抽泣声，一直持续到片尾。

宋羽关上屏幕，按亮灯，四个人照例围坐在一起，聊聊，并不聊刚看的电影，而是各自的生活，最近遇到的难事、破事、乐事、傻事、丑事。电影只是一味药，药效自会在每个人心里弥散，即使聊，她们这几个人也聊不出多大的深意。八年时间，来一些，走一些，最后就剩下这么几个铁杆成员，性情各异，层次参差，却像随着时光机不断扭绞的几股绳，也像陈姐手里总没断过的毛线活儿，越绕越紧，越绕越长。每月固定有两天，是她们抱成团绾一个结的日子。别看这一个个结，让看似漫长得没有尽头的时间被隔成了一段一段，日子就没那么难熬了。

闲聊会照例由宋羽主持和记录。她一握起笔，屋里就安静了。花瓶里那束野菊花在灯光下散发着清寂的气息，仿佛不肯跟这屋子里的一切妥协。这是她上周末在梅岭采的。关一芹每次看见这瓶里的花，就说太寡冷、太隔涩了："你这屋里要摆那种热烈点的花，活泼点的花，颜色像我这衣服一样鲜亮的花，养眼养气养心，知道吧崽。"她总说"下次给你带束花来"，又总是进了门看见花瓶才想起来。

只静默了几秒，关一芹攒动两眉，咧开大嘴："干脆，我先来段新学的肚皮舞，热热场子吧。""又学新手艺了？""是啊是啊，活到老学到老嘛。""难怪关妹今天一拐进巷子，那动静就震了满街的人。"

"嘟样，陈姐看见嗲？""关妹，你那随身听放的晒哩音乐？印度的？那个闹腾。加上关妹那身打扮，黑礼帽，卡腰马甲，大红满花撒腿裤，从巷口轰轰烈烈地走来，啧啧，那气势。回头率百分之百。"

关一芹低头在解马甲，有颗扣子新补的，大了，费老大劲才从扣眼里挣脱出来。她脸上始终挂一团骄傲又羞涩的笑，这时猛地抬起头，两朵眉毛攒得像山峰那么高，双手含住劲，牵住马甲往外一展，"哇——"，其余三双眼睛都定住了。

一截白白的肚皮，带着颤动的肉感，在舞服、舞裤间喷薄欲出。舞服、舞裤被撑得满满实实，上面缀满了晃人眼睛的亮片、珠串，关姐两手扶腰，将身子抖一抖，它们就像无数小波浪在大红底色上翻滚，缭乱而热烈。就在大家转不动眼珠之时，一阵异域风情的乐声轰然炸响，涨得狭小的空间快要裂开来。一团红影子带着一道醒目的亮白，开始抖动起来，小波浪们争相搅起一股股细小的旋风，空气瞬间变得热气腾腾。风越来越密，越刮越紧，直逼得屋里的人感觉快呼不过气来，不知是谁先鼓起掌，接着噼噼啪啪响成了一片，缭乱地击打着节拍。

乐声戛然而止，一个优美的谢幕动作。大红海洋上的那抹白浪花，还在起伏汹涌，满身的小浪花也在雀跃欢腾。细密的汗珠从关一芹的额头、鼻尖上渗出来。

"关姐，学多久了？""今天第六天，这里完事了，我还要去上课。"关一芹拿毛巾抹额头，抹脸，再抹抹还在颤动的白肚皮，"据教练说，不消一个月，这里就平坦如平原了。"说完咯咯咯笑起来，白浪花和小浪花们又起劲地翻涌起来。"陈姐，最近在游吧？"

陈小凤手里的棒针停了停，撩一下线团，一黑一绿两股线，像是一件毛衣，织了有半截身子。"没。"

"怎么？"几个人的眼睛都聚到她身上。"队里的老方刚走了。"

几个人的目光收回去。关一芹拿手摩挲着那颗硕大的不肯乖乖就范的纽扣。朱春花眼睛盯着地面某处。宋羽将目光落在一朵菊花上，花瓣似乎少了两片，留出一个小小的豁口。

还是关一芹打破静默："哦，就是你说的那个身体特棒，可以不歇气游上两个小时的老头？""游泳出的事？"朱春花的声音像她的人一样细小，让人很难想象当年她是怎么将水果刀插进窃贼身体的。

"不是。"陈小凤慢慢织起来，一黑一绿两股线绷得直直的，在灯光下抖动着，"那天他比大家都游得久，上岸还说不过瘾，说秋天是最好的游泳天，天地爽阔，走的时候自行车骑得像风一样。谁也没想到。"小指钩挂着两股线，弯弯地定在半空，"说是早上才被人发现，摔在卫生间里，灯亮了一夜，热水器的排气管一直冒白汽，邻居叫门没人应，报了警。医生说是心梗，可怜一个人……"棒针又缓缓地一进一退，小指轻微地颤动，一黑一绿两股线绷得笔直。

一线呜呜声像从暗处游出的蛇，朱春花拿手掩面，腰身窝下去。从宋羽坐的地方看过去，她的身体像一个微微颤动的反 C。关一芹走过去，伸出手搂住她的肩膀。宋羽眼窝酸胀，紧紧地盯着那朵菊花，仿佛时间久一点,目光就可以将豁口补起来。

空气里只有一线压抑的呜呜声和棒针撞击的轻响,没有人说话。按照乔麦的理论,这时候不要劝,也没法劝。让情绪该来的来,让眼泪畅快地流,比淤塞在身体里好。

朱春花又陷入了失眠周期。失眠已经成了她这辈子摆脱不掉的病毒,情况最好的时候,她每晚可以勉强睡上四个小时;情况不好的时候,整天整晚都清醒异常,即使睡着也是浅睡眠状态,被荒诞的梦境分割得七零八碎。

她尝试过很多种方法,中药、西药,正规医院的、乡野游医的,科学的、迷信的,庄重的、稚气的,都不管用,没法将这病毒从她身体里清除干净。是宋羽将她介绍给乔医生的,乔医生说很多人治愈不了的失眠是一种心理疾病,她知道,也相信,却无法改善。

了解她经历的人都能轻易指出那个根源,可帮不了她。按照乔医生的理论,所有的心理病症最终只能靠自解,只有自己才能解救自己。对于那个根源,大家只知道个大概,惊心动魄的,血渍模糊的,但所有的过程、细节、影像、声音,只存储在朱春花的身体里,它们在时间的绵延中繁衍着一种叫失眠的病毒,时疾时缓,不知疲倦。

除非删除记忆,否则这辈子她都无法摆脱这病毒。这就是朱春花的绝望之处。

乔医生也尝试过很多种办法,最后对她说:“你还是去找宋羽吧。助人自助,比单纯地寻求心理帮助有效。”于是,她在这个最初被命名为幸存者联合会的团队扎下根来,转眼八年。

除了宋羽,她比其他人资历都老。她们共享彼此的伤痛,其实伤痛是比幸福更强力的黏合剂,很多人就是在疗治伤痛的过程中走向彼此,仿佛是伤口分泌的汁液将他们黏合在了一起。果真像乔医生说的,在感受别人的伤痛时,她自身携带的伤痛就会减减速,有了缓冲的可商量的余地。

"你跟我去参加公园的空巢协会吧,大家彼此做伴,唱唱歌,跳跳舞,下下棋,打打牌,说说话,挺好的。人在这世上不能少了伴,你看我,这么多年幸亏有关宇,都说他是我一辈子的负担,我可不这么认为,很多时候,我们以为是孩子需要我们,其实是我们需要孩子,年纪越大越是这样……"关一芹的热和劲儿感染过她,可到了她身上却存不住,怎么也暖不了她的身子、她的心。

大家都热心给朱春花介绍过对象,她先是一口拒绝,后来口头上松动了,好不容易去见了面,还是摇摇头作罢,也说不出个理由。她口拙。年复一年,她还是一个人。最难熬的是夜晚,她总是在店里待到很晚,等周边的店铺都打烊了,灯一盏盏熄灭,马路上看不见什么人影了,才慢吞吞地将门外的东西清进店里,一样一样仔细地码放好,慢吞吞地拉上铁门锁好,陪着地上忽长忽短的影子,慢慢走回家。有时候,她干脆歇在店里,天不太冷的时候,在地上垫几张纸壳,一床被子半铺半盖,反正一个人,反正睡不踏实,睡在哪里都一样。

可是,虽然从心里拒绝回到那间除了暗影还是暗影的屋子,若一天两天不回去,她却又会莫名地感到心里又空又慌,仿佛那里被挖掉了一块。她算错账,拿错东西,摔了茶杯,烫伤手,碰到腿,扭了腰。晚上躺在地铺上辗转难宁,于是,只好叹息着,她又爬起身来一步一挪地将自己带向那个地方,仿佛某种听不见的召唤。

所有人都劝她搬家,她也下过决心,可一天天过去,她还住在那里,甚至连屋里的东西都不曾改变过。这样不需要费任何气力她就能回到从前。让盐水一遍遍渍过伤口,也许总会有一天,你不再感觉到疼痛。果然,在无数次眼泪漫漶、痛不欲生之后,她终于可以平静地面对熟悉的一切,如同她和失眠开始和平共处,接受了彼此,容纳了彼此。

"你不必用折磨自己来自我惩罚。那不是你的错。"乔医生对她说。

"我没有……"她哽咽着,继而号啕大哭。

有一段时间，她希望用眼泪淹死自己，却发现一个人根本没有那么多的眼泪，即使她心里悔死了，也流不出足够多的眼泪。她在心里琢磨各种死法，她想尽快和他们父女会合，是宋羽拉了她一把。宋羽在报上看到报道后，主动找来，敲开了她家的门。她以为是办案的警察，她在等窃贼落网的消息，她想知道他是死是活。门外站着一个高高瘦瘦的陌生女孩，在她没来得及关上门之前，女孩说"我是幸存者联合会的，我知道你需要帮助"。

活动前一天，宋羽打来电话让她做好登山的准备，第二天的活动内容是爬梅岭。每次，她情绪波动、失眠病毒烈性发作的时候，宋羽不会关切地问什么，却又总能觉察似的，安排大家去郊外爬一次山。让阳光晒一晒天天窝在小店铺的身子，走出一身透汗，腰腿酸疼得不像是自己的，也许，她就可以睡一个难得的好觉。

"跟我去跳肚皮舞吧。"关一芹还沉浸在跳肚皮舞的热情里，腰上挂的随身听放着喧腾的印度舞曲，走几步扭一扭腰身。她真羡慕关一芹身上的活力。不知不觉，她也笑了出来，说起自己头天算错账的丑事，顾客给了二十，她倒找给人家四十多。陈小凤难得地放下了她的毛线活计，穿一身精神的运动装，说是女儿特地给她买的："我家附近要有这么个店主，我肯定天天光顾她的店。"

不时有年轻人骑着自行车从旁边驶过，也有三三两两的爬山者越过她们，她们不疾不徐地往前走。宋羽走得快，将大家的水杯都塞进自己包里，每走一段就停在路边等她们。朱春花知道，她和男友以前都喜欢户外运动，一起徒步走过很多国内知名的大山峡谷。她男友失踪后，"户外"成了一个她不愿碰的词。

关一芹将路边的野花插在发丛里，东插一朵西插一朵，咯咯咯笑着："瞧瞧我这疯婆子！"

朱春花和陈小凤落在最后。"去游了吗？"朱春花知道陈小凤是在陪她。虽然她的年龄比关一芹、陈小凤都小，却是体力最差的一个，关一芹是成天不动不得活的人,陈小凤可以随意在水里扑腾,枯水期还横渡过赣江。

"还没呢,昨天刚送走老方。大家还没心情游。不过没事,已经约了下周三在江边聚。到了这个年龄,对什么没个心理准备啊。"陈小凤笑笑,朱春花看到她鬓边的花白,像一朵背光的菊花嵌在发丛里。"你知道的,这帮人如果不在水里泡泡,骨头都会痒疯的。要不,你也来试试?"

朱春花低下头,露出满脸羞怯:"不了,我还要顾店。""也不要太辛苦,小宋说上次你给孤儿院的孩子买了不少玩具和书。你自己也过得不容易,我和芹妹日子比你松敞,下次记得叫上我们……"

"银杏! 银杏! "关一芹突然兴奋得像个孩子,冲着她们直招手。转过弯道,一树银杏被阳光照得通体灿亮,耀眼的金黄鲜亮了一山的景致。

"陈姐不是在去游泳的路上,就是在织毛衣。"这是关一芹总结的。确实, 这么些年陈小凤不知织了多少件毛线衣毛线裤毛线袜毛线帽毛线手套,它们一经完成就离她而去,陪伴不同的人度过秋冬。即使大暑天,一双手汗涔涔的,毛线涩涩的直挂针,陈小凤还是在织啊织。

原先她靠这个补贴家用,后来进了电厂有了稳定的收入,她还是放不下这个,手闲着也是闲着,而且手一闲心就发慌。她给女儿萌萌织了里里外外的毛线衣裳,不同颜色,不同花样,不同款式,腻得萌萌一度看见毛线衫就哭着嚷着"我不要穿这个"。后来她给亲戚织,给朋友织,给稍稍打点交道的人织,再后来人家都作兴去商场买了,辛辛苦苦织出来的东西拿给人家,人家反倒一脸难色。还是关一芹建议她专门织毛线保暖鞋,织毛线手套和保暖帽,由她负责推销给认识的大妈大爷, 光空巢协会就有几十个,再由他们一带三、三带六,手织的毛线活儿在那辈人眼里还作兴。

手里这件,是给女儿的婆婆织的。女儿专门挑的貂绒毛线,拜托她织两件,一件给婆婆,一件织给陈小凤自己穿。守着个手艺这么好的妈,萌萌却没学到半分,她说打小看妈妈织毛线,看都看腻味了,哪里还肯上手。

陈小凤织的最艰难的一件毛线活儿,至今搁在箱底,每年梅雨季前后她都会在太阳天拿出来晒一晒,定时换上新的樟脑丸。这一件,谁也没穿过,该穿它的人早一步去了另一个世界。正是因为没能及时让他穿上,她心里一直愧疚,那时候紧赶慢赶的都是给别人做的活儿,就为多赚点钱,心里想着要给老赵织一件,原来那件领口已经补了好几次,袖口也是,可一直拖一直拖,谁曾想会有一天来不及。

老赵走的时候,萌萌才五岁大。懵懂得不知道从此失去了最亲的亲人,只是腻着她,一步都不能离。老赵这一走的最大功德,不是挽救了一间锅炉房,一个上千人的厂子,而是安顿了她们母女俩。原本是农村户口,找工作比登天还难的她,进了国营大工厂,女儿被一直抚养到大学毕业不说,也被安置进了厂,一辈子算是有了靠。有人说她有福气,可这福气的代价太大了,她真是不愿消受。她这半辈子最大的遗憾,就是没能让老赵穿上一件新毛衣离开,虽然那身子被大火烧得面目全非。她和着泪水织完那件毛衣,从没下水洗过,如果舔一舔,还能尝到眼泪的咸涩吗?

从一开始,她就打定主意,带着女儿过完下半辈子。她不奢求有人夜夜为她暖被子,她可以为女儿暖,她也不奢求有人为她扛米搬煤气罐,多歇几次她一样能爬上五楼,她不奢望大雪天有人帮她载女儿去学校,实在骑不动的时候她可以和女儿手挽手走回家……女儿争气,成绩一直不赖,顺顺当当遇上祁兵,虽然是从一个小县城出来的,可人踏实质朴,心肠好人孝顺。如今三口人住在两居室的屋子里,对于她们这样残缺太久的家庭,已经是最好的圆满了。

迷上游泳是在前年秋天。关一芹领她进的门,还没等她和游泳队的人都熟识起来,关一芹倒自个溜出了门,找新乐子去了。

陈小凤是那种一旦迷上就会迷到底的人。她底子好,打小在家门前的河汊里捕鱼捉虾,晒得像条小泥鳅,倒是进了城,很少有机会和水亲近了。厂里有个人工湖,厂门外卧着条小河,水绿得似墨,常年漂着可疑的白沫。听人说河的上游有几个暗藏的排污管口,一到夜里就哗哗地往外排废水。

这水看了就让人心里起腻，哪有胆子去泡。芹妹子说游泳队的人自有讲究，他们游的可不是普通的河湖，人家不论寒暑都在赣江里泡着呢。

陈小凤只知道暑天人们恋水、贪凉，大冬天的还光溜溜地往水里窜，那不冻成冰坨子？关一芹咯咯咯笑："陈姐，你这就落伍了，人家冬泳还是一项体育运动呢，那些游泳队的人别看年龄奔六奔七了，个个在水里生龙活虎的。我保证，你跟着他们游上一年半载，肯定白发变黑，什么心口慌、腰腿痛、静脉曲张统统没影了！"

游了三个月，陈小凤发现几天不下水泡泡，还真会痒到骨头缝里去。到了水里，再老的人也变成了孩子，像被抱拥在妈妈的怀里。那一种随身贴肤的柔软，那一种严丝合缝的抱持，那一种无言的交流。在地上姿态拙重僵硬的她，一旦到了水里，身上的每个细胞都被激活了，关节像上了润滑油，皮肤也有了光泽。她跟着他们游出二十米、五十米、一百米，最疯狂的一次，她跟着他们，排成大雁群般的"人"字形，一起游过了枯水期的赣江。

女儿说："妈，还没看你这么兴奋过。"她一直将自己含得紧紧的，生怕女儿靠在身上时自己会倒下，会软掉，她以为自己是铁，到老来才发现自己其实是鱼，遇水则活的柔软的鱼。

毛衣刚织完正身，亲家公出事了。他骑自行车出门，不小心摔了一跤，原以为没什么大碍，不想一天后突然头晕，之后就是人事不省，竟然很快走了。女婿是家中独子，赶回去办丧事，女儿也跟去了，屋里一下子空下来。陈小凤有些不习惯，一天三个电话问情况。丧事都还顺利，就是那边独剩下亲家母，在悲痛的当口精神恍恍惚惚的，女儿说祁兵有些担心，恐怕要多陪两天。陈小凤不好催女儿回来，女儿女婿这一走仿佛将屋里的活气都给带走了。一个人待在空洞洞的屋子里，确实不是个滋味。

陈小凤不舍得将灯都打开，就将电视机的声音开得大大的，慢悠悠地织毛衣，耳朵里惦着手机响。真不知这些年，朱春花一个人是怎么熬过来的。难怪她才五十出头，头发都半白了，腰背也有些佝偻。

刚认识朱春花时，觉得她看起来闷声不语的，说起话来声音怕惊动了蚂蚁，眉眼间总像含了悲戚。后来才知道，几年前一个窃贼半夜摸进他们家，先被起夜的女儿撞见了，窃贼慌得拿沙发上的坐垫捂住孩子的鼻嘴，孩子拼命蹬踹，等她和孩子爸听见动静赶过去，孩子已经瘫在那里失了神。她发疯般冲过去，怎么摇孩子都没反应，孩子爸和窃贼缠打在一起，她听见身后一声烈响，柜子被撞倒了，孩子爸歪在墙角，身下游出一弯血线，她吓呆了，看见窃贼想夺门而出，才猛地醒过神来，抓起桌上的水果刀直扑过去，她不管不顾地挥动手臂，纷乱的头发将她的视线切割成碎片。她隐约看见是一张略带稚气的脸，从近在咫尺的失形的嘴巴里喷出一股浓烈的烟气，混杂着酸腐气。她的手臂被钳制住了，她拼命地挣扎，某一瞬间，她感觉手一松，刀依着惯性向前扑去，扎进了眼前那个身体，可是很快她的视线里只剩下一抹昏昧的屋顶，她躺在地上，稍一动弹就感到一阵剧痛。她微微抬起头，瞥见门敞开来，外面是幽深的一片黑暗。等她再醒来时，躺在医院里，有人告诉她，孩子和孩子她爸都走了，窃贼还没抓到。

　　如果换作是自己，陈小凤不知道能不能独自挺过这么多年。那个窃贼是在几年后落网的，由另外一个案子牵出来。当年那一刀扎在他的肋骨间，留下一道疤痕。警察通知朱春花时，朱春花执意要去现场辨认。宋羽陪她去的。她们站在单面可视玻璃后面，一个看起来萎靡不振的青年，瘦得颧骨突出来，眼睛下面两汪浓重的暗影。警察说他吸毒，盗窃是为了筹毒资。

　　"是他吗？"宋羽问朱春花。朱春花已是泪水漫漶，紧紧咬住下嘴唇，摇摇头，又点点头。那天她从警察局出来，就去了墓地，跪在一大一小两个墓碑前，久久不肯起身，嘴里喃喃低语。那一天，宋羽才知道，她一直在深深地自责。警察说窃贼不是撬锁进去屋里的，门锁完好无损，后来朱春花想了又想，那天是她最后进的屋门，她收拾好厨房去倒垃圾，她记得听到了门锁撞响声……无数个难以入睡的夜里，她爬起来，在黑暗中一遍遍重复进门、关门的动作,一遍又一遍。她常常机械地做着,做着,泪水无声地挂满了脸。

在警察局,朱春花只要警察问嫌疑人一个问题,他是怎么进屋的。对方嗫嚅半晌,摇摇头说,不记得了,真不记得了。

终于熬到周三,陈小凤起了个大早,将东西收拾进袋子里。过了不一会儿,她拍拍头又想起一样,找出来放进袋子。一上午,屁股下像安了陀螺,坐不稳当。中午早早地煮了一大碗鸡蛋挂面,想想又加了个鸡蛋。十二点刚过,她就出了门。

江心的滩涂上多了几只振翅欲飞的白鹭,远远看去像真的一样。近冬有点枯瘦的江景,顿时明朗了许多。

队友陆陆续续都来了,神色间都有股欢喜劲儿,热情地打招呼。陈小凤最后一个下水,她穿着老式的连体游泳衣裤,裤脚遮住了半截大腿,可还是有些不习惯,总是等别人都在水里扑腾了,才解除自己的武装。

几天没来,水见了凉意。一阵惊凉由皮肤猛刺进心里,可是莫名地舒服,几日来仿佛锈住的身体重新被江水唤醒了,渐渐,生出了暖意,均匀地流布到全身。

陈小凤仰躺在江面上,不疾不徐地挥动着双臂,双腿悠悠踩踏着。她看见干净的天空上卧着几朵白云,太阳隐在其中一朵的后面,近乎透明的胭脂红色。

真美啊!老赵你看见没?她在心里说。

一条视频在网上疯传,关一芹看到时转发数已经破百万。她毫不犹豫地转了,还叫关宇看。她总觉得关宇心里敞亮着呢,只不过表达不出来,再明白的心思、再清晰的话语,经过他的身体一过滤,从舌尖上淌出来的就只剩了"咦咦""哦哦""嗯嗯""啊啊"的意义不明的语流。这是没办法的事,用一部电影里的话说,"他是被上帝选中了"。乔麦也说,这就像中彩票那么难。

关一芹没想到关宇会那么兴奋，一个劲地拿手戳指电脑屏幕，手指颤颤歪歪的，但每次都点在那根洁白的羽毛上。相比于越来越庞大复杂的树枝，那根羽毛显得那么轻盈，在半空中微微颤抖着，关宇的手也颤抖着，猛力戳向羽毛，关一芹甚至听见了手指头碰撞屏幕的声音，直到最后，视频中的女人一伸手，轻盈地取下羽毛，整根树枝，一直在空中颤动却保持了奇妙平衡的树枝，瞬间分崩离析。

关宇哇哇大叫起来，两手像鼓掌样触碰着，并瞪大眼睛看着她，用手拽她的衣服，用劲拽向屏幕，仿佛要将她拽进视频里去。关一芹有点矫情地承认，那个女人长得像她，只是一身素色的布衣布裤与她惯常的打扮相去甚远。她几乎可以肯定关宇是将视频里的女人当成了她，才会那么兴奋，才会那样鼓掌。但她没想到，关宇会迷上这个视频，迷上那根羽毛，似乎看一百遍、一千遍、一万遍也不厌倦。这个视频成了一个可以控制他情绪的开关，每每他生气的时候，只要关一芹点开这个视频，他的一切负面情绪都在瞬间消失不见，他变成了那个守着玩具喜笑颜开、满面惊奇兴奋的孩子。

当关宇目不转睛盯着屏幕、嘴巴微微张开时，关一芹会看着关宇的脸，带着几分欣慰几分酸涩还有几分习惯的淡漠，这么多年她已经习惯了他的一切动作神态语言，她身体里的某个地方经历了千磨万磨，已经不会轻易惊动了。但她还是有一点迷恋这个时刻，如果不知道过去也不忧虑未来，这一刻看起来是美好的，关宇仿佛一个没有任何缺陷的孩子，他和那些邻居家的孩子一样，仅仅沉浸在一种痴迷状态中而已。她看见他的脸被兴奋照亮了，她看见他的眼睛亮晶晶的，好像那里栖落着一根羽毛。白亮的羽毛将他的整个瞳孔占满了。

念头是在某一瞬间钻出来的，它一定在她的潜意识里发育很久了，一直在寻找时机钻出她意识的表层。念头一冒出来，就再按捺不下去了，它拼命地挣啊挣，长高长苗壮，就像她头脑里曾经冒出的无数个念头一样，关一芹马上开始采取行动了。

关一芹的招牌话语是："不每天给自己找点乐子，这臭日子怎么打发？"这么些年,她学过剑舞,跳过国标,扭过秧歌,练过书法,溜过旱冰,玩过悠悠球,绣过花,裁剪过衣服,种过菜,养过鸡鸭鱼猫狗兔,放过也做过风筝,演过扇子舞,参加过合唱团,玩过剑,打过太极,摆过多米诺骨牌,捏过土陶,当过志愿者,正学着肚皮舞呢,一根羽毛以轻盈又不可忽视的力量战胜了她对肚皮舞的满腔热情。现在,她要挑战新的难度了。弄这些,一半为自己一半也为关宇,她享受每一次将新手艺带到关宇面前时,他兴奋惊诧得像个孩子的表情,而她会被成就感充满。有时候她觉得自己是世界上最幸福的妈妈,有哪个孩子会这么忠诚地一直给予自己的妈妈掌声?

为了配合新项目,关一芹做了一套中式的布衣布裤,完全是模仿视频里的式样。别说,她穿上身没有咯咯咯大笑的时候,还真像那个女人。可是从哪里去找那些树枝和羽毛呢？这成了下一次闲聊会上大家重点议论的话题。最后是宋羽应承下来,帮她联络一下那些做户外的朋友,看在国内或是国外能不能找到这些材料。

十三根长长短短的树枝和一根羽毛被千里迢迢运到时，轰动了整个学校。关一芹提前和紧邻小区的小学的校长说好了,树枝可以放在学校的体育用品室,也只有这样的空间才安放得下这么长的树枝。体育老师还为关一芹配了一把钥匙,她随时可以去取用,而且,体育室外面就是辽阔的操场,每当夜深人静的时候,这里是最好不过的训练场所了。关一芹乐呵呵地向校长承诺,如果成功,她的处女秀将献给这所小学的舞台,让全校两千多名学生一起"见证这奇迹的时刻"。

校长之所以这么通情达理,是因为关宇是这里的一名特殊学生,他从五年前走进课堂,始终坐在同一间教室的同一位子上,周围的同学年年换新,老师也走马灯似的换,只有他岿然不动。

起初,校长也不同意这样一个智力不到五岁孩子水平、实际年龄和身高都达到十三岁程度的孩子走进课堂，可耐不住关一芹十次百次天天坐在他家门口堵他，并承诺只要关宇能进课堂，一学年捐给学校一万元。关一芹说不求关宇认几个字，不求他会数手指头，这些她都不去奢望了，她只想他每天有孩子陪伴在身边，而不是被孤零零地隔绝在家里。她也不想他没有过一天上学的生活，哪怕他到生命的最后都不知道上学对于他的意义，她还是要让他坐进课堂，让他体验上学的滋味……关一芹没有哭鼻抹泪，一番重复了上百次的话，每一次都说得铿锵有力条理清晰在情在理，这让校长感受到了这个女人身上不同寻常的力量，最终点了头。

开始，关宇闹过，以他特有的方式。他在课堂上不停地发出"咦咦""哦哦""嗯嗯""啊啊"的聒噪，或是发出毫不节制的轰轰烈烈的鼾声，在不够宽阔的桌椅间发狂般地扭动他笨重的身体，莫名其妙地捶打同学的文具书包课桌椅和他们的身体，冷不丁地旁边同学闻到一股浓烈的屎尿味……这是一段相当漫长的让任何人都感到痛苦不堪的过程。老师叫苦，学生叫苦，家长叫苦，校长叫苦，还有不知道怎么叫苦的关宇，几乎没有人觉得这是一种值得坚持的选择，除了关一芹。她找校长，找老师，找学生，找家长，没有人不惊异于这个仿佛从没流过眼泪的女人身上展现出的力量。好在终于熬了过来。

关一芹在课堂上陪伴了关宇一年之久，才慢慢地尝试离开。开始是十分钟，慢慢地一节课，慢慢地两节课，慢慢地一个上午，慢慢地一天……久之，关宇终于习惯了日复一日的校园生活，每天乖乖地起床穿衣，背上书包去学校。而他，也成了这个学校的一个传说。很多孩子还没跨进这所学校的大门，就听说了这么一个奇异的同学，从心理上产生了认同感。

树枝事件不过是给这传说增加一点新的调料罢了。生活很快又回复了平静。只有学校的门卫知道，每天夜里，月亮快爬上操场边那棵杉树顶的时候，关一芹摸黑来到了学校，借着月光开始她的训练。那时关宇已经睡下了，门卫也准备睡了。关一芹说服门卫让她去配了一把大门钥匙，这样她进出时，就不用门卫费事起来开门了。门卫常常在梦醒的混沌瞬间，仿佛听见树枝砰砰撞响的声音，又像是铁门开合的撞响。他含混地嘟囔一句，翻个身又沉入了梦乡。

陈小凤的女儿女婿回来了，不是两个人，是三个人，还带着亲家母。

两居室的屋子，加一个人就显得有些紧巴巴了，转个身子都要小心翼翼。床也不够睡，陈小凤和亲家母挤在一米五的床上，听着身边人辗转来辗转去，整夜睡不了个囫囵觉。女婿有些不好意思，悄悄说："妈，委屈您了。"陈小凤不好说什么，看亲家母确实一副神思恍惚的样子，眼泪含在眼眶里，再想想自己刚离了老赵那段日子，还能说什么呢？

女婿悄没声地在附近租了个小套间，厕所是三家公用的，说晚上自己住过去，陈小凤可以和萌萌睡一床。陈小凤一听这哪是个事啊，就说自己住过去。可女儿心疼她，不依。又没有让亲家母住过去的道理，她人生地不熟的，又在伤痛的关口上，女婿自然也是不放心。女儿女婿在她和亲家母面前装作没事的样子，其实她知道，小两口暗地里为这事在闹别扭。

转天，陈小凤闷声不响地清了一套被褥，收拾了几件衣裳，还有快收尾的织给亲家母的毛线活儿，女儿买给自己的动都没动的貂绒毛线，叫了辆三轮车一起搬到租屋门口，这才给女婿打电话。女婿一脸愧疚的表情，闷头将东西搬进屋里。一切收拾妥了，陈小凤才给女儿打电话："别怪祁兵，我和你们一起住了这么些年，也想清静清静了，反正隔得近，过来过去的都方便……"

女儿在电话里头哭，陈小凤安慰了一阵，总算是安妥了。她知道女儿心疼她，可她也不能让女儿女婿为难。一个人搬出来，嘴上说没事，可孤零零面对满屋子的陌生，原本觉得圆圆满满的日子突然间有了个豁口，冷风飕飕地直往里灌。她对自己说，没事没事，过过就习惯了。什么样的日子不能习惯呢？原来她以为离了老赵就没法过了，不也一样走过来了？

朱春花连着去了两次孤儿院。小花病了，拉肚子，发烧，吃了药安静地躺在床上。朱春花坐在床边握着她的小手，这孩子长得像她女儿，眉毛像，鼻子像，就是嘴巴薄一点小一点，上嘴唇上有个小豁口。她给小花剪了齐刘海，小花捂住嘴笑的时候，那样子就更像了。

也是宋羽将她引到这里来的。对宋羽，她有说不出的感激。这个高高瘦瘦的女孩，恐怕是她见过的最固执的人。第一次出现在她家门前时，她还以为宋羽是个没毕业的大学生。说实话，她不明白宋羽为什么要帮她，她们无亲无故，仅仅因为报上的一条报道，宋羽就慷慷慨慨地伸出了手。她在心里怀疑过她，警惕过她，拒绝过她，每天报纸上有多少关于上当受骗的报道啊，如果不是宋羽一次次主动来找她，固执地要帮她，这根线肯定早断掉了。人这辈子遇到那么多人，有多少不是擦肩而过或者半途断掉了？后来她才知道，宋羽创办这个幸存者联合会，是因为她失踪的男友。

在一次独自出行后，男友再没了任何消息。宋羽尝试过千百种方式寻找他，在一切可以登载寻人启事的媒介发布消息，不放过任何可能的线索，跟踪每一条户外路线的讯息，追问任何一个可以联系上的人。可是没有，那个活生生的人像是水汽蒸发了一样，再无任何消息。人们有很多种猜测，小宋却只相信一种：他迷路了，他正在这世界的某个角落，他需要她的召唤。

这些年，她从未放弃过对他的召唤。陆续地，也收到了一些反馈的信息，有热心人寄来照片，或发来邮件，在 QQ 上留言，比如，在某个偏僻小镇突然降临的一个陌生背包男人，路途上孤独行走的年轻男人，坐在路边喝啤酒的有着满面络腮胡子的男人，打扮怪异的独宿在大桥下的男人，昏迷在路边的戴墨镜的男人……不是，他们都不是宋羽要找的人。

宋羽一度陷入崩溃的边缘，他一定知道她还在傻傻地等他，为什么不发来一丝消息？为什么那次出行前不告诉她去向，甚至没有告诉她为什么要独自上路？她想不明白。乔医生告诉她："助人自助，你如果真的想坚持到有他消息的那一天，就去帮助别的需要帮助的人……"

幸存者联合会首先在网络上诞生，有人因为好奇来叩门，有人因为无聊来探听，有人因为恶作剧来骚扰，还有人攻击这是一个伪装的以卖淫获利为目的的"性联"，表面堂皇内里肮脏，风风波波，宋羽都承受住了。网络太过虚幻，她开始在身边寻找那些需要帮助的人，从报纸上寻找线索，她遭到过拒绝、猜疑、辱骂，被人叫神经病，可最终，还是有那么几个人选择了相信她。八年来，来一些，走一些，最后就剩下这固定的几个姐妹，她们抱成团取暖，感受彼此的体温和心跳，如同没有血缘的亲人。

从孤儿院回来的时候，朱春花去批发市场买了两斤毛线，想拜托陈小凤给小花织一套毛衣裤，前年织的那件毛衣已经吊在孩子腰上了。她告诉小花："有个阿姨正在帮你联系一家医院，可以免费为你治疗兔唇，只需要做个简单的手术就可以了。"曾经，她和小花说："兔唇是特别的标记，只有很特别的孩子才能拥有，你是被上天选中的孩子，你应该骄傲。"可是小花睁大眼睛："阿姨，上天为什么选中我？我想和别的孩子一样……"

乔医生说，每个人都是被上天选中的，否则他就不会来到这人世。我们要做的，就是骄傲地看待自己，接受自身的残缺，接受生活的残缺，接受命运的残缺。可是，朱春花不知道该怎么告诉小花这些，也许要等她走过了足够长的岁月，经历了足够多的人事，才能明白这一点吧。

元旦，宋羽提议就在她的工作室来一次聚餐。大家各展手艺，做一道拿手菜，再焖个鸡汤就足够了。

她和关一芹负责采买，陈小凤和朱春花负责收拾。她特地准备了两把剪刀。每次聚餐都是这样。从那个夜晚后，朱春花就不能碰刀了，任何一种形式的刀，可以看，却不能触碰，手会在瞬间抖得厉害，抖得她仿佛将失去对整个身体乃至生活的控制。

朱春花很长一段时间吃过素食，后来在医生的建议下才恢复了有限的荤食。她可以灵活地用剪刀将肉剪成片状、丁状，鸡鸭剪开肚腹整只烹煮，鱼也用剪刀剖腹刮鳞，用剪刀剪断蔬菜梗，水果洗干净了直接吃。她证明了没有刀一个人完全可以生活。

关一芹这段日子显得有点神秘,每天穿一身粗棉布中式衣裤,里面塞进了毛衣和薄羽绒内胆,撑得衣服蓬蓬肿肿的,看起来有点别扭,可她固执地不肯换装。随身听里放的是一段古琴曲。问她最近在忙活什么,穿越到古代了吗,她含笑不语。问紧了,咯咯咯一串笑:"过些日子,过些日子吧,我会让你们大吃一惊的。"

她练习的事,没告诉关宇。她要让关宇惊喜。她也没有告诉幸存者联合会的姐妹们,和她在空巢协会的同伴们,这一次她憋住了劲,要给大家一个完完全全、结结实实的惊喜。

她从包里拿出三瓶红酒,一一摆在桌子上:"来,今天一醉方休。"

"你家关宇呢?你醉了,他可怎么办啊?"

关一芹使劲绞扭着瓶塞:"他爸接去了。"

"他爸?"几个人都愣住了。

"咯咯咯,你们以为关宇是树缝里蹦出来的,还是外星人送来的?他当然有爸爸了,只不过这王八蛋一见儿子长得不利索,三岁了连个爸妈都不会叫,吓得躲没了影,等关宇十岁了,才不知从哪个旮旯里钻出来,说什么良心发现,他这些年运气好赚大发了,想用钱补偿孩子,我不要,我那套房子的租金够我们母子过了,我大大气气地指着他鼻子让他滚。"关一芹丢下开了半拉的瓶塞,站到屋中央,端起架势,"你不马上、赶紧、立刻给我滚的话,信不信我把你的鼻子剁下来!咯咯咯,结果他丢下一扎钱落荒而逃。今天这酒,就是用那王八蛋的钱买的,不喝白不喝。"

"那……"

"他偷偷去学校看关宇,我装不知道,毕竟是父子,不为了他也为了关宇,这口气我可以忍。大气吧,我这疯婆子,咯咯咯。"

"你们离了?"

"没,好几年连个人影子都找不着,怎么离?不过我知道,他早有了人,男人啊，不像女人，一个人哪里活得了？不说那王八蛋了，来，我们干杯，为无限无限美好的新一年！"

几只红盈盈的酒杯，在空中撞击出清脆的声响。几个女人直喝得满面酡红，闹腾出一屋子的暖意。

冷不丁地，关一芹伸过酒杯和宋羽的重重一碰："小宋啊，我为你遗憾的不是别的，不是什么让时光倒流，也不是什么奇迹出现，而是，如果今天有一个孩子陪在你身边，可能一切都会不一样。不一定更好，但，也不一定更糟，呵呵，我是这么想的。新生命可以让你忘记一切伤痛！"

"关姐突然变得这么郑重其事，倒吓了我一跳。"宋羽淡淡一笑，将半盏红酒一饮而尽。关一芹还想说什么，被陈小凤用目光制止了。每个人都有她不愿触碰的地方，旁人最好的呵护方式是尊重。

"小宋，你看，这么些年，一直想说谢谢你！"朱春花举起酒杯。

"朱姐，啥都不用说。小花的事联系得差不多了，正好一家医院有个公益项目，过几天就有确切消息了。"

"小宋，我口拙，但心里明白，这么些年，你对得起他了，往前看吧，像你和我们说的，日子是往前的不是往后的……"

"朱姐，我都明白，可人有时候理智是一回事，感情是一回事……"宋羽说不下去了，一甩头，"来，干杯！"

几只酒杯碰贴在一处。

"我，我今儿唱个歌吧，小时候在乡下听阿嬷唱的。睡不着的时候，我就会自己给自己唱，今天我就献个丑吧，代表和大家说一声'谢谢'。"朱春花满面羞红，腰背缩得更紧了。

噼噼啪啪的掌声响过，屋里静了。一线天籁般的清音响起：

"哦——依诶——依耶——细仔诶———，哦——依诶——依耶——细仔诶……"

关一芹沮丧地坐在草地上，散落一地的树枝被月光勾出明明暗暗的轮廓线，像散碎开来的某种庞大动物的残骸。三个月了，她还一直在失败。每一根树枝的成功落定背后都是上百上千次坍塌。从一根树枝到十三根树枝全部稳妥地就位，她知道自己还有漫长的路要走，只是不知道能不能成功走到头。

羽毛一次次无声地坠落到地面。她的肩背酸痛得厉害。有一些瞬间，她真想砸烂这些树枝，她完全可以放弃，为什么要为难自己？可是每当看到关宇盯着视频的眼神，她心里那个埋藏了很多年的奢念，就情不自禁地伸了伸头。这辈子，她会有那样的福气吧。

像是为自己打气，每次关宇观看视频时，她都会按下暂停键，在关宇抗议的哇哇声中，郑重其事地看着关宇的眼睛，对他说："如果，妈妈也可以这样，将它们一个一个搭起来，让这片羽毛飞到半空中，你要对我说'妈妈，棒'，'妈妈，棒'！记住了吗？"关宇依然哇哇地叫着，关一芹坚持着："要对我说'妈妈，棒'，'妈妈，棒'！记住了吗？"仿佛是听懂了，又仿佛不明所以，关宇突然将头点得像栽葱一样，嘴里嗯嗯嗯嗯个不停。关一芹这才欢喜地点下播放键，关宇马上沉浸在了视频的情境中。

不管关宇是不是真的明白了，他猛点头的样子还是给了关一芹很大的鼓舞，她又有了气力去完成每晚的练习。三根、五根、七根……她似乎摸到了一点窍门，关键是找到每根树枝的平衡点在哪儿，摸熟了自然就了然于心。可是今晚，很不顺利，她已经尝试了十八次，总是迈不过第七根这个坎。她抬头看着天上的月亮，月亮无辜地看着她。算了吧，今天就到这里。她安慰自己。可是一转念，她又赌气似的站起身来，将树枝一一归置妥当，重新从第一根开始了。

不知不觉，晨雾弥漫了整个操场。关一芹看得见一团团雾气在她的指缝、胳臂、树枝间流转，她仿佛登临了某处山巅，四周一片白茫茫云海。终于，第八根树枝支撑了五秒钟，当她用脚尖勾起第九根时，树枝猛烈地一颤,哗啦啦一串响,羽毛在空中划了两弯弧线飘落在地上。关一芹深吸一口气,已经五点半了,她弯腰收拾起树枝,一一搬进体育用品室,踩着满天满地的雾气往回走。

雾真浓啊,让一切都变得模糊也柔和了。又一天开始了。

开楼道铁门时,关一芹仿佛听到一串熟悉的"嗯嗯啊啊"声,吓了一跳。看看四周,白茫茫一片,凝神再听,静悄悄的。她摇摇头,听习惯了关宇的声音,她经常会产生幻听。打开门,她放轻步子上楼,屋门半掩着,心里咽哪一下,疾步奔进去。关宇的被子半拖在地上。一摸,床上已经凉透了。

她奔进每个房间,没有,都没有。她转身冲下楼,雾气将外面的世界变成了混混沌沌的一体。她冲进这白茫茫里,大声叫:"宇儿,宇儿……"

街上没有一个人影,关一芹的心凉得像一坨冰,声音里渐渐带了哭腔。这孩子,不好好在被子里待着,跑哪去了?她在门前的马路上奔过来奔过去,到处都是白茫茫、空荡荡的,像此刻她的大脑。叫声渐渐招来了一个人、两个人,都是住在附近的邻里,都知道关宇,大家分头去找,有人建议打110。

电话刚拨通,有人叫起来:"这里,在这里!"众人奔过去,关宇蜷缩在路边的草丛里,一丛绿化带的后面,嘴里发出嘟嘟囔囔的声响。他睡着了。

关一芹扑过去,使劲拍打关宇的肩膀,关宇惺惺懂懂地睁开眼睛,愣了一刻,哇一声大哭起来,一反身扑进关一芹怀里,把她抱得紧紧的,嘴里发出一串"咿咿呀呀嗯嗯啊啊"声。

关一芹的身子还在颤抖个不停,她拍抚着关宇的后背,眼泪滴在关宇的发丛里:"好了好了,妈妈在,妈妈在。"关宇哭得像个三岁的孩子,哇哇声里夹杂着含混不明的"哼哼呀呀"。忽然地,关一芹听到一声"妈——妈——",带了撒娇的气息,但是很快,就被混沌的语流淹没了。她抬起头望着四周的目光,雾气中的一张张脸,想从这些脸上印证她刚刚听到的。可是,每一张脸都被雾气阻隔着,被泪水阻隔着,越来越模糊,越来越混沌。

她只好收回目光，紧紧盯着关宇黝黑的发丛，手臂搂得更紧了。后来，关一芹无数次地回想这一刻。她没想到，自己盼望了那么久的时刻会这样到来，带着大雾的混沌和苍茫。

女儿和女婿晚上手挽手进了屋，带来了刚上市的草莓和红通通的樱桃。女儿一在沙发上坐下来，就偎在陈小凤边，抱紧她的胳臂不放，摇啊摇晃啊晃的，仿佛回到了小时候的样子。"今天这是怎么了？发烧啦？"陈小凤笑望着女婿，小伙子脸上也有掩饰不住的喜色。

陈小凤抽出一只手，将叠得齐齐整整的毛衣搁到女儿手里："正好，给你妈妈的毛衣织好了。老人家怎么样了？""妈，这件你穿。你没发现吧，我拿给你的尺寸，你穿刚刚好，婆婆呢，要比你胖一圈。就怕您老惦记着给别人织，自己的就拖啊拖，我和祁兵才想出了这一招。是吧，祁兵？"

女婿腼腆地点点头："我妈说再住两天就回去，也是老家住惯了，家里还有那么多鸡鸭和满园子的菜等着她，她说人一忙起来就没事了，反而是闲着心里才空，才慌。而且……"小伙子拿眼瞅着女儿，女儿嫣然一笑，俯近陈一凤的耳朵，仿佛一片羽毛拂动着耳廓。

陈一凤听见女儿说："妈，我有了。"

<br>

演出十分精彩。关一芹成功搭起了所有的树枝。在她气定神闲堪称完美的表演最后，羽毛被轻轻揭下，整个树枝轰然坍塌。礼堂里传出一阵惊叹声，中间夹杂着关宇哇哇哇哇的兴奋大叫。

只是在演出一开始，出了点小小的意外。不过也只是很少一部分老师注意到了。当他们沉浸在肃穆的氛围中，张大嘴巴望着拿起羽毛的关一芹轻轻将它安放在一柄硕大的树枝上时，一个身影突然旋风般刮过他们身边。有人看清了那是一个女人，她拿手捂住嘴跌跌撞撞冲出了礼堂后门。

宋羽突然病倒了，感冒咳嗽发烧。关一芹、陈一凤、朱春花排了个值班表，轮流给她送饭，去医院陪护她。她们像照顾自己的孩子一样，小心翼翼地照顾她。关一芹特地买了一大束呈张翅欲飞状的天堂鸟,金黄的色泽顿时改变了病房的光线和气息。

三十岁生日那天,宋羽已出院回到家。她收到了一份生日礼物。

一个扁扁无奇的信封躺在邮箱里,邮戳显示它来自西藏。打开来,里面有一封简短的信和三张照片。

宋羽看完信,迟疑良久才将照片翻过来。被踩得凌乱或是融残的雪地上,半掩半埋的,依稀是一副骨架。再细看,不是雪地,雪填平了沟壑,也遮蔽了现场,骨架似乎弯折成一个艰难的角度,让人无法在想象中还原它当初的样子。一个登山包的特写,即使从照片上看也能感觉出它枯硬的质感;一只长笛,木质,灰白色的背景,让它显出渊深的长度。

信的落款是张警官,陌生的笔迹和陌生的名字。

宋羽将照片看了又看,那只长笛,在它的尾端,像她知道的那样刻着他姓名的单字吗?还有,一片微微翘起的羽毛。那是她二十岁生日那天,逼着他去文的,文在他的右肩胛处,一片微微翘起的羽毛,仿佛正被她的呼吸吹动。

她看了又看,一遍遍告诉自己,即使是他,也找不到了。那片小小的羽毛,早已随着肉体风散,他,只剩一堆白骨。

三张照片在她手里辗转,她看了又看。终于,一声锐利的尖叫从她的身体内部搅裹着血肉冲决而出:"为什么,为什么不告诉我你去了哪儿?为什么……"

▶ 发表于《长城》2015 年第 2 期

# 无　常

◎温燕霞

山高,日头落得早,风有些冷,嗖嗖地从郁郁葱葱的树林里往外扑。无常从山涧饮了水,老迈的脚有些软,他定定身,想蓄些气力,不料一回头,却差点吃惊得摔倒。碎金的暮色下,一个红衣女子卧倒在地,长长的黑发在风中翻出一波又一波的浪涛。当黑发的浪涛终于平息时,无常的目光被萦绕住了。

他看见了一张绝色生香的脸。

无常虽然已经很老很老了,而且对人世也觉得陌生与隔膜,但他仍然无法克制心中那股好奇。他的好奇并非缘于女人的美丽,他只是觉得隐居在这座山中已经四十多个寒暑,记忆中早已不知女人的具体形态是怎么个样子。虽然他诵经时偶尔也会在心中掠过这个字眼,但那时的女人仅仅作为一片闪动的裙裾而存在。

无常想拾回关于女人的清晰概念,所以无常慢慢地让双脚将佝偻枯瘦的身子送到女人边上。女人昏迷的样子挺安详,甚至有些像无常年轻云游时见到的卧佛。

这女子是个什么人物呢?看着容貌,定然出于富贵人家。可她的眉却又蹙得这样紧,肤色惨白、表情凄楚,伸展在地上的手腕似有鞭痕,也许,是逃出来的吧?

无常闲置了几十年的某部分脑筋重新动用。他听见有怪异的声音从大脑内面敲击耳朵。这声音使他想起一个怪诞的场面:一头牛牯在朽木上有力地踏步,朽木嘎嘎乱叫,惊起群鸦。纷飞的尘土中,无常发现生命原是一条自上而下的河流,永无回返。

人世无常,唯佛性永在。

无常凝视着女人细致的脸庞,似有缤纷的色彩从遥远的地方汹涌而来,不过旋即便逝去。

无常偾张的血脉重又陷入古潭的沉静。他揉揉昏朦的双目,发现天公已将灿烂的幕衣换下,此刻,它威严的身躯上披着件黯淡的袍子。

无常捻动佛珠,踅回洞里。

这个洞无常叫它葫芦洞,无常通常只在葫芦的大肚子里活动。自四十七年前无常发现它以来,这个葫芦肚子便成了无常和尚的另一个母腹。它以它的静穆、深邃和庄严孕育了一个与众不同的佛门弟子。这个弟子年少时曾是个无赖,他甚至有杀母的念头。后来,在一个距今已相当遥远但在当时却绝对新鲜的日子里,他被高僧点化,于是立誓皈依三宝。当法号无常的那个青壮汉子素衣芒鞋地踏破一春的寂静,来到这山洞前时,无常的心便成了一点荧光,悠悠地飞往青藤掩映因而愈加深不可测的洞口,灵魂的暗室似乎因此袅起了一丝佛的灵光。

无常住进了葫芦洞。

他这一住就是四十七年。这四十七年间,他不但没下过山,甚至连那道涧都没有跨过。由于长年累月吃野果树根,无常日渐孱弱,偶尔临涧自照,竟有隔世之感,但也就此明白,此时的无常是真正的无常了。

无常无疑是个野和尚,可他的礼佛之心,却世间罕见。这罕见不单单因为他的坚决,更在于他的独特。

不识字的无常决心用自己的血液当墨汁来抄写全套《大方广佛华严

经》。这套经书是点化他的那位高僧馈赠给他的。高僧圆寂前目光一直落在那套生绢订成、撒了金粉的经书上，神情圣洁而又幸福。尽管无常并不知道上面写的是什么，但他每日摩挲经书时，却能从中体味到心灵的震颤。那种震颤令他善良令他宽容，他于是明白高僧以前为什么会用那样的虔诚来诵读经文了。

无常坐在那块已经磨得非常光亮、润滑的青石板上。趁着最后一点余光在抄经书。他先用银针将左手的食指刺破，尔后用右手拇指猛掐一下，将血挤出，这才用高僧留下的狼毫笔调上金粉，在细白的绢布上慢慢地摹着。他摹得相当仔细，也相当像，有时打开写好后又被卷起的那匹绢布来看，他自己都有些迷惑。他想他和高僧已经越来越相像了。有时他甚至会以为自己就是那位几十年前就已羽化的高僧。这种感觉使他觉得强壮，便连皮肤上已经溃烂的针眼也似在刹那间愈合了。

佛其实并没有躲着供着，香火只是俗人送的礼物。真正的佛站在善人的心里。佛是使人向善的。善人是佛的凡胎肉身。

几十年前一个萤火乱飞的夏夜，高僧仰望星空如是说。

现在，无常也这样默默地在心里对自己说。

夜，已经真正来临，没有星、没有月，天空暗蓝得令人想流泪想说话。无常摸着身上披的破烂葛衣，第一次觉得也许用写经文的绢做衣裳可能穿得更舒服些。只是这个念头一涌上来，无常就将其扼杀了。为此，他将惩罚自己停止进食两天。他相信自己能做到这一点。四十七年来，他的定力已长进到旁人难以企及、难以理解的程度。有一年春天，一条蛇顺着脚往他身上爬，他眼都没眨一下，后来那条蛇又绕过他的脖子顽皮地从背上溜下，他回首时看见了那条蛇铲子一般的头，于是无常笑了。

可是此时此刻，无常却在为一种声音所烦恼，以往山涧的噪声在他是入耳不入心的。无常觉得礼佛已使他逐渐接近神了。然而，今天这是怎么啦？洞外哀婉柔细的哭泣声虫子似的啮咬着他的耳膜心房，让他感到隐约而尖锐的痛楚。无常拿针的手已经开始抖动,好不容易戳进肉里去了,却不见血出来。在他抄经的几十年间,这可是头一次遇见的稀罕事,他转而用针刺手腕、舌尖,均如此。无常以为是针钝,便凑近纱布裹住的萤囊,绿莹莹的光里,银针闪烁着炫目的光芒。

世上无难事,只要认得真,铁杵也能磨成针。无常的思绪被银针的纤细激活了,乱纷纷飞作一团絮。他记得当初带来的是几十根缝被子用的粗针,不想几十年时间下来,粗针也被他的皮肉给磨细了。

无常忽然有些恐惧。

外面是那样的静,只有虫在鸣。偶尔风从树间吹过,那种窸窣声也极轻柔。

那个女人,那个女人。呸呸!

无常弃了针,开始闭目合十。心中,仍有角裙裾曳过,是红色的裙子。

罪过!罪过!佛说,色即是空,空即是色,三千大千世界,碎为微尘,何况红裙乎?

无常紧急之下翻出很有限的几句文绉绉的佛训,试图稳住那颗浮躁的心。这样约莫过了刻把钟,他总算能够平心静气地聆听睡鸟的呢喃了。

纱囊里的萤在扑翅,萤火有些飘忽。无常动了动疲倦的身子,知道自己已没有多少时间可以浪费了。夏天眼看就要过去,到进大雪封山,无常蜷在山洞里,靠贮藏的番薯度日。几十年来,他已摸索出利用沙土来保存番薯和薯干的独特方法。前些年,他即使再饥再渴,除冬季以外的日子,他都不会去动用番薯,他明白寅吃卯粮意味着什么。然而,近两年,他却时常发馋病,动不动就想到洞外刨番薯吃。他想他是真的老了,说不定哪天就会升天伺候佛祖。对于无常来说,他并不怕圆寂,问题是他的夙愿未了:八十一卷的《大方广佛华严经》他才抄了八十卷!

还有一卷,这个夏季无论如何得抄完。

无常下意识地捏了捏老掌,眼前依稀现出那几个施主满含期望的面容。三匹绢，一斤金粉，还有几套缝制细密的法衣。无常不能辜负他们的一片善心。几十年酱醋油盐的尘世，他们一样也白发苍苍了，流水的人间啊！

无常眼角微润。定定神，继续用针刺自己。这次他专刺血脉，血脉亦无血。无常起身走到洞的深处，朝世尊的小木雕像噗地跪下，泪水曲折地越过道道沟梁淌下。

无常没有听见佛这几十年不曾间断的明示。佛沉默着，在洞的深处。

无常惶惑地站起。他得反省自己做错了什么。

抑或佛祖只是以此来暗示他该走了？

无常一念及此，不由失声恸哭！四十七年来，他彻底摈弃了人间，做了一名不食烟火的真正隐者，他的所求，不过是以血代墨来抄完那卷帙浩繁的经书，这难道也是忤逆么？

无常不明白。无常也不服气。他继续用针向自己挑战。然而，他的血似乎已经干涸。无常无奈，只有打坐冥想。

这时，山风大了起来响了起来。女人的呜咽箫声般从洞口灌进，袅袅不绝。无常顿觉红尘万丈，并在自己面前织成一道锦绣罗网，无处可逃也不愿逃不想逃。无常猜那道罗网大概很柔软。

女人的哭声近了。她在对天对地对山林哭诉一个烟花女子的辛酸。到后来，女人的哭声似一匹惨烈母狼的嚎叫，有一种锥心的味道。

佛，佛，你听到了吗？

无常不由自主地站起身踱到洞口，洞外有一方天，暗蓝色的，不知何时已被一弯眉月染得晕白。远近的山峦树林，比白日多了几分阴柔。女人的呜咽此时如泉水淙淙，从容不迫地漫过天地之间的一切。无常踌躇良久，仍拿不定主意要不要去探询一下。

其实并没有什么不妥的，只给她饮口水，吃几只番薯，救人一命胜造七级浮屠呐！

无常尽量说服自己迈出洞口。

然而,无常终究还是跌坐回原来的石板上。他无法忘记高僧的教训。高僧昔年立志写血经,而且事情已经做了一半了,却因一日动了色心而功败垂成。

欲写血经,则不可接触女子,便连衣裳毛发亦不可,否则……

无常不愿重蹈高僧的故辙。他的苦心不能因此而付诸东流。

无常于是充耳不闻女人已经嘶哑的哭音。尽管他听得出这声音间掺杂有恐惧、绝望,他也知道附近已有猛兽在逡巡、窥视乃至逼近,几十年的山林生活已使他具备了灵敏独特的感觉,但他还是保持着那种安静的姿势,准备再一次朝自己的肉体施虐。

针终于又被举起,仍是无血。

无常惊恐地捏住枯瘦的手腕,发出声绝望的号叫。

我要死了我就要死了,可我不能死不能死,真的不能死啊!

无常的额贴在潮湿的地下,泪水滋养了一片青苔。

天地忽然岑寂得让他耳疼。

女人也许已经死了吧? 无常倏然惊起,电光石火间,他已做出一个自己也惊愕的举动。

无论如何,哪怕功亏一篑,他也必须给那女子送些吃食去。女子若肯,就让她进洞安歇。至于无常自己,洞外偶尔打坐一夜也未尝不可。

无常那颗苍老的心被怜悯泡得异常松软。他很容易就从自己作的茧中破壁而出。他体会到飞的轻松与自由。

无常走出了山洞。四处转了一圈,却没见女人的踪影。无常又绕了更大一个圈子,搜寻得更为仔细了,还是不见红衣女子。

洞外,一切都与平日无异。

无常迷惑地愣怔了一会儿,心想那女人大概摸索着下山去了。尽管如此一来,他的血经似又可以完成了,但他内心并没有多少兴奋。

老来做错事,是无法弥补的,因为已经没有了弥补的时间与机会。

无常很为适才自己的冷漠、自私感到羞愧。说也怪,就在他橘皮般的两颊感受到血液的冲击而骤然升温时, 他意外地发现女人已坐在他写经的石板上了。淡月下,她的眉目酷肖世尊的雕像。

　　"女施主,这是一点食物,请笑纳。"

　　无常恭敬地将陶钵送到石案上,同时躬身欲退。这时,红衣女人忽然朝他莞尔一笑。

　　"无常,自即刻起,你是真佛了。"

　　女人话音甫落,无常已然跪倒在地,诚恳地磕了几个响头。

　　"谢世尊。"

　　无常说,同时有汗自眉间缓缓滴落。这声音,他太熟悉了。这些年来,它几乎时刻在他耳边回响。有时他甚至误以为那本来就是他自己的心声。

　　无常有许久不敢抬头。等他终于鼓足勇气抬起沉重的头时,洞内一切故我。唯一的区别便是萤囊大亮,照得洞内明晃晃的,并且空气中弥漫着馥郁的檀香味。

　　无常来到洞的深处。世尊的像仍伫立原处,只是荧光下,唇边多了一抹会心的微笑。

　　世尊原来有颗不老的童心哪!

　　无常再次膜拜。隐约间听见世尊在和他说话。可无常这次没怎么听明白,原因是他忽然间发现顶门处有光亮透进,纷扰的世间万象——在那儿掠过。无常看见少时的自己。毋庸置疑,他那时年轻英俊,然而,那股戾气却使他显得猥琐卑微。后来,他又看到了现在的无常,一个鸡皮鹤发的丑陋老头,可顾盼举止间,自有种仙风道骨,叫人不由得暗叹。

　　世间所谓美丑善恶,原本看不得表象的。有时,不为恶也即作恶,不为善却可以不为恶,其间,一念之差矣。

　　无常感到了顿悟的喜悦。

　　看来,高僧说得对,佛离人并不远。他是人的兄弟也可以说是影子,只要愿意向善，每个人都能让佛长驻心田。有时形式上的佛并非实质上的佛，而不具备佛相的，却可能是真正的佛。

无常揭破几十年来一直蒙在心田的神秘纱巾后，精神竟然顿时倍增。

剩下的一卷佛经，不几日就抄完了。

但，无常已没有预期中的那份激动。他只是在平静中接近了一个难以企及的境界。所以，当他回首人生时，他感到的仅仅是庆幸而非懊悔。

这一辈子，他有三分之二在为佛而苦行。佛不知是否赞赏他这种举动。对此，无常心中没有底。

那么我自己呢？

无常有些惘然了。

佛说人人都有佛性。且佛常驻平常心间，那么，他又何苦做这种皮毛上的佛？

子曰：朝闻道，夕死可矣。倒不妨一试。

无常这样冥想了三天三夜。在他的意识中，其漫长可与达摩面壁的九年相媲美。

三天之后，无常结束了长达四十七年的隐居生涯，从山洞里走了出来。

他下山了，挑着两部经书和那尊木雕像，步履艰难而又轻快。

后来，在山下的某座破庙里，多了个老头，老头儿心极善，收养了好几个荒年中走散的孩子。

人们虽然不见他吃斋念佛，但都不约而同地称呼他佛爷爷。

也不知道他是不是无常。

▶ 发表于《文艺报》2015 年 5 月 6 日

# 打 鼠 记

◎茨平

## 一

外婆一大早就使劲地追打一只老鼠，样子蛮夸张。她说老鼠好大好大，与它的胆子一样大。

屋里老鼠多，大老鼠小老鼠，上蹿下跳，嬉闹、唱歌、啮咬木器，叽嘎叽嘎，特别是到了晚上，简直是老鼠的世界了，吵死人。

我嘀咕，平时不打，老鼠就胆大。

平时外婆是不怎么打老鼠，白天看见了，跺跺脚，吓一吓。晚上，如只老龙虾一样蜷缩在被窝里，任老鼠上蹿下跳，实在烦了，只是用脚捶床板，咚、咚、咚，或者是学猫叫，喵——喵——。这有什么用哟，老鼠们只是暂时停下喧闹，过会又是那个样子，吵死人。

我也用脚捶床板，咚、咚、咚，再骂一句，瘴打的老鼠，不会死绝来呀。

外婆说：亮亮，你怎么没睡呀，明早你又赖床。

瞧，外婆居然说到我赖床的事上来。她应该表扬我，也知道吓老鼠。我说：外婆，老鼠会不会偷吃米谷呀？外婆说：不会的，不会的，米装在瓷缸里，谷装在铁仓里，老鼠吃不到。我说那油呢。外婆说也吃不到，油装在坛子里。那花生豆子呢？我还是不放心。外婆说：都吃不到呀，外婆全装起来了。这我就放心,难怪外婆对老鼠们的喧闹不怎么上心,是老鼠偷吃不到我们家的食物。

睡吧,睡呀,外婆说,明天要早起呀,别赖床呀,别尿床呀。后面一句我不喜欢听,心里很不满,嘀咕着,外婆呀,我都好几个月没尿床了,你怎么老提?

外婆起床都比较早,平时起床并不会叫醒我,可今天,她自己没下床,就把我的被子掀了:亮亮起床了,起床了。顺手摸到我屁股上来,拍了拍,说:没尿床呀,没尿床就好,没尿床就好。我本醒一小半了,还有大半没醒,是憋着一泡尿。我迷迷糊糊想,是去撒尿呢,还是接着睡。外婆又说:快起来,我拿竹鞭子了。我一骨碌爬起来,真不好意思再赖床了。

外婆走出睡屋。外婆真像一只老龙虾,脚没迈出门槛,脑袋已拱出去了,还有龙须。

舅妈也起来了,正对着镜子在梳妆。

我觉得舅妈与外婆的区别就是梳妆。外婆起床从来不梳妆,更别说对着镜子了。外婆直接用手将头发一抓,拿个橡皮筋一扎。外婆的头发白的多黑的少。舅妈的头发乌黑油亮。或许是这个原因,舅妈才会对着镜子拿着梳子细细地梳。我常想,若是舅妈把头发扎成辫子,那会更好看。可她也不。她也是用橡皮筋一扎,摆在脑后,只是她的橡皮筋缠了红绳子和小红花。这样,舅妈的头发一下生动起来,好好看。今早舅妈梳好头发,还往脸上涂抹什么。

我知道那叫大宝 SOD 蜜。有时我和表妹芸芸也会拿它往脸上涂,凉凉的吸进皮肤里好有味道。我们哈哈大笑,捡到糖果一样。

外婆看见舅妈往脸上涂大宝,表情很不满,嘀咕着:都要去下田干活的人了,还涂脂抹粉,想抹给谁看? 狐狸精!

不知舅妈听见没,我是听见了。舅妈很少跟外婆说话,爱理不理的样子。不像我跟芸芸,总是嬉闹个不停。有时芸芸惹恼了我,发誓不跟她玩。

我的誓言总是不算数,只憋一会儿,挺难受,就想,算了吧,还是原谅她,她比我小。

这时,一只大老鼠从墙角洞里钻出来,直接钻出来,连探下头窥视一下都没有,大摇大摆地沿着墙脚走,旁若无人。

这只老鼠真的太胆大了。平时,这里说的是大白天,老鼠是会想从洞里钻出来,可要在洞口窥视几下,如果看见人就会缩了回去。

外婆看见了,气炸了,气得身子抖抖动:瘴打的老鼠,瘴打的老鼠,胆子越来越大了。她急切地要找件武器,可惜身边没有,厅堂空无一物,只有墙上挂着几只斗笠,这显然不好用来打老鼠。她作姿作势一番,才小跑着进入厨房,顺手操起火叉棍就出来。老鼠还在墙边,似乎在考虑,该去哪儿觅食。这下外婆更火了,简直是对她的挑衅。她双手高高举着火叉棍,一步步朝老鼠逼近,要给它致命一击。老鼠猛然发现了危险,掉头就跑。它并没原路返回,而是窜进了我的睡屋。奶奶的火叉棍狠劲地拍了过去,可惜是慢了那么一拍。

我以为,老鼠走了,外婆也就算了。可今天,外婆跟大老鼠较上劲了。她尾随冲入睡屋。睡屋里摆放的东西实在太多了,床、凳子、桌子、箱子、衣橱、储藏柜、箩筐、晒席、坛坛罐罐,都沿着墙摆放,有点零乱。老鼠一下子不见了。外婆有点沮丧,就像做足了准备的战士,敌人突然隐藏起来了。外婆很不甘心,用火叉棍朝屋里那些可以敲的东西使劲地敲,边敲边骂:瘴打你的老鼠,瘴打你的老鼠,瘴打你的老鼠。嘿,真有一只老鼠受了惊吓蹿跳出来,不知道是不是原先那只。外婆毕竟年龄大了,反应没那么快,火叉棍拍过去时,老鼠已窜出睡屋奔入厅堂。外婆跟跟跄跄跟出来,老鼠已奔出了厅堂大门,朝野外落荒而逃。外婆追到大门口就没有信心追了,骂一句瘴打你的老鼠,把火叉棍扔出去。火叉棍不可能砸着老鼠,外婆骂骂咧咧转回来,走进厨房。她要开始做早饭了。

在追打老鼠的时间里,舅妈已拿着割草刀挑着草篓走出屋。准确地说,她人还在门前禾场上,外婆扔的火叉棍就在她身边不远的地方落下。嘭地一下,还有那句瘅打你个老鼠。舅妈吓了一大跳,回头白了外婆一眼,嘀咕一句:神经病。外婆听到没有,我不知道,反正我听到了。我觉得舅妈那样说外婆不好。

不过,外婆是有点神经病了。

比如说早上,外婆去生火做饭。她把一撮松针塞进灶膛口,就急忙四下找火柴。不见了。平时火柴就放在灶膛口旁的小洞里,一则方便拿,二则那儿不回潮。可今儿在那儿一摸,没摸着火柴,就急了。先是在厨房里找,翻东翻西,翻遍每个角落,不见。她又跑去她睡屋里找,翻了好大一会儿,再跑到舅妈睡屋里翻,枕头被子都没放过,还是不见,便厉声问我:亮亮,拿了火柴没有? 我正在舅妈睡屋里喊芸芸起床。芸芸比我小两岁,做哥的我觉得应该喊芸芸起床。这也是外婆平时交代我的任务。我的任务可多了,放鸭子,拌食给鸡吃,扫地,烧火。我说没有。外婆还是问:到底拿了没? 我有点委屈了,梗着脖子:说了没就没了,不信可以搜。外婆又问芸芸,拿了没,也是逼问的样子。芸芸说没有。外婆还是不相信,说:见鬼了,肯定是你们拿了,看来不拿竹鞭子抽,你们是不老实了。芸芸吓得大哭起来。外婆自言自语说,肯定是你们拿着玩,玩丢了。她走了出去,又转了回来,冲着我说:对了,昨天我叫你买火柴了,你买了没? 我想了想,说:买了呀,我明明给你了。外婆说:真是见鬼了,真是见鬼了。再说:亮亮,你去再买盒火柴回来。村口就有家小卖部,离家不足五百米。买火柴的事我喜欢做,因为可以顺便买些零食。这要感谢如今的钞票没有分币,角票都很少见,外婆拿出来的都是块票。听说买火柴,芸芸说也要去。嘿,这个小馋猫,挺聪明的。外婆说:算了,叫你买,比请人都更贵。外婆迈着步子急急地走出厅堂门。我牵着芸芸的手来到厅堂里,我想早上除了做事该玩些什么。我见外婆没走多远又折回来,手中已捏着盒火柴。外婆,火柴明明在你自己身上,还到处找呀找,还冤枉人。不一会儿,外婆又发神经了:火叉棍呢? 火叉棍呢? 我往禾场上一指,说:不是在那,不是你自己扔出去的。外婆捡了火叉棍回来,走我们身边过时,没忘记呵斥我一句:别只顾着玩,要扫地,扫地。

## 二

外婆是什么时候变得神经兮兮,我真不好说。就说是昨天晚上开始的吧,因为昨天晚上外婆弄出了很大的动静。晚上具体什么时间,我真说不清楚了。白天有太阳,看太阳知道时间,早上中午下午。一到晚上,时间就模糊了,反正是很晚很晚了,我们都已经睡了。外婆突然一骨碌爬起来,神经兮兮地惊呼:不好了,屋里进大老鼠了。

人老了睡眠就浅,这话我信,外婆就是这样的人。每天晚上,早早地喊我们上床睡觉,说是电费贵。她自己呢,躺在床上,转过来转过去,时不时把我搞醒。她明明睡着了,屋里稍微一点什么动静,都逃不过她的耳朵。

我是这样想,外婆睡眠浅,都是老鼠害的。老鼠上蹿下跳,嬉闹唱歌,乡村夜晚万物寂静,这样的声音就格外刺耳。特别是啃咬储藏柜的声音,很闹心。我都受不了,外婆受不了。她不去追打,只不过是安慰自己,没事,食物都藏起来了。

外婆一骨碌爬起来就把我惊醒了。以前外婆醒来,会把我摇醒。如果我睡沉了,就拍我屁股:起来起来,去撒尿,不叫醒你又尿床,你是猪呀死睡,你祖宗又不是葬在睡山上。今儿我恰好醒了。我预备着外婆叫我去撒尿。我也真有点尿意了。可外婆没喊我撒尿,而是来这么一句神经兮兮的惊呼:不好了,屋里进大老鼠了。我想外婆呀,你这不是废话吗?屋里本来就满是老鼠。

外婆拉亮电灯。拉线开关一头拉线就在她枕头边,这样很方便夜晚起床。灯亮了,拉线却断了。外婆这下力用得也太猛了。外婆下床,披衣,走出睡屋。哎,外婆不去打老鼠,怎么走出去了呢?我也下床,因为我要去撒尿。

外婆走到舅妈睡屋门口,先是推一下门,发现推不动,里面闩上了。咚、咚、咚,外婆使劲敲门,里面没有反应,她再使劲地敲,咚、咚、咚。

谁呀? 是舅妈的声音,好像是从深坑中艰难地爬起来的。

是我。外婆说。

什么事呀? 舅妈说,半夜三更的。

听得出来,舅妈是极为不满。是会不满,半夜三更敲门,人家睡得好好的,有什么事明天不知道说呀。我都要给外婆差评。外婆脸上露出一丝得意的笑意,好像她这么敲门打搅舅妈睡觉,是某种小阴谋得逞。

你屋里钻进了一只好大的老鼠。外婆说。

没有呀。舅妈说,哪里有老鼠呀?

怎么没有? 我明明看见了,外婆说,那么大的老鼠,呼地一下钻进来了。

有老鼠又怎么样? 这屋里还少得了老鼠吗? 你又不是没见过老鼠? 舅妈说,语气变得有点生硬了。

外婆怔了一下,呆在那儿一时说不出话。

是呀,屋里钻进老鼠,真不是件值得大惊小怪的事,找这个理由半夜敲人家的门,外婆呀,我都要说你神经病了。

我怕老鼠钻进米缸里。外婆说。

米缸不是在你睡屋? 舅妈说。

哦,是哟,那油缸呢,钻进油缸里也不好哇。

婆婆你长不长记性呀,油缸不也在你屋里。

花生,花生。

花生也在你睡屋呀。

外婆找的一个又一个理由都被舅妈推翻了。外婆站在那儿有点沮丧。是呀,外婆,那些装食物的坛坛罐罐全放在你自己的睡屋,怕老鼠糟蹋的理由真不是好理由。你怎么这么傻了? 我都不会找这样的理由。村里那个老流鼻涕的傻子赖子都不会找这理由。

你开下门哪。外婆说。

开什么门哪？你不会睡我也不会睡呀，明天还有一大堆事要做哩，你是有病呀？成心跟我过不去是不？舅妈发连珠炮了。

外婆又一次呆在那儿。她想再敲门，举了举手，没敲过去，因为舅妈蹦出一句更难听的话：死婆姥子，是不是见我好欺负哇？整天没事找事。这句话对外婆打击太大了，她脸一下呈现愤怒，接着又衰退下去，落寞。

外婆踟蹰走回来，很沮丧，电视里打了败仗的将军就是这样。一见我还站在门口就勃然大怒：死赖子看什么看，不会去睡呀，夜猫子呀，有睡都不会睡。对于外婆的无名之火，我很是不满，自己犯贱受了气，朝我发火。可我不敢违拗她，此时违拗她，少不了竹鞭子抽过来。我乖乖地滚到床上去。

外婆要关灯时，才发现开关的拉线断了，这使她又很恼火，一边端凳子垫高来拉开关边的线头，一边唠叨不停：连个死电灯都欺负我，连个死电灯都欺负我。

## 三

吃早饭前一会儿，外婆与舅妈吵起来了。

早上，做饭是外婆的主打工作，先生火，再洗锅灶，加水，淘米，煮，将米饭捞入饭甑蒸时，我就要去烧火了，外婆就提着个菜篮子出去。她要去菜园里摘菜。每天都是如此，饭蒸熟了，她菜也摘回来了。吵菜，喂猪，舅妈也从田里做事回来，一家人就开始吃早饭。可今天，外婆并没摘菜回来，菜篮里空空的。她放下菜篮，喊芸芸过去，身上变戏法似的掏出一把糖果。看到糖果，我口水都流出来了。我走了过去，喊一句外婆。

都是小馋猫。外婆白了我一眼，说，芸芸，我的乖芸芸，今儿奶奶买糖果给你吃了。外婆右手从左手中拈了颗糖果，举了举。芸芸的手都伸长了，外婆却不把糖果放到她手中去，而是问：糖果好不好吃？好吃！我与芸芸几乎是同时回答。外婆说:好吃就好了,奶奶的糖果就是买给你吃的,但奶奶要问你话,你要如实回答。回答好了就有糖果吃,回答不好就没糖果吃。芸芸使劲地点头。我说:外婆我也会回答。外婆说:你闪一边去。我并没闪一边去,因为我相信,外婆的糖果迟早会给我吃。

芸芸,昨晚是哪个叔叔跑到你睡屋? 外婆说。

我说:外婆,昨晚你不是找老鼠吗?

外婆扬起巴掌要扇我,然并未扇过来,只是做了下样子,说:闪一边去,别打岔,小心我竹鞭子抽你。

我后退两步,做了个怪脸。

说呀,我的乖乖。外婆说。

我不知道。芸芸做了一番认真思考的样子。

打谎话。外婆说,一个大活人,怎么会不知道?

我妈不让我说。芸芸说。

哦,你妈妈不让你说就不说了,我是你奶奶。

说了妈妈会打我。

哦,你就怕你妈妈打,不怕奶奶我也打你?

芸芸委屈地哭了起来,鼻子一抽一抽。

外婆。我喊。

没你的事。外婆婆瞪了我一眼。

哎哟,哭起来了,鼻子还蛮高哟,动不动就哭。你以为一哭就怕你呀。外婆四下张看,那样子就是找竹鞭子。

看我不抽你,没王法了。外婆的样子很厉害。

芸芸哭得更厉害了。

你再哭,你再哭! 外婆的声音陡然严厉起来,你再哭我真抽你了,你以为我不敢哪。

芸芸吓得真不敢哭了。

来，这个糖果给你吃,吃了就告诉奶奶,昨夜哪个叔叔进你睡屋了。

我不吃你的臭糖果,我不吃你的臭糖果。芸芸倔了起来。

哎哟,还挺有骨气呀,不吃是吧,不吃是吧,我叫你不吃,我叫你不吃。外婆真的很生气了,在屋里四下转。她是找竹鞭子。一时她真没找到竹鞭子,她气愤地把糖果往我怀里一塞,说:亮亮,你吃,她不吃拉倒。

糖果到了我手中,可以说我是一阵狂喜。我剥开糖果皮要往嘴里塞时,发现芸芸可怜巴巴望着我。我心软了,分了一大把塞给她。外婆一把抢过来,愤愤地说:她不吃,她不想吃,你塞什么塞呀,你吃,你吃。

芸芸又大哭起来。

有你这么做奶奶的吗? 一个声音尖锐地响起来了,是舅妈,她已站在门口,那担草篓还在她肩上。她气恼地把草篓重重地甩到地上,进屋抱起芸芸。芸芸哭得更厉害了,身子一抖一抖,受尽了委屈似的。

外婆与舅妈就这么吵起来了。舅妈厉声说外婆只亲外甥不亲孙女,偏心。外婆不断地强调她是外甥也亲孙女也亲,对谁都没有偏心。外婆的强调显然是力不从心,舅妈揪住眼前的证据不放:不偏心为什么糖果外甥有吃孙女没吃? 外甥是好外甥,知道分给芸芸吃,你不是偏心,怎么会抢掉来? 外婆招架不住了,把话拐到别的事上去,说舅妈照镜子涂大宝,一个种田的女人,要这样妆扮吗? 舅妈说照镜子涂大宝关你屁事,再说外婆抠门,结婚时明明讲好的买三十四英寸大彩电,结果只买了二十五英寸的小彩电。外婆说还不是为你们将来着想,欠下的债不是你两公婆还哪。外婆说到这似乎找到了理,说要说抠门你那边才抠门,三十二块大洋一块都没回。这似乎触到舅妈的痛处,她痛哭起来,说我到你李家做牛做马,还里外不是人,要受你这臭婆姥子欺负。外婆尖叫起来,骂舅妈你没资格骂我臭婆姥子,我是你长辈,没大没小的你爹妈少教养呀。吵架不断升级,互把对方尘灰角落里的不是都拎了出来。我和芸芸急得在那儿大哭,生怕她们会打起来。还好,她们只是吵,并没打起来。她们的吵架惊动了村里人,村里几个老人过来劝架。不知是老人的劝架有效,还是她们吵累了,就这么吵着吵着就不吵了。

## 四

这餐早饭吃得很闷气,外婆和舅妈都拉着脸,我和芸芸大气都不敢出。舅妈吃好饭,重重地把碗筷一放,扛着锄头就去干活了。舅妈真是个勤快的女人,吵了架也不使性子不干活。外婆吃好饭就收拾碗筷,叫我们快点,语气生硬,显然她还在生气。洗好碗她去喂猪,喂猪原本是饭前的事,一场吵架耽搁了,猪在猪栏里嗷嗷叫,抗议。喂好猪,外婆回到桌子边坐,发呆。

外婆发了一会儿呆,想起什么似的,猛然起身,去灶背拿来火叉棍,在屋里砰砰敲起来。我感到好奇怪,外婆又发什么神经了?芸芸也感到好奇怪,悄悄地问我:奶奶怎么了?我认真地想了一会,很肯定地说:外婆是在打老鼠。

我想奶奶会发神经,都是老鼠惹的祸,包括方才与舅妈的那场吵架。

亮亮,你怎么不帮一下外婆打老鼠哇?外婆在喊。此时她在芸芸的睡屋里敲,敲得很重,每敲一下都是惊天动地的感觉,边敲边喊:瘴打你个老鼠,出来,有本事别躲着呀,出来,看我不打死你。

傻子都知道,大白天老鼠躲在洞里,那样敲,没用的。可我不敢违拗外婆,她正在气头上,惹了她,她又会拿竹鞭子来抽我。我去外面拿了根棍子,跟着外婆的样敲。我敲得没那么重,有一下没一下,有气无力,纯粹是应付了事。外婆并不在乎我的应付,她全神贯注地敲,狠狠地,似乎把所有的愤怒都集中在火叉棍上。芸芸也去拿根棍子跑进来,乐哈哈的。她把这事当作一件很好玩的事了。芸芸拿着棍子敲呀,发现墙角一个老鼠洞,有点惊喜地叫起来:奶奶,这里有个老鼠洞。有老鼠洞就打哩。外婆扔过一句硬邦邦的话。芸芸把棍子插进老鼠洞里,哈哈大笑。我说:外婆,这样没用的,老鼠都吓得不敢出来了。外婆一怔,直起身子站了一会儿,把火叉棍一扔,说:亮亮,芸芸,我们去赶圩。

这真是大好消息,圩上不仅好玩,而且有好多好多好吃的,到时外婆肯定要买给我们吃。芸芸更是乐坏了,欢呼起来:赶圩哟赶圩哟!

人太小就没用,没走多远,芸芸就喊累了,说:奶奶,我走不动了。外婆说:走不动你是不是想回呀?芸芸说:不,我想奶奶背。外婆说:你这小祖宗呀,你就是想累死我,不累死我是不放过我了是吧。说罢就蹲下来。芸芸爬到外婆背上,冲我做鬼脸笑,得意扬扬的样子。

到了圩上,外婆果然买了东西给我们吃,娃哈哈,一人一瓶。我急切地扭开盖子,仰起来就喝,走了那么远的路,真的好口渴了。可这一喝就喝急了,要呛坏了,外婆赶紧拍我背:小祖宗哟,别喝那么急,没人跟你抢的。

圩上真的很好玩,摊位上,店里,东西好多好多,人也好多,大人小孩,眼花缭乱,我和芸芸东张西望,恨不得把所有的东西都装进眼珠里。外婆却在一个卖耗子药的摊位边停下来。摊位上堆满了死老鼠。

买耗子药?来几包?坐在那儿的肥汉站了起来,殷切地问。

我买老鼠。外婆说。

老人家,我没听错吧?

没错,就买老鼠,多少钱一只?

你买几只?

就买一只,一只就够了。

你看着给吧。

外婆挑了一只肥大的老鼠,足有半斤,扔进蛇皮袋里。外婆提着老鼠,领着我们回村里,没有回家,直接走进陈友生家里。

## 五

陈友生是村里的篾匠,老婆去外面打工了,他在家中种田带孩子,空闲时间做做篾工活,好像没什么人请他上户做,只见他在家里,编些箩筐粪箕草篓菜篮扎扎竹扫把挑到圩上去卖。我家里的篾器基本都是他编的,好像舅妈特别喜欢用篾器,许多东西都有塑料制品代替了,她还是固执地用。有回我看到舅妈塞钱给他,他死活不肯接。

我对陈友生是有好感的。

他对我和芸芸好。不是一般般的好,而是非常好。见到我们两个总是笑容满面乐呵呵,好像我们两个不是小孩而是大人,必须用笑容来表示尊重。对了,村里那些大人,主要是老头老太婆,对我们这些小孩很不屑。他常买零食给我们吃,不像外婆那样小气。常会制作些玩具给我们玩,驳壳枪马刀剑弹弓等等。时常抱着芸芸扔沙袋,乐得芸芸惊叫哈哈大笑。骑着自行车,芸芸坐前面,我坐后面,在村道上兜风,日头在西山上,山是斜斜的,挂在山腰上的路是斜斜的,我们的影子也是斜斜的。

他会帮我们家干活。我们家的活,一般来说,外婆做家里的,舅妈做家外的。抢种抢收割时例外,外婆才要去田里干活。外婆那么老了,田里的重力活几乎是干不动,轻便一点的活也是笨手笨脚。田里有些活,舅妈也干不来,比如说犁地耙田。牛到舅妈手中就不听话了。舅妈几次试图自己干,结果田是耙得坑坑洼洼,深一处浅一处。陈友生说:算了吧,别逞能了,还是我来,这活就是男人干的。我家那几亩田地,犁田耙地,此后由他包了。他不用舅妈吱声,就会算好时间犁田耙地,绝不误农时。当然,舅妈和外婆也帮他干活。有些事是适合女人做的,比如说拔秧,女人就比男人快。他家拔秧的活几乎是舅妈包了。比如说晒稻谷,这样的事男人做简直是浪费,由外婆包了。我们两家的田紧邻,一条引水沟为界,他家的在那边,我家的在这边,这样相互帮忙就很方便。抢种抢收时,外婆会叫我与芸芸一起到田边去。我们去田边当然帮不了忙,是大人怕我们小孩子出事,比如跌到坎下。去割禾是要抬打谷机的。这样的事舅妈不会去叫陈友生。舅妈抬前面更重的,外婆抬后面更轻的。外婆真的老了,就是这样,抬得十分吃力,没走几步,就喊着要歇息。这时陈友生就会不失时机地赶过来,用责备的口气对舅妈说:肖艳你也真是,怎么不吱一声?你婆婆这么大年纪,抬得动吗?这回,是陈友生抬前面,舅妈抬后面,他们迈着轻快的脚步朝田里走去。外婆撵着我们两个跟在后面。田里割禾,打谷机是要拉动的。外婆与舅妈一人拉一边,要合到力来才能往前。拉打谷机外婆也是不行,她没力气。这又要陈友生来帮忙。陈友生不管在田里做什么事,只要见到舅妈站在打谷机边,就会快步走过来。挑谷子回家,这样的事本不用陈友生来帮忙,多了几担,外婆挑不起,舅妈可以多走几个来回。如果陈友生没有割禾,收工时直接过来挑一担走。如果在割禾,他会提前挑谷子回家,再转回来。我多次看见他替舅妈背柴火,不知道是顺路还是特意去接。多次看见舅妈拿毛巾给他擦汗。他站在那儿一动不动,嘿嘿地傻笑。

陈友生还是外婆的救命恩人。那天舅妈去上山砍柴火了,外婆走河西的荡荡桥,一脚打滑掉到河里去,幸亏河水不深,不然有十个外婆都没了。幸亏外婆做什么事情都要带上我和芸芸。她是怕我们两个出事,结果她出事了。我们吓坏了,芸芸直接哭起来。外婆在河里喊:亮亮快去喊陈师傅,外婆没法动了。我飞跑着去喊陈友生,他正好在家编粪箕。陈友生飞跑过来,背起外婆就往镇医院跑,据说是他没歇息,一口气跑去。事后舅妈感激了又感激,说:幸亏村里还有个大男人,要是有什么三长两短,李南生还不把我埋怨死了。

外婆走进陈友生屋里,他正在扎竹扫把,满地的竹枝条竹叶子。他见到外婆进屋了,笑得很好看,赶紧端条凳子,外婆也不客气,一屁股坐过去。

陈师傅呀,我有个事想问你。外婆说。

问吧,别客气。

你一个大男人,怎么让老婆出去打工,自个在家里呀?

嘿嘿,陈友生讪讪地笑了,我这不是要带孩子吗?

那可以叫你老婆呀。

不瞒婶子你说，老婆在家里，那是一分钱都挣不到。我这不是有门手艺吗，多少能挣点零花钱。

你也真放心。

放心不放心的，就那个样子，这不是没办法嘛。

其实你可以叫你老婆回来，两公婆在家里多好哇，你有门手艺，又不是赚不到吃。

哎呀，婶子你这说的，一家有一家难处，两个赖子转眼就要去上初中了，那要花好多钱。这两间茅屋子，我也想翻新一下。别人都去镇街上做房子了，我在村里一间都做不起，都抬不起头来做人了。

是呀，一家有一家的难处，若不是有难处，我家南生也不会去外面打工。

就是嘛。

他们两个聊到这似乎是没话说了，出现了暂时的停止。陈友生起身，说要去弄点零食给我们俩，外婆赶紧说不用不用。陈友生做了下样子又坐下了，大概是一时间弄不出什么零食来，有的话，他是一定会的，而不是做样子，这点我坚信。外婆再坐一会，似乎是下了下决心，说：陈师傅呀，你是不晓得哟，昨天夜里我屋里进了一只大大的老鼠。

老鼠?! 陈友生嘿嘿笑了笑。

昨天夜里我没打到，气死了我，是跑到肖艳睡屋里去，死老鼠好刁呀。你说，半夜三更的，我怎好去媳妇屋打老鼠呢？气死我了。

这有什么好气的，哪个人屋里没有老鼠哟。

那不相同，那老鼠太大了，太大了。

嘿嘿，陈友生笑得有点尴尬了。

你是不晓得，今天一早起来我就找老鼠打，我就不信，一直打，一直打，就打不着它。唉，费了好多劲，你猜怎么着？

陈友生接着嘿嘿地笑，笑得有点不自然了。

打着了。外婆高声大气拖长着声说,样子有点得意。紧接着,她将蛇皮袋一提,死老鼠就落到地上:瞧,是好大吧?

陈友生脸上没什么表情了,有点僵。

外婆捡起一竹枝,使劲抽死老鼠,一下又一下,抽得死老鼠一弹一弹,遍体鳞伤。陈友生坐在那儿,身子一惊一惊的,好像是抽在他身上。

一只死老鼠你总打着干吗哟?陈友生说。

我就是气嘛,你不晓得,我总担心死老鼠会活过来,我多抽它几下,它就死定了。外婆说。

▶ 发表于《星火》2016 年第 3 期

# 欢 笑 夏 侯

◎陈世旭

## 一

夏侯阳光是开学好几天以后出现的。

我们学校是全省最牛的重点高中,中考录取分数线、高考升学率从来都是全省的制高点。每到中考招生,校领导那儿就明里暗里挤破了人头。有带着上至中央下至顶头上司的批条的, 有带着大大小小的红包或银行卡的,有批条、红包、银行卡一样不少的。之前,主要次要的校领导栽了好几任。现在的校长在品行上也是全省最牛的,除了中考成绩,天王老子也不认,威武不能屈,富贵不能淫,整个一铁打金刚。

夏侯破了例。照他的中考成绩,家里如果不破大财,连一般高中也进不去。但他却进了我们学校。不久全校就知道了,是老省长危老硬把他塞进来的。

危老在省政府工作的时候, 夏侯老爸——大家喊老夏——在机关当勤杂工,十几二十年间,每天都是最早到,最晚走,永远都是在闷头做事。机关里大大小小的干部走马灯似的来来去去,换了一拨又一拨,他从来没有麻烦过任何一个人。危老从省长的职位上离休后,有一次在机关大院的小树林遛弯,看见老夏在大树下拔石凳边上的杂草,走过去打招呼,受了惊吓的他猛一抬头,来不及抹去眼角的泪水。

危老回去就给当时的省长写了信,说,考虑再三,还是决定打扰您一次。他恳切地请求省长亲自过问一下一个普通工人儿子的升学问题。他与这位在省政府机关兢兢业业工作了多年的工人同志非亲非故,甚至喊不出对方的名字,更谈不上关心对方的生活。他为此很惭愧。

老夏前面生了两个女儿,赶着计划生育政策下来之前生了夏侯阳光,得了儿子,从此一心望子成龙。老夏上初中时全国学雷锋,给他留下了终生坚持不懈摘抄名人名言的习惯。有了儿女之后,他把那些名人名言用大字抄出来,贴满了家里的墙壁,每天让儿女们早晚背一遍,背熟了,再换一批。

在这些名人名言的熏陶下,儿女们读书都特认真,上课做笔记恨不得连老师的喷嚏也记下来,在家里手上永远抱着课本,每天趴在桌上做作业,不到半夜决不起身。可不知为什么,学习成绩就是上不去。大女儿好歹念完初中,死活不肯参加中考。二女儿干脆就没念完初中,半道退学了。轮到夏侯,宝全押在他身上。中考那天,家里专门给他炖了一只老母鸡,老夏头天悄悄跟人换了班,把一辆动不动就掉链子的单车仔细检修了一遍,早早地载着夏侯去赶考。夏侯上了考场,他就两只手抱着膝盖,一直在校门外的一个角落蹲着,低着头念念有词。他的父亲是水灾后进城要饭的农民,从小没有进过学堂,就指望儿子有一天能出人头地,为夏侯家争气。但他当年没有考上高中,在家待了两年,只好去劳动局登记,报名就业。面相、性格有遗传,过不了中考应该没有遗传!

但夏侯的中考就是没有过。复读了一年再考,还是没有过。

老夏上班,止不住背着人偷偷抹泪,却让危老撞上了。

危老是全省上下知道的人个个敬畏的老领导。"文革"中他的两个儿子一个自杀了,一个下乡插队,后来就一直在公社中学——后来是在乡中学教书。不是县里不使用,是危老一直压着:你们要动他,事先必须请示我，这是纪律！每次儿子回家，危老就叮嘱：就你那水平，就在基层老实待着，爬得高，摔得重，不是什么好事。他唯一的孙女很争气，高考被省里的重点大学录取，她放弃了。第二年再考，如愿考进了全国名头最大的大学。危老自己一离休就交出了办公室，搬出了独栋庭院，让办公厅给他在省政府干部大院找了套单元房。请众秘书、医护、警卫、司机吃了一顿饭，感谢他们多年的辛苦，谅解他对他们的种种过失，告诉他们，我这里没你们什么事了，组织上已经同意他的请求，请他们回各自的主管单位另行分配工作。多年来他从不干政，散步遇到跟他一样退下来的老同志发牢骚，他立马脸色铁青。他们只好赶紧住口，从此见了他就远远避开。

对危老的信，省长不敢怠慢，立刻呈报给了书记，书记立刻就批给各位常委传阅，指出，这应该是一个特例。危老的信实质上提出了我们执政方向的命题。落实危老的要求，上升到了政治高度。我们校长再牛也只有执行的责任。

夏侯很对得起这个来之不易的学习机会。他每天最早到校，最晚回家，上课坐得端端正正，一动不动。但让人难以相信的是，他好像是个聋子，什么也没有听见。老师每次点名他发言，总不见回应。必须旁边的同学推他，他才好像是猛然惊醒，一下站起，然后就像棍子一样杵在那里。不管哪一课的老师，也不管提的什么问题，让他回答，他都一概张口结舌。

但夏侯比所有人都优异的地方是他的表情——笑，而且是欢笑，绝对是夏侯的标志。他那张娃娃脸永远是血色丰润，鼻头沁着细细的汗珠，头发里冒着热气，就像刚从桑拿房出来。明亮灿烂的笑容随时随地都挂在上面，黑白分明的眼睛微微眯着，血红的嘴唇里露出整整齐齐的小白牙。不论面对谁，也不论遭遇什么，都永远那样害羞似的笑着，亲切而真诚。凝神听课是那样，回答提问是那样，我老使阴招让他出丑是那样，像棍子一样杵在那里还是那样。课间，教室、楼道、操场，夏侯的帽子或书包，随时有可能被人抢走，然后在大家的手上传球似的抛来抛去。站在人堆中的夏侯，头像拨浪鼓一样转来转去,眼睁睁地看着自己的帽子被踩烂,书包里的东西被抛得散落一地,始终明亮而灿烂地笑着,手舞足蹈,乐不可支。仿佛他不是被游戏的对象,而是游戏中的一员,帽子或书包也不是自己的,是公共玩具。

我们班主任是教生物的,很为夏侯着急,常常把从不举手的夏侯喊起来:夏侯阳光同学,你看见我出的题没有? 连问几遍,夏侯才结结巴巴回答:看——看见了。

看见了那就回答。班主任和颜悦色地走近他。

夏侯别过涨得通红的笑脸,去看周围的同学。

我跟夏侯同座。我轻轻提示:

选 C。

夏侯很警惕,之前我老骗他。迟疑了一会儿,他说:

选 A。

全班哄堂。

班主任出的不是选择题,而是一个填空题。

班主任让夏侯站着,自己回到讲台,说,今天的课先不讲了,给大家讲讲人的一种常见的生理现象——笑:

在人的各种表情中,笑,无疑是最受欢迎的一种,但也不尽然。有些笑是很不好接受的——这还不是指那些同贬义词连在一起的所谓阴笑、奸笑、贼笑、淫笑、狞笑之类——比如广播和电视里的有些广告的笑就很可怕,因为叫卖的常常是假冒伪劣产品,情节编得又很拙劣、很不自然,那些代言的明星笑得很夸张、很没有来由,使人浑身起鸡皮疙瘩。

笑都是有来由的。即使假笑,也有必须作假的理由。演员在演出中的笑大都是为笑而笑,但也有明确的目的性———一是将笑作为艺术,二是将笑作为商品。该笑的时候不笑,或者笑得不合情节的要求,就有可能被导演炒鱿鱼,拿不到表演酬金。

自古以来,无数哲学家和生物学家对笑做了多方面的探究。法国哲学家、物理学家、数学家、生理学家笛卡尔对笑做了一丝不苟的剖析:

"笑是这样发生的:血液从右心室经动脉血管流出,造成肺部突然膨胀,反复多次地迫使血液中的空气猛烈地从肺部呼出,由此产生一种响亮而含糊不清的嗓音。同时,膨胀的肺部一边排出空气,一边运动了横膈膜、胸部和喉部的全体肌肉,并由此再使与之相连的脸部肌肉发生运动。就是这种脸部运动,再加上前述的响亮而含混的嗓音,构成了人们所谓的笑。"这段话同学们课后可以在笛卡尔的《论情感》里找到。

显然是由于笑容受到欢迎的缘故,自古就有卖笑一说,现如今提倡微笑,更是成了一种时尚。服务行业甚至将微笑列入规范化管理的重要内容。对于看惯了盾牌似的冷脸的消费者,这无疑是一种福音。然而——我要强调的是然而——有些漂亮小姐俨然如同达·芬奇的蒙娜丽莎,不管你有没有心情,是不是需要由衷的关切,永远是一副一成不变的"永恒的微笑",你受得了吗?

笑,一旦固态化了,其真实性就大可怀疑了。最起码,人家会以为你面部神经麻痹了,就僵死在那一种表情上。

当然啰,笑到底还是比哭好,笑相到底还是比凶相好。德国哲学家叔本华说过很多错误的话,但也为我们奉献了这样一句精彩的格言:"愉快随时带来益处。它好比幸福的现金支付,而其他都不过是一张支票。"只不过,我们对笑寄予了一种期望。期望所有的笑都能像雨果说的那样:"当我们笑的时候,内心深处应该是仁慈的。"法国作家拉伯雷是创造笑的巨匠。在笑的历史上,拉伯雷历数百年而不衰,始终是无可置疑的楷模。因为他的笑纯真、朴实。当一种文明趋向于伪善的时候,拉伯雷的笑因其保持自然的风格而受到千古传颂。

的确,我很愿意像挪威作家韦塞尔那样恳求:"请允许我自己选择唯一的一件好事,那就是永远和笑者在一起。"

但那笑者必须是真诚的而不是虚伪的，是智慧的而不是愚蠢的——而愚蠢的笑简称为蠢笑或傻笑，就是我们现在看到的夏侯的这种笑。

全班再次爆发哄笑，这一次连桌椅楼板也咚咚乱响。

在一片混乱的笑声中，夏侯的笑容没有任何变化，无声而明亮，平静而欢快，似乎在执拗地告诉班主任，他的笑不是蠢笑或傻笑，就是欢笑，发自内心的欢笑。

不知为什么，我们在忽然之间都相信了夏侯，相信了那样的笑不论是尴尬，是紧张，是窘迫，还是委屈，都不是伪装。那样的笑是装不出来的。那差不多就是婴儿的笑，表明心地的纯洁无瑕。夏侯的心理世界就停止在婴儿时代，像中国古代哲人孟子说的"不失赤子之心"。

也许就是这笑容征服了大家。

时间一长，大家再不忍心拿夏侯开涮。再毒舌的老师，也不挖苦他了，像我这么贼的人也不给他使坏了。尤其每次家长会，他老爸每次都来，从来没有缺过席。每次都坐在最前面一排的一个角落里。轮到家长发言，他就头一个站起来，先向讲台上的老师 90 度弯腰，说：拜托！再向学生座位上的家长 90 度弯腰，说：拜托！然后声音颤抖地连说几声：千万千万拜托！完了就哆哆嗦嗦地坐下来，再没有话。大家开始还觉得好笑，很快就严肃了，这有什么可笑？辛酸还来不及呢，中国的父母有几个不是为儿女活着！

而且，除了学习成绩，夏侯的优点是特别明显的。最大的优点是嘴甜和勤快。他管男生一律喊"哥"，管女生一律喊"姐"；见到同学的家长，不管是不是与他相干，他都会凑上去喊"叔叔""阿姨"。他最乐意的事情是给人帮忙，而且是给所有人帮忙，不管其中是不是有人之前欺负过他。只要有人使唤，他立刻就满脸放光，浑身是劲，像是获了大奖——单是论功课，他什么奖也得不到，大家有需要，对他多少是一种补偿，证明自己还不是那么被人看不起。每天中午给班上不回家的同学买盒饭，一次拿不下就跑两次；大雨天一趟趟地把不想让裤腿和鞋子浸湿的同学背过积水的马路；每天卫生值日的同学有事或借口有事不想干了，他就踊跃替代打扫教室；篮、排、足三大球他一样不会，但每次他都从头到尾陪着，给大家看守扔在场边的衣服书包，买水递水，鼓掌喝彩。

头一个学期结束之前，心有愧疚的班主任提议让夏侯进班委，得到了全班的一致拥护，选他当了劳动委员。

让人惋惜的是，他的学习就是跟不上，怎么给他单独补习、吃小灶也不行。高三，进入高考备战，教室里一片死寂，偶尔有人咳一声，偶尔有一支笔掉地，都会让人心惊肉跳。教室的气氛压抑得像是一口活棺材。夏侯一如既往，一动不动地坐着，偶尔看一下周围。他的一贯的笑容，在不了解他的人看来，会以为是睥睨和嘲笑，但我们都清楚，那是无奈、茫然和寂寞。

因为一直同桌，我更清楚他心里的苦。他压根儿就不是大家在表面上看到的那么混沌未开，死心眼儿。测验和考试的时候，只要有可能，我就给他看我的答案，他从来没有拒绝过。他利用自己桌面上一个节疤脱落空出的小洞，把书本贴在底下偷看，只是每次他都不知道该抄哪一段、哪句话，或是哪个得数。

## 二

夏侯的高考结果可想而知。他老爸很绝望，差点自杀。我们校长出面，把夏侯弄进了一所私立职业技术学院。校长在大学当教授的一位老同学，兼任着这所学院的院长。学院的简称跟"妓院"完全相同，让许多报考的学生和家长忌讳。夏侯很顺利地毕业，很顺利地拿到了大专文凭。因为跟危老的那一段渊源，省市机关的后勤部门几乎没人不知道他和他爸。省政府办公厅给市政府办公厅打个电话，人家一见夏侯，马上就聘用了。

市政府有一个专门给一批副市级以上领导盖的818院，管理处特需要高等学历又有服务精神的青年人。因为是政府机构，工资有严格的限制，应聘试用的员工在没有考上公务员之前，收入跟厨房洗碗的农民工大妈差不多。连着几年，前来应聘的大学生问清了工作性质和收入待遇，有的扭头就走了，有的最多干几个月就跳槽了。但对夏侯来说，这是天赐良机！

再没有比这样的工作更适合夏侯的了。他不忌讳被人笑话"伺候人"，整天忙前忙后、跑上跑下，被人使唤得陀螺一样团团转，他只会快乐无比。他给人办事，从来不计较人家的语气，温和也罢，粗暴也罢，亲切也罢，鄙视也罢，讲理也罢，蛮横也罢，平易近人也罢，居高临下也罢，他都一样笑嘻嘻地接受。"妓院"毕业么，本来就是来"伺候人"的，他偶尔拿自己打趣。他觉得，能在这样一个有武装警卫、一般人不得擅入的大院里服务，即便是最普通的服务，也是一种莫大的荣幸。

夏侯很快就成了 818 院管理处甚至是整个 818 院最受欢迎的人，人见人爱。他的脸上永远是大晴天，他的嘴里永远在哼抒情歌，这个跟他名字一样的阳光男孩，从外到里热得像团火，见谁亲谁，冷饭冷菜吃得，冷言冷语也听得。只要谁家有事，他忙起来就没日没夜——半夜起风，没关的窗户玻璃碎了；出门忘带钥匙，要着急开锁；老太太菜买得太多了，拿不回家；下水道突然堵了，卫生间屎尿横流；车在路上跟人撞了，赶不回去接幼儿园的孩子；手机掉抽水马桶了，要伸手去掏……这些不在他职责范围内的事，只要找上他，他都干得特带劲，从来不厌烦，不抱怨，相反，屁颠屁颠的很享受。

夏侯是个念旧的人。他那儿很自然成了老同学的联络站，隔三岔五他就组织个饭局。本来大家说好了 AA 制，他很委屈地笑问：你们这点面子也不给我吗？大家说，不是不给你面子，你哪来的钱买单？你一个月那点工资还不够我们撮一顿的。他释然，说，哦，那你们尽管放心，等着掏钱的人有的是。大家起先还狐疑，想想也就作罢。夏侯是 818 院的人，水应该很深。没有秘密，那就不是他了。

我因为在外省读本科，毕业后接着读研，囊中羞涩，有几年没回家。这次回来，夏侯高兴得很，说是一定要最隆重地聚一次。可时间到了，人到齐了，独不见他人影。几个人连着给他打电话，他连声答应"就来就来"，可是等饭局完了，一帮人闹闹哄哄地涌进K厅包房，鬼哭狼嚎了好一阵，他才满头大汗地赶到，满脸堆笑，一个个地跟人弯腰、握手，一口一声"对不起"。"对不起"了一圈，忽然不见了，再出现的时候，领着几个服务生，抱来一堆零食、卤菜、大果盘、整箱的酒。然后，他一杯酒一杯酒地满上，把所有人敬了一遍，摇晃着身子，露出雪白的牙齿，醉眼蒙眬地说：对……对不起，我去机场接我们老板的小姨子了，没有陪、陪好哥哥姐姐，给各位赔不是，请包……包涵……

他还是老样子，一点没变，娃娃脸上挂着害羞的笑，永远长不大。几个走得近的同学中，有人总觉得他弱智：什么年代了，还有这么不要命的人，就算学历条件差点儿，也不至于做牛做马啊。

你们这是什么话，讲点良心好不好！有人当场驳斥，没有夏侯"做牛做马"，又是在那样一个地方"做牛做马"，我们能得到那么多方便吗？

这倒是真的，夏侯太大的忙帮不了，比如升官发财，或是去号子里捞人，但解决小难题则是分分钟的事——其实对我们这样的平民百姓，这些难题说是小并不小，没人帮你，那个坎你就是过不去——

报上发布了政府告示，祖父母如果是省城正式居民，其省城以外的未成年孙辈可以有一人把户口迁入祖父母家。一个师范学院毕业分到外县中学当老师的高中同学，欣喜若狂地带着那张报纸和刚满月的儿子的户口赶到父母所在地的派出所，问遍了所有人：有这事吗？所有人都回答：上面不都写着吗？又问：那我们能办吗？又答：你们自己应该知道。再问，就没人接腔了。

旁边有人指点，兄弟你连条烟也送不起吗？这年头有你这么干手沾芝麻的吗？

那同学在我们班上是出了名的二杆子,天王老子也不买账的,虽然到了底层,好歹也是人民教师,却教养不见长,倒是长了江湖气:卧槽,政府不是明明有法令了吗？草泥马戈壁!

甩甩手扬长而去。

中午,在夏侯那里用餐,说起上午在派出所的遭遇,夏侯说,看把你气成这样。他随手抓起拍在桌上的手机,拨了个号码;一会儿把手机拍回桌上,说:吃完饭,你先在我这儿的酒店睡个午觉,下午三点,你再去那个派出所,直接找他们所长给你办。

卧槽,神了! 那同学后来跟大家说,那天他按时去了派出所,所长又是让座,又是泡茶,一再叨叨:您跟我们局长是朋友为什么也不说一声啊? 临走,还从文件柜里抓出两条软中华,硬塞进我的烂包里! 草泥马戈壁,他在河里捞,我在他箩里捞!

知道了夏侯的神通,高中就出了名的几个赌鬼同学也有恃无恐。有天半夜他们鏖战正酣,忘乎所以,实在不堪其扰的邻居打了举报电话,一帮警察突然袭击,把桌上的赌资一扫而光。赌鬼中一个人冷冷地说:收好了,别急着瓜分,明天一分钱别少给我送回来。一个警校刚毕业的小警察哼了一鼻子:那你好好等着吧。

小警察打死也不肯信,那帮赌鬼还真是一分不少地等回了那笔钱。

扭转乾坤的自然是夏侯。几个赌鬼办了饭局感谢夏侯。夏侯难为情地笑着:莫、莫,是你们给我面子。

倒成了他该感谢那班赌鬼了。

有了夏侯,K歌就没意思了。

老板的小姨子? 你摸人家手没有?

没有摸手。

那是摸胸了。

没有摸胸。

那是摸哪儿了？你倒是说明白啊。

没有摸哪儿。

问题的出处明显是"领导吃饭你转桌，领导小蜜你乱摸"。但夏侯是直肠子，吃什么拉什么，根本没有幽默感。你怎么逗他，他都是正面回应。

别逗老实人，不好玩，言归正传，听夏侯的吧。

众人等不及了。每次聚会最大的热点就是听夏侯讲官场八卦。一帮人围定了他，众星捧月。每到这时候，夏侯就格外意气风发，本来就通红的脸更是艳若三春桃花。不远的几年前，他还是大家寻开心的对象，现在他是大家的中心。

夏侯最崇拜的官员是市委况书记，夏侯口口声声称作"我们老板"。

"我们老板"是有生活厚度的人，举重若轻，时不时会发些短信给包括夏侯在内的年轻人，诸如：

"群处守嘴，不惹祸；乱处守心，不出错；抬头做人，俯身做事；修好自己的心，立好自己的德；思想要丰富，心灵要纯净；让别人幸福，让自己优雅！"

"越是有故事的人越沉静简单，越是肤浅的人越浮躁不安；成功不仅是才华横溢，而且是平和低调诚实让人信任。"

"不要总显示比别人聪明，敬人等于敬自己；树一个敌，等于立一堵墙。"

"能干事不是本事，不出事不是本事，能干事、干成事、不出事才是本事。"

"一等人有本事没脾气，二等人有本事有脾气，三等人有脾气没本事。"

"自然界里的一切都是相互依存的，一荣俱荣，一损俱损。在这个世界上，人与人之间无非就是一份缘、一份情、一份心、一份真。风轻云淡时，一句问候；细水长流中，一个惦记；郁闷困惑时，一丝安慰；穷困潦倒时，一些给予；孤独无助时，一臂之力；落魄失意时，不离不弃。"

还有不少，都是金玉良言。夏侯奉为人生圭臬，并且连同他激情点赞的"我们老板"的所有讲话和文章要点及时转发到微信的朋友圈，让大家共享。

　　每次八卦,"我们老板"都是"三突出"的形象——所有人物里突出正面人物,正面人物里突出英雄人物,英雄人物里突出一号英雄人物。

　　"我们老板"是从中央机关空降的,一开始许多人不鸟他。夏侯刚到大院管理处上班,遇上抗洪,"我们老板"让市委市政府机关凡能抽出的人都上第一线。那天,况姨——就是"我们老板"的夫人,让夏侯顺便带点东西给几天没回家的"我们老板"。夏侯坐快艇上了指挥船,正赶上"我们老板"在拿手机打电话,一船人静悄悄的,大气不敢出。

　　"请您放心,我现在就在第一线,人在堤在!"

　　"我们老板"站得笔直,脸色严峻,声音坚定而柔和。按级别,他不可能用这种方式跟对方通话的。这一下,谁都看出,"我们老板"是通天的。从那以后,再没人敢在下边对"我们老板"阴阳怪气地说长道短了。

　　朝里无人莫做官。我们说。

　　夏侯没想到他本来以为的惊人内幕会引出这样负面的结论,急了,说,"我们老板"的领导魄力也是超强的。

　　年中,一位领导到基层考察新农村建设,头天下午省里突然通知,原定的考察点临时改变,第二天上午要去我们市下面最偏远县山区的一个村子。那个村恰好是我们市里最落后的一个贫困村。

　　"我们老板"晚饭前就赶到了那个村子,现场办公。一个晚上,那个村子所在的县乡几百名干部把村子清理得干干净净,墙面粉刷一新;牌坊屋头树上张灯结彩;从市里直接调拨,给家家配上了电话彩电冰箱洗衣机;集中附近乡村的牛羊鸡鸭,填满了全村子的牛栏羊圈水塘……

　　早上太阳出来,一个焕然一新的村庄神话般地闪闪发光。

　　这不是骗人吗?

　　有人困惑。

　　是政治。

夏侯笑着点拨。

你们老板就靠这"政治"升官？一定还有秘籍。别跟我们保密啊。

夏侯低下头，犹豫了好久，终于抬起头笑得很紧张地看了一眼包房的门：

我要是说了，你们一定给我保密。

那当然，弟兄们还能害你？

"我们老板"是有高人指点的。

夏侯吞吞吐吐，让他的笑看上去有些吃力。

夏侯说的"高人"叫"莫大师"，是个传奇人物。因为莫大师，夏侯见识了许多先前只能在电视电影里看到的气度不凡的高官、享誉世界的富豪、家喻户晓的明星，这些人一个个对莫大师恭敬得五体投地。也难怪，七十几岁的人了，平时住在深山老林的一个独院里修炼，汽车道蜿蜒通到山外的河边，河上特地架了一座汽车能过的木桥。桥头照电影里的样子挂着一排大红灯笼，数那些灯笼就知道平时有多少女人跟着他过日子。此外，还时常有从银幕银屏走下来的明星大美女找上门来，整天整夜跟他在床上修炼种种神功。

莫大师非佛非道，自成一家。早年在老家乡下跟人打赌，从远处遥控，让公社书记的老婆当街脱光了衣服，江湖上称作"仙人脱衣"，事后以流氓罪送去劳改。三年困难时期，连劳改农场的"政府"——就是管教人员都饿出了浮肿，他半夜出去拉尿，总是打着饱嗝喷着酒气回来。第二天，大家总是在屋角发现一堆吃剩的鸡鸭鱼肉骨头。跟踪了几天，大家发现他并没有走远，就蹲在屋角那儿咯吱咯吱大吃大喝。他背着身子，你也不知道那些香气扑鼻的酒菜是怎么来的，只好报告"政府"。

"政府"连夜审问，磨叽了好半天，他交代：你们保证，我坦白了你们不给我加罪——那些酒菜都是从附近城市的餐馆凭空搬运来的。

审他的"政府"拍案说：鬼信你的话！离劳改农场最近的县城也有好几

十里呢。除非你当场表演,让我们亲眼看见。

莫大师说,"政府"桌上那只水杯可以借我一下吗?

"政府"说,可以。

莫大师伸手抓过那只杯子,问,这里是半杯凉白开,对吧?

"政府"说,不错。

莫大师又问,"政府"想喝点什么? 酒,茶,还是糖水?

"政府"想了想,说,"老三花"吧。

"老三花"是劳改农场早年自酿的谷酒,因为粮食紧缺,酒厂已经有两年不酿酒了。

莫大师把抓在手上的杯子重新放回原处,说,请吧。

"政府"端起杯子,先前的那半杯凉白开一点没多,一点没少,只是凉白开已经不是凉白开,是度数极高、让喉咙火烧火燎的"老三花"了。整个过程也就是一两句话的工夫。

这是小意思。这样的小技只能在各种高级别的宴席上助领导的雅兴。

莫大师的绝技是通灵,草野生灵他一呼百应——铺满地毯的豪华宾馆,随手抓几张纸,用火点着,反扣在脸盆下面,过一会儿掀起脸盆,便有一群蛇四散窜出。那都是莫大师当场从山林召唤来的。

你亲眼见过? 我们其实已经信了,只是习惯使然,忍不住质疑。

当然,"我们老板"带我去看过,夏侯说,每次有领导来市里视察,"我们老板"都会请莫大师来表演,回回满堂彩。"我们老板"跟莫大师交情很深,拜了莫大师为师。莫大师山里的房子、汽车道、桥,都是"我们老板"让当地政府修的。莫大师也给了"我们老板"特别的指点。这些年"我们老板"的运势很顺,步步登高,都跟莫大师的指点分不开。

怎么个指点,能举个具体的例子吗? 我们追问。

大粒的汗珠从夏侯的额上滚下来。他终于鼓足勇气,说,你们千万千万别害我,这样绝密的事,传出去不是好玩的。反正出了这间房子我就不认账,谁传谁负责!

行行行,我们这帮人谁也没有当官的命,晓得秘籍也用不上,绝不会传的。一帮人信誓旦旦。

前年,夏侯压低声音,有位中央领导路过,在市里的宾馆睡了个午觉。我当时正在818院管理处上班,"我们老板"从那个宾馆给我打了个电话,让我过来盯着,中央领导离开后不准任何人进那个总统套房,一切必须保持原样,包括散乱的被子、床上的毛发皮屑、咳在地上的痰、喝剩的茶水、掀开了没冲水的马桶……都不准收拾,手指头碰一下也不行。房门必须紧闭,不让一丝气息透出来。干脆,你就端把椅子给我在那个门口坐着,不准任何人踏进那扇门一步。谁问你,你就说有特殊任务,什么也不准多说。什么时候见到我,什么时候你才可以离开。

这就是莫大师给"我们老板"许多指点中的一个——在中央领导睡过的床上睡一夜,可以凭借中央领导留下的强大气场,大幅度提升发展能量。

当时"我们老板"还不是副省级,在那床上睡了一夜之后不到半年,就进省委常委了。

这类故事在社会上早已传得沸沸扬扬,现在听夏侯说出来还是不一样,夏侯毕竟是有现场经历的人,可信度高。一帮人听得入神,怔怔的,虽然半信半疑,心里还是怯怯的,似乎面对一种让人畏惧的不可知力量。这让夏侯有极大的成就感。接近权力让他觉得也拥有了权力,成了有分量的政治人物。他还是那样无邪地笑着,但那笑里多了内容。

## 三

读研毕业后我就留在那个南方城市了。春节后回单位,正是春运高峰,火车站以及全市各个车票代售点人山人海,我唯一的选择就只有找夏侯搞票。夏侯那天酒喝得有点高,但心里跟明镜似的,清清楚楚地记着临别时对我的许诺,没问题,我来办。

夏侯第二天就给我来了电话:一块儿吃个饭,顺便把车票给你。就我们两个,好好说会儿话,人多太吵。

约好的那天,夏侯在门卫那儿等着我。我扶着单车随他进大门的时候,心里有点发紧,毕竟是头一回来这种地方,侯门深似海,挺森严的。没想到那个农村来的小兵腼腆地对我点了点头,很意外。夏侯说,我们刚才正聊你,他崇拜死你了。他们山里有个在外面读研的回去,全村办酒席,县长都来贺喜。

饭前,夏侯领着我在这个外界说得近乎缥缈的神秘大院转了一圈。的确是个好去处———一个清波粼粼的大湖,卧在一大片林木葳蕤的丘陵中间,湖对面是雨后春笋般拔地而起的城市新区,请欧洲园林专家设计的浓密树林掩蔽着整个大院,树林外来来往往的人很容易忽略掉树林后面的那个世界。一栋栋间距很大的欧式小楼,各自带着小花园,悄无声息。

"这里居住的是我们这个城市的心脏和大脑。"这是我进来时听我们主任说的第一句话,夏侯说,笑容里充满了自豪。

看来你很喜欢这里。我说,心里有种小人物的泛酸。

当然。夏侯沉浸在自豪里,你肯定看过美剧《纸牌屋》,里面有句台词我觉得特精彩:权力就像房产,越接近中心就越有价值。

我一下站住,睁大眼睛看他。他的笑依然带着稚气,他的髭须依然是毛茸茸的,但我就像忽然听到一个幼儿园孩子嘴里说出的是老于世故的政客的心得。

夏侯完全没有注意我的表情,那顿饭他一直在跟我讲这些年他对权力的感受。

权力是很威严的。

夏侯应聘后接受的第一个工作任务是为将上任的市委副书记准备房

子家具。提拔前他是县委书记,那个县在他的任期内变化很大,从一个穷县进入了省内强县行列。他由此成为政治新星。市政府明年换届,他是市长候选人。

省委任命的正式文件还没有下发,副书记就来报到了,还带了满满一卡车行李。夏侯这里的准备工作还没有完成,只好在管理处库房清出一块堆放行李的地方,副书记则暂时住进市政府的接待宾馆。

放下行李,副书记就给省委老大家里打电话。他的这次调动,是老大点的名,现在人到了,头一件事自然是给老大请安。得知老大昨天从基层视察回来受了风寒,吃过早饭上医院了,就向管理处临时要了辆车,紧赶慢赶跑去探望。

管理处送他去医院的司机后来回忆,副书记上楼不一会儿就几乎是像逃窜一样下来了,脸色惨白得跟死人一样,五官变了形,魂魄都散了,很吓人。

当天,副书记就带着那满满一车行李,回了他来的那个县。不久,就传说他生病住院了,肝癌晚期。

市政府换届前,没上任的副书记——先前的市长候选人死了。

关于他的市委副书记任命的突然撤销,正式文件的说法是纪检部门发现了他在县委书记任上有受贿贪污行为。同时,群众对他之前上上下下跑官的不正当活动反映强烈。下边的议论则很邪乎,说他报到那天在高干病房省委老大的专用套间猛然撞上了不该看到的事,或是听到了不该听到的声音。回到县里一直到死,他嘴里翻来覆去叽里咕噜就三句话:怎么会那么兴奋?怎么会那么冲动?怎么会那么冒失?

这在一定程度上加强了关于老大私生活的流言蜚语。

他其实是吓死的。

典型的官迷,笑死人。夏侯哧哧笑起来。

会所的小餐室其实是个书房,极简朴,除了兼作餐桌的茶几、沙发,就是一整面墙的书架。没有恶俗的名人字画、插花盆景、仿古瓷之类。外面是一个探出湖岸的水榭。一大群色彩斑斓的鱼在下面欢快地游动,不时哗哗地溅起水花。

"我们老板"好像有点洁癖,特反感花哨摆谱。我甚至觉得,他也很不喜欢官场应酬,这地方弄好后他来过几次,就想一个人清静清静。他难得清静啊。

我对官场毫无兴趣,每次听人津津有味地谈论官场,我总是找理由起身离开,实在不得不陪坐便直犯恶心。我打断夏侯的话头:

说说你自己吧,怎么样,是不是又有新欢了?

在大学里,夏侯特有艳福,每个寒假和暑假,都会有一个不同的女生做他的驴友。高中同学发给我的手机邮件每言及此事,我几乎都能听到他们羡慕嫉妒恨的切齿声:真是想不到啊,青头鸡单吃谷头米啊,咬人的狗不叫啊,之类。

夏侯笑而不答。

哪儿的?

就这院里。

同事?

不是。

直接交代吧,别卖关子。

夏侯甜蜜地咧着嘴:

记得那天我跟你们说去机场接人吗? 就是她。

你老板的小姨子?

我恍然大悟:

那我得好好听听,你怎么上人家的。

不是我上她,是她上我。

夏侯有老板家的钥匙,老板家的杂务都由他监督打理。老板小姨子接来的第二天，一上班他就过去，看看有什么需要。

客厅里只有老板的小姨子：

你叫我姐什么？况姨？她是姨，我是什么？

小姨啊。

小姨？我有那么老吗？你看着我！她在京城读大四，来姐姐家度寒假。

夏侯不敢看她，血一下涌上来，脑袋轰轰作响。

过来……过来呀……再近点……怕我吃了你啊……

她真的就吃了。

我不会把你啃得只剩骨头的。

她一边啃，一边忙里偷闲。

够劲爆的，我说，但这不像是一场认真的风花雪月啊。

为什么一定要是认真的呢？是一场风花雪月就够了。

夏侯很可爱地龇着雪白的牙齿，有些害羞地笑着，只是没有了青涩。

他去年提上了管理处副主任。主任是市政府办公厅一个副主任兼的，管理处日常的当家其实就是夏侯。他对"我们老板"直接负责，办公厅那个副主任兼的主任也就是个摆设。

那个帮你上高中的老爷子还在吗？

我突然问。

夏侯完全没有思想准备，愕了一下，说：

你是说危老吧？死好几年了。我爸在时每年清明都让我去扫墓，后来我爸也走了，我也忙，这两年就顾不上了。

也顾不上给你爸扫墓？

夏侯坦然笑着：

当然也不完全是没时间。危老这个人，怎么说呢，太高大神圣了。他这辈子多数时候都是各个级别的一把手，离休前还有一段是省长、省委书记一肩挑。可儿子退休前想调回省城，也方便照顾他们二老，求他给组织部门打个招呼。他说什么也不肯：我危某一生没向任何人低过头，别指望我打这样的招呼。

训儿子也就罢了，有些事做得太绝，很伤人——省里组织老同志出访，他从不参加，说把出国考察当福利是不正之风。有一次去法国，他破例参加了。到巴黎的第二天，他跟同行的一个人打了声招呼，说巴黎他来过，请转告领队不用找他，就不管不顾地独自去了日程上没有安排的拉雪兹公墓，在欧仁·鲍狄埃的墓碑前坐了差不多一整天，天黑才回到宾馆。当晚就让改签机票，一个人提前回了国。这样不随和，没人情，把一个团的人弄得很不爽。

"我们老板"有回参加完一个捐款仪式，仰在车后座上，忽然没头没脑地问：看过清代小说《二十年目睹之怪现状》吗？我没作声，我知道这样的问题不需要回答，这是他思考时的一个习惯。他接着就说，书里第十二回有句话："真是人心不古，诡变百出。"太深刻了！看看现在，玩高尚也成了时髦——玩慈善，玩助人，玩见义勇为，玩高风亮节……不过也不奇怪，马斯洛的第四层次——尊重的需要，说白了，就是精神享受。

这样别致的高论，我头一次听到。看着眉飞色舞的夏侯，我瞠目结舌。

夏侯没有注意到我的惊讶：

危老走了，还有危阿姨。两口子一个脾性。这院里那栋副书记没住成的小楼原来是分配给她的，不用花钱买，将来子女也可以继承。她不要。给"我们老板"上书说："……我和我已故丈夫一生从来没有向组织提过任何与个人利益有关的请求，如果这封信提出的请求算是的话，那这是唯一的一次——我的请求是向领导表明：我不需要新房子，请组织上另作考虑。好心人劝我迁就，都接受了嘛！但人家是人家，我是我。迁就就等于自甘堕落。同时，我郑重声明：也决不许任何亲属打我的旗号，来要这栋房子。我现在住的房子在我死后也交回公家。我们留给后代的遗产是极为丰厚和宝贵的，那就是我已故丈夫的精神品格。此外，我还有一点点存款，全部用于我的后事开销，尽量不给组织增加负担。"

这封信里的别扭和较劲谁看不出来？可她不了解"我们老板"的水平。"我们老板"当即就在信上批示："老一辈革命家的高风亮节给我以深刻的教育，为她的无私精神深深感动。相信对于我们广大干部，这封信也会是一份思想道德的好教材。"并且用市委红头文件转发到市委市政府以及下面各县区的所有部门和单位。

危阿姨后来又自费出了一本书，是危老生前剪报编辑的一本诗集。"我们老板"又让办公厅通知市委市政府以及下面各县区的所有部门和单位订购，必须做到人手一册，让危阿姨得到一笔相当可观的正当收入。没想到危阿姨不但不接受，还大发了一顿脾气，当面让"我们老板"下不来台。事后，"我们老板"不但不介意，反而是一开干部大会就拿这诗集说事，对危阿姨大加颂扬。喏，就是这本。

夏侯从那整面墙的书架上取出诗集，递给我。

我一页一页翻着，心一阵一阵发紧：

### 范　园

武可安国文定邦，

千秋浩气立平冈。

范园存亡无足论，

山川大地共华章。

注：范园，范仲淹祠；华章，《岳阳楼记》。

…………

### 焦　桐

手植焦桐五十年，

三人合抱已参天。

自是裕君人去后，

桐林漫漫阔无边。

注："焦桐"为焦裕禄手植，后人名之。

············

## 本　质

质本洁来还洁去，

未肯逐流堕泥沟，

此去黄泉归旧部，

昂首挺胸自不羞。

············

作为当时在任的封疆大吏，如此的沉郁激昂，诗发表时如同电光石火，朝野震动，现在读来只能是历史的祭品了。

危阿姨为诗集写了一个后记：

　诗集即将付梓，我痛彻骨髓。死者长已矣，生者常戚戚。但我永远不会忘记老危弥留时抓着我的手说的话：我俩老骨头，即使顶着崩塌的泰山，也要走到正路的尽头。

我抬起头，对面欢笑着的夏侯的明眸皓齿一片模糊。我突然站起来说了声"告辞"，就往外走。我不想让夏侯看见我失态。

## 四

夏侯出事是在他那个"我们老板"出事之后。我先是在电视下边的滚动栏看到那位市委书记被移送司法机关的消息，不久就收到老同学告知夏侯被捕的微信。

夏侯是那个案子突破的关键人物之一。单是经过他的手转给"况姨"的银行卡、支票上的数字就不是我这样的书生可以想象的——尽管他当时并不知道那些密封件里装的是什么。他对领导忠心耿耿，做梦都不会觊觎领导的秘密，更不会想从中捞一把。最多就是让那些托他给"我们老板"传话的官员和企业老总报销他招待我们这些狐朋狗友饭局、K 歌的费用，要不"我们老板"不会那么放心用他。

办案人员根本不信夏侯会那么干净。夏侯说，你们不信我也没有办法，反正我到死都只认我爸的话：在政府做工一定要记住两条，一不要多上级事，二不要沾冤枉钱。

夏侯交代的时候，脸上的笑容一如既往，让人觉得他嬉皮笑脸，狡猾。传出来的他交代时说的那些话，只有我们绝对相信，但法律无情。

我特地回了一趟老家。一帮老同学邀齐了去探监。

给夏侯判的刑很重。我们以为会见到一个萎靡不振的夏侯，没想到被警察领着出来的时候，他浑身上下收拾得干干净净，除了穿着囚服，除了隔着铁栅栏，除了有点老成，就像他最早被他老爸领着出现在我们班上一样，咧着嘴，露出雪白的牙齿，有一点害羞但绝对是灿烂地笑着。

一个女同学失声大哭起来，喊：

夏侯阳光，你个白痴，你只会傻笑啊？你不会哭啊？

铁栅栏后面一脸笑容的夏侯哽咽说：

我哪里笑了？我没有笑啊。

▶ 发表于《北京文学》2016 年第 5 期

# 德 馨 园

◎杨帆

　　钟夫打算写一篇短的小说。他坐下来，望向窗子外的梅树，思索着昨夜的梦。都还是一个个花苞，像是唐朝仕女嘴上的那一撮小点儿。远处是河塘，水瘦成一缕青烟，这当然是钟夫打算写进小说里的句子。事实上那河塘里漂浮着树枝树叶、昆虫的尸体、塑料袋、浑浊呆滞。隔得远，钟夫闻到的是园中草木在冬季特有的清苦气。更远处是山，四下里水汽弥漫，云雾环绕，眼看要下一场雨。

　　雨只是一种猜想。钟夫用意念揣摩上天的用意，总不得要领。雨总也没有下，云气犹豫不决，绕树三匝。这个屋子是山中住持的女儿提供的，他可以住到河水涨满的时候。钟夫并不是第一个住进来的艺术家，前些年曾住过一位大人物，二十世纪八十年代，他写鄱阳湖的一部小说被拍成了电影，得了百花奖。临到垂暮之年，他被邀请来这里，很是清静了一阵。事实上文学盛况不再，他在山下也是为琐事所扰。大人物鹤发童颜，不怒自威，说话声若洪钟，背着手走路疾步如飞。他与山中住持是幼年邻居，住持的女儿又是文学青年，两下里一汇总，他便施施然上来住了一个季度。中途他的老寒腿不能忍受山里湿气，也有说法是有一个妇人寻到这里，大人物不胜其扰，后搬到南方沿海一带。这园子便有了名头，叫德馨园。

九点,钟夫照例接到素总电话。这个节点,他应该起床了,再不济也在床上醒着了,接电话是没有问题。假如她打断了他的创作思路,那是不凑巧,因为她隔三天才打一个,中奖概率不高。那边有乐器声,她应该不是独处,而在一个大众场合。她问到他的饮食,他的口腔溃疡,以及他的肠道疝气。他身上的毛病不少,来此修养很有必要。素总强调说,关键要吃素,戒烟戒酒倒可缓一步。素总没有皈依佛门,在全市开了十三家素食连锁店。全国每年数以万计的教徒来此停留,作为朝拜菩萨的中转站。在朝西房间的冰箱里,她给他留下一堆食物,当然是素食,熟食,或是加工半成品。园子里还有块菜地。钟夫在此修身养性,只管等着福祉来临。素总常穿简洁的黑白套装,从来不穿那些宽袍大袖,一头青丝剪成赫本头,有时来的时候在刘海上压一个蝴蝶结发箍。她一进园子里,高挑的身材便把梅树比对得苍老下去。假如她一直不走近,没有露出她不怎么露出的笑容,额角的纹路不会出卖她的年龄。钟夫眼望梅树,跟她探讨了一会儿山里的雨意。

思路还是被打断,不过,他想不起来昨夜的梦境。仿佛是梦到了他的上司,那个长着一颗硕大脑袋、没有脖子的家伙。他曾经有意把他写进小说,仿佛陡然闯进了一个怪兽,这个诙谐、轻盈的小说瞬间被破坏掉了。他处心积虑营造的那样一堆云山雾罩般的氛围,清雅别致的遣词造句,立刻变得古怪起来。他暗中吃了一惊,没有料到时过境迁,他的内心还存有如此突兀的咆哮。他小心地将那家伙摘下来,想让这个小中篇气息连贯,首尾呼应,在预设的完整结构里得以善终。但是这个举动的结果是,这个小说随之消失了。它停止在怪兽消失的地方,再也无法往前一步。他记得那个清晨他抱着脑袋,在桌边呻吟。太阳光照进来,他把这个无望完成的中篇撕成碎片,浸在泡麦片的温水里。

他的肠胃不好,早餐吃点麦片,晚餐喝小米粥。生活变得规律,符合他现今的身份和体质。还有什么比这两样更重要的东西?在他的生活里,其他的谈不上。那个怪兽般的清早再没出现过,他安稳地写着小说,平衡着体质与身份之间的落差。评论家对他的揣摩比较一致，认定他有一种气功师的功夫。他一度对此沾沾自喜，毕竟作品的气韵连绵，是需要坚实体力做底子的。也就是说，一度病魔缠身的人不知不觉在小说里痊愈了。即便他不能断定，是小说滋养了他，还是一股神秘的气体通过小说抚摩到他，曾经脆弱多疑、狂暴忧悒的他。

总之，他的确练起了太极，远离了酒和女人。太极拳的那些个意蕴深广的弧度，能令一切排山倒海般的风暴轻轻滑落。他有了一个柔韧的护体，风暴卷起的沙砾、石块接触不到它，黯然自行凋落。山里的安静时时令他感到安慰，吹着晚风，想起在他那个马路边的书房，嘈杂不堪的清晨，夜晚，一切的时辰，便有一阵酥酥的幸福感从手臂传上来。他母亲住进家里带子焉，每日看护他上下学。他狠一狠心，春节也在此度过。这不是自虐，不是对亲人的冷落，说起来不像是理由，却是实实在在的难题，他想不出令他人不感到无趣的法子。临行他安排好一切，带着隐隐的喜悦，上得山来。

这天早饭后，他在园子里散步，察看梅树和菜地。花苞还是花苞，冒出的红似乎面积大了一点。零零碎碎不成气候。菜地种的是芹菜，菜叶入汤，菜梗素炒，倒也吃不腻。他看到河塘上飞过几只水鸟，清寂地叫两下，便在烟灰色的天空失了踪迹。他踱到塘边，乱草丛中孵着一朵朵积雪。阳光洒下来，相安无事。塘边有一块石头雕成的棋盘，棋盘上搁着黑白子，每次的阵势均不同，仿佛被某位高人摆弄过。每天前来察看，他都带着三分愉悦，自搏一番，也俨然同高人交过手了。他从没有遇到什么人，只有远处青山隐隐，云雾深处偶现寺庙白墙青瓦，晨钟暮鼓，被风送入沿岸一丛竹林里。前方传来活泼的水声，他一看，河心漂浮着一只活物，一摊摊偏紫红的金属色泽的油光，在它的四周打着漩儿。它向这边刨过来，猫狗样的东西，扑腾几下便到了岸边。钟夫皱着眉头，看它旁若无人地抖着水，从它三角形的脸、一撮撮湿毛下的窄条身子，看不出它是只松鼠，还是野猫。它在发抖，同时用一种尴尬或者说内疚的眼神自下而上地盯他。他蹲下来，它又把头扭到一边去。钟夫从屋里取来毛巾,它跟他到了园门口,趴在门前,柔顺地由他将它裹进毛巾。毛巾里是一团散发温热和河水腥气的柔软物件,他在揉搓它的时候,觉得事情有些怪异。它身上不仅有河水的气味,还带着一股浓重的类似铁锈那种血腥味。它不停地发抖,在吹风机的暖风下眨巴着小黑眼睛,随着毛发舒展起来,它渐渐还原成一只黄毛狗。就狗的体量来说,它太小,既不能看家护院,也不能令人大快朵颐。看上去是土狗和宠物犬的杂交,它黑黑的鼻子、金子般的毛发,显示它被照顾得很好。它的主人很可能是一个不切实际的人。他剥开几根火腿,丢在它面前。它很快吃完了,大力舔着嘴巴,不时扭捏地抬眼瞟他一下。

附近有人家,他估摸着它是从东边来的。此前两个月里,除了鸟、素总和地鼠,德馨园里从未出现过生物。他无意于收留它,在晨光中打完一套拳,便收工回屋,专心对付那个短小说。他没有再把那些落在稿纸上的字浸在温水里,当早餐吃掉。他养成了早晨写小说的习惯,因为素总讲他的胃病不是真的胃病,而是一种神经上的病。素总平日结交各个领域的精英人物,其中有个民间奇人,专治各种疑难杂症。钟夫的这套自成一路的太极操,以及早睡早起等,就是他授给他的护体秘方。每天,一套拳打下来,下一盘棋,写上几页字,早早睡下,他的胃被滋养得光可鉴人,富足圆满,再没有闹过大的意见。他先写一段,在主要人物即将登场之际,开始煮麦片。燕麦是有机的,大概还没有转基因,不像大豆、大米、玉米不能大胆吃了。中餐吃点蔬菜就红薯,一碗汤,实在馋了才煮点米饭。薯类只吃本地产的黄心薯,水果是园子里的番茄,没买过超市的紫薯和圣女果。此外,他每天喝一碗本地农户挤的羊奶。送奶人在清早将半公斤的袋装奶放在园门口一棵樟树的树洞里,每月收一次奶钱。按这个习惯,他每天出一次园门。次日来取奶,那只狗还趴在那里,他丢给它火腿的地方,像是一夜没挪窝。昨天写得顺利,从人物出场一直写到高潮部分,他边写边考虑着这个短篇应该能出其不意地结尾。一直写到窗外一团黑,才丢手睡了。夜里也没有听到它的叫声。

他想过它的主人是一个游手好闲的大龄懒汉，一个行将就木的暴戾老太婆，镇长的一个相好，甚至镇长本人———个精瘦、骨节粗大、眉头竖着川字的人，方圆百里流传着他的铁腕手段和长相。他应该想到是这么一个少女，说起来他们也很搭。她的身躯是那么壮硕，挺拔；她的姿态那么健美，甚至威风凛凛。哪怕额角挂着血串，脸上有污泥，衣衫不整，破碎的膝盖处露出她那杨树皮一样的肌肤。在他端出半碗羊奶看它喝的时候，她在晨光里出现，头发直到脚踝，光脚套一双球鞋。米色长夹袄上团团水渍，显是涉水而来。她像最浓烈的一朵山茶花，怒放出清冽之气、凛然之香。现在，她把下巴埋进杂种狗背上的毛里，眼睛自下而上盯着他，一眨也不眨，不移开，里面含着类似戒备、乞求的神情。她的厚嘴唇那么嘟噜着，但不娇媚，而是一种很硬的东西砸到她头顶的感觉。

呃，他说，你在流血。

她如梦初醒地摸摸额角，顺着他的目光眼珠斜斜上翻，笑了。她那副俏皮而轻浮的神态，不亚于梦露在风口扑打裙摆的效果，让他的脸微微热了起来。那狗从她手里滑下来，一跃而起，在她身前两侧不停蹦来蹦去。不知什么时候她手里托着个柚子，躲着它越来越高的袭击。她的笑声又甜又沙。她向他走来，双手将柚子端给他。那柚子皱巴巴的，像一颗失血、蜷缩的心脏。他接过来时，心没来由跟着沉了沉。

趁着他进屋找碘酒，她跟进园子，里里外外走了一遭。等他出来，看到她蹲在菜地里拔草。她一点不顾夹袄后摆蹭在地上，水淋淋的裤筒沾了泥巴，两只脚灵巧地挪动着。拔到他脚边，她站起来将草扔了，把额头往他这边凑来。钟夫给她涂了紫药水，伤口不大，涂的时候她嘴里发出嘶嘶声。她的毛发真是茂密。她长着一对金鱼眼，含着雾气，没有睡醒一样。她看他的时候，眼睫毛一根根向肿胀的粉色眼皮扎去。他觉得她是不会说话，然而她忽然开了口，说，这瓶过期了。说完拔腿进屋，在五斗柜里翻找起来。钟夫望向她被长发覆满的背部，怀疑这是不是一个虚幻的场景。在他胡思乱想时，她扭头问他，你那些书呢？钟夫一愣。她低头找了一会，沮丧地转过身。你写的书没有了。钟夫说，你知道我写书？少女点头，我爱看，你都带走了。你看过哪本？我看过……少女翻起眼想着。

一只小老鼠，爱吃芋头，她嘻嘻笑着，结果偷来的是石头。钟夫皱起眉，问她，不是在找药水吗？嗯，少女说，找药水。她回身继续翻找。钟夫走到她身后，看她两只透明般的手在药箱里飞快地翻检着，仿佛对里面的药品再熟悉不过。

以前来过这里？他听到自己的声音。

她回头看看他，好凶啊。是不是三宝惹你不高兴了？三宝。

三宝应声来了。它欢快地纵身扑来，一次又一次，以为主人手里拿着什么好吃的。少女咯咯笑着，拿手里的药瓶逗着狗，说，这个可不是你吃的，好吃鬼，知道他生气了吗？你知道？……他会赶我们走的。

钟夫感到屋子空旷了起来，按说多了人和狗，他该觉得拥挤才对。屋子里有风，让他后背发凉。他坐了下来，缓和了声色问，你怎么受伤的？从哪里来？脚，不冷吗？少女用手指给狗梳理毛发，我住桃花源里，跑出来跌了跤，都是这个捣蛋鬼闹的。它知道你回来了。

你是说，你来找我？

我找的是你啊。她睁着黑白分明的眼睛看他，看得他脑袋乱了起来。

钟夫脑袋嗡嗡响，我是谁？他听见自己干巴的声音，不像是自己发出的。门外天色明亮，刚刚有太阳，这会儿阴下来。树木举起的整个天空，发出一种玫瑰金色的光。光秃秃的杨树枝发出清冷冷的声响。

你是柳先生，少女说完跑了出去。确切地说，她追着狗跑进了园子。一会儿工夫，连人带狗不见了。木门在风中咿呀着，像从未有人经过。远处传来一两声水鸟的叫声，含着清音，如同程派传人的啼啭。钟夫举起手里的药瓶，看着上面的日期，果然超过了使用期。

次日素总来电话的时候，他在樟树下。一早他就出来了，但是送奶人没有出现。他心里隐隐觉得蹊跷,把这件事同狗的出现挂上钩。他还想到,手里这个小说写得如此顺利,几乎史无前例。寻思要不要将结局逆转,好摆脱某种诅咒或厄运。问起近年有没有一位姓柳的作家,素总说她很少过问这边的事,如果不是钟老师在山上的话,她都要忘记这里还有个闲置的房子。若事情重要,她着人去查。问候的话三言两语就完了,她迟迟不挂电话。她提到年前给他代领年货,同他母亲照过一面。她昨天从他单位拿来一堆书信,有一句没一句,给他报着上面的地址或书名。下雨了,她刚从公司回来。她用土耳其大披肩包住脑袋,邻居说她像个欧洲人。泡泡,她的爱猫四只蹄子脏得不行,她真想给它一只只拔掉。她的话听来亲切,且形象。他开玩笑地说,你要允许你的爱将在春天撒撒欢儿。素总听了,说她周末上来一趟。钟夫没有像上次那样悲观,反而庆幸她上来陪他。说到底,写一个短的小说,或是打一套老拳,是无须这样清寂的山水相伴的。他并非无消受的定力,当素总在除夕夜上山的愿望被他推挡掉时,他依稀看到今后要走的路。但是现在,他对此踌躇起来。

电话挂断后,雨从山下赶了上来。先是淅淅沥沥,后来密集成一片。天地闭合成一维空间,然而一股辽远的清气不时传进窗子里。午后,送奶人来了。钟夫将纸笔推开,上面没落一字。他拦下了这个青年,一边付给他下月的奶钱,一边向他打听柳先生。青年高兴地收下奶钱,抖掉安全帽上的雨水,问他住得还习惯。他来迟是因为整个上午在新开发的地盘上帮工,这里要建一个带游乐场的温泉度假村,拆掉民宅,填平河塘,都需要人手。他是入秋时接替他爹爹的活,没听说过什么柳先生,不知道这个屋子住过些什么人。先前他在东莞打工,厂子关掉了,他同那些没拿到工资的工友们拉条幅静坐、游行,后来闹得大了,被当地公安抓捕了几个领头的才散场。他老乡里面这样的情况不在少数,有些换个地方还想蹦跶一阵,有些像他一样认命回乡。剩下的就做了城市盲流。他爹今年七十岁,腿脚不好使,没有心力对付那些羊。现在他同他爹娘一样,一天不干活就没饭吃。至于狗,他们这里从来没有那么小的狗,他们这里都是神气的大狗。一个眼神不对,蹿上来咬断你的脚踝。小狗只能是东边王镇长家里的,镇长的小女儿早年也在沿海一带做事,后来厂房发生爆炸,被震坏了脑子。据说镇长为此跑广东待了半年,同化工厂打起了官司。别看镇长在当地是威风八面的人物,到了大地方狗都不是。本地一个人在大街上见过他,夹着个资料包追的士,胡子拉碴,脸上身上皱巴巴,愁苦的样子简直不像是当过官的人。镇长当年占过他家一块地,这一幕着实让他解了恨。这也是这人混得糟透了还赖着不回的原因,他讲恶有恶报,这城市给他报了仇。后来镇长领着女儿回来了,官司不知道打赢没有。这女儿看上去是个好人,实际没有用处,成天跟狗混一堆,脑子全不记事,不记吃也不记打。那狗是她从广东抱来的,不到一个月给人毒死了。那狗跟本地狗下了崽,她成天抱着狗崽晃荡,有一年差点跟个人贩子走了。有人说镇长把人贩子活活打死了,埋在后山。这么些年没人敢动他女儿和他女儿的狗。

钟夫心里有了底。这个柳先生未必是这屋子待过的人,也有可能是那女儿在沿海城市结识的人。那狗不是那城市带来的,是它母亲到镇上生下的狗,但是它对他的指认完全可以来自她的臆想。他心里不踏实的感觉还在,隐隐觉得她就在园子里。时近黄昏,他出去查看,草里湿淋淋的,树枝上挂不住的水珠滴进脖子里。远山同天空融在一处,河塘上有青烟升腾。竹林里有人走动,吆喝,还有引爆火药、搬动木材的咣当声。假如没有这场雨,估计路上会扬起尘土,火药味会更浓郁。

他回来一心一意对付这个小说,那些响动对他形成的干扰,反而有一种安慰的意味。完成它,结束它,这是他此时的念头。然而最初的爆发点没有了,离他而去,在河塘上蒸发了。这意味着再写下去就是行尸走肉,堕入深渊。他合上本子,眼望着窗台上那只柚子,了无生气,飘进的雨水也没让它醒过神。远处传来钟声,涟漪一般一圈圈漾开,山中越发显得静寂。

轰隆一声。钟夫吓了一跳。巨大的响声只能来自对岸,他们要填塘。一方面,他感到不适,毕竟这个河塘远看是那么宁静,人畜无害,早晚眺望一回已成习惯。塘边那块石头棋盘,沿岸竹林,都是他再三流连过的。另一方面,河塘是那狗和少女的必经之途,填平了,他们通过的成本就降低了。仿佛是为了响应这炮声,阳光出来了,云层和水汽快速向天空的四角散去。阳光一照,工地一派欣欣向荣。这气象一直持续到深夜,大吊车发出的轰鸣,像哮喘发作的病人。嘹亮的灯光把整个夜空照得红彤彤。

钟夫睡了四个小时,随之被当当声敲醒。接连三日如此。那声音在耳鼓上极具耐心地击打,不紧不慢,将一根一根钉子敲进他的太阳穴。他起身打拳。每次打完都出一身薄汗,通体舒泰,这一回未出半点汗,周身气息全无。他收拳静坐,只觉太阳穴突突轻跳,耳中出现一线金属般的鸣叫。那股气俨然消失了。在太阳升起的时候,他感到那一堆神经衰弱、肠胃紊乱、关节炎统统回到了身上,毯子一样越裹越紧。太阳仿佛在助长这些声响的传播,暖风推波助澜,春的迹象在满世界尘土里飞扬。出来取羊奶,看到三宝守在门口。钟夫心中一凛,极目张望,三宝在他身后嗒嗒跑动起来,直跑到他前边去。它一跑三回头,领他来到河塘边,直到他看到对岸王二宝拖着长发的背影。她穿一条绛色裙子,阳光下像是谁向她泼了一碗干涸的血。她用那种又沙又娇憨的嗓音向几个男人喊话,语气急促。她打着手势,头发像鲸鱼的鳍一样摆动,或者说,像一面国际反动组织的旗帜。一开始钟夫并没有打算过去,直到她对面有个男人抓住她头发,将她整个人提溜了起来。几个男人看着她敞开的裙摆,哈哈大笑。钟夫几乎没想什么,纵身下了水。水的冰凉在意料之中,还是咬得他打了个寒战。

钟夫阻止了那男人的下一步动作,将他拽紧她头发的那只胳膊推脱了臼。另外两个张大了嘴,还没反应过来是发出笑声,还是喝问。王二宝冒着热气的身躯迅速被接管到他这边,他扶她站稳,帮她将头发、衣裙大略整理好,慢慢向那三人走去。两个搀住那个大声呻唤的,讶然看他走近。你是哪个? 要的什么邪功夫?

他向他们抱拳，得罪了。我住对岸，敢问几位为什么对这姑娘动粗？

她是个活宝！左侧浓眉小眼的男人说，不是顾及她爸爸，我们早赶得她做鸭子跳。

你是活宝！王二宝身子向前窜去。

右侧瘦长身形的男人说，天天来捣乱，躲都来不及，谁有工夫跟她缠？加班加点累得脱形了！

不准你们拆屋子！王二宝朝对面人踢腿、吐唾沫，活宝！瘟神！亡种！

那叫疼的人抽了口冷气，分辩道，谁拆你……你……屋？三宝兴奋不已，一下窜到那人胸口，爪子挂到了他胳膊，登时疼得他大汗淋淋，说不出一个字。

钟夫问，你们要把这塘填了？竹林也砍？

瘦长男人点头说，还有那边的桥，你住的屋也要推。

浓眉小眼说，你住不了几天了。

这样一来，三个男人脸上都浮出了欣慰的表情，既满意又落寞，同突如其来的春天很搭。当中那个当然变化要急遽一些，因为还要留白给痛苦。钟夫上前给他一推一送，咔嗒。那人张大嘴惨叫一声，左右两人惊惧地摆开架势，眼看同伴脸色转暖，缓过气来。中间那人吁出一口气，指着钟夫说，你，是不是前两年见过你？

太阳当空，钟夫打了个寒战。

他们拆你屋！二宝跺着脚。三宝在她脚边给她伴奏，卖力地一跳一跳。

中间那人定定神，说二姑娘，你莫来为难我们，拿铁锹打我也好，用石头砸、泼粪也好，我们是奉命行事，给你爸爸打工。你有意见回家同你爸爸提。他小心地用那只好手翻起夹袄，肚子上一大块青紫的包块，露出苦笑说，莫让她再来，搞得我们办不成事，钱拿不到，还驮骂。

这种现世宝，不是活在世上给我们寻开心的？浓眉小眼嘟哝了句。

钟夫站了一会，转身离开工地。二宝三宝跟在后面来了。他走几步，停住脚说，你回家吧。二宝顿住脚步，三宝也顿住，不解地抬眼看看他。钟夫缓声说，你回去换身衣裳。二宝闻闻自己，鼻子皱了皱，她飞奔下坡，浇水洗起手和脸来。她扭转头，映着渐渐升高的光线冲他笑。看到他无动于衷，涉水而去，她一把抄起三宝，大力踩着水花，追上来。

等等我，短命鬼！

河塘的水浅，只到膝盖。填平也不过三两天的事。他走在岸上，感到膝盖骨以下没有了知觉，那种彻骨的寒冷紧勾住他片刻后，化作一片火辣。他预感到不好，多日来护体的绵绵气流尽数散去，脾那里隐隐作痛。他转身对她和狗说，不要跟来，你爸要寻你了。他不会寻我，二宝看他时眼睛一眨不眨，他有更厉害的手段。钟夫说，听说他会杀掉把你拐跑的人。二宝想了想，说，你别害怕，他不敢寻你。我说过你死了我也死。

钟夫望望她，进了园子。他扫视了一下园中草木，后面两个也跟着停了一停。她的左手虎口又在流血，河水的冰冷暂时让它止了血。好在他前些天找到了新药水，给她做了消毒处理。她一直在微微发抖，像是余怒未消，也可能受了寒。春寒伤人体，这个道理她怎么会懂呢？永远不穿袜子，涉水而来。显然，她还沉浸在刚才的场景里，嘴唇哆嗦着，迷梦般的大眼球放出高热病人那种坚定的光：屋子在，你就在。他找出一套绒面家居服给她，甩下鞋子，套上干爽袜子，对着她进去的房门说，我不是你的那个柳先生。里面三宝嬉闹响动停了下来，有一会没有动静。他继续说，我长得像他吧，你们都认错了。她出来了，手里掐着自己的绛色裙子，目光粼粼地看他。两次见她，都有不同程度的伤势，她像是为了遭受这个世界的打击而生的。什么也阻挡不了她。他摸不准她是忘记了从前的经历，还是不懂得吃一堑长一智。她个子既高，人也健壮，但套进他的衣服还是显大。这套咖色绒衣被她穿出了一种帅气。他心里暗暗赞叹一声，没料到她身上的村野气被收得如此巧妙，简直不是被制服，而是相互映衬，相克相生。

然而他心里是萧条的，下了水，好像全身功力尽失。自从这场雨下来，他像那个大人物一样无法忍受寒气了。或者，雨是她带来的？带来的还有那只柚子，正在她手里旋转着，她一手握刀，灵巧地给它削皮。她削出了一个五角星般的果肉,像一颗受到重击的心脏,干缩成一团。它被扔在窗台上,她把鼻子埋进柚子皮里深嗅着。仿佛她打开它,就为了接触那些柔软的海绵体内壁。她闭上眼睛,鼓鼓的眼球撑得眼皮变成绯红色。雨后天晴,园子里涌进来阵阵草气,在她睁开眼的那会儿,整个屋子在光线里晃了晃。

天阴下来是因为她的全部头发覆盖住他的脸。冰凉的脚丫往他皮肤里钻,她一年四季不穿袜子。她可以说浑身冰凉,俨然记忆的盲区在她皮肤上不停闪烁。她抱住他后背嘤嘤地哭,冰凉的液体流在他背心。后半夜歇了,但那种似有若无的呜咽始终贴在背部的一块皮肤上。他鼻端彻夜萦绕一种凛冽的清香,脑子昏沉沉寻思,莫非窗外的梅花开了?

或许是柚子发出的香气。这么一转念,天亮了。他似乎做了梦,这些念头全穿插在各个不相干的梦里,闹得他累极了。他不知道自己睡了多长时间,多年没有这么沉的睡眠了。房间没有人,他坐起了身。狗也不在。昨晚她叫他短命鬼,他很想转个身,问问有关柳先生的事情。现在,她再一次消失了,就像她第一次、必将到来的最后一次那样。他应该怅然若失,或者感到安慰。他在各个房间查看,去园子里寻了一遍。梅花果然开了两树,不,两树半。笔直的细枝条硬生生地切割天空,没有叶子,那些粉红的花朵像是单独的一个个梦,被打上一层蜡,熠熠闪光。他登上天台,看到她正朝他笑,抱着狗,两条腿挂在天台栏杆上晃。她整个人浸在暗金色的光线里,头发微微拂动,逆光之中的轮廓像一团烧着的炭。他不禁停了步子,听到自己在问,这是谁?

声音是从身后传来的。素总高挑的身形从楼道的暗处现出来,径直来到他俩中间。似乎是一根精妙绝伦的尺子,微微丈量了一下两人的间距,果断驻扎在中点的位置上。二宝反问,你是谁?哦,我认得你,你是庙里的菩萨。素总皱眉,忍受着三宝小跑过来嗅她的脚面,对主人观点的郑重确认。

你惹上她,钟老师?素总看向钟夫。

钟夫笑了一笑。这种时刻他感到了轻松,他甚至摊了摊手,带头走下了楼梯。身后素总的鞋跟发出咬牙切齿的响声,混合在三宝欢乐的叫声里。一直跟到了厨房。显然,她已经到卧室转过一圈。他打着火,坐上半锅水,抬眼看到一张脸在微微抖动,就说,到厅里坐,素总早上没来得及吃吧?素总没动,半晌说,我上来,就为着吃你这面?该死的,也该吃得补点儿!钟夫说,我还撑得住。说过了才感到不合适,一句要惹素总动气的轻浮话。素总的眼睛也在微微扭动,压低声音说,这算什么?一个白痴!你被她破了戒。你说的那些都是场面话,你对我不落一句实话!

她走出了厨房。钟夫把面煮好,倒了两碗。端出来时,厅里没有人。园子里隐隐传来狗吠。在亮晶晶的树枝间,两个女人在对峙。素总站在梅树下,梅花开了半树,乌黑的枝条益发醒目,她透过树枝盯着王二宝,这犀利的注视不时被憨态可掬的三宝打断。二宝同三宝互动着,不同的是一个不停动,另一个不怎么动。显然,二宝感觉到了对面投来的敌意,她是迷惑不解的。这对她构不成烦恼,先是有趣,到后来才慢慢有点委屈。

你要跟三宝玩吗?她主动把它抱给她。素总冷眼不语。一滴雨水落下来,两滴,三滴。素总朝天空望了一望,收回目光,朝白痴招手。钟夫听到她用平日给员工讲课的语调,开始向二宝训话。

雨水哗哗落下来,把女人的声音淹没了。钟夫端着面出现,二宝马上飞奔过来,三宝被带得在她脚下打了个滚。她朝他做了个鬼脸,夺过碗,放低嗓音说,你赶她走吧!雨下大了,素总进了屋。钟夫跟着她进来,把碗筷搁在桌上。他在另一边椅子里坐下,拍拍椅腿,给飞奔过来的三宝倒了半碗羊奶。素总笑说,你是上山养猫养狗了,大艺术家就是讲究个博爱呵。我有义务提醒你,趁早打发它们,惹上她的人没有好果子吃。他直起身,把碗朝她推了推。只有素总能养好猫,我们先自保。好在山上生活成本低,他扫了喝奶后仰躺脚边的三宝一眼,微笑了。

你诚心吃素吗?她讥诮地看着他。

怎么说呢,钟夫眼望窗外,说,我是无心才吃素。我躲到你这屋子来,全因为我一无所用。上不能治理国家灾害祸乱,下不能容忍民间弱肉强食,我独独还能响应你素总,不在餐桌上血流成河,大快朵颐。吃素让我心魂安宁。当然,这是我无趣的地方,也是我们两个之间的一场误会。素总嘴唇动了动,眼睛望向屋外,雨势稍减。她陡然起身,丢下一句,等看好新地盘,我们再谈。

钟夫跟出来送她,提声说,这屋子要推倒了,素总倒瞒我。我瞒不着你! 素总回身大幅度打着手势,这是发展需要,是政策,我们历来安分守法,和气生财! 雨水浇在素总身上、头上,像是配合她的讲话。她对雨势的判断是错误的,这使得她十分恼怒。钟夫在檐下取了伞,赶过去架在她头顶,说,等雨停吧。屋子的事我们谈一谈。

没什么谈的了! 就是拆庙也要配合! 素总尖声喊道,像一只被淋湿的鸡一样惊恐。今天我是接你来的。你跟不跟我下去?

我没打算下去,钟夫看了一眼在屋门口摇着尾巴的三宝,我们的合约,还有半个月到期。

你知道我一天要摆平多少人? 合约! 三教九流,人鬼不分! 这些吞掉我多少资源多少精力? 钟老师! 头顶突然炸响一个雷,素总吓一跳。雨里的身子又瘦又长又轻淡,像个魂魄。雨条更密集,伴随着远处隐隐的雷声,她的声音被冲刷得不成形状。

我不信,找不到另外一块地,找不到比这牢固的房子,比你有来头的大师!

我提前收回房子!

钟夫眼前一暗,天上隆隆滚过一个闷雷。发暗是因为那闪电,等他恢复视力,二宝已经送出了那把刀。给柚子削过皮的短柄刀,正从素总体内穿过。因为闪电太亮,雷声太闷,他没有听到素总发出声音。他也没有看到二宝闪到他们中间,把刀插进素总的脖子。

二宝说了句,你不是钟老师。她望着他笑,身上被浇透了,绛色裙子像黑色的血,一直流到地面。三宝在地上的素总身上嗅着,再三审查着主人的行为。

他们把她搬到园子里的棚子下。脖子上的血被雨水冲刷得干净,没一点血渍,面色青白。那刀插得深,三分之二没入肉里。钟夫感到了一种绝望。假如他身怀绝技，就可以用气将那刀逼出来，不至于让事情到这步田地。他们把尸体卷进一床被子里，搬到素总的车上，朝后山开去。天色暗沉，有些像夏夜。远雷在低低的天际翻滚，路边的柏树将獠牙般的长枝条扫过车玻璃。关在屋里的三宝在吠叫。雨声一会儿清晰，一会儿隐去，错乱如同山路尽头隐伏的深渊。清晰时雨点如秒针在头顶盘踞，催促，割裂，犹如审判。二宝率先进了山洞。钟夫失魂落魄地停车，跟了进去。这个时辰大概是下午两点，不会超过四点。雨势滂沱，以至山洞里幽暗一片。二宝在洞壁摸到什么，打着了火，一根蜡烛微弱地发出小朵光晕。山洞不大，二宝手里操了一把铁锹，铲起了土。钟夫不及细想，接过铁锹急急干了起来。二宝去角落捡来把镰刀在一旁刨。三宝不知什么时候跑来了，哀怨地叫两声，贴着洞壁刨着什么。半个时辰后，一个长方形的坑挖好了。钟夫和二宝垂手喘息，相互看对方汗津津的脸。昨天夜里，他们的脸也是汗津津的。

钟夫走出山洞时，三宝还在角落里刨。它刨出了一个不规则的圆坑，露出了什么物体。他这才看到洞壁前几根熄灭了的香，斜斜插在香盒中。果盘里摆放着两只苹果，一只柚子。他打了个寒噤。

是人贩子？

钟夫蹲下来，将蜡烛放到坑边一晃。那人额头塌了半边，牙床露了出来，龇牙咧嘴，显是经重击死亡又遭蚁虫啃噬。蜡烛失手跌落。钟夫一时魂飞魄散，那张脸正是他自己。

远处钟声响起，一声声悠长。风声空空，拂过即将被斫的竹林。一线金属声从耳孔中穿过，此时他听到车子发动声，阵阵涌动如松涛。四下里更加静谧。

2016 年 2 月于柴桑

▶ 发表于《作家》2016 年第 9 期

# 穿白衬衫的抹香鲸

◎樊健军

豹皮樟担任教练之前，欢迎的队伍早已相当齐整，要说瑕疵，就是队员们彼此间的配合还不够默契，个别人的动作还不够完美。在马尾松的表哥到来之前，欢迎的队伍有足够的时间排练，豹皮樟毛遂自荐担任了他们的教练。他将他们集中到林场堆放木材的场地上，那儿总有地方空着。

豹皮樟说："从今天开始排练，谁也不能请假，更不能缺席，谁缺席谁就是咱们林场的敌人！"

他跳上一个矮木墩，像他父亲那样吼着嗓子，挥舞着手臂，说话的方式同他父亲如出一辙。所有的孩子一声不吭，注意力全都集中到了木墩上。欢迎马尾松表哥的仪式是极为严肃而神圣的，没有谁认为他在开玩笑。

他仿效他父亲做了一根鞭子，每次训练时都带着它，仿佛随时要把它派上用场。

"一二一。"

"左右左。"

"向右边摆动。"

"动作要大一点，倒向右边，倒向右边！栗子，你长着耳朵没有?！"

豹皮樟气急败坏，朝叫栗子的男孩扬起了鞭子，就要劈头盖脸抽过去。栗子受到鞭子的威胁，努力向右边倾斜身子。他们都清楚，豹皮樟的性格是有遗传的，他父亲不折不扣执行马尾松父亲的旨意，从来不会歪曲，哪怕一根头发丝粗细的偏离也不会有。豹皮樟训练时的参照对象是马尾松，马尾松走步时习惯朝右边摆动身体，幅度还不小。体育老师都很宽容他，不去纠正马尾松走步时的姿势，豹皮樟更没有理由要求他改变多年来养成的习惯。

林场的孩子不多，就二十来个。几个女孩子想参与，马尾松不答应。剩下十几个男孩子，每个孩子都必须从鞭子下走一遍，走一遍不满意，就走第二遍、第三遍，豹皮樟满意了才会放手。

"甜槠，你的步子小一点，别迈那么宽。"

"白蜘蛛，你别他娘的像个蜘蛛，走正步，不是爬，不是爬，知道不?! "

孩子一个个走过了鞭子，没走过的队伍越来越短。那走过了鞭子的，不允许离开训练场地，而是被动或主动留下来围观。那些被鞭子恐吓出来的诸种丑态，就像一种黏性极强的胶水，牢牢地粘住了他们的脚步。这种时候要赶走他们都不容易，甚至他们在暗暗期待着发生点什么。

"棕榈，抬起头，眼睛看着我。"

"大果，把手摆动起来。"

"……"

没走过的队伍更短了，就剩两个人：水蛇和抹香鲸。

训练开始之前，豹皮樟就让水蛇给大家示范过，水蛇的一举手一投足，就像马尾松的孪生兄弟，分不出彼此。水蛇就是马尾松的影子，或者替身。果真，水蛇在众目睽睽之下毫无悬念地走过了鞭子，甚至在走步的同时朝大家得意地咧着嘴。

往后，所有的目光都锁定了抹香鲸。

那时候，他们都不明白抹香鲸是种什么稀奇古怪的植物，是树还是草，是藤萝还是荆棘。他们的外号都是林场里的那些伐木工或放排工喊出来的,唯独抹香鲸例外,他的名字最早出自抹香鲸的父亲之口。

抹香鲸的父亲是个瘦高个,脸瘦削而苍白,鼻梁上架着眼镜。他们一家人是在一个夏天的黄昏挑着简陋的铺盖卷儿来到林场的。抹香鲸的父亲虽然个子高,力气却不如一个女人,伐不了木,也放不了排,为给他安排个怎样的工作,马尾松的父亲伤透了脑筋。无所事事一个星期后,抹香鲸的父亲得到马尾松的父亲允许,开始在林场有限的墙壁上涂涂写写。墙壁的高处够不着,抹香鲸的父亲就会搬来桌椅垫脚,或者架起梯子。抹香鲸的父亲爬上桌椅,或者上了梯子,拿东西不方便时就会朝身后的男孩叫喊:"抹香鲸,拿支毛笔给我。"或者说:"抹香鲸,颜料盒,颜料盒在哪儿呢?"

林场的孩子都听到了,那个同他父亲一样瘦瘦高高的男孩叫抹香鲸。

抹香鲸比他们高出半个脑袋,穿着白衬衫。

"你,走过来!"豹皮樟拿鞭子命令他说。

抹香鲸没有立即走过来, 而是犹豫了一下, 瞧了瞧豹皮樟手中的鞭子。鞭子不只鞭打过他们当中某个人的大腿,有可能还鞭打过地面,鞭梢沾上了可疑的脏物。抹香鲸脱去白衬衫,将它叠齐整了,放在一根干净的杉木上。杉木剥去粗皮的时间可能不长,树身仍洁白着。

"抹香鲸,你磨蹭什么,还不快点儿!"

豹皮樟抖动鞭子,鞭子摩擦空气发出嗖嗖的呼啸声。

抹香鲸只穿了个背心,踩着他们刚刚留下的足迹朝豹皮樟走过去。

"抹香鲸,肩膀放低点,身体摆向右边。"豹皮樟冲抹香鲸喊叫。

抹香鲸好像没听见豹皮樟的喊叫,既不放低肩膀,身体也不向右边摆动。他昂首挺胸,迈动长腿,一步步朝他们走了过来。豹皮樟还没来得及叫喊第二遍,抹香鲸已经站到了那条线路的尽头。

"抹香鲸,倒回去,重走一遍!"豹皮樟恼羞成怒,扬起了鞭子,但因为隔着距离,鞭子没有抽中抹香鲸,而是落在了地上。

几个孩子跟着嚷嚷:"抹香鲸,倒回去!抹香鲸,倒回去!"

抹香鲸在围剿他的喧嚣声中回到了起点。

"这一次你最好放老实点,否则打断你的腿!"豹皮樟拖着鞭子,跑到了同抹香鲸平行的位置。

抹香鲸无辜地朝豹皮樟微微笑了笑。

"开始!"豹皮樟喊起了口号,"左,右,左。"

"抹香鲸,身体摆向右边,肩膀要压低一些。"

抹香鲸咕噜说:"体育老师都不是这么教的。"

他别扭地朝右边歪了歪肩膀,但很快恢复了之前的姿势。他的腿长,步子宽,同豹皮樟不在一个步调上。豹皮樟不得不小跑着才能赶上他。

"抹香鲸,你把步子放小一点!"豹皮樟将鞭子在半空中甩了一个回合,鞭梢距离抹香鲸的脑袋就差那么一点点。

抹香鲸并没有因此放慢脚步,相反有加快的迹象。这无疑在挑衅,豹皮樟忍耐不住,鞭子朝抹香鲸的腿部斜扫过去。抹香鲸早有预防,随便一抬腿,就躲过了呼啸而来的鞭子。豹皮樟被激怒了,左一鞭,右一鞭,招招奔向抹香鲸的大腿。抹香鲸左闪右避,鞭子全落在了空处。围观的孩子发出连串的哄笑声,在林场除了马尾松外,没有哪个孩子敢这么戏弄豹皮樟。豹皮樟发狂了,嗷叫一声,鞭子劈头盖脸抽向了抹香鲸。不管谁挨着这一鞭,不皮开肉绽才怪呢。抹香鲸面无惧色,躲闪的空隙,寻个机会一把揪住了鞭子。豹皮樟的个头小,力气也小,抽不回鞭子,一张脸涨得通红。

"抹香鲸!"马尾松在松木堆上大叫。

围观的孩子闻声收住哄笑,都拿眼睛盯住抹香鲸,抹香鲸才撒了手。

豹皮樟无处发泄愤怒,转头一鞭子抽向了抹香鲸的白衬衫,那洁白的衬衫上立刻留下了一条肮脏的鞭痕。

马尾松的表哥要来林场参观的消息是马尾松的父亲带回来的。每隔一段时间,马尾松的父亲就会进城向马尾松的表舅汇报林场的工作。间隔时间的长短并不固定,有时几个月,有时才几天。据说马尾松的表舅领导着数十个林场,他们所在的林场只是其中之一。马尾松的父亲每次进城都会捎带一些林场的山货,说是让马尾松的表舅尝尝鲜。马尾松的父亲带进城的有野猪肉、野麂肉、野兔、山鸡、蛇,以及木耳、蘑菇,还有竹参、竹荪蛋;有时还会带上几根山鸡尾毛,一把山果,几支豪猪箭;也带过竹编的小昆虫,比如蝉、蝴蝶和蜻蜓什么的。有个伐木工老会编这些,闲来无事时就编些小玩意儿消磨时光。

马尾松后来才知道,那些小玩意儿,包括山鸡尾毛、山果和豪猪箭,都是送给马尾松表哥的礼物。马尾松的表舅家有个男孩,比马尾松要长一两岁。马尾松曾经缠着父亲带他进城去见表哥,父亲嘴上答应着,却始终不兑现。马尾松从父亲带进城的那些东西猜想,表哥的喜好同林场的孩子差不多,至于其中的差别,就很难想象。

几次纠缠失败后,马尾松不再对父亲抱有幻想,也渐渐淡忘了城里的表哥。马尾松的父亲最近一次进城是在几天前,一大早从林场出发,第二天黄昏时才回到林场。马尾松的父亲是在饭桌上将马尾松的表哥要来参观的消息告诉马尾松的。

马尾松的父亲说:"你陪着你表哥好好玩玩,不能欺负他,不能让他受委屈,要带他到最好玩的地方去玩,不能让他摔着碰着,要是发生什么事,小心你的耳朵。"

马尾松的父亲经常拿耳朵威胁马尾松,每次犯了错,都会拎住他的耳朵惩罚他。马尾松的父亲惩罚孩子的办法好像在林场推广了,马尾松他们的耳朵比别处孩子的耳朵要长那么一点点。那一点点就是被他们的父亲拎出来的。

马尾松兴奋得一晚上都没有睡着,父亲的郑重其事预示着表哥即将来到林场。第二天一大早,马尾松就将表哥要来的消息告诉了豹皮樟,豹皮樟也同他一样,激动得打了个尿颤,险些尿了裤子。豹皮樟又将消息传播给了水蛇和其他孩子。孩子们都跟着激动起来,林场在山沟里,平常很难见到新鲜面孔,何况将要来参观的人是马尾松的表哥。他们聚在一块,你一言,我一语,给马尾松出主意。有三件事必须做足准备:第一,所有孩子列队欢迎马尾松的表哥,一个也不许少;第二,确定去哪些地点参观,参观什么内容;第三,给马尾松的表哥赠送什么礼物。

豹皮樟嚷嚷着,由他担任队列训练的教练,他的理由很简单,在学校他是体育委员,曾替代过体育老师指导同班同学做早操。灯台莲被允许代表所有孩子给马尾松的表哥送花,送花时要佩戴红领巾,花朵也由她采集。灯台莲是马尾松的妹妹,马尾松的表哥也是灯台莲的表哥。其他孩子见被豹皮樟和灯台莲夺了头功,都很着急,讨论后两个问题时一个个抢着发言,生怕自己被冷落了,被忽视了。

大果说:"夏天到了,可以去河里游泳,去捉螃蟹,捞鱼虾,还可以看我爸爸他们'捡死羊'。"

大果的父亲是放排工,把搁浅在岸边的树木重新放回河里,行话就叫"捡死羊"。

"要是表哥不会游泳怎么办? 出了危险怎么办? "马尾松反问。

大果被问住了,涨红着脸,默不作声退到了一边。

粗榧说:"上山摘杨梅,捕蝉,捉小鸟。"

灯台莲插话说:"捉小鸟太残忍了!"

马尾松盯了一眼灯台莲,灯台莲噘起嘴,吐了吐舌头。

栗子说:"上山捡栗子,尖栗子、毛栗子都有。"

豹皮樟鄙夷说:"春天哪来的栗子? "

栗子就噤声了。

商量到最后,他们才决定,马尾松的表哥如果夏天来,就上山采杨梅,摘山桃子,捕蝉,到山沟里捉石鸡。秋天来呢,就去捡栗子,摘猕猴桃,说不定还能逮到小松鼠。最有趣的该是春天,可以爬到山顶上去看杜鹃花,可以捡蘑菇,摘草莓,拔小竹笋,还能喝到蜂蜜。到了冬天就难办了,山沟里大雪封门,无处可去,顶多看看雪景。大山里的雪景同别处不同,时间足够长,也足够壮观。

白蜘蛛说:"可以去捉山老鼠。"

白蜘蛛的父亲会捉山老鼠,逮到山老鼠就烤着吃,香喷喷的,马尾松的父亲就曾让他烤过两只山老鼠带进城去,也就那一次,之后马尾松的父亲没再带过山老鼠进城,估计马尾松的表舅不喜欢。

白蜘蛛的馊主意遭遇了马尾松的白眼球,白蜘蛛丢了脸面,悄无声息躲去了人背后。

赠送的礼物倒很容易找到,马尾松收藏的东西不少,山鸡的尾毛,一拃长的野麋角,两三寸长的野猪牙齿,木头手枪,木剑,弹弓,漂亮的马鞭,甚至有一张五六尺长的完整的蛇皮。其他人也有不少收藏,只要慷慨,谁都自觉把最好的东西拿出来,精挑细拣,绝对能找到适合的礼物。

后来大果说:"我让我爸爸给表哥做把二胡。"

大果的父亲会捕蛇,马尾松的蛇皮就是大果的父亲送给他的,据说那张蛇皮就能蒙上两把二胡。

粗榧说:"我让我爹给表哥做根竹笛。"

粗榧的父亲会吹笛子,吹的笛子都是他自己用小竹子做的,用竹膜做笛膜。不"捡死羊"的时候就吹笛子,有时是清早,有时是月夜,就会听到粗榧父亲吹响的笛声,婉转得走哪都听得见。

灯台莲又出主意说:"让老扎匠编只喜鹊。"

老扎匠就是那个拿竹篾编蝴蝶蜻蜓的伐木工。

豹皮樟说:"干脆让他编条龙。"

说完他随即哈哈笑了,为他自己奇丽的想象而得意。

最后确定送给马尾松表哥的礼物为:七根山鸡尾毛,一把二胡,一根长笛,两只竹编的翠鸟,一个野猪牙齿做的胸坠,一根精致的马鞭,一对一拃长的野麂角,一枚用果核挖的口哨。如果能逮到活的小野兔,到时再让老扎匠编只兔笼,连笼带兔送给马尾松的表哥,肯定会招他喜欢。后来豹皮樟又贡献了一枚石蛋,石蛋比鸭蛋稍大,表面上长有好看的花纹。是个放排工在河里捡到的,偷偷送给了豹皮樟的父亲,豹皮樟的父亲没敢声张,豹皮樟就说自己捡的,还夸张说是龙蛋,一直藏着没敢拿出来。

抹香鲸接连几天都没出现,估计他的衬衫被弄脏后受到了他父母的责罚。有一次,豹皮樟远远看见抹香鲸穿着白衬衫走了过来,以为来找他们,谁知他却拐个弯走向了另一个方向。他对他们视若无睹,或者故意躲避他们。豹皮樟内心很焦急,却又不敢将焦急告诉马尾松,怕马尾松会瞧不起他。如果抹香鲸重新加入他们,豹皮樟不知该怎么对付他,特别是如果抹香鲸不配合排练,更是找不到惩治他的办法。若是打架,豹皮樟先就怯场了,抹香鲸比他高出半个脑袋,他不是抹香鲸的对手。

马尾松没有留意到豹皮樟的焦急,他的注意力全放在准备赠送表哥的礼物上。马尾松将他们准备的情况报告了他父亲,他父亲似乎很满意,还表扬了他。马尾松的父亲说:"这是对你最好的锻炼,将来你肯定能接替老爸的位置,当上林场的场长,不,应该比老爸更有出息,像你表舅那样,进城当林业局局长。"马尾松趁他父亲高兴时追问:"表哥什么时候来?"马尾松的父亲皱了皱眉头说:"会来的,你把该准备的事情都准备好,可不能怠慢了你的客人。"

马尾松听了父亲的话既高兴又紧张,怎样才不会怠慢了客人?林场就这些孩子,就那么些玩的地方,要是会变戏法就好了,手那么随便掐弄几下,一个新鲜的花样就出来了,再掐弄几下,又一个新鲜的花样出来了。马尾松不会变戏法,林场的孩子也不会变戏法,就是林场那么多的伐木工和放排工,也找不出一个会变戏法的。

马尾松在内心叹口气,让孩子们先把礼物集中起来。豹皮樟的父亲亲手制作了一根马鞭,大果的父亲在赶做二胡,粗榧的父亲打磨了一根漂亮的长笛,还在竹林中弄到了厚厚一叠做笛膜的竹膜。老扎匠编织了两只翠鸟,果真栩栩如生,好像正展开翅膀在水面上捕鱼呢。轮到编龙时,老扎匠却犯难了,都说有龙,可龙是什么模样,没人见过。豹皮樟很后悔出了这馊主意,不但没给自己长脸,反而让他在马尾松跟前难堪。山沟里的村庄有舞龙灯的习惯,但那种龙灯身架巨大,九个人合力才能舞动它。况且那龙灯的龙并不好看,简陋得就剩几截竹篾制作的竹篓子。将那些竹篓子凑合在一起就组成了一条龙,将那样一条龙送给马尾松的表哥显然不妥,若是那样还不如不送。

马尾松正要将它从礼物的名单上划去,抹香鲸却无意中解除了豹皮樟的难堪。孤独几天后,抹香鲸又同他们混在了一起,山沟里太狭窄,也太寂静,如果不同他们一块玩儿,就没其他去处。抹香鲸并不知晓礼单上的那些东西都是送给马尾松表哥的,以为都是马尾松的东西。或许为了讨好马尾松,或者缓和同他们的关系,抹香鲸给了他们一幅图画,画面上是一条张牙舞爪的龙,仿佛正腾云驾雾从他们的头顶飞过。这图画比山村里的龙灯不知漂亮多少倍,真有这么一条龙,马尾松都舍不得送给他表哥了。那老扎匠也啧啧称奇,一个劲地夸赞抹香鲸心灵手巧,居然画得出这么精美的图画。

礼物收集齐整后,马尾松就专注于欢迎仪式的训练了。豹皮樟向马尾松建议,每个孩子轮流担任教练,谁也不能例外,包括抹香鲸。这是豹皮樟的父亲教给他的办法,训练中如果有谁不听话,每个轮流担任教练的孩子就可以拿鞭子惩罚谁。如果每次训练都不听话,那他就成了所有孩子的敌人,他们就会集中力量来对付他。豹皮樟对他父亲的办法将信将疑,但还是交出了那根作为惩罚工具的鞭子。

第一个接任教练的是白蜘蛛,他的个子小,步子也小,之前挨过豹皮樟的训斥,可能想着要把丢失的面子挣回来,鞭子在手,模样立马变得比以往凶狠百倍,歹着头发,龇牙咧嘴,像个小狼狗,每个从他鞭子下走过的孩子都战战兢兢,生怕哪儿出了差错。抹香鲸仍旧穿着白衬衫,可能不是挨过豹皮樟鞭子的那一件,衬衫不单洁白,还挺括。经过白蜘蛛的鞭子时,抹香鲸象征性地朝右侧歪了歪肩膀,有可能恐惧白衬衫会成为牺牲品。白蜘蛛也没多追究,豹皮樟都拿抹香鲸没奈何,他更没必要给自己招惹麻烦。

白蜘蛛风平浪静将鞭子交到了棕榈手上。棕榈是个羞怯的孩子,豹皮樟训练时就很紧张,换了他来做教练就更不知所措,鞭子都不知往哪儿放。他像个犯了错的孩子,谁也不敢看,只敢盯着自己的脚指头。一轮走下来,哄笑不断,气氛轻松了不少。

栗子想同白蜘蛛一样振作,但孩子们似乎不把他放在眼里,加上棕榈的散漫,栗子当教练的效果比棕榈更差劲。豹皮樟就给粗榧丢眼色,要他赶快接过栗子的鞭子。

粗榧上场时,孩子们的情绪还没能从哄笑中走出来。有孩子受到了粗榧的责罚,大腿上不轻不重挨了一鞭子。抹香鲸大概被这种训练弄厌烦了,又恢复到了之前的情形,平时怎么走步,训练时仍旧怎么走步。

粗榧拿鞭子指着抹香鲸说:"你的右肩,倒向哪边?"

抹香鲸并不理睬他的警告,依然我行我素。

粗榧扬起鞭子,朝抹香鲸的后背抽过去,抹香鲸往前蹿一步,鞭子落在了空处。粗榧再挥一鞭子,抹香鲸连蹿几步,同粗榧拉开了距离。再要追赶时,抹香鲸已经逃得很远了,粗榧的个子同抹香鲸不相上下,跑起步来却比抹香鲸慢了许多。粗榧停下脚步,抹香鲸也停住了,还回头朝粗榧做了个嘲弄的鬼脸。粗榧面红耳赤,追下去不是,归队也不是,就傻傻地站在那里。

粗榧之后没人愿意接鞭子了,鞭子半推半就落在了水蛇手中。水蛇本就是马尾松的影子,抹香鲸的行为早就惹恼了他,可脸上并没有丝毫表现,甚至比谁都要轻松。水蛇挥舞着鞭子,做了一连串滑稽的动作,逗引得训练场上笑声不断。他在不知不觉间运动到了抹香鲸身边,抹香鲸还没来得及提防,大腿上早挨了一鞭子,鞭子去得毫不犹豫,似乎将他的大腿抽折了。抹香鲸痛苦得弯下腰抱住了右腿,鞭子却没有因此住手,接着抽中了他的右胳膊,还有一鞭落在了他的脊背上。他的白衬衫上留下了好几条突兀的印迹。

水蛇说:"我叫你笑!我叫你不听指挥!"

鞭子继续往抹香鲸身上招呼。

抹香鲸接连挨了几鞭子,防卫乏力,挣扎着,逃出了鞭子的阴影。他的右腿受伤不轻,跑动起来一扭一拐,好像个瘸子。

水蛇并不追赶,拿鞭子戳着抹香鲸的背影说:"你们瞧瞧,谁的姿势有他标准? 对,摆向右边,听话,动作还可以大一点,很好,继续保持,别受不得表扬!"

抹香鲸走后,孩子们很是忐忑,担心抹香鲸的父亲会来报复。水蛇却不惧怕:"是他搅乱了咱们排练,活该挨揍!"孩子们的担心似乎是多余的,抹香鲸的父亲并没来兴师问罪,有时撞见他们还会讨好地笑一笑,闭口不提抹香鲸挨揍的事。水蛇那一鞭子的确够抹香鲸受的,接连几天,都没见他出门,再见到他时腿伤似乎还没痊愈,走起路来摇摇晃晃,身体摆动得厉害。

豹皮樟适时收回了鞭子。排练照常进行,没有抹香鲸的参与,他们的动作整齐划一,如同一个模子里铸出来的。他们不能在马尾松的表哥跟前丢丑,不能让他小瞧他们。他们相信他们已经做得够好了。有一天,马尾松的父亲陪着一个从县城来的人在林场走动,碰巧撞见他们在排练。那个从县城来的人长咦了一声问:"那些孩子怎么了? 是不是营养不良?"

马尾松的父亲赔着笑脸说:"他们在玩游戏呢。"

那个从县城来的人好像相信了马尾松父亲的解释,不再理会他们,在马尾松的父亲陪同下转到别的地方去了。

豹皮樟他们的训练平静得有几分单调,可谁也不敢掉以轻心,生怕会沦为又一个抹香鲸。抹香鲸没有归队是个遗憾,训练时少了波澜,孩子们好像也因此少了兴致。马尾松也担心,万一表哥来访时遇见抹香鲸,恰巧他又不在欢迎的队伍中,表哥会不会觉得抹香鲸对他不尊敬?会不会以为孩子们不听马尾松的话?马尾松将顾虑告诉了豹皮樟。

豹皮樟说:"会回来的,他不回来上哪儿去呢?"

豹皮樟有豹皮樟的道理。

几天过去后,抹香鲸的腿伤好全了,果然又回到了孩子们当中。训练依旧进行,但没有之前紧张了,动作也没有之前要求严格。更多时候,孩子们将训练当成了一个无聊的游戏,走着走着,就闹出了别的动静。谁能让孩子们对一件事情怀有持久的兴趣呢?马尾松的情绪也受到了影响,表哥来访似乎遥遥无期。马尾松催问过好几次,他父亲每次都拿相同的话回答他:"会来的,应该快了。"

父亲的回答让马尾松莫名紧张,如果表哥事先不通知他们,突然来到林场怎么办?总有那么一些人,谁也不通知,突然出现在林场。马尾松的父亲被这些突然出现的人搅弄得都有些神经衰弱了。马尾松觉得不能让训练松懈,否则就有可能因此怠慢他表哥。

豹皮樟的鞭子又开始挥舞了。他在收回鞭子前就想到了对付抹香鲸的办法,是水蛇的做法启发了他,如果让抹香鲸的右腿受点伤,就不愁他的动作不标准了。最好是长久一点的伤害,如果几天又痊愈了,抹香鲸不再合作就难办了。豹皮樟将想法告诉了水蛇,水蛇眨巴了几下眼睛,毫无顾虑答应了。水蛇的表情有几分兴奋,他的眼睛闪闪放光。水蛇将豹皮樟的想法扩散给另外几个孩子,粗榧怕马尾松小瞧了自己,立马表示赞同,何况之前还被抹香鲸嘲弄过。大果有些犹豫,但最后迫于他们几个的压力也答应了。

他们挪动了训练场地,从堆放木材的空旷地带挪到了几堆木材之间,那里空间窄小,还避人耳目,一般情况下很少会有人光顾,更不要说抹香鲸的父亲。豹皮樟故作轻松,问了抹香鲸一个愚蠢的问题:"抹香鲸长有几条腿?"

抹香鲸嗤了一下鼻子,没有回答他。他不知道他的高傲让孩子们很是反感。也许就是因为这个原因,他没少吃苦头,最终付出了惨痛的代价。

他们刚刚转入一堆树木背后,水蛇就率先发难了,扑上去死死箍住了抹香鲸的腰,抹香鲸抖动身体想把他甩出去,甩了几次都没成功。粗榧和大果见状赶忙跳过去,一左一右扭住了抹香鲸的胳膊。甜槠冲上去揪住了抹香鲸的头发。白蜘蛛拧住了抹香鲸的一只耳朵。栗子也想钻进去,无奈接近不了抹香鲸的身体。豹皮樟也被粗榧他们挡住了,扬起鞭子,却找不到下手的地方。棕榈涨红了脸,眼神慌乱,不知朝向哪儿。水蛇声嘶力竭地叫喊:"豹皮樟,你他妈的脓包啊,还不动手?!"

抹香鲸被水蛇的叫喊刺激了,挣扎得越发厉害。几个人纠扭成一个球体,朝附近的一堆树段子撞过去。另几个孩子见缝插针,你一手我一脚,球体更圆滚了。就在这混乱中,不知怎么触动了那堆树段子,轰隆隆一阵乱响,树段子瞬间垮塌了。孩子们四散而逃,可是抹香鲸被埋在了孩子堆中的最底部,逃离迟缓了一步,一根树段子砸中了他的额头,将他砸趴下了。之后,他再也没有机会挣扎,翻滚的树段子立刻把他连同白衬衫一块吞没了。

马尾松的表哥终究没有来。

马尾松的父亲也没有解释马尾松的表哥为什么没到林场来。

孩子们训练的队伍走着走着就散了。马尾松收集的那些礼物坏的坏,烂的烂,都成了垃圾。

后来,林场也解散了。孩子们各奔东西。

许多年过去之后,他们搞了一次聚会,是水蛇发起的,差不多所有孩子都来了,缺席的极个别。他们聚在一块喝酒聊天,追忆往事,也谈论这些年的风风雨雨,各自的幸与不幸。林场的生活给他们留下了非常深刻的记忆,掏鸟蛋,捕蝉,到河里捉鱼捞虾,冬天里诱杀山老鼠,艳丽的雄山鸡尾毛,鲜红的野草莓,脆嫩的小竹笋,肥美的蘑菇,又酸又甜的杨梅,鲜美多汁的猕猴桃……一切都那么清晰,像打下的烙印,抹都抹不掉。他们在林场的空地上走动,那些老房子多少还在,有些被拆除了,留下的被修葺一新。房客都是陌生的脸孔,马尾松的父亲去世了,豹皮樟的父亲搬进了县城,余下的人家由于种种原因,都从山沟里迁了出去。这更给了他们物是人非的慨叹。他们谈论大果的父亲制作二胡,粗榧的父亲打磨长笛,还谈到了会编蝴蝶蜻蜓的老扎匠,以及别的伐木工和放排工。

有些墙壁上还残留着抹香鲸父亲的字迹,笔势飞动,奔放流畅。

甜槠问:"抹香鲸的父亲是个语文老师吧?"

白蜘蛛纠正说:"不对,好像是大学中文系的教授。"

话题慢慢转移到了抹香鲸身上,他们都选择了沉默。好长一段时间,只有他们橐橐行走的足音打破静寂。

后来是水蛇主动挑起了话题:"还记得那根鞭子吗?"

水蛇后来当了兵,在部队训练时没少挨骂,没少挨罚,才把走步的姿势矫正过来。其实其他孩子也经历了水蛇类似的过程,都做了很大努力去矫正各自的姿势。

棕榈说:"当然记得,我还挨过你一鞭子呢,小腿上瘀紫好大一团,几个星期才消退。"

栗子跟着说:"我是第一个挨你鞭子的人。"

水蛇又问:"还记得鞭子是什么做的吗?"

豹皮樟说:"好像是细竹根。"

水蛇再问:"为什么要用细竹根做鞭子?"

豹皮樟摇摇头,有些迷惑。

大果问:"为什么呢?"

白蜘蛛鹦鹉学舌:"为什么呢?"

水蛇说:"细竹根很有韧性,不容易折断,而且长有密集的竹节,每个竹节外围都有精致的突起,那些突起就像精美的雕刻。"

"长在水边岩石上的细竹根最好。"水蛇补充说。

甜楮说:"你就胡诌吧。"

水蛇越过甜楮的嘲讽,对其他人说:"走吧,我们还欠抹香鲸一回教练呢。"

他们记起了为迎接马尾松表哥的到来而准备的排练,的确,每个孩子都曾担任过教练,唯独抹香鲸没有。抹香鲸被树段子砸中后,就埋葬在林场宿舍附近的山坡上。那里地势相对平坦,阳光充足。他们找到抹香鲸的坟墓时,坟墓成了一个草堆,坟沟里还长了一棵杉树,杉树超过人高了,杉树的针叶青翠得闪光。

水蛇是第一个从抹香鲸坟墓前正步走过的人。他抬头挺胸,腰板笔直,一举一动保留着军人的威武。第二个走过的是白蜘蛛,挺着啤酒肚,步子不疾不缓,身体不歪不扭,这似乎是他离开林场后的生活写照,从容不迫,轻松自如。之后是豹皮樟、甜楮、大果、粗榧、棕榈、栗子……他们都身板笔直,步履端正,全然没有了过去的影子。他们都很认真,丝毫不敢随意,仿佛抹香鲸就穿着白衬衫举着鞭子站在他们旁边,或者他们要向抹香鲸证明什么……落在最后面的是马尾松,如果放在以往,那该是抹香鲸站立的位置。

马尾松可能没想到会有这么一出,迟疑了好长一会儿,才挪动脚步。他的姿势没有变化,每走动一步,身体就会朝右边倾斜。他们似乎才发现他是一个瘸子,有些人惊讶地张开了嘴。他们彼此交换了一下怀疑的目光,才确认了造成他身体歪扭的原因,他的双腿似乎并不等长,右腿好像比左腿短了那么一小截。他们谁也没有说出这个原因,就静静地等候在坟墓的另一侧,瞅着马尾松一扭一拐走过来,马尾松的身体摆动得并不厉害,向右边倾斜的幅度也不大,好像在极力控制着。马尾松走到坟墓前方正中的位置,突然有了意外的举动——他面对坟墓站定,向萋萋荒草深深弯下了腰。

　　一只肥胖的蝗虫因此受到惊吓,从草丛中蹦起来,划过一道弧线,落入了不远处的草丛中。

▶　发表于《青岛文学》2017年第4期

# 斯　文

◎刘华

**口述人：**

李锦平，男，1968 年生人，1989 年毕业于省教育学院，分配在锦江镇中心小学任教，历任李湾小学教务主任、副校长、校长，病退后定居故里，喜好研究方言。李湾村袭旧俗称高中以上学历者为"斯文"，大学本科学历的他，可谓斯文中的佼佼者也。

**采录环境：**

李湾村东头有一处民居，面锦江而靠后山，竹篱院墙，满庭花草，厅堂上方有联道："万里风云三尺剑，一庭花草半床书。""半床书"可从满墙贴去的字纸窥见一斑，看似习练书法抄录的草字诀，其实不然，那是屋主人搜集的方言字词，如"筑""渡""卤""杵"等，字好认，意义却想不到，比如"筑"，筑盐菜，腌咸菜也；比如"渡"，渡滚水，灌开水也。许多方言为古汉语的遗存，追究下去，学问就大了。还有，李湾人管上班叫"上殿"，嘴一张，身份陡然高贵起来。

**李锦平：**

见笑啦，这一墙的鬼画符，嘿嘿，业余爱好而已。我觉得，方言一头系着历史,一头连通民间,凡俗中有高雅,平易时却生动。从上殿说起吧。我父亲原先有一阵子对"牵猪牯"蛮投入,乐此不疲的,一有活干,他就美滋滋吆喝一声:上殿喽!上殿当然是庄严的事,他蛮讲究,热天白衬衣藏青长裤子,再热,袖口领口都扣得紧紧的,其他季节穿四个口袋的中山装,上衣口袋插管钢笔,很粗硕的那种,露出黑黑的半个大头,特别显眼。哦,他最重视梳头,一旦有头发翘起,就叫我奶奶帮他抹把菜油。

他的大殿够恢弘,方圆十里,包括李湾和周边几个小村庄,在养有母猪需要它下崽的人家。偶尔地,他也会跋山涉水,去往更远的地方。民间尊崇有技术的人叫博士,木匠就是博士,做媒的叫花博士。"牵猪牯"的意思不懂吧?就是赶着公猪去给社员家养的母猪配种,所以我父亲被人戏称花博士。公猪是村小养的,村小养猪牯是为了增加收入。那时候气候有规律,夏天的午后到傍晚常有雷阵雨,雷雨来时伴有六级以上大风。气象预报总是很准确,雷雨大风如约而至,遭殃的是校舍的屋瓦和玻璃。公猪挣的钱能帮学校修修补补。

主意是大队革委会主任出的,老是给村小批条子报账,烦了,主任撒脱,像挥毫一撒那么洒脱,方言高雅吧?毅然从大队猪场划拨一头猪牯过来,滚滚财源呢。我管主任叫二伯。哪晓得,猪牯进校之日,不巧正是我父亲出事之时。他一再给上面写信,反映农村中小学的教务主任现已沦为生产队长,进而大发议论,反对关于要和劳动生产相结合的教育方针。上面决定抓典型斗一斗,二伯为了保他,撤掉他教务主任职务,也不安排带班,专职当花博士。

上面一听就乐了,非常满意,认为它比批斗更能触及灵魂。农民诗人李锦文听说吗?发表过很多打油诗,当年在省里影响蛮大,自嘲"李打油",他得知此事蛮恼火,仗着认识几个上面的人,就要为我父亲去伸张正义。何止斯文扫地呀,斯文竟然去猪圈爬骚打花啦!我父亲在村口堵住他说:我李家自古崇文重教,把六十岁以上老者叫作老成,高中以上学历者叫斯文,在祠堂里敬祖、喝酒,老成、斯文站前排、坐上席,这是秩序,也是风尚。叫我牵猪牯当花博士,好啊,你二伯妙招呀,你想想受辱的到底是哪个。

其实,我父亲还算不得斯文,他才高小呢,当年办学实在缺师资,拿他大队会计赶鸭子上了架。祭祖要讲礼制的,平日里大家再怎么尊重他,学历不够,对不起,祭祖日他就得缩在后面。也只有在"牵猪牯"时,他的身份才突显出来,像个真正的斯文真正的博士。你不妨想象一下,腋下大夹子,手上竹鞭子,迈着方步子,戴着草帽子,率领猪公子,去见猪娘子。那副模样,是不是有点滑稽? 其实,父亲还有一样道具,斜挎的军用挎包,里面一管毛笔一瓶墨水,以备不时之需。哦,顺口溜是李打油编的。

我那时才十来岁,因此老被同学嘲笑,可对父亲上殿做的事,依稀仿佛,并不清楚。我一考上大学,当上村支书的李打油就唠唠叨叨的,跟我回忆往事,透露了好多细节。李打油说,别以为猪牯很幸福,后宫佳丽三千,三千宠爱在一身,日日做新郎。累啊,有时一天几个娘子排队等着宠幸,到最后,爬不上去了,瘫倒在屎尿里,呼哧呼哧。性急的东家拿棍子相逼,把花博士心疼得不行,他会怒斥东家:你地主恶霸呀! 你草菅人命呀!

猪牯真是财源呢。一次,三块钱,还不包下崽。当时这个价格在锦江两岸算是相当贵的,六七毛钱一斤的肉,能买好几斤。别处都是一元。我父亲出的是一口价,嫌贵那就另请高明去。其实,公社也有配种站,不过,站里的猪牯一不上门服务,二不疲劳服务,三不无证服务,母猪须由生产队证明实属某户社员唯一种猪、配种只为自家年年有肉吃才行。再说,村庄的斯文所在唯有学校,它养的猪牯也是德智体全面发展的,看看它的体格、它的气质,谁能比? 不过,话说回来,李湾一带的老百姓接受这个价格,是给我父亲面子。曾经、现在、将来都是自家子弟学校嘛,再说人家李老师真是花博士,猪牯干活的时候,他忙着提供配套服务,给东家上课,讲的是母猪受孕、产崽的科普知识。产崽多,猪崽长得快、长得壮,一切都有了。

我以为父亲随身所带的讲义夹是贩卖养猪知识用的。李打油笑得憋岔了气。好不容易缓过来,告诉我,上殿嘛,不得持笏?原来讲义夹是身份的象征,尽管里面夹的不过是一张记账的纸。前几年我父亲过世,李打油逼着我翻箱倒柜把讲义夹找出来,塞在父亲手里,让他像个真正的斯文那样上殿去了。那是绿色的塑料壳子,上面粘有一块写着"农业基础知识"字样的白胶布。

村小猪牯挣钱最多的一天,收了十八元。那时差不多是巨款了,村小教师月工资才几个钱呀?当年它后生子一个,身体强健,又是新来的,见谁都有激情,蓄足了精血气呢。两年后,它雄风不再,甚至有些厌倦。李打油说,我父亲会一路上给它做思想工作,告诉它,今天迎候它的有洋妞呢,一个叫约克夏,一个叫杜洛克,还有叫皮特兰的,都是窈窕淑女,即便土猪望湖黑,也是社花村花,你不去,只怕别的猪牯晓得会打跳脚跑去。当然,他更在乎的是为猪牯谋福利。

为此,我父亲不顾斯文,经常跟东家争得拍桌子。什么福利?猪牯付出那么多,理当加强营养。额外地,东家得给它喂生鸡蛋。每天头一次配种前,喂两个蛋。接下去,谁还要配,那就得喂四个蛋。另外,路途远的,一律事先喂四个以补充体力。跟老百姓,有时必须较真,不盯紧东家,人家说不定会拿鹌鹑蛋糊弄你,最常见的是喂那种孵不出鸡的寡蛋、毛蛋。

对猪牯吝啬,对花博士家家客气得很。当然,客气里肯定还夹杂着别的东西,像同情,也不完全是。一般东家会煮蛋敬客人,磕两个或四个蛋加上一勺白糖,煮一煮,端上来,再把他请入上席首座。要是东家把碗里的蛋戳破,客人理应领情吃掉,反之,那只是客套做做样子。无论如何,我父亲是坚决不沾的,逼急了,他说,我又不累,端去喂干活的吧,它吃我更高兴。要是发现东家糊弄猪牯喂寡蛋毛蛋,他把讲义夹往八仙桌上一摔,端走白糖煮蛋就去犒劳猪牯。

日积月累的,学校得利,老百姓获益,培育了当地农民养种猪卖猪崽的习惯,李湾后来形成全县最大的猪崽市场。当时,全县乡村中小学听说李湾猪牯的事迹,一时竟相效仿,可没有学成的例子。李湾猪牯几厉害呀,说是不包生崽,人家硬是没让一头发情母猪空肚!而且,一窝窝,都是活蹦乱跳的。关键就在这里,要懂得怎样掌握和引导母猪发情,要懂得怎样为配种营造安全安静的环境,要懂得怎么让猪牯吃好喝好睡得好,使它能够爬得过去射得进去怀得上去,学问大吧?一句话,真心把猪牯当村小的印钞机来伺候。看看,他费了多少心思!对此,李打油尖锐地评价道:花博士是在夜壶里挖锡啊。

猪牯辛苦的创收,居然为村小建了一座厕所。首先投资建设新厕,理由是土砖的老茅坑既拥挤、危险又不堪入目,男女间的隔墙千疮百孔,实在有辱斯文。新厕正式使用那天,也是通知我父亲恢复职务那天,还是猪牯一反常态妄图罢工的那天,不幸降临了。老百姓说那猪牯通神呢,好多人亲眼看见,那天"侵早","侵略"的"侵",就是清早,可方言里的"侵早"更生动更古老,"侵",渐进也,《诗经》和很多典籍都用过,有谚云:"五更侵早起,更有夜行人。"我说的那个侵早,两人一路别别扭扭,猪牯一会儿赖着不走,鞭抽脚踹都不管用,一会儿狂奔起来,累得我父亲会吐血。不祥之兆啊。可他念着东家指望养一窝猪崽给四十多岁的老大娶老婆呢。有人听见花博士这样教训道:你饱汉子不知饿汉子饥呀!约克夏你又不是没上过,怕什么怕!昨晚用温水给你冲澡,喂了四个蛋,你英俊又雄健,保准迷倒姓约的,走,上殿喽。

坐在东家厅堂那张八仙桌的首席,真有上殿的感觉。我父亲落座前,总要抚平头发,面对上方祖龛,拜拜先人。那天,落座后等待时间蛮长,我父亲出奇地向东家要了碗水酒,顾自喝起来。他说这对公母落入温柔乡不肯出来,好事,这样怀上的崽,只只健康活泼还聪明。东家婆乐得瞟他一眼说,那就求你把它们一个个培养成状元郎啦。

我父亲自嘲道:驮不起驮不起。也是,他连斯文都不算。李打油说,当时我父亲是冲着一摞裁好的红纸喝酒的,他书法不错,在大队抄大字报练的,擅行书,尤其进入微醺状态更加。喝了酒,心里也没顾忌了,虽然晓得东家正等着哪个斯文上门来写春联,我父亲这回却要当仁不让。他就着喝空的酒碗,把墨汁倒上,提笔写起来。也是,从前当会计老是帮人写对联,进了村小反倒没人找了,三年多,他挎包里的笔墨居然没有开张,可笑吧?人们表面上客客气气,骨子里还是看他不起。那天挥毫泼墨时他心里肯定痛快,可一出村,迎头撞上了东家伢崽领来的邻村斯文,县中的退休老师。

返回的路上,经过一条很深的过山渠,猪牯见鬼一样跑到渠边,前腿梭地往下滑,我父亲眼疾手快拽住猪尾巴,再慢慢去够它的后腿,结果是猪一蹬上来了,我父亲却失去重心掉了下去。摔得很惨,抢救一天一夜,命总算保住了,可人全身瘫痪,话也说不清楚。当初抢救时,迷迷糊糊的,他倒是说过几段经典的胡话,一是说猪牯够浪漫想采花呢,二是说新厕够气派那么多蹲位象征生源充足呀,三是问那个东家会叫县中老师重新写过春联吗,还叮嘱我,讲义夹里记下的人家将来记得要一一拜访。这句不算胡话,应是遗嘱,管了猪生崽还不够呀,还要管它们瓜瓞绵绵吗?

直到我从省教育学院毕业,才慢慢摸清父亲的心思。教育学院嘛,就是为基层培养中小学师资,其实,毕业去向并不尽然。我专攻语言,省里的教育期刊社想要个语文编辑,经主编推荐,把我叫去让社长面试,也许对不上眼吧,社长只问我抽不抽烟喝不喝酒抠不抠鼻屎,我告诉社长锦江方言管抠鼻屎叫"镂鼻屎",这个"镂"字比你"抠"艺术吧。我拂袖而去,我还嫌他人模狗样呢!认命回到县里,哪晓得,联系一二中,都说我见人不敢抬头,是缺乏自信甚至猥琐的表现。

也是斗气,三中四中五中上门来要人,连县教育局领导也来了,对不起,我严词谢绝。我宁肯选择锦江镇小下面的李湾村小。县里以为我想当什么先进典型,三天两头派人来挖我的材料。其实,原因有三,首先是求职不顺,太伤自尊。第二是父亲躺在床上,姐姐嫁在外省,只有我管他。这第三嘛,是欠有人情债,李打油当上村支书,相当重视教育,老拿我父亲当花博士说事,最搞笑的是在厕所外墙上画了一头猪,弄得像座猪牯纪念堂似的;子弟高考得中,录取通知书内容抄在红纸上,题《登堂大吉》,与祠堂上方祖先画像挂在一起,全村摆酒庆贺,奖金一至三千不等,荣耀吧? 对我更加,他常找各种理由去学校看我,一去就带几罐酒糟鱼盐菜烧肉,每个学期还发给二十块钱补贴,每次假期回来都要摆酒接风,补贴由村里开支,酒钱他自家掏腰包。心思我懂,瞄准我是教育学院的。

还有一个决定性的因素,跟讲义夹里面的内容有关。三年多,我父亲留下的账页有三四十张,每行记着日期、村名、巷名和东家姓名。正反两面都是,密密麻麻的。李锦文翻着账页,眼睛红了,带着哭腔问我:晓得叫你将来——去拜访人家是什么意思吗? 我摇头。李打油把他那段打油诗再背一遍,就是"腋下大夹子"那首。再问,我还是摇头。他急了,他说你设身处地想想,每天跟在猪牯后面处处去、为了三块钱家家候,那是什么感觉?

我恍然顿悟。当即决定回李湾,哪怕当个村小教师。李打油高兴极了,抱来一大堆西装尽我挑,其实都是在地摊上买的,说是出口转内销。他说人要衣装马要鞍,当年他差点成了国家干部,吃亏就在穿着太土。缺乏自信,根源往往在于衣着。西装革履、冠冕堂皇的,在人眼里就叫自信就叫斯文。所以,李支书把自己整得天天去村委会真像上殿似的。

村小在李打油眼里,是李湾唯一的最高学府。带我去报到那天,他当着全校师生郑重宣布,学校"借钱做衫裤——一身是债"的日子一去不复返啦! 而且,当场给每位师生发一套服装。我记得很清楚,当时有二百五十三个学生,十九位老师,无论男女、师生,一律的白衬衣蓝长裤。是的确良的,大家都美滋滋地叫真凉快。

李打油嘴都笑歪了。真的歪,跟我父亲一样,平时看不出,浅笑也看不出,只有笑得特别开心时,笑过后要把笑容收回去的那一瞬间,才会发现,他俩嘴都有点歪。共祖宗嘛,也许家族遗传。估计我也是。可我好像没遇到什么特别开心的事。

置装的钱哪来的? 村支部决定举债开个砖瓦厂专门用于支持办学,一片瓦五分钱，一窑能烧出几千片吧，砖瓦窑好比猪肚呢，也是一窝一窝的。又扯到猪牯身上去了，没错，李打油就是拿"牵猪牯"的往事感动支委的。办厂就得打窑，几拨打窑师傅上门揽活，李打油趁机提出捐赠服装的条件，谁认谁接活。

我从小崇拜李锦文，全省有名的农民诗人嘛。不知不觉受他影响，连西装领带皮鞋，都选他喜欢的式样和颜色。参加工作第一次期末家访，我穿着他送的西装，顺带着一一拜访了父亲记下的那些人家。临出门，我抽出讲义夹里的账页，向父亲示意。他哼哼呀呀，眼里却是笑盈盈的，我晓得，他眼巴巴地等着这一天呢。他也在示意我，带着在墙上挂了十多年的挎包。我当然懂得他的意思，从读小学一年级开始，我屁股上就被他用竹鞭抽得像草书字帖，所以，我一研墨挥毫，耳边总会有竹鞭嗖嗖作响。

家家都很热情，听到动静，村中闲人会跑来看热闹，他们都管我父亲叫花博士。当然，对我，他们一般都显得表情夸张，也是，村小的本科生可以算怪物了。我问他们，快过年了，你们想请哪个写春联？回答说，只有村里的斯文，邻村的县中老师已过世。这时我特别想知道，父亲"牵猪牯"时写下的那些春联，东家到底贴没贴。通过账页，很容易找到那户人家，东家婆毫不顾忌地告诉我，她家崽女一大堆，将来孙辈成群，当然想沾斯文的光，写春联本来就是图吉利。在一家五保户门前，我发现已经褪色的"四海翻腾"和"五洲震荡"，那倒是我父亲的手迹，当年的大队会计仅存民间的墨宝。会计是财神嘛，人家当然也作兴。可是当花博士，哪怕他天天带着笔墨，别说写不上春联喜联丧联，连给猪圈画个符，老百姓还要挑人呢。

见我对春联感兴趣，有人醒过神来，哎呀，这位才是大斯文呀！于是乎，呼啦啦都跑去买红纸。墨汁是我带去的，几大瓶呢，管够，我要把父亲的骄傲糊满过去东家的大门。忙了三四天，何止账页上的东家，李湾和周边几个小村子，家家都贴上了我写的对联。连猪圈门也贴，写的是"旧岁饲养未用米，今年喂猪岂需糠"，还有"肉猪壮如牛，仔猪猛似狗"，或者叫"种猪壮如牛"。

写着写着会写疯呢,父亲见到那么多空墨汁瓶,心里那个高兴,嘴歪得找不到了,他居然要坐起来。像是为了鼓励他坐起来站起来一样,我在家里奋笔挥毫,对联铺了一地,到后来,村里找不到闲着的门了,找门找到学校教室,找到了砖瓦厂。烧窑的大师傅求我说,最近发邪啦,连续两窑的瓦筒都烧成了歪瓜裂枣,你这么大的斯文拟副对联镇镇邪呗。在乡下长大,晓得老百姓作兴用文字来镇邪,我傻傻的,真答应了。

想出两行文字,心里蛮得意,叫作"砖瓦有神佑,风火正当时"。没问题吧? 可刚铺好纸,李打油冲过来,一把夺去我的毛笔摔在地上,弄得我一手墨黑。他冲我吼道:你是道士你敢画符哇,下一窑再出问题你当替死鬼呀!

这是当头棒喝,我懂。村委会正为砖瓦厂头疼呢。本来,要是顺顺当当,办厂当年就能挣点活钱支持办学,可惜近来连续两窑烧出来的大多是废品,这让所有村委心里都不踏实了,向银行和镇属企业五金工艺厂各借了十万块钱呢。李打油让烧窑师傅分析原因,看看是泥是火还是窑的原因,或者装窑技术问题,三个师傅都说自己是望湖县的第一好佬。问题只可能出在点火时、开窑时村委没有全体到场,对窑神不敬,人家当然不高兴。

李打油骂道:牙黄口臭! 他是在我父亲床边骂的。烧窑师傅是他恨不能烧香叩拜的财神呢,对他们,哪敢这样说话? 受了气,李打油就跑来看我父亲,资深的大队会计嘛,而且,年轻时跟过打窑师傅学徒。遗憾的是,我父亲成天昏头耷脑,有时候被刺激一下,会有所反应,就像接触不良的收音机,时不时要拍打几下。

能刺激父亲的语言就是说说"牵猪牯"。李打油说:老叔吧,你成天不愁,困在床上怀念猪牯是吧,猪牯是李湾村小的有功之臣,死后葬在学校后山松林里,学生说那是八戒之墓呢。我一直搞不懂,猪牯在你的坚强领导下,发扬连续作战精神,从来不脱靶,我烧个窑,为何这么艰难! 窑不就像母猪的肚皮吗,装进好好的砖坯瓦筒,前几次蛮顺,后来连着出废品,这要怪母猪地不好还是怪猪牯种不好呀?

我父亲开始激动了,眼睛放光,从一阵哼哼呀呀中,我捕捉到一个词,"窑",他是问窑打在哪里。对了,窑的方位、倾斜度和周围环境都很重要。李打油见他忽然变得这么清醒,兴奋得大叫一声天,天啊原来得罪了你这位神啊! 接着,李打油告诉说砖窑打在脚麻岭茶树坳的东坡上。父亲用点头肯定了砖窑。

李打油说:那么就是种喽,难道土质有问题?可为何前几窑蛮好?我父亲又昏昏欲睡了,急得李打油连忙再夸猪牯的神勇,三六一十八,最惨烈的一天是六场战斗啊! 其实,老人家是在帮他想对策。当李打油一再追问猪牯为何这般神勇时,我父亲终于清晰地吐出另一个字:蛋。都知道要喂蛋呀。父亲急得要坐起来,我们使劲托起他,见他手指门口,才明白他要蛋。拿来两个蛋,问他够吗,摇头。四个,又摇头。我家里正好只有十个蛋。在父亲的示意下,鸡蛋被分成两份,篮子里留下六个,取出四个放在床上。李打油好像明白意思啦,惊得咧开了嘴。

是的,我父亲的意思是把砖窑交给师傅承包,六四开,别再让他们按时拿工资,烧好烧坏一个样。李打油掏出一张名片给我看,他兼着砖厂书记,管方向,村委会主任兼厂长,管生产和经营。李打油说职务我不在乎,我只想壮大村里的经济,有了钱赶紧把村小危房拆掉重建,给师傅的工资我还嫌高呢,承包让他们拿走那么多,割我的肉哇,是可忍孰不可忍!

于是,我父亲干脆继续昏昏睡去,还打起了呼噜。第二年烧的第一窑砖瓦更惨,连次品都没有,全是废品。李打油又跑到我家来回忆猪牯了。这次他透露了好多细节。比方说,每次赶猪牯到达目的地,我父亲要先考察猪圈干净与否,尤其是否有障碍物,以防止它们在剧烈活动时不慎摔伤,万一出了事故就得不偿失啦。还有,不能用凉水冲洗种猪,事前事后要允许人家充分休息,不能急功近利,等等。

也许是觉得李打油开了窍,我父亲自己侧身一撑,差不多能坐起了。

依然是拿鸡蛋来表达，李打油在篮子里留七个，床上放三个。老人家摇头，嘴角有讥嘲的笑意。我说，这事不该你俩谈砣吧? 谈砣，过去批零兼营的商家有重量不同的各种秤砣，买卖双方见面先商谈使用秤砣的事，后来引申为聊天的意思，方言里真的有学问。李书记回答:他们是神是我的爷，我得罪不起，气跑他们我会吊颈，晓得吧，出废品那天我还请酒安慰人家呢。你爹是我老师，当会计出身几精明呀，问过他我心里才踏实。

可我爹就是不同意只给人家三个蛋，虽说村委会借了债，可你打了窑置下固定资产呀。我父亲一直努嘴，要求在床上加个蛋。两人僵持着，实在拗不过老人家，眼看他又像水碓舂米样舂眼，马上就会昏昏沉睡，李打油这才从篮子里抓出一个蛋，犹豫了好一会儿，终于痛下决心，发狠样在桌边一磕，手一扒，让蛋白蛋黄一分为二分别流进了两只茶杯。那一刻，我突然有流泪的感觉。

六点五对三点五。这是不错的结果，双方都能接受。李打油说，你拟的对联现在可以派用场了。从此，果然砖瓦得神佑呢，砖窑通风稍做改进，后来窑窑成功。那两三年成了李湾村小的黄金时期。原先为何一打风暴就摔窗掀瓦呀，校舍质量本身就差，选址也不对，迎在风头上，几危险啊。新校舍是偷偷请过风水先生选址的，坐北朝南，近处有水库尾巴，像个泮池，远处有案山有笔架山，象征人文蔚起呢，而且避开了大山挡过来的横风。新校舍被命名为李湾村小教学大楼，其实算不得大楼，只两层，可在整个望湖县都能排第一。李打油在大会上高声宣布，只有这么气派的大楼才配得上那般轩敞的厕所! 全校师生哄堂大笑。

可能还是从猪牯那里得到的启发吧，李打油既要关心承包砖厂的烧窑师傅，又要关心那座窑。因为平时师傅住工棚，他便在村委会腾出一间房专门用以接待探亲，而且一旦有家属来探亲，每次村里赠送正宗土鸡一只聊表慰问之情;对那座趴在山坡上的龙式砖窑呢，安全防范最要紧，李打油叫人把窑两侧十米内的大树都砍了，电杆也移开，防止大雨大风对窑的意外伤害。可谓心思缜密呀,跟我父亲有得一比。的确,砖窑是村小的命,也是他的命。

现在我是第一代身份证——没用啦,每天写写字,钻钻牛角尖,把自己整得像教授一样。那些年可忙坏啦,县里镇里是把我当典型来培养的,三四年工夫当到校长。嘿嘿,不过呢,当教务主任时,没有副校长和校长;当副校长时,既没有校长也没有教务主任;当校长后,副校长和教务主任都没了。村小嘛。

这给我父亲长了脸,歪嘴的次数一多,人居然可以坐起来,虽口齿不清,但也能表达出个大概。春节祭祖,族亲婚娶,他硬要去呢。用轮椅推到祠堂,我站前排、坐上席,他挤在人堆里。我心里蛮别扭,他倒是开心得很。我当校长那年,几次喝喜酒,都被请入上席首座,真是受宠若惊呀,面对族长和那些老成,忐忑不安,一餐饭要掉好几次筷子,李打油干脆抓一把筷子放在我背后的供案上。我父亲每每看到这个细节,嘴就跑到耳朵家去了。

有了轮椅,父亲想听书声琅琅,想去蹲蹲村小厕所了。这都是李打油惹的,他说厕所当初蛮超前,男生这边屁股对屁股四十个蹲位,可他最近一次进去居然客满,不过,齐刷刷两排小屁股,真叫人看得心花怒放。我父亲坚决要去,不由他,又瘫在床上不能动怎么办? 去了自然也要看教学大楼。哪晓得,他参观学校回来,情绪并不好,闷闷的,不知是否为不能自主如厕而懊恼。

吃晚饭时,他又敲碗又揉肚子,加上含混的语言,我才明白,他怀疑李打油遇上客满那次,是集体闹肚子。事实上,学生不如原先多了,完全小学眼看就要不怎么完全了,几位好老师已调去县里镇里。旺相背后是深深的隐忧啊。

李打油却依然成天乐呵呵的,一进村小就像个财大气粗的大老板,告诉我该置办的教具器材校长说了算,他只管掏钱。说是再穷不能穷孩子,对了,这句口号刷得到处都是,村委会门前那条,字大得太夸张,显得别有用心似的。见村小好久没找他报账，李打油指示我重新成立学校鼓号队，鼓号服装全换新的，而且要抓紧排练，他想在六一那天，把有关单位领导请来和祖国的花朵联欢，最大限度地调动他们支持农村办学的积极性。

我一听到"最大限度"就发冷笑。无限不是更好吗? 干吗给个限度? 鼓号队马上就有模有样地投入了排练，下午放学后练一小时，李支书差不多每天都来检阅，只是表情一天比一天严峻。六一那天的议程首先是升旗，接着李支书致欢迎辞，来宾讲话，学生队列操，最后是类似现在叫亲子游戏的活动。我以为他对村小准备的欢迎辞不满意，亲自修改了几稿，把村委会的重视、学校近年的成绩全堆上去了。我以为他对主席台正好面向厕所不开心，而且厕所墙上的猪牯图案隐约可见，这好办，竖起巨幅喷绘公益广告牌挡住它，"再穷不能穷孩子"，打上三个感叹号，衬托大字的是欢呼着迎面扑来的烂漫笑脸。彩排后，李支书嘴总算歪了一下，我还以为他会情不自禁打打油呢。

六一前夜，李打油捏着个纸袋上门来，里面是红领巾和请柬。他邀请我父亲做六一嘉宾。老人家那个激动呀。我也是，又惊奇又感动。李打油写字不好看，他就在请柬上一笔一画地描，内容蛮别致，抬头下，赋诗一首:新禾吐穗涌绿浪，同庆六一好时光，有功之臣臣育人，崇文重教教兴旺。这样的打油诗，他写了四十多首，每份请柬一首个性化的诗。至于请的嘉宾呢，主要是有关领导、有关老板和有关债主，以及影响兴教的有关人士，包括三位烧窑师傅，以及为砖厂供柴供泥供电的闲杂人等。别小看人家，柴不好泥不好，都能致命。

所以，节日前夜的李打油有些恍惚，甚至，有点像交代后事。先是鼓励我父亲好好养伤，接着奉劝我快快解决个人问题，问我扎根村小是否心坚。我朝他瞥瞥康复中的父亲。他说那就好，我来当花博士吧。他介绍的是锦江中心小学的校长，李打油说他统计过，每次镇教育办开会我至少偷窥人家三十次。其实不止。我因为她而热爱开会。我俩后来在李打油的撮合下终于走进婚姻殿堂。这是后话，不说了。说说六一那天。

六一那天请了的、该来的，都来了，气氛可热烈啦。四十多个嘉宾分作三排往台上一站，阵势够壮观吧。坐在轮椅上的父亲是被砖瓦厂那些师傅抬上去的。师傅们何曾披花戴朵这般风光呀，所以他们一个个向我表示要采买最好的松柴最好的泥保证窑窑都是精品，保证瓦能当锣，敲起来当当响，砖像货郎担用来兑换废铜烂铁的冰糖，坚硬得只能小块小块地錾。嘉宾们春风满面，唯有银行行长满脸欠债还钱杀人偿命的愠怒。我知道，虽然砖瓦厂像棵摇钱树，可到头来一算账，村小开支再加上村里垫付的农业税水费，债务缠身的李打油日子很不好过呢。

孩子们升起的国旗呼呼啦飘，村书记该致辞啦。哪晓得，未请的、不该来的人也来了。谁? 法院送传票的。主持人是我，我宣布书记致欢迎辞。有人冲上台挡住李打油，就把传票递给他。李打油晃晃手里的稿子，那人不理会，硬要他签字。我听见李打油嘟哝了一句传票是什么鬼东西啊，接着，他撕开信封，瞄了一眼，失声惊叫起来，传票应声飘落在地，而他呢，居然慌不择路地跳下台，一溜烟逃跑了。他是朝厕所方向跑的。

我抢在别人之前拾起传票，心里明白是怎么回事了。我得镇住混乱的现场。我说，李书记闹肚子，这两天一直带病坚守岗位呢。接着，我即兴发挥把欢迎辞致了，又请嘉宾讲话，我应变能力还强吧，临时决定将行长一军，请他作重要指示。行长满脸尴尬，对着麦说，谢谢同学们，我没有重要指示，我只有美好的祝愿，祝愿同学们好好学习天天向上! 我用喊声压住掌声说，这个指示还不重要啊! 这曾经是毛主席的伟大指示啊!

队列操的时候，我趁机脱身去找人，急得到处乱窜，总算把李打油给拎了出来。你猜他藏到哪里去了? 女厕所。从里面闩上门，还用木柄很粗的粪勺顶得紧紧的。我大呼小叫好一阵子，他确定没人跟着我才打开，身上瑟瑟发抖，抖出扑鼻的屎尿臭。他脸色刷白，问我:借公家的钱也要捉我进班房呀? 钱又没落进我腰包……我说，农民诗人原来也是纸老虎嘛，好笑,传票又不是手铐! 接着,我告诉他该怎样去应对银行的起诉和法院的传唤。李打油满脸羞红嘟哝道,我哪里见过传票呀,心想这下巴了锅,坐班房几跌股哟! 要不是粪池太浅怕淹不死,我就跳下去啦。

巴锅,跌股,都是土话,前者指饭粘在锅上烧煳了,后者是狼狈、难堪的意思。二十万能打倒英雄汉呢,银行作为国字号的大老板不依不饶,硬是逼着李湾村卖了砖瓦厂还债;幸好借镇属五金工艺厂的,有镇里出面,算是捐赠助学了。要不然,李打油真的要跳粪池。

厕所是一个时期的象征,那时虽然艰难,却是人头攒动书声琅琅;为拆危建造的教学大楼,反而成了迎接命运风雨的象征。此后没几年,呼啦啦,学生四散而去,跟打工父母走的,送去县里镇里的,再加上这些年出生率锐减,低年级开不了班啦。真正跌股的是我这个光杆校长。家长见面就说:李校长咄,你眼睛落了凼哟! 指的是我眼眍下去了。凼,怎么写? 这是个字谜,谜面是岳飞诗句"好山好水看不足"。那一竖给了山,水就不足了;给了水,山就不足了。对,念烫音。凼者,小水坑也,形象吧? 这个字令我整个人都落了凼,一下子迷上了方言,我想把这些字词牢牢圈到来,其实我晓得,它们总有一天也会像学生一样流失的。

村小剩下的学生并入中心小学以后,教学大楼成了村民的杂物仓库。不过,李打油特意要了几间当农民诗词学会的活动室,他铁骨铮铮地表示,斯文的阵地坚决不能丢。回忆往事,一见到传票就吓得当逃犯的李打油居然还敢冲我夸耀:我干鱼子划水也掀过浪呢。

惭愧啊,我反而落了凼。我父亲临终那天好像是回光返照,居然能自己蹲茅坑了,当然得有人伺候着。他每天都非要到村小去出恭不可,来回怕有两里路呢。厕所至今没有任何人占用,只是里面长草了。天长日久的,害得我也养成了蹲坑的习惯,不过,家人问起来,我还是管它叫上殿。嘿嘿。

# 磨　损

◎陈蔚文

　　束身衣。深吸气，一点点往上拉，把溢出的脂肪包裹在衣内，按照柜姐教导的，拨动脂肪，调整，让松软的脂肪在束身衣内聚拢，变成板正的线条。她脑子里莫名地晃过"筚路蓝缕""死而后已""鞠躬尽瘁"这些词。她穿好束身衣，像即将作战的战士披上铠甲。套上外套，松弛的肚腹收进去了点，当然，仍旧不苗条，无论正面还是侧面。

　　每天早上出门前的功课，无论冬夏，她有一个抽屉专用来放束身衣，厚的薄的，分体的连体的。下班后，第一件事脱下束身衣，像鞘翅目的甲虫完成蜕皮。她从壳里挣脱，重回肉身。晚饭（在暴食与厌食间切换）后出门散步，目标一万步，以中速走出小区，小区到处是散步的，有些健走者甩开膀子你追我赶，把小区变得像田径场。她宁肯去小区外头散步，比如马路对过的南水巷。

　　穿过一个地下道，再往前走个七八分钟，就是南水巷。一片热闹的老街区，随时要拆迁的潦草，一直没拆，据说房产商和政府还没谈妥。她希望一直谈不妥，这条街巷有各种店肆，包括她常光顾的女裁缝彭姐的摊子。虽不适合养生意义的散步，却另有功效——她上班的地方是这城市的一家革命历史纪念馆，白天都在一种由恒温空调营造的过分阴凉中度过，而这条南水巷以热烘烘的劲儿调整了她整个白天的冷飕飕。

女裁缝彭姐的摊子位于巷子中段一处居民楼的过道边，上方有骑楼般的拱顶，可遮阳挡雨。过道口两旁每日聚集了扯闲话的老人，彭姐很少插话，埋头踩踏板。她第一次去彭姐那改衣服，彭姐穿一件拼接的蓝灰色马甲，抬起脸，黑的肤色，温和的眼睛有些像马，一双注着静默与忍耐的眼睛。

这双眼睛让她对彭姐的手艺和人一下有了信赖。

她那次拿去改的是条黑色呢料裤子。某个早上，她发现这条前年买的只穿过一次的裤子拉到胯部就提不上了。从彭姐那取回裤子时，裤子重变得合身，合身得像她不曾发胖过。这激励了她从衣橱里继续翻出不合身的衣物，有一些即使改了也不一定穿，但她愿意它们都改得合身——像是部分地找回了自己。比起之前，她胖了十五六斤，之前是多久前呢，大概是离婚前吧。

离婚那天，一路堵车，他们到民政局已近中午，有位嘴唇涂得鲜艳的女工作人员急着外出，急匆匆地把离婚证甩给他们。她字还没签好，工作人员已不耐烦地啪一声把印章盖了上去。

"要不你们再考虑考虑，走到一起不容易。"电视里不都是这么演的吗？还有新闻说，民政局婚登员谎称网络故障或打印机坏，9 年挽救 500 对婚姻，为什么现实里居然不是？

离婚后很长一段日子，她下班就回家，像对屋子有种共生性依恋。亲朋们给她介绍对象，包括几个秃着 M 形或 C 形额头的男人，都没成。后来有个男人，约在一个咖啡厅，她瞧他倒还顺眼，但发现他连围巾都没摘，也没脱外套，一副随时要走的样子。他后来告诉她，见的对象太多了，聊几句如感觉不对就走人，没必要耽误一晚。他说得从容，像他有充足理由这么做似的。他在家效益不错的外企任职，这大概是他从容的理由。虽然他后来把围巾摘了，外套脱了，和她又聊了阵子——临走，他说："你如果愿再接触，可以加我微信。"他写了个微信号递给她。出咖啡馆，她把那张纸条扔了。

另一个男人，天南海北都能聊，戴副厚眼镜看着还稳重。见第三次面，他请她吃饭，叫了瓶红酒，她喝了小半，他喝了大半，送她回去路上，他一直用深情的晕乎乎眼神看她，走到她家楼下一处树影下，他凑到她耳边："我和你一块上去。"顺势揽住她的腰，把她往树干上推。他身上散发一股雄性贪渴的精液气味。她知道他没醉，刚有个行人过去，他立即警惕地松了下手。她一把推开他走了。

最后相的一个男人在政府任职，见面全程像领导发言，一二三四点，她听着条件反射般想做会议记录。

有个女友是同性恋，问她："要不你试试进我们的圈子？"

"算了，我还是喜欢男人。"

"没试过你怎么知道？"女友说，只有女人更了解女人。还说，每个人都有同性恋潜质。是吗？她倒更信曾摘抄过的一句话："爱，始于自我欺骗，终于欺骗他人。这就是所谓的浪漫。"

她喜欢黄昏，虽然这个时刻也是一天中最孤独时，但在孤独中隐含着残余的温暖，天际的云朵汇聚成色彩丰富的苍茫，这是并不纯净的空气与太阳渐弱下去的波光折射共同构成的。云朵变幻着，一会儿像翻涌着麦浪的空旷土地，一会儿像草原羊群走过。迎着夕阳的背后，是被拉长了的人的冗长影子。大地上灯火次第亮起。很快，黑夜就降临了。

有回秋天傍晚，她去彭姐那取改好的衣物，彭姐正要收摊，说搁在房里了，领她去。从过道口往里走，里面高高低低地竖着些杂乱的楼。路过一个车棚，昏暗电灯照着的角落里竟有张钢丝床，一位老太太靠在床上看电视，电视放在一张小桌子上，声音很大地传出来"重点工程，创造效益……实现利税……"，她跟着彭姐往里走。

一楼潮湿的房，进门左边搭了层阁楼，右边靠墙一张旧得看不出颜色的沙发，靠窗的大台子堆满布料衣物。窗台上一只小花盆里点了根檀香——盖住了些潮湿霉味。彭姐从台子上找出个袋子，装着她拿来改的黑大衣。

"试试？"彭姐指指一个带镜子的旧衣柜，这房里唯一看起来正式点的家具。

这个衣柜颇眼熟，从样式到颜色。她父母家也有个类似衣柜，她母亲在世常念叨，说是柜子罩的生漆，货真价实的生漆！是她舅公去甘肃下放时请漆农割的，三伏天割的漆最好，用蚌壳割开漆树皮，露出木质切成斜形刀口，将蚌壳插在刀口下方，让漆液流入桶中后以油纸密封保存。舅公后来死在下放的小城。一次收稻，用大的铁风扇扬麦，风扇崩裂，一大片铁皮插入身体，当场就没了。

那个衣柜黑黝乌沉，在童年的她看来丑得像口棺材。当她对照镜子这件事感兴趣时，衣柜镶的那块镜面已磨损，照出的人形某种程度地模糊、变形——把人稍许拉长那么一点。她以前讨厌这模糊与变形，躲避这镜子，但时间渐扭转了一切。越往后，她发现那面镜子越包容、宽柔，比任何活着的对象。

母亲去世后，父亲跟哥哥过，老房卖了，家具也全处理掉了，连同那个衣柜。

现在她又遇上了它，这个与父母家如此相似的衣柜，镜面磨损程度也相似，连同这个房间，全都散发着一种熟悉气味。她父亲也用杉木板搭过个小阁楼（那是她和哥哥、妹妹的童年乐园），她母亲也有台蝴蝶牌缝纫机，他们三兄妹的衣服多是那台缝纫机踩出来的。

房间的暗朦里，她有几分恍惚。穿上改好的黑大衣，站在镜前，原本宽松的大衣改得合体，她看去瘦了些。这件黑大衣是母亲留下的，"这呢子扎实，织得密，哪像现在的料子稀不拉唧"，任何老东西对母亲都意味着货真价实。

现在她把它穿在了身上，大衣还残留着阴凉的樟脑丸味儿，那是她父母家的味儿。如果母亲看到她穿这件大衣会很高兴，对一切东西能再次利用她都感到欣慰。

她忽然意识到为什么对这间屋子有种亲切感，这屋里的气息对她意味着回溯，那遥远得像是上辈子的岁月，简旧的器物、空气中有种安心，大伙都节俭吃苦，也就不是苦，自守枯荣而已。

彭姐也让她觉得舒服，是的，到她这年纪，最重要的不是对方的身份之类，是相处舒服。彭姐不饶舌，没问过她职业家庭之类，彭姐甚至有些拙讷，有时她问两句，彭姐答一句或半句。这很好，她怕人打探她的生活，她不想谈这些。但无可避免地，无论在单位还是亲戚那，她一次次被谈起。一个离异单身女人——这是个老少咸宜的理想话题，围绕这个话题，大家谈论、猜测、建议，以关心的名义对这个话题进行各种消费。他们中热情的一部分人劝她赶紧找一个，甭太挑剔——潜台词听去像"是个男的就成"，而他们中含蓄的另一部分则欲言又止，仿佛离异单身是种道德缺陷。

在南水巷，她是个陌生人。这里和她住的小区只隔一条马路，这条马路成为某种界线，清除了她的身份与婚史。她愿意是个陌生人，没有过往与标签的陌生人，一个藏匿在自己身后的人。

彭姐的男人在郊区看工地，很少回来，这更方便了她一次次在彭姐家那张旧沙发上坐下，对着那面变形的镜子。窗台上那支檀香总是燃着，她问彭姐："你信佛？"

"怎么说呢……"彭姐有些迟疑，像这是个难以回答的问题。

南水巷的夜饭似乎比其他地方早。天还未黑透，彭姐家就来了几个女邻居七嘴八舌地聊天。谢天谢地，也许因为不熟，她们也没问过她什么。她本不是个时髦的人，来彭姐这有意穿得更随意。即使有时穿了质地不错的衣物，因为样式简单，色调暗沉，坐在她们间也不显突兀。有次，彭姐对门的女邻居顺嘴问她："你是包装厂的吧？"她含糊应了声。

南水巷附近有个包装厂，职工生活区也在一起，这样，她就成为包装厂的了，虽然她一次也没去过。

她成为一个隐去了身份的人，一个潦草的人，没有负担地潦草。彭姐有次递根黄瓜来，她没擦就咬了一口。在家，她肯定要刨皮才吃的。还有次，彭姐烙了腌菜饼，让她尝下，吃完发现手中那双筷子完全看不出颜色。"这饼像我妈烙的味道。"她说。母亲在世时也会用辣腌菜做饼，搁一点点油烙。

在彭姐的这间屋子里，她辨认出旧日生活。天花板的水渍，墙上的锈钉子，还有那台不时发出噪声的收音机，她很久没听过收音机了。曾经，收音机是她生活里最重要的一样东西，每晚睡觉前都听，夜话、音乐，还听过福音广播，听到触动的话，爬起来记在本子上，几乎要信上帝。收音机里收藏着某些忘却的面孔，朦胧的悸动与身影……她以前觉得没有收音机的人生是不可能过的，这种不可能还包括——她曾觉得母亲是不可能消失的，她是不可能发胖的，更是不可能离婚的——她曾以为她的婚姻独一无二，所有寻常中的一个不寻常。当初它看去多坚固啊，发亮的金属一般，但她忘了金属也会疲劳。是的，除了人会死这件事相当确凿外，世上没什么是不可能的。

彭姐家靠墙的床下有双旧球鞋，和她侄子的鞋码差不多："你儿子的吧？念书还是上班呢？"她想，应当在打工吧，像这种家庭出来的多数年轻人一样。

"念大学，明年大三了。"彭姐说。

"喔！"她发出赞叹，真心的。从这间屋子能走出个大学生，真有些不可想象——房里甚至连张像样的桌子都没有。

"你孩子，上中学吧？"彭姐问。

"嗯，住校，周末回来还得补课，现在家长压力真大，一点工资还不够送那些补习班。还是你好，熬出头了，等儿子赚工资你就享福了。"

"还享福！"彭姐咬断手中线头，轻轻一声叹息。

"儿子谈女朋友没？"她想起上午和哥哥通电话时，听哥哥说上大一的侄子谈恋爱了。

彭姐沉默几秒："我儿子说,没钱谈啥女朋友,现在女孩都很现实的……就算谈了,带回来也得吹。"

她顺着彭姐的目光扫了眼屋子,虚弱地反驳："不一定,也有重感情的女孩。"

"你这双是那个什么……鞋吧。"彭姐忽然看了眼她的鞋。

今天下午单位搞活动,拔河比赛,她找了双挺少穿的耐克鞋出来。晚饭后出门时,顺脚穿上了。

"就是这种边上有钩子的,我儿子说过想买一双,不便宜。"

"哦,我妹淘汰给我的,网上买的,谁知是真是假。"她有点慌乱,做贼般缩回脚。

透过彭姐家的后窗,可看到对面马路一幢四层楼的廉价旅馆,进出的多是附近一所民办专科院校的学生。旅馆百叶窗都拉起了,映着黑色窗框。

端午节前,又是黄昏,她去彭姐那,在门口就闻见煮粽子的香气。她拉开那扇黑乎乎的纱门,桌边坐个男人,瘦而木讷,彭姐的丈夫?桌上有酒瓶,几副碗筷,一只碗内装着剥好的粽子。

她是来改风衣的,一件领型繁复的风衣,以前觉得时髦,现在看有些土气,她想把领子改简单些。彭姐没向她介绍那个男人,这使她确认桌边的男人就是彭姐丈夫。在和彭姐聊的时候,男人喝着酒,沉默地盯着某处,像这屋子也是个需要看守的工地。

说完改衣服的事,她匆匆告辞,彭姐装了几个热乎乎的粽子给她。

她进了马路对面的小区,在中心花园的石凳上坐下,平时她很少来,觉得闹,尤其孩子的欢叫声让她头痛。

今天出门前,她在国外的单身女友告诉她找了位老外情人。

"……太大了,有点受不了。"有次女友在微信上对她说。

"哈,看来超出也是种浪费。"她当然知道女友指什么。

女友劝她来旅游,顺便也找位老外情人,她负责介绍。

"你都受不了,我更受不了。"她发了个晕的表情。她知道自己不可能成为女友,不可能把此前一笔勾销轻装上路。

某些动植物在休眠期具有的这一功能——在不良环境下, 生命活动极度降低,进入昏睡状态。等不良环境过去后,它们又重新苏醒,照常生活。是的,她也想借鉴下这一功能,尽量少地惊动什么,整顿、等待、恢复。据说一般情况下,人体会在半年内更新掉身体98%组织的细胞,如果人们做好排毒和给予身体细胞需要的材料, 在半年后就会收获一个相对健康崭新的自己。平静是最好的排毒,对她来说,那些混乱漩涡会被平静逐渐消化,直至波纹不动。

这过程并不易,前夫半年前再婚了,听说新娘已有孕在身,几个亲戚得知后打来电话表示了对前夫的谴责, 同时也包含了对她的责备——怪她离得太轻易。现在好了,他倒是动作麻溜……这些话自离婚后,她听多了。尽管前夫快当父亲的消息令她难受,但从理性上,她明白前夫有权安排自己的人生。她尽量少地与亲戚走动,同学朋友也往来不多,以避免熟悉关系可能引发的不愉快话题。

她很清楚有些东西还没消化掉。她成日刷微信到深夜,看完什么也没记住。她躺下,手碰到腰腹厚实的脂肪,以前多瘦啊,手机里的老照片有几张在大学拍的——那时躺在上铺就像条扁扁的鲇鱼,如果不露出头,根本无法分辨床上是否有人。

她的体重应减到和她神经的粗细程度差不多才合适, 但现在它们成反比。她夜跑过几次,坚持不了。她只想躺着,好歹这副肉体还是整全的,一动更会成为碎片。诵诵经? 她捏着蜜蜡手串,默诵"观自在菩萨,行深般若波罗蜜多时,照见五蕴皆空,度一切苦厄",没诵一会儿,脑子乱了。打个电话给谁? 搜索了下记忆,没有一个方便这个点打去的。

一切都像胃部般空空荡荡,饥饿感恶魔般准点到来。有多少女人把晚饭都戒了,更别说这个点进食,然而,她饿,她想起冰箱里还有几只彭姐送的粽子,小小的碱水粽里有红豆芸豆,还有颗腊肉,是的,不是一块,是一颗拇指盖那么大的腊肉,不过比她吃过的大肉粽都好吃。她起床热了两只粽子,小口咬着,忽然意识到,她人生里最有价值的时光多是由简陋岁月供给的,与父母兄妹们在一起的时光,还有与丈夫刚结婚那几年,两人一无所有时,他们买一张硬卧一张坐票去旅行,说好两人轮流睡,但最后总是她睡到天亮。当他们能坐软卧和飞机外出旅行时,反而无话可说了。

她像曾经沉迷于财富的递增带来的安全感一样,沉迷于南水巷带给她的新身份:穷人。她和去彭姐那改衣物的女人聊天,听她们说哪家超市搞特价,柚子皮和大蒜须的做法——她们说起一种便宜的小河鱼,本地人叫餐鱼的,用菜油小火煎酥,蘸调料汁很好吃,说得她直咽口水。她很久没吃过这种小鱼了,过去她母亲也会买,便宜但费功夫,一条条清理干净,撒盐略晾后小火煎出满屋子香气。

还有次,彭姐的对门女邻居端来碗芹菜馅饺子让大家尝,用芹菜叶包的,味道不比她在超市买的那些品牌的差。

她奇怪自己何以能如此安恰地置身于这间屋里。她从没想过,穷有时竟是好的,如黄昏的光线一般柔和,竟会带来某种安全感——没有变化,至少不会变得更坏,穷使得一切相对稳定,譬如彭姐这间再简陋不过的屋子,一切存在都是稳定的,包括简陋本身。简陋里至少还有希望,而希望对活着的重要性不亚于空气、水。她现在最缺什么呢?兴味,她对一切没有真正的兴趣,乃至今后的生活。无所谓好,无所谓不好,她想别人一定会说她矫情。是的,她有一套设施齐备的房子,一张宽大松软的床,可那又怎样呢?一天天过着,她对再婚没什么信心,上一段婚姻透支了她对感情的信心,也透支了她对钱的信心——钱,并不能真正地创造与巩固什么,相反还可能使许多东西瓦解。得出这个结论后也就宣布了终极的虚无。

当然,她不可能回去了,如果让她生活在彭姐这间屋里,她一天也挨不下去,仅那间黑乎乎的小洗手间她就受不了。

她从橱子里翻出母亲留下的一条格子呢裤。

"这料子不好看,显胖,别改了。"彭姐说,"你可真会过日子,这裤子还留着。"

"这呢子扎实,织得密,哪像现在的料子稀不拉唧。"她突然发现自己说的正是当年母亲说过的话。

裤子改成了窄脚的,她搭了上回改的黑大衣穿给彭姐看。"蛮好的。"说着两人笑起来,像占了个什么大便宜。不过很快笑就从彭姐脸上消失,忍耐的静默回到她脸上。前几天,彭姐说起老家大姐查出肺上的病,治疗要花不少钱,父母让她凑一份。

"我上哪儿去凑? 儿子还得结婚。"彭姐埋头踩着缝纫机。

她起过冲动借钱给彭姐,但克制住了。她不能破坏自己的角色:一个比彭姐的条件好不到哪去的女人,一个与她同阶层的女人,一个也得精打细算活命的女人。

她意识到自己的自私,她并不信任彭姐的偿还力。她觉得有点愧怍,像一个缺氧者,要从另一个女人的窘困中吸氧,以获得点能量。在这个社会看来,她这年纪女性的孤独不再正常,而是带着几许古怪、异常和失败的意味。而在彭姐的屋里,因为身处廉价中,她隐匿起来的孤独就显得不那么显眼,至少她物质无忧,孤独有可能反成为一种点缀。

从彭姐那回来,她坐在自家宽敞的客厅,黄色灯光照着屋里的实木家具,亮洁器皿,带穗的米色窗帘,布艺纸巾盒……有阵子她迷上网购,如夸父饮泽,小储藏间堆满闲置的网购物品,包括零食,隔阵子就要扔掉一批过期的。她应当满足不是吗,和南水巷的女人们比起来。她可以从容买想要的东西,将它们放进购物车,付款,问题是——有一些远比商品更重要的东西是买不了的。这是真正的困难,无能为力。

彭姐又送了些粽子给她:"你不是说孩子爱吃嘛!"她上回告诉彭姐儿子一气吃了三只。

"是吗?我儿子也爱吃我包的粽子。"说这话的彭姐眼里有种温存光泽。她不大提起儿子,从偶尔的提及可拼凑出一个消瘦寡言、个子不高的男孩,每两周左右回家一次,回家就是低头摆弄手机,很少吭声。那只手机,彭姐说,是儿子考上大学后自己在网上买的,坏了几次。

那个未谋面的男孩,想要一双带钩子标识的鞋的男孩,能在那么间房里考上大学,也真难为他了!和侄子年纪相仿吧,和侄子生活差得有多远啊。侄子有一间自己的房,墙上贴着花里胡哨的海报,橱柜里堆满衣服,书架上有几十款价格不菲的动漫模型。从小学起,侄子就穿名牌了,鞋子据功能分,有足球鞋、篮球鞋、跑步鞋,上大学后更是常换新款。她突然想起前几天去哥哥家,嫂子还数落侄子生日又买了双新鞋,之前那双黑色的就不穿了。"你哥就是打小惯他,没空管就在钱上惯着。"嫂子生气地说,"你看看,还这么新!"

那双搁在门口的黑球鞋有钩子标志,她瞟了眼,是挺新。

何不送给彭姐的儿子呢?她为自己这个念头激动起来,助人为乐的激动。

下回去,她问嫂子要了那双鞋,拿回家后,她把鞋抹了下,塞在一个旧购物袋中,使它看起来不像一件礼物。

"我侄子的,他脚宽,穿着有点挤,看你儿子能不能穿。"她用漫不经心的口气说,把鞋搁在那张堆满布料的台子上,以便彭姐看到鞋子的全貌——那个醒目的白色钩子标志。

"大小差不多,我儿子脚瘦——留给你儿子穿吧,孩子脚长得快,用不了几年就能穿了。"彭姐推辞说,有点难为情的高兴。

"那可够等了,放也放坏了。"她和彭姐聊起了其他,像这鞋根本不是个事。

彭姐说有邻居得到南水巷要陆续拆迁的消息了,如果真拆迁,她和丈夫准备去红角州那边买套二手房,远是远了些,可房价便宜。

这消息使她的心情骤然有些不好,当然她知道这只是个正常消息,这城市每天都有地方在拆迁,一个小裁缝店不开了而已, 可她的确怅然若失。这间采光差的一楼屋子,有点像时光机,置身其中,似乎能回溯到过往,穷,但充溢着一些无以名状的希望。当然很快,理性告诉她应当庆幸自己现在是这样而不是那样,这间仿佛是过去生活翻版的屋子让她深切觉得:窘困的生活实在糟透了,体面地活着又是多么重要!

几天后,单位通知她出差:去一个沿海地区参加培训班两周。她不想去,但没有更合适的理由反驳,单位适合参加培训的人中只有她单身,这意味着她比其他人更闲,更有理由说走就走。

收拾行李时,在一个久未用的旧包里她找到张印着玫瑰花的卡片,上面端正写着"婚姻幸福的秘诀:忠诚与信任"。是婚后不久她抄的,卡片上用红笔画了个心形。包里还有只毛绒玩具狗,前夫送的。他们有次路过一家宠物店,她被笼子里一只雪白的小狗吸引住。"真可爱!"她发出惊喜的叫声,挪不动步。他向老板问价,一听到价格,她挪动步了。几天后她生日,收到丈夫送的礼物:一只会唱歌的白色毛绒玩具狗。

出差回来后,又是连绵的几日雨。天放晴后的周末黄昏,她去南水巷,才进巷口便看见有些墙上圈了大大的红色"拆"字。开发商到底还是拆到这来了。用不了多久,南水巷就要改头换面,或者说,不复存在。

进彭姐家,她第一眼看到床下那双鞋,那双带钩子标识的黑球鞋。

"不合适?"她问。

"合适,垫双鞋垫正好。"彭姐有些尴尬似的。

"没穿去?"她觉得自己应当打住不再问,却忍不住问了。

彭姐沉默了下,说:"他宿舍同学最近丢了钱,看他穿了双这鞋,就怀疑……他死活不肯穿了。"

像被蜂刺突然扎了下。她给那个未曾谋面的男孩以及一个家庭带去了麻烦，一种只有当事者才能真正体会的麻烦。她很抱歉，因无可挽回而愈深重的抱歉。彭姐的儿子是怎么解释这双鞋的来源呢？他如何证明自己不是个嫌疑人？这种证明对一个头回穿有名牌标识的鞋的男孩来说有多艰难？她真是冒失且自私！她以为做了件好事，为此，有种小小的自我神圣感，好善乐施扶贫济困的神圣感。难道不是吗？她必须承认，用很小的一点代价她获得了自我神圣感，她想过那个男孩穿这双鞋的感受吗？那个在他母亲彭姐的描述中，消瘦、敏感、个子不高、话很少的男孩，他怎样把另一个男孩淘汰的鞋穿到学校，然后遭到怀疑，回来脱下……

"这些人，真是！"她想义正词严地谴责几句彭姐儿子的室友，却找不到合适的措辞。

"身正不怕影子歪，我跟我儿子说，偏穿，让那些爱嚼舌根的说去！"彭姐向来隐忍的脸上有种陌生的愤怒。

像肇事者急于逃离现场，她匆匆找了个理由走了。

路过南水巷那些圈着"拆"字的房屋，夏日最后的溽热夹杂着路边垃圾桶气味扑面而来。

有阵子没去彭姐那。她有种负罪感，她不知道彭姐的儿子是否洗清了自己的嫌疑。有时走在街上，看见前面某个衣着廉价的瘦削年轻人，她脑子里会突然掠过彭姐的儿子，那个未谋面的男孩，那间暗黑的屋子以及屋里混着檀香的潮湿味……这种负罪感令她难受，她付出了离婚的代价才使上一次负罪感减轻，她不想再背负新的负罪感，无论什么性质的负罪感，都令人痛苦。像根刺别在某个肉眼不可见的地方，时不时跳出扎一下。她告诉自己要屏蔽负能量，要好好地、平静地生活下去，她要照顾好自己，情绪糟糕容易生癌，一旦她生了病那将是很狼狈的状况，她只能找个粗手笨脚的护工。

她养了只狗，某个微信群瞅到的消息，有人出售一只白色纯种小博美犬。照片上，小博美圆乎乎的，眼睛耷拉着，像个小受气包，她当即决定买下。

一只狗使她生活忙碌起来。她管它叫"希希"。她查了下，关于博美狗的介绍说，"它有忠诚的性格、聪明的表情和轻快的举止"，听去像理想伴侣。

她本来晚饭不怎么吃，有了希希，她会蒸些红薯、胡萝卜，出售狗的那位群友告诉她的，搭配狗粮，既省钱又健康。她和希希一块吃红薯，从沙发对面的穿衣镜看去，画面挺温馨，如果忽略她偏胖的身形。她把穿衣镜往边上转了转，她甚至去倒了半杯红酒。看来离婚不是全无好处，不然她一辈子也体会不到红酒配红薯的滋味。

晚饭后，她出去遛希希。往往这时天还微亮着，一路碰见同样遛狗的人，他们站下友好交谈，像在谈论彼此的孩子。晚上希希睡在她床脚边一块圆毯上，她感觉失眠有所改善，至少比离婚前一年睡得好。那时，她和前夫躺在一张床上，背对背，各裹着一条被子或毯子，夜里她睡不着，睁着眼，觉得婚姻荒谬极了，世界荒谬极了，活着荒谬极了。两个无话可说的人，以婚姻之名躺在一张床上，像奇怪的受刑。也许，只要他肯转过身，和她说句话，看着她笑一下，如果能再拥抱她一下，只要一下，她就会觉得一切有转机，意义会重新回到婚姻、世界与生活中来，但没有，他一次也没转身朝向她。

现在，她望着睡在圆毯上的希希，温情脉脉——这种感情废弃多时，现在重回体内，她眼眶有些潮湿。她还会有一个孩子吗？大概不会有了，不过好在有一条狗。一回家，它总是蹭到她脚边，欢叫着，像失散后的重逢。

"人生最大的困难不是穷，而是你不够爱自己"，她看过的一句微信鸡汤，她很认同，有了希希后，她觉得减肥也不是件那么要紧的事了。彭姐送给她"儿子"吃的粽子，都被她吃了。她没有孩子，或者准确说，曾经有过。那个"上中学，功课繁重的住校男孩"是她虚构出的。刚结婚时，她和丈夫约定等条件好些时要孩子。那时他们还借住着亲戚的房，偏僻老厂区宿舍的顶层，没有电梯，每到夏天，屋子热得像笼屉。而冬天，窗外一棵老樟树几乎遮挡了唯一一间朝南屋子的阳光。不过他们还是挺快活的,喜欢这棵老樟树——早晨做爱时,不用拉窗帘,樟树茂密的枝叶就是窗帘。

几年后,等条件好些乃至好得多时,她和丈夫间已发生了变化,先是频繁争吵,尔后是沉默,两座隔着距离的孤岛。房子换成了有两间朝南大卧室的,电动窗帘,但他们已很少有需要拉上窗帘的时候。

她怀了次孕,流掉了,一个猝然发生,没有任何预兆的意外。在一次和丈夫冷战之后,她去见了一个从南方来出差的同窗。"我那时挺喜欢你的,可惜你没给我机会。"这位同窗是名马拉松爱好者,有着瘦小结实的身躯。

"那现在不喜欢了吗?"带着和丈夫冷战的怒气,她马上笑着回了句。他诧异地看她一眼,为她的杯子添了些酒……

她趁丈夫回老家探亲,去一家私立诊所做了人流。她和那位同窗再没有联系。

那个流掉的孩子如果长到今天,该上中学了。

她再没怀上,去过不少医院,包括外省,中西药都吃了不少。她想,这是罪孽,活该,为她轻率的冲动与鲁莽。她托人化解过,每去一个寺庙她都会烧香祈愿。她去学佛论坛,了解到堕胎的罪过竟是五种重罪之一,要下阿鼻地狱。她暗自诵《地藏经》《童子经》,可还是挡不住噩梦连连。梦见一个孩子总在身后跟着她,当她回转身想看清时,那孩子又不见了。

婆婆一直在催问他们怀孕的进展,送各种食物和偏方来,有次婆婆塞给她一张条子,说是老邻居给的验方。纸上写着:"四制香附丸制法:香附100克(分四份,一童便、一米泔、一米醋、一盐水,各浸 7 日,一日一换,取出炒黄勿焦)、川芎……"还没看完,"童便"两字让她差点呕出来。

她失眠,一晚一晚睡不着。趁去北京出差,她去了家私立心理咨询机构,从国外留学回来的咨询师说:"你要放下包袱,出轨本来就是一种远古的动物性本能,就说鸳鸯吧,人类把它们当作美好爱情象征的,事实是它们在交配之后即刻分道扬镳另觅新欢。跟动物界的多配偶制比起来,一夫一妻制的人类才是哺乳类动物中的异端……"

咨询师把出轨说成是一桩应当推广的美德也没缓解她的压力，她和丈夫愈想靠近，离得愈远。有时她觉得他们就像旋转木马——这真是种残忍的游戏，挨得很近却保持永恒的距离。

他对于手机的紧张(频繁换密码)以及看别人家孩子时那种温存又失落的神情，让她想明白一点，她是因为他们间有问题才出轨的，而不是出轨导致了他们间的问题。

每年流产的日子，她都会在家点上香，海南带回的伽南香，比彭姐屋里点的香味道清幽得多，不过末了都一样，化成一小撮灰烬。

她从没想过自己不可能当母亲，没想过人生里会有一个不可告人的秘密(灾难)，就像方向盘突然失控冲向一处无名荒地。

一切都过去了。她告诉自己学会物我两忘，无眼界乃至无意识界，无无明亦无无明尽，乃至无老死，亦无老死尽，无苦集灭道，无智亦无得。她每天睡前诵读一遍《心经》，一位师兄告诉她，《心经》篇幅虽短，但加持力大。她其实也没想明白，要佛加持她什么呢？保佑她再婚顺利？给她个孩子？那也许她更应当去找婚介所或妇保不孕科。

现在希希成了她的重要伴侣，替她打发了不少时间。上一周，她带它去宠物诊所治耳炎，花了八百，之后又做绝育，花了两千多。比花钱更让她心疼的是希希，她觉得自己剥夺了希希做母亲的权利。但宠物医生说，绝育手术可降低子宫蓄脓、假孕、脱毛症以及乳腺瘤的发生率，甚至能令狗狗的寿命延长。

她在诊所外等希希出来时还是有愧疚。一个没做过母亲的女性或雌性，生命是不完整的，她剥夺了自己，现在她又在剥夺一条狗。为弥补这愧疚，她最近有空就会去遛下希希。

今晚，附近一家连锁大超市新开张，不到六点，她吃了包魔芋代餐粉就带希希出门了。去超市的路上，她看见天际有一抹橘色的云慢慢变成土黄、绛紫,等她走到超市,云变成了玄色,越来越缥缈,逐渐模糊起来。

超市外头很热闹,临时搭建的舞台上,身着超短裙的主持人正宣布抽奖,大喇叭音箱里传出亢奋的音乐。一些头戴粉色兔子发箍的女孩在派发气球,另一个促销酸奶摊位的小姐笑嘻嘻的非要请她品尝下新品种酸奶,她接过小姐递来的小纸杯,喝完一转身,希希不见了。她脑子一炸,大声喊:"希希! 希希!"她焦急的声音有如呼唤走失的儿女。叫了几声后,她突然看见前面几步远的希希雪白的小身影,她冲过去,一把抱起它。这时她感觉到有人在注视她,是的,她刚才一定挺失态,当然,也或许是注视她怀中的希希。这只皮毛雪白的可爱小家伙常引人注目,她还碰过路人问她:"这狗挺贵吧?"为了配得上纯种的乐乐,她出门遛它前会拾掇下自己(就像参加一次小型社交),使人与狗看去更和谐。

她抬头望了眼,不远处晃过个背影。这个背影在黄昏渐黯下去的光里几许眼熟。愣了几秒后,她突然反应过来——是彭姐? 不,她不确定,有如嫌犯被识破地惊慌,她逃一般抱着小狗转身离开。

▶ 发表于《青年文学》2019 年第 12 期

# 他叫王晓东(外一篇)

◎刘国芳

王晓东,抚州仙临山王家村人,五十岁,种田为生。

很多年前,我就和一个叫杨华林的文友去过仙临山,路线很复杂,经长岭、白岭、张家、李家等村庄,然后到仙临山。仙临山不大,只是一个小山包,传说当年有神仙在山上歇脚,因此这个小小的山包才有仙临山这样好听的名字。仙临山周边有好几个村,如仙临山饶家、仙临山王家、仙临山祝家等。仙临山边上有一条河,叫凤岗河。这凤岗河其实只是一条溪,十几米宽,从长岗、凤岗那边流下来,再往抚北流入抚河。当年我和杨华林去仙临山的时候,并不认识王晓东,我们只是来看仙临山。后来,我又去了仙临山。这次,见到了王晓东,这是个瘦小的男人,他和一个同样瘦小的女人在地里拔甘蔗。我走近他们,还说:"拔甘蔗呀。"

王晓东说:"没见过你。"

我说:"我是抚州的,喜欢到乡下玩。"

王晓东说:"抚州的呀,来吃甘蔗。"

我也不客气,拿起一根甘蔗啃起来,然后说:"好甜。"

王晓东说:"好甜就多吃点。"

我说:"我帮你买点。"

王晓东说:"买什么,地里的东西,拿些去。"

我说"谢谢",然后问他:"村里没看到什么人,人呢?"

王晓东说:"我们这儿离抚州近,大家都到抚州做事去了。"

我问:"你没去吗?"

王晓东说:"我没去,我喜欢作田。"

其实那时候我并不知道他叫王晓东,我没问,他也没说,但这个说他喜欢作田的人,我记住了。我喜欢去乡下,以前骑自行车,后来骑摩托,再后来开汽车,反正什么时候我都喜欢往乡下跑。后来的好多年,我多次去过仙临山,也见到过王晓东。每次见到他,他都在地里忙着,比如栽禾耘禾、施肥浇水、摘茄子辣椒等。一次看见王晓东在地里挖红薯,挖出的满地红薯我看着都喜欢,于是我说:"看着一地的红薯,你很有成就感吧?"

王晓东说:"这是我劳动的果实,看着确实满心欢喜。"

后来,仙临山一带便发生翻天覆地的变化,先是火车站建在这儿,就建在仙临山饶家边上,铁路则从凤岗河那边铺过去。接着凤岗河两边建湿地公园,把一条十几米宽的小溪挖成一百米宽,有的地方挖得更宽,几百米,这就不是河了,是湖。仙临山饶家拆了,祝家也拆了,开发高档住宅区,那名字听起来就"高大上",叫铜锣湾。仙临山王家,也就是王晓东他们村还没拆,一天我开车去那儿转,又见到王晓东了,我问他:"你这儿也要拆吧?"

王晓东答:"肯定。"

我问:"几多钱一平?"

王晓东答:"饶家祝家那边是三千九百元一平。"

我说:"每家都做了楼,有三四百平,可以得到一百多万。"

王晓东说:"我情愿不要拆,在乡下几好,有田有地,拆了,什么都没有。"

王晓东边说边给辣椒浇水,我说:"都要拆了,还浇什么水?"

王晓东说:"一天不拆,我就不会让我的地荒了。"

我说："你真的是一个喜欢作田的人。"

王晓东笑了。

我和王晓东有缘,仙临山王家拆迁后,王晓东居然在我住的"东方威尼斯"买了房,这就是说,我们做邻居了。他真的对土地很眷恋,搬来没多久,他就在小区里开了一块地,要栽茄子辣椒,但才把地弄好,保安就来制止了,说小区里不能栽菜。王晓东求情,说他栽惯了东西,不栽些东西,手痒。有人围着,哈哈大笑,还有人说:"乡下人就是乡下人。"

这话被王晓东听到了,他很生气地说:"乡下人怎么啦? 我又没偷没抢。"

后来,王晓东在小区外面开了一块地;然后,我经常看见王晓东在地里忙活;再后,王晓东从地里回来时,手里总提着东西,比如南瓜丝瓜什么的,也有茄子辣椒。见了我,王晓东说:"这是我栽的,你拿些去吃吧。"

我说:"谢谢! "

只是好景不长,我们小区外面,后来规划做汽车城。没多久,就动工了,也就是几天之内,王晓东那块地就被铲了。这天傍晚,王晓东从外面回来,看见自己的地被铲了,呆在那儿半天不动。看见王晓东在那儿发呆,我走了过去。居然,我看见王晓东眼睛红红的,我说:"你开的地又被铲了,好难过是吗? "

王晓东说:"想种点地真难。"

其实,我这时仍不知道他叫什么,这不重要,在我眼里,他是一个农民,一个热爱土地的普普通通的农民,没了土地,他真的很难过,为此,他会长久地在这儿发呆。天黑了,他还呆着。忽然,我看见那个瘦小的女人往这儿走来,她大声喊着:"王晓东,你还在这里做什么? "

这时,我才知道,他叫王晓东。

▶ 发表于《北京文学》2019 年第 10 期

# 月　季　花

空军在空军部队当兵,但空军不是飞行员,是地勤;空军在一个飞机场执勤,整天背着枪巡逻,在飞机场走来走去。

空军退伍后做了巡警,在大街上巡逻。

在一次巡逻中,空军看见了小美。

小美是那种让人看了还想再看的女孩。空军看见小美后就是这种感觉。当时空军在广场上巡逻,看见小美后,空军不想走了。空军随后改变了巡逻方向,只在广场上巡来巡去并左一眼右一眼看着小美。让空军感到奇怪的是,小美上午都站在广场上没有离去。空军不知道小美站在那儿做什么。后来空军走近了小美,空军说:"看你一上午都站在这儿,有困难找警察,你有什么需要我帮忙吗?"

小美对空军的多管闲事并不反感,她笑了笑,对空军说:"我在看花。"

小美这样说,广场上那些花才引起了空军的注意。这是清一色的月季花,每年秋天,园林部门都把这些花搬出来,在广场上摆成好看的图案,供市民欣赏。还真有很多人在花前驻足,但空军没想到小美会站一个上午。空军看看花,又看看小美,空军说:"这些月季花就这么好看吗? 值得你看一个上午?"

小美说:"你弄错了我的意思,我在这里看守这些花。"

空军说:"花还要人看守吗?"

小美说:"怎么不要? 没人看时,有人左摘一朵右摘一朵,甚至有人整盆抱走。"

空军说:"你在这里就没人动这些月季?"

小美说:"我不会让人动它们。"

空军说:"那你也是警察,月季的警察。"

小美笑了。

空军就这样认识了小美。

后来空军每天都要去看看小美。空军见了小美,跟小美说他来看看那些月季花。空军说着,眼睛并没看花,只看着小美。小美就有些不好意思了,小美说:"你看花呀,你看着我做什么? "

空军也有些不好意思了,只好扭头看花,但心不在焉。

也有很多像空军一样的人,他们也是那种感觉,看了小美不想再走,他们说去广场看花,实际上是去看小美。有人不仅想看小美,还想讨好她。空军总看见一些人买了纯净水、健力宝、红毛丹等各种饮料水果给小美。小美不要,那些人偏要给。这时候空军就会走过去,空军一身警服,很威严的样子,不须开口,便让那些人知难而退了。有些人下流,常跟小美说些下流的话,甚至动手动脚。一天空军就听见几个人说:"小姐,跟我们走吧,你这样漂亮做什么不好,要在这里罚站? "还说:"只要小姐愿意为我们服务,包你有吃有喝。"说着,过去动手动脚。空军这时便走过去,说:"要我为你服务吗?"几个人见了,仓皇而逃。小美见几个人跑了,笑起来,小美说:"你现在跟我一样是警察了。"

空军说:"我本来就是警察。"

小美说:"我是说你跟我一样,也是月季花的警察。"

空军说:"这么说你是月季花了。"

小美说:"你看我没有月季花美吗? "

空军说:"一样美。"说过后又觉得不妥,于是改口说:"比月季花还美。"

空军不会满足于仅仅认识小美,他还要更进一步。空军给了小美一把太阳伞。太阳伞很大,撑开竖在广场上像一棵小树。空军把伞撑开后跟小美说:"你天天在太阳下晒着,人都晒黑了,让我在你头上栽一棵树吧。"

小美说:"你要庇护我? "

空军说:"你不愿意吗? "

小美说:"我不愿意。"

空军就有些失望,但旋即空军高兴起来,说:"你已经在树下了。"

小美说:"我不能辜负你一片好意。"

后来的一天,空军走近小美,空军看着广场上摆着的月季花,开口说:"我想要你一件东西,你给吗?"

小美说:"什么东西?"

空军说:"一朵月季花。"

小美看看花,又看看自己,没有答应,小美说:"我还不能给你月季花。"

空军一脸的失望。

空军巡逻在广场上,突然看见一个负案在身的杀人犯。空军一个擒拿扭住了凶犯。但让空军没想到的是,凶犯还有同伙,一个同伙把一支短铳对准了空军的太阳穴,还说:"放开他,不然,打死你。"

空军没有放开。

同伙说:"我们反正杀了人,也不在乎多杀一个,我数三下,你不放开,我就开枪……"

在那歹徒数"二"时,小美冷不防扑上去了。歹徒不相信一个如花似玉的女子有勇气上来,他没有防备小美。小美双手把短铳往上托着,这时候歹徒扣动了扳机,但没伤着军人。歹徒恨死了小美,对小美拳打脚踢。凶犯的同伙不是一个,而是三个,他们一起上。空军和小美便和罪犯搏斗起来,搏斗中一个罪犯又把短铳对准了空军,在扣动扳机的刹那,小美跳过去,挡在空军前面……

一朵最美的月季花凋谢了。

空军在后来很久还觉得这是一个传奇故事,空军不相信这是真的,但千真万确,这不是一个传奇故事,而是事实。空军后来总到广场上去,他告诉人家他去看小美。人家告诉他小美不在。空军说小美还在,那些月季花就是小美。

听了空军的话,无人不伤心落泪。

▶ 发表于《文学故事报》2001 年 3 月 5 日

# 亲吻一棵树（外一篇）

◎陈永林

那年高考，我以几分之差与大学擦肩而过。我对母亲说："娘，我想重读一年。"母亲叹口气说："钱呢？"母亲说的是实话，今年年初为治父亲的病，为办父亲的丧事，不但花光了家里所有的积蓄，而且还欠了一屁股债。

离开学的日期越来越近，我每天晚上都睡不踏实，还总做噩梦。梦醒后，我睁着噙满泪水的眼，心里喊着，我要读书，我要读书啊。

为了读书，我铤而走险了。

晚上十二点钟，村人都酣睡着。我开了门，潜入邻居的牛栏，牵着牛绳就出了门。此时，一只狗朝我恶狠狠地叫，我喝一声，该死的狗，连我也不认得了。狗不叫了，我牵着牛就出了村。我想把牛牵到邻乡的牛市去卖。我估摸这头水牛可以卖八九百块钱，那我一年的学费就有了。待我大学毕业后，我加倍还钱给邻居就是。

翻过两座山，就到邻乡了，可山路极难走。山路很窄，路旁边是半人高的茅草。月光很暗，我又没有电筒，因而走得很慢。

茅草极滑，耳边的风呼呼地叫。一块石头绊了我一下，我摔倒了，掉下山崖了。我大声喊，救命呀，救命呀。喊了两句，我就什么也不知道了。

醒来后，我竟然睡在床上，被单上有股女孩身上的香味。我喊："有人吗？"屋里没人。天刚亮，我有点渴，想找水喝，一动，腿却钻心地痛。腿上敷着草药，绑着绷带——谁救了我呢？

这时，门吱呀一声开了，进来一个姑娘。我说："感谢您救了我。"女孩说："没啥谢的，你该谢那头水牛。水牛不停地哞哞叫，把我吵醒了，我循着牛叫声寻去……""那……那头牛呢？""我给你送回去啦。牛认得路，我让它在前面走，我在后头跟，牛进了你的村，我就回来了。""真的谢谢你。"我的泪水竟然掉下来了。女孩儿说："饿了吧？我给你下碗面条。"女孩儿忙开了，烧水，切葱花，下面条。此刻，屋里弥漫着一股浓郁的香味，女孩儿端着一碗面条递给我，说："吃吧。"

天已大亮了，我这才看清了女孩儿的面容，她眉眼清秀。女孩儿见我盯着她看，红了脸，低下头吃面条。"你一个人住在这儿？"我无话找话，"你叫啥名字？""嗯，我爹去城里卖药材去了。我叫玲子。"我的面条里还卧着三个鸡蛋，玲子的碗里却没有，我要拨一只给她，可她一躲，鸡蛋掉在地上了。玲子生气地说："叫你吃你就吃，我最讨厌客气的人。"玲子捡起鸡蛋，在瓢里洗了洗，又放进我碗里了。

第二天，我要回家——我不好意思给玲子再添麻烦。玲子说："你这样能回家？你的腿不治好，就会留下后遗症，今后走路永远一拐一拐的。我给你每天敷一次草药，一个星期你的腿就会没事了。"一回，玲子给我敷好草药，说："有句话不知该不该问？"玲子见我点点头，问："你为啥要偷邻居的牛呢？"我感觉脸上像被人扇了几个耳光，火辣辣地痛，耳畔也似有千万只蜜蜂嘤嘤嗡嗡地叫，眼前的啥东西都变成双份。我羞愧得无地自容，真想立马在她面前消失。

"啊，对不起，我不该问。只是这两天晚上你都在大喊大叫的，说不该偷牛。我以为你讲出来会好受些……"我的泪水一滴一滴地淌下来："都怪我家穷……"

我讲完了，玲子也一脸的泪。玲子说："我想帮你。我有八百块钱，你先拿去读书。"我不停地摇头:"不,不要,我怎能拿你的钱?我已欠你很多了。"玲子说:"就当我借给你的,你今后加倍还我就是,我就当把钱存进了银行。"我这才接了玲子的钱,泪水一串串掉在手里的钱上。

一个星期后,我的腿彻底好了。

玲子转身进屋了,片刻,玲子一脸灿烂地站在我面前。我很想拥抱一下玲子,很想亲吻一下她,但我不敢。我说:"瞧,这棵挺拔的松树多像你呀。"我走上前,紧紧拥抱住这棵松树,吻了吻,然后头也不回地走了。玲子听懂了我的话,在身后喊:"你上大学前一定要来看我。"

一年后,我怀揣着大学录取通知书来看玲子了。玲子不在,屋里只有一个中年男人,我问:"大伯,玲子呢?""在那里。"他指了指我去年亲吻过的那棵松树下的坟包说。我的腿一软,双腿一下抽了筋骨样要瘫倒,我忙抱住松树,满是泪水的脸紧贴在松树上,哽咽着:"玲子,我来看你了……"后来我才从玲子父亲嘴里知道,玲子得了白血病。玲子临死前留下遗言,说她要埋在我拥抱、亲吻过的松树下。

▶ 发表于《青年博览》2011 年第 8 期

# 摸 秋

鄱阳湖一带的小孩都喜欢过中秋节,有月饼吃是一个方面,主要还是可以摸秋。中秋节这天晚上,小孩不但可以在庄稼地里疯玩,还可以疯吃,甘蔗、花生、红薯、玉米等,只要能吃的,都可以吃。生的不好吃,可以弄熟吃,捡些干树枝,在田岸边点燃了,把挖出来的花生、红薯、玉米扔进火里。片刻,香味四溢。小孩的肚子撑得滚圆滚圆的。

平时叫偷，中秋节这晚却叫摸秋。听说被小孩摸过秋的庄稼会更丰收。中秋节过后，小孩就不能随便吃田地里的庄稼，父母知道了也会拿竹棍把屁股打得皮开肉绽。

每年的中秋节，聪聪都不摸秋。不是他不想，而是没有一个小孩愿同他一起摸秋。聪聪的脑子有点不好使，已九岁了，还不知道一加一等于几，自然没人愿意同聪聪玩。

聪聪只有站在门口，看别人玩。其实根本看不到，他只能看见田岸上燃起一丛丛火，还能听见一阵阵欢快的笑声。

"妈，你带我玩。"聪聪拉着荷花的衣袖，可怜巴巴地求。

荷花没好语气："你没看见妈忙？"荷花正在做扫帚。

"我去叫醒爸，让爸带我玩。"聪聪说着就出门。荷花忙起身拉住了，语气很凶："不能去。"聪聪不听："我就要去。"荷花说："不能去就是不能去。"聪聪还不听，荷花捡起地上一把刚做好的扫帚打聪聪屁股，聪聪"嗯儿嗯儿"地哭了。

荷花扔了扫帚，骂起男人来："你倒会享福，眼一闭，啥也不管，让我吃苦受累……"荷花的眼泪噗嗒噗嗒往下掉。若男人在，日子也不会过得这么苦了。男人走了，耕田耙地、挑水挑粪，啥活都要她干。她一天到晚忙得连喘口气的机会都没有。活儿却干不完，也干得不好，如耕田，田耕得深一片浅一片，牛也欺生，故意同她作对，荷花让牛往前走，牛却回头倒着走，还不走一条直线。铧齿也划到了荷花的脚，血涌出来。荷花拿块泥巴按在伤口上。

亲朋好友劝荷花再找一个。荷花担心聪聪今后受委屈，一直没答应。聪聪却不懂事，一天到晚向她吵着要叫醒爸爸。三年前，男人躺在棺材里时，聪聪推男人："爸，不要睡，陪我玩。"男人刚闭眼时，聪聪就推男人。荷花哭着说："你爸睡了，别动他。"棺材放进坑里，村里的"八仙"往棺材上浇土时，聪聪跳进坑，把棺材上的土往外抛："爸爸醒了，怎么不起来？"荷花把聪聪抱起来,搂进怀里:"你爸说,他要睡好久,他好累。你爸醒了,他会喊我们。"

荷花仍在扎扫帚,聪聪溜出门,去了村后的树林。爸爸已经睡得太久了,他要喊醒爸爸。

坟包上躺着一个男人。男人一身酒气。

"你醒醒,醒醒。"聪聪蹲下来推男人。男人一把把聪聪搂进怀里:"儿子,快叫爸,爸可想死你了,爸爸还以为永远见不到你。"

"你是我爸?"

"我不是你爸,那我是谁?"

"你真是我爸?"

"是呀,我是你爸呀。"男人说完放开怀里的聪聪,又打起很响的鼾。

聪聪揪男人的耳朵:"你咋这么会睡?醒醒,带我去摸秋。"

男人醒了,坐起来,问聪聪:"我怎么会睡在这儿?"片刻,男人想起来了,今天是儿子一年的祭日,他想同儿子说说话,便到这儿来了。他心里苦,在儿子的坟前喝下一瓶酒。他对不起儿子,更对不起死去的女人。女人闭眼前要他照顾好儿子,可儿子还是掉进了鄱阳湖。男人同儿子说够了话,便回家,走了几十步路,腿一软,倒在地上了。

"爸,你终于醒了,快带我去摸秋。"男人同聪聪是一个村里的,聪聪的事男人全知道。男人没想到聪聪把自己当成他爸爸了。

"行,爸带你去摸秋。"

男人把聪聪带到自己的花生地里,男人下了地,拉着花生藤往上一扯,花生根上全是花生。聪聪笑了,不停地摘花生。男人一连扯了三根花生藤。聪聪的两个裤袋装得满满的。聪聪坐在田岸上剥花生吃,聪聪先是把剥好的花生往男人嘴里塞。男人的心暖暖的,两年前的中秋节,他也带着儿子摘花生,儿子也是先把一粒剥好的花生往他嘴里塞。男人抱起聪聪,让聪聪坐在自己腿上:"地上凉气重,会生病的。"

后来聪聪又在男人甘蔗地里掰了一根甘蔗吃,还烧了两个红薯,两根玉米。当火着了时,聪聪高兴地围着火转,咯咯地笑个不停。红薯和玉米熟了,聪聪让男人吃,男人不吃,男人让聪聪带着给他妈妈吃。

聪聪说:"爸,回家吧。"聪聪拉着男人的手往家走。

男人很想说:"我不是你爸,你爸还在睡觉。"可他这句话在他喉咙口转了几次就是吐不出嘴。男人很快到了聪聪的家。荷花见了男人,很感意外,男人说:"我,我……"

聪聪抢过话:"妈,爸醒了。爸真好,带我摸秋,我吃了花生、红薯、甘蔗、玉米,妈,这是给你留的。"聪聪从口袋里掏出一个红薯和一根玉米。男人很尴尬地立在那,两只手显得多余样,不知放哪儿好,抓抓头发,扯扯褂子。荷花心里偷偷地笑,脸上却有了红晕:"坐,你坐呀!"

"这么晚,我得走……"

聪聪说:"爸,你还去哪?"

荷花说:"快睡吧。"

又是中秋。当水洗了一样的月亮从鄱阳湖里钻出来时,聪聪拉着男人的裤腿说:"爸,我们去摸秋。"男人笑着说:"你妈去,我也去。"聪聪又扯荷花的裤腿:"妈,我们去摸秋。"荷花拉起聪聪的手:"好,我们去摸秋。"男人拉起聪聪的另一只手:"儿子,爸一定让你玩得高高兴兴。"男人说着,在荷花的脸上极快地亲了一下,荷花哟一声:"老不正经。"要打男人,男人笑着跑开了,荷花在后追,聪聪也跑起来。聪聪追上荷花,开心地喊:"妈跑不赢我,妈跑不赢我……"

▶ 发表于《小小说选刊》2010 年第 6 期